LAS PAPILLÒTOS

PAR

JASMIN

DE L'ACADÉMIE D'AGEN

MAITRE ÈS JEUX-FLORAUX ; GRAND PRIX DE L'ACADÉMIE FRANÇAISE

AVEC UN POÈME EN FRANÇAIS : MÉLÈNE

ET LA TRADUCTION MOT A MOT EN REGARD POUR LES PIÈCES EN LANGUE GASCONNE

1852 — 1863

O ma lengo, tout me zou dit,
Plantarèy moun ostèlo à toun froun oporumit !!

TOMO QUATRIÈMO

Villeneuve à Jasmin

AGEN

IMPRIMERIO DE PROSPER NOUBEL

1863

LAS PAPILLÔTOS DE JASMIN

FRANÇAIS · GASCON

LAS PAPILLÔTOS

PAR

JASMIN

DE L'ACADÉMIE D'AGEN

MAITRE ÈS JEUX-FLORAUX; GRAND PRIX DE L'ACADÉMIE FRANÇAISE

AVEC UN POÈME EN FRANÇAIS : HÉLÈNE

ET LA TRADUCTION MOT A MOT EN REGARD POUR LES PIÈCES EN LANGUE GASCONNE

1852 — 1863

O ma lengo, tout me zou dit,
Plantarèy uno estèlo à toun froun encrumit !!

TOMO QUATRIÈMO

Villeneuve à Jasmin

AGEN

IMPRIMERIO DE PROSPÈR NOUBEL

—

1863

AVANT-PROPOS DE L'ÉDITEUR.

Un des rédacteurs les plus distingués de la *Revue des Deux-Mondes*, M. Charles DE MAZADE, avait paru craindre, dans un de ses articles, que le zèle ardent de Jasmin pour la charité ne finit par amoindrir chez lui la source des inspirations poétiques; mais le chantre de Marthe et de Françonnette était trop jaloux de sa double gloire pour ne pas dissiper au plus vite les sollicitudes de ses amis, et il espère y avoir complétement réussi en produisant ce quatrième volume, où *ses Nouveaux Souvenirs* sous son pinceau élargi et d'autres poëmes, dont un en français qui doit le jour à une circonstance imprévue, montrent la merveilleuse flexibilité de son talent.

Il a fait plus; en multipliant ses bonnes œuvres, le Poète a senti se développer sa verve par elles, et ses apostrophes aux villes qu'il a visitées, au lieu d'être des impromptus plus ou moins heureux, sont, cette fois, de vraies photographies poétiques qui le présentent sous un nouveau jour.

Ces courses si dramatiques et si fructueuses que Jasmin fait depuis trente ans pour les Pauvres, n'ont jamais figuré en aussi grand nombre dans le Recueil de ses Poésies que dans ce 4° volume. Aussi, pour en mieux faire ressortir le mérite, nous avons cru devoir remplacer les notes écrites à froid sur des scènes déjà loin de nous par des extraits de comptes-rendus pris dans les journaux de la localité. Cinq ou six lignes ont suffi pour donner la physionomie de ces soirées, indiquer le motif qui les a fait naitre et qui dictait ensuite la réponse de Jasmin.

Ainsi que nous l'avons fait précédemment, nous avons traduit mot à mot, *en français brut*, en regard du texte gascon, toutes les pièces de ce volume, moins quelques-unes qui pourront être facilement comprises.

Cette fois, nous avons placé, à côté des beaux articles de MM. VILLEMAIN et de PONTMARTIN, les analyses que de savants écrivains du Midi ont faites des œuvres diverses du poète Agenais; le lecteur pourra se convaincre que leurs appréciations s'accordent avec celles des écrivains du Nord pour rendre hommage au génie poétique intarissable de Jasmin et à la bonté de son cœur.

NOTE ESSENTIELLE

Sur la Prononciation & la Versification gasconnes.

L'e muet dans l'idiome gascon se prononce toujours comme l'e espagnol : *las Seyles; tous Hômes; tous Abúgles*, etc., etc. Aucune consonne même ne le rend ouvert. Il garde sa prononciation fermée dans *Cabel* (épi), *Parel* (paire), *Sourel* (soleil), et ne devient tout à fait ouvert qu'avec l'accent grave, comme dans les mots *Anèl* (anneau), *Angèl* (petit-ange), *Troupèl* (troupeau).

Il importe de dire que notre langue est dotée de trois muettes : l'*i*, l'*e*, l'*o*.

EXEMPLE :

Aymábl, piatrábl, saoundjábl;
Segle, tèsto, maynatge;
Faribôlo, caminôlo, campagnôlo;

L'accent aigu n'est employé que pour déterminer la prononciation de certains mots. Ex. : *Perqué, tabé, debé, boulé*, etc.

Les règles de la versification gasconne sont absolument les mêmes que celles de la poésie française; mais il y a deux voyelles muettes l'*o* et l'*y*, répondant à l'*i*, qui s'élident; tandis que *a, i, u*, ne s'élident jamais. — Exemple :

Sèy encrumido ; anèy és fèsto.

Les deux voyelles *ou*, réunies à la fin d'un mot, parfois s'élident. Ex. :

M'en baou h la bilo;
La poou anèy brounzino
Paou-h-paou.

(*Extrait du* **Dictionnaire Gascon** *de M. Pozzy.*) (¹)

(¹) M. *Adrien* POZZY, membre de l'Académie d'Agen, doit publier incessamment un dictionnaire gascon-français, plein d'érudition, de recherches et de citations très-intéressantes. — Cet ouvrage, dont on comprend toute l'utilité, facilitera l'intelligence de l'idiome gascon et en fera connaître toutes les richesses.

DISCOURS DE M. VILLEMAIN,

SUR LE PRIX EXTRAORDINAIRE DE 5,000 FRANCS, ACCORDÉ AU POÈTE JASMIN,

PAR L'ACADÉMIE FRANÇAISE.

Séance publique du 20 Août 1852.

« .... L'Académie, Messieurs, a pensé qu'en dehors de ces prix si divers et si justes, elle avait encore à décerner un prix extraordinaire, un prix à part, et qu'elle pouvait à double titre acquitter, sur les bienfaits et selon la pensée de M. de Montyon, une dernière dette envers l'art et la morale, envers le talent de bien dire employé à faire le bien, sous la forme à la fois la plus brillante et la plus populaire. Elle n'a pas craint de ramener ici, dans un rang fort élevé par la récompense, le recueil, et nous dirons presque la vie entière d'un écrivain, Français autant qu'on peut l'être, d'intention et d'esprit, mais qui ne parle dans ses vers qu'un des *patois* provinciaux d'où est sortie notre langue, et qu'elle a rejetés. Lorsque le choix de l'Académie paraît s'écarter de la loi grammaticale qu'elle-même impose ou du moins recommande, il faut prévenir chez quelques bons esprits un doute qui serait une injustice pour le talent que nous voulons honorer.

« Dans le silence ou l'exil de plus d'une voix illustre, on pourrait croire qu'un zèle qui cherche des consolations nous fait curieusement découvrir et vanter au-delà du vrai les moindres étincelles d'un feu près de s'éteindre. Il n'en est rien. Aux jours les plus actifs de l'émulation littéraire, dans le plus grand luxe de ces plaisirs de l'esprit chers aux peuples heureux et contents d'eux-mêmes, dans l'élégante liberté des salons parisiens du dernier siècle, ou dans l'atmosphère hardie du goût britannique, le talent que nous allons nommer eût rencontré partout justice et faveur. Car ce talent est celui d'un vrai poète; et rien, dans une vocation déjà longue, dans une destinée modeste et pure, dans l'emploi moral de l'art, dans sa noble, dans sa secourable influence, n'a dérogé à la dignité d'un tel nom. Comme le poète écossais *Burns*, Jasmin enrichit de son dialecte et de son âme poétique la grande littérature nationale, dont il ne parle pas la langue. Jasmin, le coiffeur d'Agen, le poète du Midi, qui fait accourir les foules à sa voix, qui embellit les fêtes de l'opulence, qui assainit les joies du peuple, qui dote en passant des établissements de charité, et achève ou rebâtit des églises, Jasmin, cette gloire de sa patrie locale, dans la patrie commune, mérite d'être adopté par la France entière et proclamé par elle.

« Racine ne nous en blâmerait pas, lui qui durant ses loisirs solitaires de jeunesse, dans le prieuré d'Uzès, formait, à l'école antique et moderne des idiomes du Midi et aux accents sonores des deux Italies, le beau langage dont il nous a charmés; et, de nos jours, l'Académie Française, et pour dire plus encore, l'Institut national, peuvent-ils oublier que c'est un des leurs et des plus illustres, M. Renouard, érudit, poète et législateur citoyen, qui a rendu à l'Europe savante et à nous une moitié de l'ancien esprit français, par la restitution de cette langue romane du XIIIe siècle, dont les monuments s'étaient comme perdus sous la gloire du français de Rouen et de Paris, du français de Corneille et de Molière?

« Aujourd'hui ce n'est plus le souvenir lointain et l'écho retrouvé des anciennes chansons du Languedoc, c'est la voix même, la voix vivante de son enfance et de son peuple qu'il nous est donné de saluer et de reconnaître sous une forme agrandie. Ce réveil poétique et populaire, nous le devons au talent d'un homme qui marque de l'empreinte de l'art et du feu de la passion les formes longtemps dédaignées du langage vulgaire de l'ancienne Provence, et en fait une langue écrite, parce qu'il en fait une langue éloquente, parce qu'il en fait un instrument d'œuvres honnêtes et de vertueuses pensées de charité fraternelle et de patriotisme méridional et français.

« Tacite l'a dit quelque part : la renommée ne trompe pas toujours; parfois elle choisit souverainement : *Non semper errat fama, aliquando eligit.* Nous l'éprouvons aujourd'hui. Cette approbation enthousiaste et sans contradicteur de plusieurs grandes provinces de France pour un poète populaire ne pouvait être une méprise; elle nous désignait le dernier, et ajoutons, peut-être le plus grand des troubadours. D'habiles maîtres de la critique en ont ainsi jugé. A part l'étrangeté gracieuse de son idiome sonore ; à part, si vous voulez, un peu de prévention actuelle pour ce qu'on répute naïf et populaire, le poète d'Agen est de la meilleure famille des poètes, naturel et travaillant avec art, facile, inspiré, pathétique, rapide et concis dans ses tableaux, heureux et neuf dans ses images. Quelques-uns de ses récits en chants, l'*Aveugle de Castel-Guillé*, *Françonnette*, sont des créations que le talent tire, à lui seul, de quelque bloc vulgaire, et qu'il élève à l'immortalité de la poésie; parfois même ce sont des drames, où le mot du cœur déchirant et simple a été rencontré de génie.

» Une autre gloire de ce talent original, un titre qui le désigne à la couronne littéraire préparée par les bienfaits d'un sage, c'est de ne respirer que les sentiments les plus droits et les plus purs. Dieu, la patrie, la famille, l'amour bien placé et fidèle, l'amitié reconnaissante, le zèle pour les pauvres, les orphelins, les souffrants, pour l'église du village, pour le presbytère en ruines du bon curé, pour la statue du héros. Bien rarement une autre émotion que ces souvenirs a passionné la voix mobile et vibrante du poëte , soit qu'il célèbre sur des tons héroïques un des plus vaillants associés et des plus nobles martyrs de la gloire impériale, le maréchal Lannes, soit qu'il trouve des accents d'admiration et de respect pour le talent seul de la parole encore ennobli par une occasion de dévouement délicat et de courage, pour Martignac, partout il sent avec âme ce qui est élevé, généreux, utile au monde , et il y ajoute aussitôt une couronne par le don privilégié du poëte.

« Tel dans les joies ou dans les douleurs publiques, dans le luxe des riches et commerçantes cités, dans les châteaux, dans les villages, de Bordeaux à Toulouse, de Lyon à Marseille et à Pau, de Lectoure et de Marmande à Vaucluse et à Nérac , Jasmin a mérité de plaire et de plaire toujours à cette brillante et spirituelle population du Midi , à cette contrée que Rome victorieuse se plaisait à nommer, non pas une province de l'Italie, mais, comme dit Pline l'Ancien, une continuation de l'Italie elle-même , et que vous tous , au souvenir de Montaigne et de Henri IV, de Fénelon , de Massillon , de Montesquieu, de Mirabeau , de Masséna et de tant d'autres passés, présents et à venir, vous nommez avec orgueil une des plus belles régions de la France éloquente, libérale et guerrière.

« Nous croyons répondre à ce sentiment, Messieurs, et à la destination patriotique de tous ces prix de moralité littéraire et d'actions vertueuses, en décernant ici, devant vous, au poëte Jasmin, une médaille frappée pour lui , *la médaille du poëte moral et populaire.* »

(*Journal des Débats*; 22 Août 1852.)

SOIRÉE LITTÉRAIRE DE JASMIN A PARIS,

PAR M. ARMAND DE PONTMARTIN.

La soirée littéraire de Jasmin à l'hôtel du Louvre avait réuni hier une brillante et nombreuse assemblée. C'était la première fois, on le sait, que le poëte gascon se produisait à Paris devant le public, et comme toujours, sa muse venait en aide à une œuvre de bienfaisance. Son succès a été très-grand et très-mérité.

Je n'avais pas l'honneur de connaître Jasmin , et, pourquoi ne pas le dire? Je n'étais pas éloigné de regarder d'avance sa réputation comme un peu surfaite. Était-ce prévention de *parvenu* Parisien ou jalousie de Provençal contre Gascon? Je l'ignore ; mais ce qui, dans le génie et le succès de Jasmin, m'avait toujours paru inexplicable et insoluble, c'était cette nécessité de se traduire devant un auditoire français; qu'est-ce, hélas ! que la poésie traduite? Les plus exquis, les plus délicieux parmi les poètes ne résistent pas à cette épreuve. La tige sans la fleur, la fleur sans le parfum, le trait sans la couleur, le visage sans le regard, toutes ces images peuvent à peine donner une idée de ce que perd l'œuvre d'un poète en passant d'une langue dans une autre; et plus le poète a d'affinités et de liens avec le génie même de son pays, plus la perte est considérable.

Eh bien! Jasmin a complètement triomphé de cette difficulté immense. A peine l'a-t-on entendu et regardé cinq minutes, on lui est acquis, et cela non-seulement parce que le poète agenais est surabondamment doué de toutes les qualités méridionales, expansion, vivacité, chaleur, exubérance, éclat, puissance du regard et du geste, mais pour des causes plus sérieuses et plus profondes; parce que chez Jasmin, un art suprême a tout combiné, amenant un tel accord entre l'expression et l'idée, que l'auditeur les saisit toutes deux à la fois, devinant l'une par l'autre. Il suffit que le poète s'interrompe de temps en temps et nous dise un vers, un hémistiche, un mot dans sa langue maternelle, pour qu'il soit facile de se figurer à l'instant, dans toute sa fraîcheur et toute sa grâce, cet idiome si mélodieux et si doux, qui, sur les lèvres de Jasmin, a reconquis ses lettres de noblesse, ému et charmé des milliers d'âmes, parcouru en vainqueur toutes nos provinces du Midi, rebâti des églises, relevé des statues, soulagé d'innombrables misères et exercé les plus salutaires influences.

Un autre trait caractéristique de la poésie de Jasmin, c'est la sobriété. Cet homme si vif, si fougueux, si en dehors, qui semble toujours prêt à déborder comme la Garonne, et qui a, dirait-on, tout ce qu'il faut pour compter parmi les enfants prodigues de la poésie, cet homme se contient admirablement quand il s'agit d'écrire ses vers. Il a compris, — ce que d'autres ont oublié, — que l'art du poète consiste surtout à savoir choisir dans un ordre d'idées ou de sentiments le mot, le tour, la phrase qui les résume et les exprime sous leur forme la plus brève et la plus parfaite; et qu'ajouter ou surcharger, c'est affaiblir. C'est ainsi qu'il a conservé toute leur saveur à ces dons merveilleux dont la muse l'avait doué; c'est ainsi que, malgré l'infériorité relative de sa langue, il a mérité d'être placé par de bons juges bien près des modèles et des maîtres : — Théocrite, Horace, La Fontaine.

Ai-je besoin maintenant de détailler son succès d'hier? Jasmin a débuté par un hymne de bienvenue à la *bonne* ville de Paris et à cette œuvre des Orphelines de Notre-Dame-des-Arts, à laquelle était consacré le produit de cette belle soirée...

La *Caritat*, la *Semaine d'un fils* ont commencé à nous arracher ces douces larmes que Jasmin va chercher par le chemin du cœur. *Les Deux frères Bessons* sont un délicieux chef-d'œuvre, et s'il me fallait absolument choisir parmi les perles de Jasmin, peut-être me déciderais-je pour celle-là.

Et cependant quoi de plus charmant que *Mes Souvenirs*, ce frais éclat de rire, un peu mouillé, comme tout rire vraiment humain? Quoi de plus touchant que *Marthe l'innocente*, cette légende que le Midi sait par cœur, et où Jasmin, arrivé à la perfection de cette forme si longtemps et patiemment cherchée, a vraiment réalisé la mission suprême du poète, celle de traduire en accents indélébiles l'âme d'un pays tout entier? L'émotion causée à l'auditoire par cet attendrissant poème a dignement couronné la séance; Jasmin compte aujourd'hui un succès et une bonne œuvre de plus. Excellent homme, homme heureux, qui réussit par le bien comme d'autres par le mal, qui ne touche que les meilleures cordes du cœur, qui tarit les pleurs du pauvre en faisant couler ceux du riche, et chez qui chaque jouissance de la vanité littéraire est encore un acte de charité!

(*L'Union*; 14 Avril 1850.)

SI JASMIN EST UN THÉOCRITE,

PAR M. EUGÈNE VALLADE.

Fragments de lettres à un ami Francomtois.

..... L'antiquité a été replacée de nos jours sur le piédestal d'où elle n'aurait jamais dû tomber, et nous professons pour elle une admiration aussi grande, aussi intelligente au moins, et assurément plus large que le XVII° siècle. Peut-être en apprécions-nous moins les qualités pures; mais ses beautés simples et vraies n'ont jamais été mieux comprises..... Aussi devons-nous croire qu'un écrivain y regarde à deux fois avant d'accoler à celui d'un auteur moderne un de ces noms vénérés, et qu'il le pèse un peu plus qu'un simple adjectif de remplissage. Dans le cas présent, je suis persuadé que le critique qui vous a presque offusqué, puisqu'il est, comme vous en convenez, homme de goût délicat et de grand savoir, s'était bien demandé le sens de ce nom de Théocrite, et ne s'en est servi qu'après s'être assuré qu'aucun autre ne pouvait mieux *définir* Jasmin. C'est vous dire que mon sentiment est le même. Jasmin est donc vraiment un Théocrite, et si vous aviez le bonheur de le comprendre, vous ne m'auriez pas demandé de vous déduire les raisons qui le font tel à mes yeux....J'ai parlé tout-à-l'heure d'adjectif; c'est en effet le propre des grands noms de devenir à la longue de véritables qualificatifs. La signification sommaire, le caractère particulier se dégage de l'ensemble des qualités moins originales, et le nom d'un grand poète devient ainsi presque toujours un nom générique. Par malheur, *on se préoccupe moins quelquefois dans l'application de ces noms du fond que de la forme.* Ne commettons pas cette faute et n'allons pas, prodiguant le nom de Théocrite à tous faiseurs d'églogues, le refuser à ceux qui, sans avoir jamais fait causer ensemble Ménalque et Damète, l'ont pourtant su bien mieux mériter : Théocrite, pour moi, ce n'est pas seulement la poésie pastorale, c'est surtout la vérité, la sincérité, le naturel, mais le naturel reproduit à force d'art, la poésie éternelle ressaisie à ses sources les plus pures, en un temps de poésie artificielle et érudite, à une époque de tours de force et de raffinement littéraires comme était celle de Callimaque et de Lycophron... Voilà donc Théocrite et tel est Jasmin. Il est simple, il est vrai, il est naturel, et ces qualités sont chez lui le résultat d'un art patient, délicat, exquis, mais caché, et que ses effets même ne dénoncent pas. Il faut le bien chercher cet art du poète pour le saisir, tant il est fondu dans l'inspiration et mêlé avec la nature. Cette poésie si savante paraît improvisée, et l'on y chercherait vainement la moindre trace d'efforts. Le procédé de Jasmin est le même que celui de tous les grands artistes des époques avancées. C'est par l'étude, la réflexion, la critique sérieuse et sans cesse éveillée qu'il arrive à la vérité de la peinture ; il n'a pas seulement le souffle, l'inspiration, le don divin du chant, il a le style ; — et voilà précisément par où il s'élève tant au-dessus de tous ses rivaux languedociens. Jasmin n'a peut-être jamais lu Théocrite et certainement il n'a pas eu l'idée d'imiter les formes ni de reproduire les pensées du poète grec. Si d'ailleurs Jasmin avait de parti pris imité Théocrite, il aurait perdu par cela même sa qualité principale. Aux imitateurs, d'habitude c'est le naturel qui manque ; ils ont la grâce souvent, bien des qualités fines et rares, mais l'art paraît trop. Ce sont des abeilles à la façon d'Horace. Jasmin est une abeille véritable ; il compose son miel des fleurs même des champs.

Comme les peintures d'une nature toujours riante et douce sont constamment vraies, elles sont aussi toujours simples. Jasmin ne voit dans les campagnes comme dans les bocages rien de plus, — l'idéal ôté, — que ce qu'y voient eux-mêmes les simples gens qu'il met en scène. Il n'a point pour la nature cet amour inquiet qui entraîne sous les ombrages les poètes visionnaires à la recherche de l'antique dieu Pan. Jamais poète ne fut moins panthéiste : la terre, pour lui, c'est la nourrice que Dieu nous a donnée, la mère féconde que nous tenons de *notre Père qui est aux cieux.* Il n'est jamais plus heureux que lorsqu'il peut voir couvrir son sein de blondes moissons, et ne craignez pas qu'il aille oublier les vignes et les blés pour le plaisir de peindre l'horreur sacrée et le vague effroi des solitudes. Aussi l'homme, chez lui, n'est-il jamais absent de cette terre qui est son domaine, comme dans quelques-unes des œuvres modernes... N'est-ce pas une poésie bien heureuse, celle qui reproduit de douces images et peut faire naître des impressions délicieuses !... Ainsi, me disais-je le soir même en retrouvant dans Théocrite ces mêmes impressions, et puisque Jasmin à son tour me les redonne, ne dois-je pas l'admirer tout autant? Pour abréger : l'homme toujours au premier plan, un goût parfait dans le choix et une sincérité sans pruderie dans la peinture des petits détails, un dessin très-pur avec une couleur chaude, nette, transparente, admirablement nuancée, éclatante souvent, mais jamais lourde : ces qualités sont celles de Jasmin, comme elles sont celles de Théocrite.

Nous avons trouvé Jasmin simple et vrai dans la peinture de la nature ; nous le trouverons tel encore dans celle de l'homme et des passions. Vous ne le verrez rechercher rien d'excessif dans les caractères ni d'extraordinaire dans les circonstances. La simple histoire d'une pauvre fille des champs devenue aveugle et que son fiancé abandonne, lui suffit pour vous remuer l'âme à ces profondeurs où le grand art seul sait atteindre. Jasmin n'analyse point d'une plume subtile les mille nuances d'un sentiment ; mais il le met en scène, et dans une action peu développée, il sait, par quelques traits choisis au sein d'une situation qui ne varie guère, le peindre de manière à se montrer l'égal des plus grands. Nul n'a jamais mieux saisi ni rendu les harmonies délicates ou les contrastes amers de nos joies et de nos douleurs avec la nature et les êtres qui nous entourent. Qui lira jamais sans larmes les paroles de Marthe à ses hirondelles ?

Les œuvres de Jasmin sont la mise en action des sentiments les plus sains, les plus nobles, et toujours — j'y insiste — les plus simplement vrais de l'âme humaine. *La Semaine d'un Fils* peint l'amour filial, *les deux Jumeaux* l'amour fraternel avec une poésie sobre et profonde d'un effet indicible. Mais c'est surtout dans l'expression de l'amour que notre poète triomphe. Il touche à cette passion juste autant qu'il faut pour attendrir. Il ne va jamais jusqu'à troubler les cœurs dont il s'empare ; et cependant aucune peinture n'est plus sincèrement vraie, j'ajouterai d'un trait plus vif que les siennes. Faut-il tout vous dire ? Je ne vois personne qui soit plus antique que lui en ces délicates matières. Les modernes en général ont mêlé à l'amour trop d'ingrédients étrangers qu'à force d'y voir confondus, nous n'en savons plus distinguer la galanterie. Des formes singulières où la mode elle-même intervient ; mille subtilités, nées d'une société où les mœurs veulent que les sentiments les plus naturels soient tous raffinés comme elle, ont fini par faire d'un sentiment le plus instinctif de tous et le plus simple à l'origine, quelque chose d'étrangement complexe et qui réclame l'analyse la plus déliée.

.... Ainsi ce poète, le plus chaste et le plus *sainement* touchant que je connaisse dans l'expression de l'amour, est encore, parmi les modernes, un de ceux que l'on peut le mieux comparer à celui des anciens qui en a donné peut-être la plus franche peinture. C'est que chacun d'eux, séparé de l'autre par l'abîme que creusent entre eux deux mille ans et le christianisme, a lu à son tour à livre ouvert et transcrit avec le même souci du vrai des sentiments qui n'ont point changé de nature et dont le fond reste éternellement le même sous les formes diverses que leur imposent les civilisations successives. Beaucoup ne vont pas plus loin que ces formes; ceux-là sont les grands et les immortels, qui savent pénétrer plus avant et faire jaillir la source vive de l'immuable rocher.

Je pourrais m'arrêter là, mon ami, car je vous ai exposé surabondamment les raisons que l'on peut avoir d'assimiler Jasmin à Théocrite. Mais il est encore un point que je veux traiter pour vous indiquer une similitude de plus. C'est de la langue que j'entends parler.

Notre langue française, telle que les deux siècles précédents nous l'ont léguée, ne paraît pas plus propre que le latin à reproduire avec sincérité et en quelque sorte équivalence la simplicité agreste et pastorale. Nos poètes, à force d'efforts heureux, attrapent l'accent, le style; le cadre, ils le trouvent encore; mais la langue est toujours là qui n'est plus celle d'Amyot, et qui est montée à un trop haut degré de noblesse pour pouvoir maintenant s'abaisser sans roideur et reprendre avec aisance les entretiens du village.

Jasmin est plus heureux : il a le cadre, il a l'accent, il a la langue. Cette langue n'a avec celle de Théocrite d'autre analogie que d'être, par rapport au français, un idiome rustique; car en elle-même, et considérée dans ses caractères généraux, elle en diffère essentiellement, elle n'est pas en effet le dorien de l'Aquitaine, *elle en est l'ionien;* elle a la molle harmonie, les voyelles abondantes, la sonorité musicale de cette langue mélodieuse !

Le dialecte de l'Agenais fut un des plus exposés à une corruption rapide. Je n'en veux point suivre ici les vicissitudes. Qu'il me suffise de remarquer qu'à l'époque des débuts de Jasmin, la lente infiltration du français, qui se poursuit, hélas ! de jour en jour, en avait déjà singulièrement altéré la physionomie primitive. Le poète, dans ses premières œuvres, l'employa tel qu'il le trouvait à sa portée. Mais il l'a depuis dégagé peu à peu de l'alliage étranger, et en même temps, faisant revivre quelque vocable oublié de l'ancienne langue, empruntant aux dialectes voisins tel mot pittoresque ou harmonieux, il a su, en les mêlant discrètement au tissu toujours si égal et si fin de son style, se former une langue aussi originale qu'elle est naturelle et aussi peu française; sans être factice, qu'on le puisse souhaiter de nos jours.

Quelques rares critiques, de qui l'érudition m'est aussi suspecte que le goût, se sont avisés de trouver cette langue encore trop française. Voudraient-ils par hasard que Jasmin écrivît ses vers dans le roman d'Arnaud Daniel ? Autant vaudrait qu'il fît des vers latins. Je me bornerai à cette observation, dont la justesse vous est facile à vérifier, à vous autres gens du nord, si embarrassés pour lire notre poète lorsque vous prétendez y parvenir sans étude : c'est que la langue dont il se sert n'est pas plus *entachée* de français que l'italien ou l'espagnol contemporains. Et cette langue pourtant si travaillée, si savante, si littéraire, demeure plus qu'aucune autre populaire, vivante et vraie; si chacun ne la parle pas dans sa pureté restaurée, tout le monde du moins la comprend, non pas seulement aux environs d'Agen, mais dans le Midi presque tout entier.

J'aimerais ici à insister sur les caractères de cette belle langue renouvelée, à vous en faire jaillir une à une les rares qualités d'harmonie et de couleur. Je vous ai dit qu'elle est l'ionien de l'Aquitaine, et je ne saurais trouver de définition plus exacte. Elle n'a ni les sons aigus et un peu mièvres de l'italien, ni les rudes aspirations de l'espagnol, et s'il lui doit être toujours interdit d'atteindre à la majesté de cette dernière langue, elle n'a du moins rien à envier à la douceur de la première.

Je vous l'ai déjà dit : Jasmin est un ouvrier consommé dans l'art d'écrire. Le vers qu'il emploie d'habitude est le vers libre à rimes mêlées, et la mesure n'en est autre que celle du vers français correspondant. Il ne faut point regretter qu'il n'ait pas songé à ressusciter les formes de l'ancienne poésie romane. Cette prosodie savante et compliquée convenait à merveille aux jeux d'une poésie trop souvent prétentieuse et vaine; les recherches de la forme dissimulaient un peu la légèreté du fond. Mais à Jasmin de pareils artifices sont inutiles; il ne lui faut que la forme la plus simple et la plus transparente possible, une pure glace qui ne dérobe rien de ce qu'elle doit défendre.

Aussi, de supérieurs dans le Midi, Jasmin n'en a pas. Il est le dernier en date des grands poètes de sa langue, le plus touchant, le plus profond, le plus vrai par le sentiment et non pas le moins grand par l'art. Cet art est l'art simple, celui-là qui vise à revêtir le vrai d'une forme pure et discrètement ornée; voilà pourquoi on l'entend si vite et si bien; pourquoi l'émotion est si prompte et si facile à qui le lit ou à qui l'écoute. Dans cette poésie merveilleuse, comme dans la nature dont elle est l'écho, le sentiment précède l'intelligence, et celle-ci après n'y perd rien. Aussi comme on l'aime, dans ces contrées où sa muse, doublement bienfaisante, en faisant couler de si douces larmes, en essuie tant d'amères! Quels triomphes des anciens troubadours égalèrent jamais ceux dont sa carrière en si grand nombre est déjà semée, sans parler de ceux qui l'attendent encore? Il n'est pas une ville d'une mer à l'autre qui n'ambitionne l'honneur de le posséder même un seul jour, et ne montre ensuite avec orgueil les vers qu'il lui laisse en partant comme un bouquet d'adieu. C'est, avec les trésors qu'il procure aux pauvres, sa manière de payer l'hospitalité qu'il reçoit. Et ceux qui ont vu ces villes heureuses savent avec quelle justesse de coup-d'œil et quelle vivacité de touche il sait saisir et peindre les traits distinctifs de chacune d'elles. Elles revivent toutes dans ses vers avec leur physionomie propre, comme , — s'il faut l'oser dire, — les cités de l'ancienne Grèce, dans le catalogue des Vaisseaux, au deuxième chant de l'*Illiade*... Je pourrais en nommer bien d'autres, Horace, par exemple, dont Jasmin rappelle, autant que son art exquis, la philosophie aimable et sensée, corrigée dans ce qu'elle a d'aride par la charité chrétienne. Je pourrais vous montrer dans *ma Vigne* au moins le pendant de *Hoc erat in votis ;* mais dans cette admirable pièce qui, par le sentiment doucement ému qui la pénètre, fait en effet songer au poète de Tibur, Jasmin, par la largeur de touche et l'éclat de couleur dont il y fait preuve, me rappelle encore et non moins vivement Théocrite et sa septième idylle, et il semble par là me donner un avertissement indirect dont je fais mon profit, en terminant ici un travail dont le but unique était d'exposer les titres de parenté de sa muse avec celles de Syracuse.　　　　　(*L'Écho de Vesone ;* 10 et 11 Juillet 1860.)

UNE SOIRÉE CHEZ M. DE SALVANDY,

PAR M. FERDINAND FABRE.

En juin 1853, M. le comte de Salvandy, qui venait de lire mon livre, les *Feuilles de Lierre,* me fit l'honneur de m'inviter à une soirée littéraire qui devait avoir lieu chez lui... Le salon de M. de Salvandy était envahi. Tout ce que le faubourg Saint-Germain a de femmes élégantes et distinguées, tout ce que Paris renferme de grand dans les lettres, dans les arts et dans les sciences, semblaient s'être donné rendez-vous chez l'ancien ministre de l'Instruction publique. L'Académie française surtout y était admirablement représentée.

Cependant le silence régnait depuis quelques instants, et personne ne prenait la parole. Le fauteuil, qu'on avait placé sur une estrade assez élevée, et qui probablement était destiné au lecteur de quelque chef-d'œuvre, restait toujours inoccupé. Je désespérais presque de voir s'ouvrir la séance, quand un homme parut. Cet homme monta rapidement au fauteuil, sourit agréablement aux dames, promena sur la foule un regard plein de complaisance, et annonça qu'avant de déclamer ses poésies dans leur langue originale, il aurait soin, pour les personnes qui ne savaient pas cette langue, de les traduire en français : cet homme, c'était Jasmin.

Jasmin déclama : *l'Aveugle, ses Souvenirs, les Jumeaux, Ma Vigne, Martha la folle, etc. ;* le succès fut immense. En bien des endroits au Théâtre Français surtout, quand Mlle Rachel jouait *Camille, Phèdre, Pauline,* il m'avait été facile de constater la puissance de la poésie sur les organisations élevées; mais jamais je n'avais vu couler tant de larmes, jamais, moi-même, je n'avais été si profondément ému.

Jasmin n'est pas seulement un poète, c'est aussi un grand acteur. Par son geste rapide, par son regard plein de feu, par sa voix harmonieuse, cet homme vous force à suivre ses petits drames, à vous intéresser à la moindre péripétie et à pleurer au dénouement. Quand Jasmin dit ses vers, il est maître de vous; il faut que votre âme enchaînée passe par toutes les impressions qu'il éprouve lui-même. Il s'établit, dans ce commerce intime du poète avec ceux qui l'écoutent, un rapport de sensations, tantôt douces, tantôt terribles, selon que le sujet qu'il développe est triste ou gai, mais toujours ces sensations sont délicieuses, enivrantes. Jasmin est un vrai poète. Plus que tous ceux qui se sont servis de sa langue, il sait de quel prix est la forme en poésie. Son vers, simple et fort, ne boîte jamais sous la rime, et ses strophes se tiennent bien.

Jasmin, qui sait sans doute que *Marthe* est la meilleure de ses inspirations, avait gardé ce poème pour la fin de la soirée. Il le déclama tout entier, s'interrompant de temps à autre pour essuyer ses larmes et pour donner à ceux qui l'écoutaient le temps de savourer leur émotion. Il m'est impossible de dire avec quels sanglots, avec quel accablement, soit dans le geste, soit dans la voix, il raconta cette lamentable histoire d'une pauvre fille folle d'amour : le poète et l'acteur furent sublimes! C'est alors que les triomphes de Jasmin dans le Midi, triomphes que j'avais eu toujours bien de la peine à m'expliquer, me parurent légitimes. Je compris que Toulouse eût décerné d'une commune voix les fleurs de Clémence Isaure à cet homme merveilleux, que la ville d'Auch lui eût voté une coupe d'or, et qu'une femme, après avoir entendu *Marthe*, se fût avancée vers lui, et, lui présentant son enfant, se fût écriée avec transport : — « Monsieur! Monsieur! embrassez mon enfant!.... »

Il était deux heures quand je quittai l'hôtel de la rue Cassette. Comme la lune était magnifique et que, d'ailleurs, l'esprit agité par une foule d'idées, je ne me sentais guère disposé au sommeil, je me hâtai de gagner les quais. J'étais heureux de penser que j'allais enfin me trouver seul et me rendre un peu raison des impressions que j'avais éprouvées. Comment se faisait-il que ni nos poètes classiques, ni Hugo, ni Lamartine, ni Musset, ni Byron lui-même, ne m'eussent jamais aussi profondément bouleversé que Jasmin? Quoi! le poète de *Marthe* était donc plus grand que celui des *Feuilles d'Automne*, que celui des *Méditations*, que celui de *Rolla*, que celui de *Manfred?*.... Évidemment il y avait surprise, ou bien j'étais devenu fou. Je m'efforçai de rassembler toutes mes lois d'esthétique, pour résister à mon entraînement subit; mais tout mon arsenal de critique était en désarroi. Je compris alors que je n'étais pas assez calme pour juger impartialement, et, sans chercher à raisonner plus longtemps mes émotions, je laissai mon âme s'abandonner à son enivrement poétique, me réservant de revenir aux œuvres de Jasmin quand la fièvre de l'enthousiasme serait passée.

. . . .

— Quelques jours après, je lus le livre de Jasmin, et je n'eus pas de peine à m'expliquer l'admiration sans bornes que cette poésie étrange m'avait inspirée, quand je l'avais entendue pour la première fois. Certes, Jasmin avait agi sur moi par le geste, par la voix et par le regard ; mais comment se faisait-il que maintenant, enfermé dans ma chambre, ne subissant plus sa puissance presque magnétique, j'arrosasse de larmes les pages que je parcourais ? C'est que la poésie du poète d'Agen possède, à un très-haut degré, ce que j'appellerai la fibre sympathique. Les sentiments les plus profonds sont exprimés avec une simplicité qu'ont trouvée seuls les grands poètes ; et c'est cette corde vraiment humaine de la lyre de Jasmin, vibrant çà et là à travers son œuvre, qui avait été cause de mes transports.

. . . .

— En rappelant ce qu'il y a de faux ou, pour mieux dire, d'anti-humain, dans l'œuvre de la génération littéraire de 1830, je ne suis pas aussi loin de Jasmin que j'en ai peut-être l'air ; je justifie, au contraire, mon enthousiasme. Il était évident que mon esprit, fatigué par une poésie éblouissante sans doute, mais trop souvent en dehors de la nature, devait se laisser prendre aux premiers sentiments naïvement exprimés. Certes, éblouir le lecteur, le subjuguer, l'étonner, c'est bien quelque chose ; mais l'émouvoir, c'est encore plus. Les romantiques n'ont pas connu l'émotion vraie....

Cependant, ce filon d'émotion sincère que je trouvais dans les œuvres de Jasmin, me donna l'envie de lire les divers poètes-ouvriers du Midi de la France. Il me sembla curieux d'aller apprendre le sentiment à l'école de ces hommes ignorant, pour la plupart, les splendeurs de la forme poétique, mais capables de rendre par un mot plus vrai les impressions qu'ils recevaient, par la raison seule qu'ils vivent plus près de la nature. Je formai le projet de ne pas m'en tenir seulement aux poètes qui se sont servis des différents dialectes patois, mais d'étendre mon étude jusqu'à ceux qui ont écrit en français : il m'importait de me convaincre si le prestige d'une langue plus ou moins musicale, n'entrait pas pour beaucoup dans la sensation qu'ils produisaient.

Je n'ai pas à regretter le temps que j'ai mis à faire ce voyage à travers tant de poètes inconnus. Si mon pied a rencontré bien des ronces et des chardons, ma main a cueilli plus d'une fleur pleine de parfums. Je l'avoue néanmoins, *je n'ai nulle part rencontré cette poésie, profonde à la fois par le sentiment et pure par la forme, dont le poète d'Agen semble, seul, posséder le secret. Un poète doit être avant tout lui-même : Jasmin, c'est Jasmin.* (*Extrait des Récréations poétiques de M. Peyre, de Montpellier.*)

LE CHATEAU DE MONTESQUIEU ET LA BOUTIQUE DE JASMIN,

PAR M. FRÉDÉRIC THOMAS.

..... Ce qui vous attache à cet homme, c'est qu'il a opiniâtrement triomphé d'un obstacle que l'Évangile avait dressé comme une impossibilité. Jasmin est prophète dans son pays. Vous représentez-vous bien tout ce qu'il lui a fallu de sagacité de conduite et d'irrécusable talent pour opérer ce miracle, et pour installer enfin dans sa maison, dans sa ville, au milieu des siens, en dépit de toutes les servitudes et de toutes les envies du voisinage, cette dictature de la poésie?

D'ordinaire, il faut à tout homme qui s'élève un entourage, un lointain, un piédestal, comme il faut un trépied aux sybilles et une baguette aux fées. Jasmin, lui, sait se passer de tout ce prestige; il n'en est que plus vrai sans en être moins grand. Cette familiarité de la porte ouverte à tout venant ne lui ôte rien; il ne perd point à être vu de si près; il y gagne au contraire; il n'y a que les choses excellentes qui en soient là.

Jasmin, sorti du peuple, s'en est fait l'apôtre inspiré et la glorification vivante. C'est là ce qui explique son influence et sa domination toujours infaillibles sur les assemblées que sa renommée convoque et que sa parole électrise.

Et quels progrès immenses n'a-t-il pas faits à son début? Il cherchait sa voie; mais bientôt il la traça hardiment. Il sut se conquérir; il sut être lui-même: inspiration, souffle, ampleur, originalité, aujourd'hui rien ne lui manque, et tout lui est fourni par cette langue enchanteresse, par cette langue des troubadours retrouvée et presque refaite par lui, et dans laquelle il taille des vers limpides et clairs comme l'eau, fermes comme le roc, car sa poésie tient du cristal et du marbre.

Ce qui nous émerveille encore dans Jasmin, c'est qu'il ait évité tous les piéges de sa situation; c'est que ce parvenu de la gloire n'ait été aveuglé ni par le vertige de l'ascension ni par l'ivresse du succès.

Il n'a commis ni un faux pas ni une fausse note.

Que de sottises il a côtoyées sans jamais échouer sur aucune!

Ce discernement qu'il apporte dans sa conduite ne l'abandonne pas dans ses œuvres. Sa poésie est saine et vivante, parce qu'elle vient du cœur et s'inspire de la nature : un cœur tendre et une magnifique nature au sein de laquelle il s'imprègne et dont il réfléchit le soleil, les parfums et les fleurs.

C'est par là qu'il a si puissamment agi sur les populations qui l'environnent. Voulez-vous connaître sa poétique? la voici en deux mots : *chanter en parlant et agir en chantant.*

Sa poésie s'est mêlée à toutes les choses bonnes et honnêtes.

Et la campagne, cette campagne joyeuse et exubérante que le Lot et la Garonne embrassent avant de se réunir, comme il la comprend et comme il la peint ! Jasmin ressent pour elle, non un amour d'horticulteur ou de naturaliste, mais un amour de poète.

Nous avons dit que de l'esprit il faisait un cas médiocre ; il faut excepter l'esprit qui passe par le cœur. En effet, son esprit à lui ne ressemble ni à l'esprit narquois de Marot, ni à l'esprit démolisseur de Voltaire, encore moins à l'esprit désolé de Châteaubriand. L'esprit, chez Jasmin, est une sorte d'enjouement du cœur et de belle humeur de la pensée. L'épanouissement d'une situation vraie, éclatant tout à coup dans un mot naïf ou dans un effet comique, voilà son rire.

Sa sensibilité provient de la même source que sa gaîté : le naturel. Il a une telle bienséance de style et une telle harmonie de tons et d'idées qu'on passe avec lui du rire aux larmes, sans nul effort, sans la moindre secousse, avec un charme infini.

Un éditeur, auquel on ne peut rien dire de plus flatteur que son nom, M. Firmin Didot, vient de réunir les œuvres de Jasmin dans une édition populaire en un seul volume, avec la traduction mot à mot en regard. Cette édition sera dans toutes les mains aujourd'hui, et demain dans toutes les mémoires. Et ce sera justice, car je ne connais pas d'écrivain qui honore plus les lettres et qui respecte mieux le public et la muse !

(*Extrait du Siècle*, du 1er Novembre 1860.)

Comme corollaire de ces appréciations poétiques, nous publions la lettre ci-dessous que S. Exc. M. MAGNE vient d'adresser, à Jasmin, à l'occasion du poème d'*Hélène* qu'il a dédié à Mme MAGNE, pour faire gracieusement arriver jusqu'au grand homme d'État sa poétique reconnaissance.

Paris, le 8 Février 1863.

« MON CHER JASMIN,

« Je vous remercie de l'empressement que vous avez mis à m'envoyer les premières épreuves de votre poème intitulé : **HÉLÈNE.**

« J'ai relu avec un véritable plaisir cette œuvre qui suffirait à faire un nom à l'auteur, s'il n'était déjà connu de tous par ses admirables créations.

« Mme MAGNE attend votre visite à Paris pour vous remercier encore d'avoir bien voulu placer **Hélène** sous son patronage.

« Recevez, Mon cher Jasmin, etc.

« P. MAGNE. »

A MOUSSU VILLEMAIN

DES CRANTO DE PARIS,

EN LI DEDÍAN MOUN QUATRIÈMO LIBRE.

(Octobre 1862.)

A MONSIEUR VILLEMAIN,

DE L'ACADÉMIE FRANÇAISE.

(Août 1852.)

Maître, quand le Midi grandement me fêtait,
Devant chaque palme qui rayonnait à mon œil,
   Un ange m'aidait, sans doute,
Car ma Muse était forte... et jamais peur elle n'avait.

Mais quand la gloire enfin, dans sa capitale,
Me couronna au milieu de ses *Quarante-Messieurs*
   D'un laurier d'or à triples grains...
Oh ! mon ange eut beau me toucher de son aile,
L'homme et la Muse en moi eurent peur tous deux.
Je tremblais que le laurier, autant gagné qu'il fût,
   A mon front guère ne tînt ;
Et la gloire pourtant me souriait d'en haut...
   Je n'osais pas la recevoir ;
   La peur éteignait ma fièvre ;
L'œil braqué sur Paris, je ne sourcillais plus !...

Tout à coup, une voix à parole emperlée,
Une voix qui depuis trente ans, grande, quand elle sort

A MOUSSU VILLEMAIN,

DES CRANTO DE PARIS.

~~~~~~

Aujourd'hui ce n'est plus l'écho retrouvé des anciennes chansons du Languedoc. c'est la voix même, la voix vivante de son enfance et de son peuple qu'il nous est donné de saluer et de reconnaître sous une forme agrandie...

Jasmin, cette gloire de sa patrie locale, dans la patrie commune, mérite d'être adopté par la France entière et proclamé par elle... Racine ne nous en blâmerait pas !...

VILLEMAIN.

(Août 1852.)

Mèstro, quan lou mètjour en gran me festejâbo,
Daban cado ramèl qu'à moun èl luzissiò,
        Sans douto, un ango m'adujâbo,
Car ma muzo èro forto... et jamay poou n'abiò.

Mais quan la glôrio anfin, dedins sa capitalo,
Me courounèt al mièy de sous *Cranto-Moussus*
        D'un laourè d'or à triple grus...
Oh! moun ango aguèt bèl me touca de soun âlo,
Dins jou, l'hômc et la Muzo aguèron poou tout dus.
Tramblâbi que lou floc, tan gagnat que fusquèsse,
        A moun froun gayre nou tenguèsse;
Et la glôrio pourtan me riziô de lassus...
        Nou gaouzâbi pas la recèbre;
        La poou escantissiò ma flèbre;
L'èl bracat sur Paris, nou perpillâbi plus !...

Tout d'un cot, uno bouès à paraoulo emperlâdo,
Uno bouès que dumpèy trento ans, grando, quan sort

De sa bouche de miel et d'or,
Donne une secousse au monde,
Peignit ma Muse, et la fit
Si joliette et si bonne,
Que Paris frappa des mains ;
Je sentis que mon front retenait la couronne...
Et ma crainte s'anéantit.

Oh ! grand Maître, merci ! aux bords de la Garonne,
Maintenant nous aimons qui nous aime et payons qui nous donne ;
Je vous dois grandement, pour vous je me dépêcherai ;
Bon payeur jamais ne s'arrête ;
J'entasserai fleurs et épis ;
Et lorque ma gerbe sera prête,
Quand rayonnera mon jour de fête,
Avec vous je me racquitterai ;
Non de tout, gerbe choisie,
Gerbe grainée et fleurie,
N'aura jamais pour vous assez de blé, de parfum ;
Mais avec sa glanure on paie une partie,
Amour et gratitude ensuite feront l'appoint !!

(Octobre 1862.)

Dans prairies et sillons j'ai cherché pendant dix années.
Enfin, l'heure du paiement a tinté pour moi,
Grand-Maître, voici mes glanures ;...
Toutes ne forment qu'un petit bouquet ;
Mais mon cœur l'a imprégné de joie,
Et votre nom y brille en tête.....
Le premier, sentez-le, ma Muse vous l'envole
Pour les quarante noms fameux dont le vôtre est l'aîné !!

De sa boûco de mèl et d'or,
Baillo al mounde uno tramboulàdo,
L'intrèt ma Muzo, et la fasquèt
Tan poulideto et tan, tan bouno,
Que Paris de las mas truquèt;
Sentisquèri moun froun reteni la courouno...
Et ma crento s'abalisquèt.

Oh! gran Mèstre, mercio! As bors de la Garòno,
Aro ayman qui nous aymo et pagan qui nous dòno;
Bous dibi grandomen, per bous m'afanarèy;
Boun pagayre jamay s'arrèsto;
Flous et cabels apilarèy;
Et quan ma garbo sara prèsto,
Quan luzira moun jour de fèsto,
Dambé bous me resquitarèy;
Noun pas de tout, garbo caouzido,
Garbo granâdo, amay flourido,
N'aoura jamay per bous prou de blat, de parfun;
Mais dambé sa gragnado on pago uno partido,
Amou, recounechenso apèy faran l'apun!!

(Octobre 1862.)

Pes prats et pes barèys òy trimat dèts annados.
Anfin, del pagomen l'houro a tindat per jou,
Gran mèstre, baci mas gragnados;...
Toutos nou fan qu'un bouquetou;
Mais moun co l'a luntat de jòyo,
Et bòstre noum luzis en cat...
Lou prumè, sentè-lou, ma Muzo bou l'enbòyo
Pes cranto noums famus doun lou bòstre és l'aynat!!

LANGUE FRANÇAISE, LANGUE GASCONNE.

AUX QUARANTE SAVANTS DE PARIS.

(24 Août 1852.)

Quel bruit dans Agen se répand ?
Quel bourdonnement dans la prairie ?
La Muse des champs baptisée
Par les quarante savants de Paris ! (¹)
O mon berceau, d'un concert réjouis mon oreille ;
Rossignol, chante fort ; bourdonne fort, Abeille !
Garonne, fais bruire ton flot riant et pur ;
Des ormeaux du Gravier je dépasse la cime...
Non de gloire... mais de bonheur !

— Un jour, au matin de ma vie,
A l'heure où la joie nous quitte,
Je rêvais *seulet;* un ange m'apparut,
Il était fleuri de chèvrefeuille ;
Et d'une voix flûtée,
Affectueusement il me dit :

« L'honneur du Midi t'y convie,
« Chante, fais reluire notre langue obscurcie ;
« Cette langue qui te plaît
« A quitté à jamais le château, le palais,
« Mais elle garde la maison, la petite famille ;
« Qu'elle dépeigne là la joie et les larmes ;
« Elle embaumera toute l'année comme le mois de mai ;
« La langue de Paris, du trône où tant elle brille,
« Un jour baptisera son génie qui renaît ;
« Langue de fleurs, de miel, ne doit mourir jamais...

(¹) L'Académie française vient de décerner *un prix extraordinaire* de 5,000 fr., aux Poésies en dialecte languedocien du poète Jasmin. (Pro-

LENGO GASCOUNO, LENGO FRANCEZO.

AS CRANTO SABENS DE PARIS.

(24 Août 1852.)

Quin brut dins Agen s'esplandis?
Quin brounzinomen dins la prâdo?
La Muzo des cans batizâdo
Pes cranto sabens de Paris... (¹)
O moun brès, d'un councèr festejo moun aoureillo!
Roussignol, canto fort! brounzîno fort, Abeillo!
Garôno, fay souna toun flot rizen et pur;
Des ourmes del Grabò floureji la cabeillo,
    Nou de glôrio... mais de bounhur!!

    — Un jour, al mati de ma bito,
    A l'hoùro oùn la jôyo nous quitto,
Saounejàbi soulet; un ange me benguèt,
    Ero floucat de litso-crâbo;
    Et d'uno bouès que flutejàbo,
Amistouzomen me diguèt :

    « L'aounou del Mètjour t'y coubido,
« Canto, fay reluzi nostro lengo encrumîdo;
    « Aquelo lengo que te play
« A quitat per toutjour lou castèl, lou palay,
« Mais gardo l'oustalet, la pitchouno famillo;
« Ebé, que pintre aqui la jôyo et la grumillo;
« Embaoumara tout l'an coumo lou mes de may;
« *La lengo de Paris*, de sul trôno oùn tan brillo,
« Un jour batizara soun engin que renay;
« Lengo de flous, de mèl, nou diou mouri jamay...

gramme des prix décernés par l'Académie française , aux ouvrages les plus
utiles aux mœurs. — 19 Août 1852.)

« Des *Troubadours* c'est la fille !
« Et d'Henri IV c'est la mère ! ! »

Il se tut ; aussitôt dans mon cœur je sentis
Le baiser de la Muse... et mon sang s'alluma ;
    Et le cri d'amour que je poussai
Se trouva être un refrain qui au loin retentit...
Et depuis trente ans, partout, l'âme fiévreuse,
    J'ai dit la pauvreté joyeuse ;
Pour l'église j'ai toujours brûlé mon grain d'encens ;
Et troubadour du peuple, attristé ou riant,
De Toulouse à Bordeaux, de Marseille à Toulouse,
    J'ai chanté langueur amoureuse,
    Joie, chagrin et tristesse.

    J'ai peint nos champs pleins de fruits,
    Fourmilière de travailleurs ;
Quand sur eux du malheur *pleuvait* le nuage,
Je les disais souffrants, mais jamais menaçants ;
Ma Muse toute de miel n'effraya personne ;
Aussi, dans mes chansons qui embaumaient les airs,
Le riche, de ma langue respira le parfum...

    Ainsi la Muse en pastourelle,
Plut mieux qu'autrefois quand elle était demoiselle ;
Ainsi elle put glaner dans le monde touché
Les fleurs d'or d'honneur qui étoilent son front.
    Paris même, à mes chansonnettes,
    Se souvint des musettes ;
Il écouta, fêta la Muse des guérets ;
Et sans trop écouter le bruit des trompettes,
Ma muse alla chanter jusque dans le palais du Roi...

    — Oh ! certes alors je compris
Que l'ange que j'avais vu et que je ne revis plus,

« *Des Troubadours* acòs la fillo !
« *Et d'Hanri quatre* acòs la may !! »

Se tayzèt; et talèou dins moun cò sentisquèri
Lou poutou de la Muzo... et moun san s'aluquèt;
  Et lou crit d'amou que poussèri
Se troubèt un refrin qu'al lòn reboumbisquèt...
Et dezunpòy trento ans, pertout, l'amo fiòbrouzo,
  Ey dit la paouretat jouyouzo;
Pel la glèyzo òy toutjour burlat moun gru d'encen;
Et troubadour del puple, attristat ou rizen,
De Toulouzo à Bourdèou, de Marseillo à Toulouzo,
  Ey cantat languino amourouzo,
  Jòyo, chagrin et pèssomen.

  Ey dit nostres cans frutejayres,
  Bouluguèro de trabaillayres;
Quan del malhur sur es plebignàbo lou crun,
Lous dizioy souffrentous et jamay menaçayres;
Ma Muzo touto mèl n'espaourisquèt digun;
Tabé, dins mas cansous qu'embaoumàbon lous ayres,
Lou riche, de ma lengo halenèt lou parfun...

  Atal la Muzo en pastourèlo,
Plazèt may qu'aoutres cots quan èro doumayzèlo;
Atal pousquèt gragna dins lou mounde toucat
Lous *pimpouns d'or d'aounou* qu'estelejon soun cat.
  Paris mòmo, à mas cansounetos,
  Se soubenguèt de las muzetos;
Escoutèt, festejèt la Muzo del barey;
Et sans trop escouta lou brut de las troumpetos,
Ma Muzo anguèt canta dinqu'al palay del Rèy...

  — Oh! cèrto alabets coumprenguèri
Que l'ange qu'abioy bis et que plus nou besquèri,

Était prophète en me parlant.
Pourtant il ne l'était pas tout à fait encore :
Après le Roi de la patrie,
Il me fallait, pour avoir un triomphe complet,
Les *quarante Rois de l'esprit et de la poésie...*
Je les cherchais des yeux, surpris, à demi-couronné...
Je criais pour qu'ils m'entendissent...
Hélas! dans Paris il fallait qu'ils ne fussent pas,
Autour de moi il n'en vint aucun ;
Sans doute ils trônaient sur la *sainte montagne ;*
Ils moissonnaient des lauriers nouveaux ;
Ou peut-être, pour le moment, redevenus simples mortels,
Ils se promenaient tous dans la verte campagne !

Mais aujourd'hui, quel bruit se répand ?
Quel bourdonnement dans la prairie !
La Muse des champs baptisée
Par les quarante savants de Paris !
O mon berceau, d'un concert réjouis mon oreille !
Rossignol, chante fort; bourdonne fort, Abeille !
Garonne, fais bruire ton flot riant et pur ;
Des ormeaux du Gravier je dépasse la cime,
Non de gloire... mais de bonheur !

Maintenant de ce bonheur tous les rameaux fleurissent ;
Le dernier les vaut tous, aussi je m'en pavane ;
Nos vieux parchemins du Midi reluisent ;
Cela est signé... timbré par les princes du savoir...
Reine à la bouche d'or, *Langue-française* aimée,
Langue si fine, si habile,
Glorifie-toi dans ta bonté ;
Il est beau de caresser qui l'on a détrôné ;
Surtout quand, dans son berceau, celle qui perd la partie,
Toute vieille, demeure et gracieuse et jolie...

Ero profèto quan parlèt.
Pourtan nou l'èro pas enquèro tout à fèt :
  Aprèt lou Rèy de la patrio,
Me caillò, per abé gran trioumfe empenat,
Lous *cranto Rèys d'esprit et de la poézio...*
Lous cercàbi des èls... surpres, mièy courounat...
  Sisclàbi per que m'entendèssen...
Hélas ! dedins Paris caillò pas que fusquèssen,
  Al tour de jou n'en benguèt nat ;
Sans douto, èron pinquats sur la sento mountàgno ;
  Segàbon de laourès noubèls ;
Ou belèou, pel moumen, tournat *simples mortèls,*
Se passèjabon touts dins la berdo campagno...

  Mais anèy, quin brut s'esplandis ?
  Quin brounzinomen dins la pràdo !
  La Muzo des cans batizàdo
  Pes *cranto sabens* de Paris !!
O moun brès, d'un councèr festejo moun aoureillo !
Roussignol, canto fort ! brounzino fort, Abeillo !
Gàrono, fay souna toun flot rizen et pur ;
Des ourmes del Grabè floureji la cabeillo,
  Nou de glòrio... mais de bounhur !!

Aro d'aquel bounhur touts lous cabels flourisson ;
Lou darrè lous bal touts, m'en poumpoùni tabé ;
Nostres bièls parchemins del Mètjour reluzisson ;
Acòs sinnat, timbrat, pes princes del sabé...
Rèyno al parla flourit, *Lengo-francezo* aymàdo,
  Lengo tan fino, tan beziàdo,
  Englòrio-té de ta bountat ;
Es bèl de caressa qui l'on a destrounat ;
Surtout quan, dins soun brès, la qui per la partido,
Touto bièillo damòro et fresqueto et poulido...

Et en cela la nôtre a la double palme ;
Elle sonne comme l'orgue en parlant ; pour ses chanteurs,
Elle a des milliers de mots moelleux et sonores
    Qui peignent tout à faire tableau !...

Toi, tu es riche aussi, bien plus qu'elle peut-être ;
    Mais les Reines qui nous maîtrisent,
Pétries de richesses, empruntent plus d'une fois ;
Or, quand tu voudras chanter, si tu cherchais un mot,
    Un de ces mots qui *musiquent*,
    Notre langue est à toi, prends-le lui,
    Elle peut te donner sans s'appauvrir.
Dans mille ans, elle mourra peut-être à force d'âge ;
    En attendant, s'il le fallait,
Tu pourrais prendre d'avance un brin de l'héritage...
    Notre langue s'y prêterait,
    Car si elle est gasconne par le langage
    Elle est toute française par le cœur ;
Son honneur, tu l'as fait tien... et la gloire est la sienne.

    Son vieil honneur qui tant brille,
    Hélas ! dans ses prés riants,
    N'a qu'un ciel qui s'étoile ;
    Mais la gloire aux yeux voyants,
    Depuis trois cents ans rayonne ;
    Et trônant sur les changements,
    Elle a toujours, malgré l'envie,
    Ses *quarante* soleils luisants.

    Sous le temps qui chemine,
    Aussitôt que l'un s'éteint,
    Un autre naît et s'illumine,
    Et glorieusement luit ;
    Et l'œil fixé sur Paris,

Et sur acos la nòstro a lou triple ramèou;
Sòno l'orgo en parlan; per sous cansounejayros,
A do milès de mots moûflos et tindinayros
    Que pintron tout à fa tablèou!...

Tu, sès richo tabé, pla may qu'elo belèou;
    Mais las Rèynos que nous mestrejon,
Claoufidos de richesso emprounton may d'un cot;
Or, quan boudras canta se sercâbes un mot,
    Un d'aquès mots que muziquejon,
    Nòstro lengo ós à tu, pren-li,
    Pot te bailla sans s'apaouri.
Dins milo ans, mourira belèou à forço d'atge;
    En attenden, se zou caillò,
Pouyòs prene d'abanço un bri de l'heretatge...
    Nòstro lengo s'y prestayò,
    Car s'és gascouno pel lengatge
    Es touto francezo pel cò;
Soun aounou, l'as fèy teou... et ta glôrio és la siò.

    Soun bièl aounou que lugrejo
    Hélas! dins sous prats rizens,
    N'a qu'un cièl que s'estelejo;
    Mais ta glôrio as èls bezens,
    Dunpèy tres cents ans daourejo;
    Et trounan sus cambiomens,
    A toutjour, malgré l'embejo,
    Sous *cranto sourels luzens.*

    Debat lou ten que camîno,
    Talèou qu'un d'es s'escantis,
    Un aoutre nay, s'illumino,
    Et glouriouzomen luzis;
    Et l'èl fixat sur Paris,

Aveuve de poésie,
Tout un monde, à ta magie,
S'allume et se réchauffe !

C'est plus : ta pensée hardie,
Dans l'univers répandue,
Fait cacher le mensonge,
Éclaire maisons et palais ;
Les méchants rentrent dans l'ombre ;
Les deux mondes se réunissent ;
Et les canons s'éteignent ;
Et les peuples deviennent frères !

Langue du ciel, langue aimée,
Ton triomphe est béni.
Sauve la terre tout entière ;
Redresse l'âme et l'esprit ;
Grandis les choses nouvelles
Sans briser ce qui est vieux ;
Devine dans les étoiles
Les mille secrets du ciel ;

Fais naviguer dans les airs ;
Fais voler l'homme sur la mer ;
Fais les peuples *voisineurs*
Avec tes chemins de fer ;
Guéris toutes les misères ;
Fais partout primer la croix ;
Apaise les colères ;
Et fais le bonheur de tous
Comme tu as fait celui de ma Muse ;
Alors, en te bénissant,
Je trouverai ma double excuse
A répéter, plus fort encore, mon refrain :

Abeouzat de poèzio,
Tout un mounde, à ta magio,
S'alûco et s'escalouris !

Es may : ta pensàdo hardido,
Dins l'unibèr esplandîdo,
Fay rescoundre la mentîdo,
Esclayro oustals et palays;
Lous amalits s'encrumisson;
Lous dus moundes se junisson;
Et lous canous s'escantisson;
Et lous puples bènon frays !!

Lengo del cièl, lengo aymâdo,
Toun trioumfe es benezit.
Saoubo la tèrro empenâdo;
Adretis l'âmo et l'esprit;
Grandis las caouzos noubèlos
Sans brigailla ço qu'és bièl;
Debino dins las estèlos
Lous milo secrèts del cièl;

Fay nabiga dins lous ayres;
Fay boula l'hôme sur mèr;
Fay lous puples bezinayres
Dambé tous camis de fèr;
Garis toutos las mizèros;
Fay per tout prima la crouts;
Amatîgo las coulèros;
Et fay lou bounhur de touts
Coumo as fèy lou de ma Muzo;
Alors, en te benezin,
Troubarèy ma doublo escuzo
A repeta, may fort enquèro, moun refrin :

O mon berceau, d'un concert réjouis mon oreille !
Rossignol, chante fort ; bourdonne fort, Abeille !
Garonne, fais bruire ton flot riant et pur !
Des ormeaux du Gravier je dépasse la cime,
Car le bonheur de tous vient tripler mon bonheur !

LA VALLÉE DU LYS. [1]

(2 Septembre 1852.)

Hier je m'échappai seulet
Pour faire secrète promenade
Dans la *Combe* si renommée,
Où demoiselle et jeune Monsieur
Me tressaient bouquet joli.
Au miel d'amour qui tombe sans cesse
De ces vieux rocs qui en ont la fontaine,
Au venin qui naît parmi le gazon,
Je m'écriai : « Jolie vallée,
   « Quel est ton maître, ange ou démon ?? »

Et curieux je fouillai tout hier,
Bosquet fleuri, coteaux et prairies ;
Tout à coup je vois deux cascades :
L'un *du cœur*, l'autre *de l'enfer*,
Et mon plaisir devint amer :
Eau fine, pure !... eau vénéneuse ! !

[1] Le lendemain de cette mémorable séance qui avait produit 1,000 fr.
pour l'église de Luchon, un déjeûner dans la vallée du Lys fut offert à
Jasmin ; une joyeuse cavalcade, composée surtout de gracieuses et jolies
femmes, escortait le Poète. Après le déjeûner, M. Tron, représentant du

O moun brès, d'un councèr festejo moun aoureillo!
Roussignol, canto fort! brounzino fort, Abeillo;
Garôno, fay souna toun flot rizen et pur!
Des ourmes del Grabè floureji la caboillo,
Car lou bounhur de touts bèn tripla moun bounhur!

LA COUMBO DEL LYS. [1]

(2 Septembre 1852.)

CANSOUNETO. — AYRE : *Ce que j'éprouve en vous voyant.*

Yòr m'escapèri tout soulet
Per fa secrèto permenado
Dins la Coumbo tan renoumâdo,
Oùn doumayzèlo et moussuret,
Me tressâbon poulit bouquet.
Al mèl d'amou qu'à-tengut toumbo
D'aqués bièls rocs que n'an la foun;
Al beren que nay pel gazoun,
Demandèri, poulido Coumbo,
Quin ès toun mèstre? ange ou démoun?

Et curious trimèri tout yòr,
Bousquet flourit, còstos et pràdos;
Tout d'un cot bezi diòs cascàdos :
L'uno *del cò*, l'aoutro *d'infèr*,
Et moun plazè benguèt amèr.
Aygueto cando! aygo amalido!!

peuple et maire de Bagnères-de-Luchon, a portó un toast à Jasmin :
A l'homme aussi riche par le cœur que par le génie ! ! Et le poète enthou-
siasmó, chanta cetto chansonnetto qu'il venait d'improviser.

(CONCILIATEUR AGENAIS.)

Cœur, toujours faible !... Enfer ! poison !!
Tout cela écrasa ma raison
Et je m'écriai : « Vallée jolie,
« L'ange ici se fait pécheur !! »

— « Vous vous trompez ! dit un pastoureau :
« Sur cette *Montagne-plaine*,
« Le cœur toujours sur l'enfer gagne ;
« Entre le miel et le venin,
« La Vierge planta son lys du ciel ;
« Celui là est bleu ; son odeur pure,
« D'ici ne chasse pas l'amour,
« Mais nous sommes plus forts près de sa fleur ;
« Et nous pouvons, sous la verdure,
« Aimer sans être pécheur !! »

LAPÉROUSE.

A MONSIEUR CROZE, MAIRE D'ALBY.

(16 Mai 1852.)

No plus revenir ! !...

Jolie ville au grand renom, (¹)
Lorsque le pèlerin te visite,
Il sent remuer son âme, et jamais il ne te quitte
Sans avoir salué chez toi plus d'un grand nom,
Et sans s'être épris de cette Cathédrale (²)

(¹) ..... Au milieu des cris, des applaudissements, et des bouquets qui pleuvaient sur le Poète, dans cette séance grandiose, sans précédents dans notre cité, et qui a produit plus de 2,000 fr. pour nos pauvres, M. le Maire s'est levé, et après une allocution touchante a offert au Poète une bague d'honneur aux armes de la ville, et sur laquelle sont gravés ces mots :

Cò, toutjour feble! infèr, pouyzou!!
Tout acòs truquèt ma razou;
Et cridèri : « Coumbo poulido,
« L'ange aciou se fay pecadou!!

— « Bous troumpas! dit un pastourèl :
« Sur aquesto *plâno-mountâgno*,
« Toutjour lou cò sul l'infèr gâgno;
« Entre lou beren et lou mèl,
« Bièrges plantèt *soun lys del cièl*...
« Aquel ós blu; soun aóudou puro,
« D'aci nou casso pas l'amou,
« Mais sèn may fors prèt de sa flou;
« Et poudèn, debat la berduro,
« Ayma sans èstre pecadou!!»

LAPÈYROUZO.

A MOUSSU CROZO, MAIRO D'ALBY.

(16 May 1852.)

Nou plus tourna!!...

Poulido bilo al gran renoum, (¹)
  Lou Pelerin que te bizito,
Sen boulega soun âmo, et jamay nou te quito
Sans abé saludat che tu may d'un gran noum,
Et s'èstre amourouzat d'aquelo *Catedrâlo* (²)

Albi à Jasmin. Le Poèto, gravo, solonnel, èmu, a répondu par cetto sublimo inspiration......
      (CONCILIATEUR DU TARN. — 18 Mai 1852.)

(¹) La Cathédrale d'Alby est un des plus remarquables monuments religieux du Midi.

Où tout un siècle a peint les célestes amours,
Où l'incrédule sent que le bon Dieu *dévale*,
Où il le trouve si fort, si beau, si aimant,
Que son cœur parle... Il croit... et tombe à deux genoux.

Mais tu as une autre chose et grande, et forte encore ;
C'est un nom fameux et d'étoiles orné,
Ton marin, *Lapérouse*, à l'âme hardie et fière,
Qui voulut tout connaître... et n'est plus revenu.

Sans doute, la raison partout planta sa borne,
Et s'arrêter, n'est pas reculer pour les hommes fameux ;
Mais si la gloire attend le *Christophe* qui revient,
Triple gloire nous devons, en bas et là-haut,
A celui qui franchit la borne... et qui ne revient plus.

Ne plus revenir ! et faire trois fois le tour du monde !
S'en aller loin,... bien loin,... dans la nuit,... à tâtons,...
Eclairer de sa lumière les pays les plus obscurs,...
Percer jusques à tant que personne plus ne réponde ;...
Et pendant que la France à l'œil braqué sur vous,...
Que l'on sait presque tout, et qu'on veut tout connaître,
Comme l'éclair allumé tout à coup disparaître...
Oh ! ne plus revenir, c'est plus glorieux
Que le retour trônant sur des lauriers et des fleurs.

Aussi, des vieux marins la famille fière,
Lorsqu'elle entend de grands noms, fait rayonner son œil ;
Mais à celui de *Lapérouse*
Elle s'enflamme et ôte le chapeau !!...

Oùn un siècle a pintrat las colèstos amous ;
Oùn l'incredule sen que lou boun Diou debâlo ;
Oùn lou trôbo tan fort, tan bèl, tan amistous,
Que soun cò parlo... crey... et toumbo à ginouillous.

Mais, as uno aoutro caouzo et grando, et forto enquèro ;
Acos un noum famus et d'estèlos floucat :
Toun marin *Lapèyrouzo*, à l'âmo hardido et fièro,
Que boulguèt tout couneche... et que n'és plus tournat !...

Sans douto la razou per tout plantèt sa borno,
Et s'arresta n'és pas recula pes famus ;
Mais se la glôrio atten lou *Cristôfo* que torno,
Triplo glôrio dibèn en bas, amay lassus,
Al que franchis la borno... et que nou torno plus !

Nou tourna plus ! et fà tres cots lou tour del mounde !
Sen ana lèn,... pla lèn,... dins la nèy,... à tastous,...
Esclayra de sa luts lous païs negrillous ;...
Parça dinquos à tan que digun plus respounde...
Et penden que la Franço à l'èl braquat sur bous...
Quan sabès prèsque tout, que boulès tout couneche,
Coume un liouse alucat, tout d'un cot, dispareche ;...
Nou tourna plus, jamay, acòs és may glourious
Que lou retour trounan sus laourès et las flous !

Tabé des bièls marins la familho fièrouzo,
Quan enten de grans noums, fay biste lugri l'èl ;
        Mais an aquel de *Lapèyrouzo*,
        S'aluquo, et tiro lou capèl !!...

Et moi aussi, j'ôte le mien devant sa statue,
Car, le peuple m'apprend sa gloire tout à fait;
Et je l'entends qui fait bruire dans la rue :
« *Il s'en fut loin, si loin, que par le froid ou par le feu;*
« *Il fut changé en bronze... et bronze il nous est revenu.*

LA QUÊTE DE VIEUX HABITS. [1]

A LA SOCIÉTÉ DE SAINT-VINCENT-DE-PAUL D'AGEN.

(Février 1853.)

Un soir où la bise soufflait aiguë,
Ma Muse au coin du feu, l'œil fermé,
Ainsi, à l'abri du froid, rêvait :

Notre Agen se faisait tout à fait charitable.
Au geste d'un Évêque à la parole aimée,
Au front candide, au cœur d'or, de jeunes messieurs
S'en allaient quêter sous chaque toit
De vieux habillements pour les pauvres tout nus...
        Et les maisons, et les familles,
Les recevaient souriants; et robes et tricots
        Lévites, manteaux et mantilles,
Au nom de saint Vincent tombaient à foison...
Et les pauvres ensuite, comme une fourmilière,
Venaient se *soleiller*, vêtus, dans la rue;

[1] ..... Une quête de vieux habits, permise par Monseigneur De Vesins, devait être faite, le lendemain, à domicile par la Conférence de Saint-Vincent de Paul; Jasmin termina la séance, si fructueuse pour les pauvres,

Jou lou tiri tabé daban soun estatuyo,
Car lou puple m'apren sa glôrio tout à fèt;
Et l'entendi que fay brounzina dins la ruyo :
« *S'en anguèt lèn, tan lèn que pel fret ou pel fèt,*
« *Fusquèt cambiat en brounzo... et brounzo nous tournèt !*

LA QUISTO D'HABILLOMENS. [(1)]

AS FILS DE SEN·BINCEN·DE·POL D'AGEN.

(Fcouré 1853.)

Un sero que lou ben fissàbo,
Ma Muzo al coufin, de clucous,
Atal, caoudeto, saounejàbo :

Nôstre Agen s'ero fèy tout à fèt piètadous.
Al gèste d'un Abesque à la paraoulo aymado,
Al froun cande, al cò d'or, de jouynes moussureto
S'en anàbon quista debat càdo teoulàdo
De bièls habillomens pes paoures tout nudets...
 Et lous oustals, et las famillos,
Lous recebion rizens... et raoubetos, tricots,
 Lebitos, mantèls et mantillos,
Al noum de *Sen-Bincen* toumbàbon à pilots...
Et lous paoures apèy, coumo uno froumiguèro,
Begnon se sourcilla, bestits, dins la carrèro...

dans le grand salon de la Préfecture, par ces strophes chaleureuses qui augmentèrent encore l'élan généreux des donateurs ..

(*Lot-et-Garonne*; 12 Février 1853.)

Ils voyaient *emmantelés* les riches, les heureux,
  Et aucun d'eux n'était jaloux,
Car l'hiver avait beau aiguiser sa colère,
  Ils étaient chauds !... ils étaient joyeux !!

— Hélas ! à son réveil, ma Muse endolorie
  Croyait son rêve... un mensonge...
Mais elle ne mentait pas, cela vient de revenir ;
Du cœur de Monseigneur l'étincelle est partie ;
Les fils de saint Vincent viennent de se grouper ;
  Et, devant eux, un ange crie :
« *Quête de vieux habits pour les pauvres, demain !! »*

Oh ! belles Dames, Messieurs, il gèle dans les *chambrettes ;*
Faites mon rêve vrai ; et pendant ces longs froids,
Laissez, laissez tomber de votre garde-robe
  Toutes ces vieilles, vieilles choses,
Pauvres pour la richesse et riches pour les pauvres !!

LES PINCES BÉNIES. [1]

A MONSIEUR LE CURÉ DU CASTÉRA.

(28 Août 1853.)

Oh ! Monsieur, qu'il m'est doux votre joli présent ;
Je m'en servirai, non lorsque ma table est montée ;
Alors, je n'ai pas besoin de pinces d'argent,
Le Poëte pauvre n'a que de la cassonade,

[1] ... Au milieu de l'enthousiasme général, le respectable Curé du Castéra s'est approché de Jasmin et lui a dit avec émotion : « qu'il soit béni celui à qui nous devons deux recettes si abondantes pour notre pauvre église. »
Ensuite, il lui a remis une cuiller et des pincettes à sucre, en argent, sur lesquelles est gravée cette inscription : « *A Jasmin, l'Église du Castéra*

Bezion manteleja lous riches..., lous hurous,
  Et pas un d'es n'èro jalous,
Car l'hibèr abiò bèl amali sa coulèro
  Èron caoudets... èron jouyous!!

— Helas! à soun rebèl, ma Muzo endoùlourido
  Creziò soun rèbe uno mentido...
Mais nou mentissiò pas, acòs bèn de tourna :
Del cò de *Mounsegnou* la boulûgo és partido;
Lous fils de *Sen-Bincen* bènon de s'apila;
  Et daban és un ange crido :
« *Quisto d'habillomens pes malhurous, douma!! »*

Oh dametos, moussus, toûrro dins las crambòtos;
Fazès moun rèbe bray... et tan que fara fret,
Daychas, daychas toumba de bostre gabinet
  Tout aquelos bièillos caouzòtos,
Paouros pel la richesso, et richos pel paouret!!

LAS PINCETOS BENEZIDOS.[1]

A MOUSSU LOU CURÉ DEL CASTERA.

(28 Agous 1853.)

Oh! Moussu, que m'és dous bostre poulit prezen;
M'en serbirèy, noun pas quan ma taoulo és mountado;
Alors n'èy pas bezoun de pincetos d'argen,
Lou Poèto paouret n'a que de cassounado;

reconnaissante! » Le Poète, visiblement ému, s'est levé : et sa Muse a laissé échapper cette réponse qui a été couverte des plus bruyants applaudissements!!

(Courrier du Gers; 2 Septembre 1853.)

Mais, dans ma vigne, autour d'un tertre fleuri,
Naît un fruit baptisé : « *Fraises du Paradis*; »

    Et il faut les croire bénies,

    Car, mûres, si nous les touchons,

Elles se sèchent dans les doigts; nous avons beau faire,
Il faut les laisser sur pied se morceler, flétries...

Oh ! Mais, maintenant, je m'en décarêmerai ;

    Grâces à vous je les becquèterai ;

Votre joli présent m'explique ce mystère,

    Église et Muse, tout me le dit :

Pince bénie, est pour le fruit béni !
Aussi, Monsieur le Curé, après demain, j'espère,
Goûter, dans ma vignote, ce doux miel en grains
Dont sans doute les saints se nourrissent là-haut ! !

LA CHARITÉ DANS BORDEAUX. [1]

AU POÈTE AMI SAINT-RIEUL DUPOUY.

(26 Avril 1853.)

Quand sur le bateau siffleur je descendais comme l'éclair,

    Pendant ses roulis je pensais :

    « Ma Muse est vieille dans Bordeaux,

    « Et pour plaire il faut être neuf. »

[1] ..... La soirée littéraire du poète Jasmin, au bénéfice de la *Confé-rence de Saint-Vincent-de-Paul* avait attiré, hier, dans *la belle salle Franklin*, une société choisie et des plus nombreuses; tout ce que Bordeaux possède d'illustrations dans tous les genres semblait s'y être donné rendez-vous.

..... Vers le milieu de la séance, le Poète, électrisé, a récité la pièce capitale de la soirée, sa belle inspiration de circonstance. Ce moment a été solennel; toute l'assemblée s'est levée en masse, a salué le Poète d'applau-dissements frénétiques; toutes les dames ont lancé des avalanches de bou-

Mais, dins ma bigno, al tour d'un tap que n'en flouris,
Nay un frut batizat : « *Frèzos del Paradis;* »
  Et las cal creyre benezidos,
  Car maduros, se las toucan,
Se secon dins lous dits; abèn bèl n'abè fan,
Las cal daycha sul pè se brigailla blazidos...

  Oh! Mais, m'en descaremarèy;
  Graço à bous las pelucarèy;
Bostre poulit prezen m'espliquo lou mystèri,
  Glèyzo et Muzo, tout me zou dit :
Pinceto benezido és pel *frut benezit!*
Tabé, Moussu Curè, douma-passat, espèri
Gousta dins ma bignôto aquel dous mèl en grus
Doun sans douto lous sèns se nourrisson lassus !!

LA CARITAT DINS BOURDÈOU. [1]

AL POÉTO AMIT SEN-RIEUL DUPOUY.

(26 Abriou 1853.)

Quan sul batèou sisclayre en *liouse* debalàbi,
  Dins sous batsacomens pensàbi :
  « Ma Muzo és bièillo dins Bourdèou,
  « Et per playre cal ètre nèou. »

quets aux pieds du héros de la fête, dont l'émotion vibrait dans des paroles
entrecoupées. Hâtons-nous de le dire, nous avons vécu 58 ans, et jamais
dans cette longue carrière nous n'avons assisté à une semblable ovation...
 La Société de Saint-Vincent-de-Paul l'a remercié par la bouche de son
Président, et lui a remis avec une couronne une magnifique bague cheval-
lière avec cette inscription :

La Caritat dins Bourdèou !!

(l'Indicateur, 28 Avril 1853. — P. MARCHANDON.)

Ce noir penser, aussitôt mon arrivée,
Retint longtemps ma Muse enchaînée au sol...

La nuit vint; devant moi je voyais scintiller
Sur la tête de Saint-André la première étoile;
Tout à coup elle se détache, et perçant la brume,
     Elle vient droit à moi enflammée;
Elle se déploie, grandit, prend un corps, un visage:
     De loin c'était un joli enfant;
De près, c'est une femme au cœur riche en pitié;
Je la connais... qu'elle est belle!... c'est la Charité!...

— « Ranime-toi, me dit la vierge affectueuse;
     « Jamais la Muse des pauvres,
     « Ici, ne doit être craintive;
« Bordeaux, c'est la ville où je règne le plus;
     « J'y suis Reine, ma voix commande;
« Mes autels rayonnent; le bien s'y fait grandement;
     « Bourse et cœurs, pour moi, tout s'ouvre...
     « Tiens, regarde, puisqu'elle renaît,
     « *Ma Semaine du mois de mai !...* (¹) »

Et de ses deux petites mains blanches,
     Aussitôt la vierge déploya
     Un tableau qui me fascina :

Au bruit de cent canons, timbales et trompettes,
Aux yeux de tout Bordeaux qui s'est *enfendré*,
Je voyais le *Grand-Théâtre* au milieu de la rue;
D'escadrons de Messieurs au costume doré,

(¹) Les grandes fêtes de la charité devaient se renouveler du 16 au
20 Mai.

Aquel negre pensa, talèou moun arribado,
Tenguèt lounten al sol ma Muzo encadenâdo...

Benguèt nèy; daban jou bezioy se boulega
Sul cat de *Sent-Andrè* lou supèrbe *luga;*
Tout d'un cot se destàco, et parsan lou brumatge,
  Bèn dret à jou tout alucat;
Se desplègo, grandis, pren un cor, un bizatge;
  De lèn èro un poulit maynatge;
De proche, és uno fenno al cò riche en piètat;
La counechi... qu'és bèlo!... acos la *Caritat!...*

 « Alûco-té, me dit la bièrges amistouzo;
  « La Muzo des paourets, jamay,
  « Nou diou èstre aci bergounjouzo;
« *Bourdèou* acos la bilo oùn m'entrounon lou may;
  « Y souy rèyno, ma bouès coumando;
« Mous noutas soun luzens; en gran lou bé s'y fay;
  « Bourso et còs, per jou, tout s'alando...
  « Tè, regayto, perqué renay,
  « Ma *Semmâno del mes de may!...* (¹) »

  Et de sas diòs blancos manetos,
  'Talèou la bièrges despleguèt
  Un tablèou que m'enluzisquèt :

Al brut de cent canous, timbalos et troumpetos,
As èls de tout Bourdèou que s'èro enfinestrat,
Bezioy lou *Gran-Théâtre* al mièy de la carrèro;
D'escadrouns de moussus al costume daourat,

Turcs, *Sarrasins*, *Français*, et chacun sa bannière,
Jouent pendant cinq jours, sans être fatigués,
   Le remède de la misère,
   Le drame de la Charité !...

Et tout est fin, gracieux ; tout a belle tournure ;
Voici la cour d'un Roi, voici celle d'une Reine !
Partout des jardiniers lançant de frais bouquets ;
Partout des *Frères quêteurs* grimpant sur les murailles ;
Partout des louis d'or qui pleuvent par torrents ;
Partout des vêtements qui tombent à brassées ;
Partout joie et bonheur s'enracinant dans les cœurs ;
Et partout le bon Dieu bénissant tout cela.

Au cri qui m'échappa, la jolie vierge
   Ajouta : « Maintenant, à toi la musette !..
   « Qui m'est utile est toujours neuf ;
 « La pluie d'or ici jamais, jamais ne se tarit ;
   « Dans Bordeaux chante donc encore,
  « Tu seras la première étincelle
 « Du grand feu que j'allumerai bientôt
 « Dans ma ville préférée où je plante mon drapeau ! »

Et elle me quitte ;... à mon œil *perloya* une larme ;
Et me voici plus fort pour Saint-Vincent-de-Paul ;
Bordeaux, je vais chanter encore ; mon étincelle pétille...
Ne l'éteins pas, la Charité le veut ! !

Turs, *Sarrazis*, *Francés*, et cadun sa bagnèro,
Jògon penden cinq jours, sans èstre fatigat,
    Lou remèdi de la mizèro,
    Lou *dramo* de la caritat !...

Et tout és fi, gracious ; tout a bouno dèguèyno ;
Baci la cour d'un rèy ; baqui la d'uno rèyno !
Per tout de jardinès lansan de fres bouquets ;
Per tout de *frays quistous* grimpan sul las parets ;
Per tout de loubi-dors que plèbon à palàdos ;
Per tout d'habillomens que toumbon à brassàdos ;
Per tout jòyo et bounhur racinan dins lous còs ;
Et per tout lou Boun-Diou benezin tout acòs.

Al crit que m'escapèt, la poulido biergeto
    Diguèt : « aro, à tu la muzeto !
    « Qui m'és utile és toutjour nèou ;
« La plèjo d'or aci jamay, jamay s'eschûgo ;
    « Torno canta dedins Bourdèou,
    « Saras la prumèro boulûgo
« Del *gran fet carraillè* qu'alucûrèy bienlèou
« Dins ma bilo beziàdo oùn planti moun drapèou ! »

Et me quitto ;... à moun èl perlejèt la grumillo ;
Et me baci may fort per *Sen-Bincen-de-Pol* ;
Bourdèou, torni canta ; ma boulûgo petrillo...
Nou l'escantisques pas, la Caritat zou bol ! !

LA PÉPINIÈRE D'ARTISTES.[(1)]

RÉPONSE A MONSIEUR J. JANIN.

(26 Mai 1853.)

Ma Muse que le beau enflamme grandement,
  S'étonne beaucoup dans Paris ;
Mais, dans votre festin elle s'étonne plus encore :
De peintres, d'écrivains, elle voit une pépinière ;
Et chaque arbre en est fort, et chacun, sans cesse,
  Malgré l'été et ses chaleurs,
  Malgré l'hiver et ses gelées,
Porte toute l'année et des fleurs et des fruits ! !

Pour toi qui as enseigné le fin savoir d'écrire,
Illustre Président, comment ne pas te devoir ? ?
Tu prêtes vie à mon nom en portant ma santé ;
Oh ! comme il durerait si tu pouvais le faire vivre,
Non pas autant que le tien... mais un quart de la moitié ! !

(1) ..... Vingt salons, les plus brillants, les mieux composés, avaient fêté son heureuse arrivée ; des écrivains et des artistes ont voulu, eux aussi, se réunir à Jasmin dans un banquet fraternel.
Ce banquet a eu lieu au cercle des *Deux-Mondes*. Il y avait là MM. *Jules Janin, Maxime Ducamp, Lireux, Landelle, Meissonnier, Charles de Matharel, Bédu, Léon Laya, Charles Monselet, Charles Reynaud, Laurent Pichat, Félix Solar*, et d'autres encore qui appartiennent aux lettres et aux arts. M. Jules Janin, à qui la présidence avait été dévolue, a porté un toast à Jasmin, et l'a salué au nom de la presse parisienne avec ce tact heureux et

LA PEPIGNÈRO D'ARTISTOS. [1]

RESPOUNSO A MOUSSU J. JANIN.

(26 May 1853.)

Ma Muzo que lou bèl en gran escalouris,
    S'estouno belcot dins Paris;
Mais, dins bostre frustin s'estouno may enquèro :
De pintres, d'escribens, bey uno pepignèro;
Et cado aoure n'és fort, et cadun, à-tengut,
    Malgrè l'estiou et sas flambados,
    Malgré l'hibèr et sas tourrados,
Porto touto l'annado et de flous... et de frut !!

Per tu, qu'as ensegnat lou fi sabé d'escrioure,
Illustre Preziden, coumen nou pas te dioure ??
Prèstes bito à moun noum en pourtan ma santat;
Oh! coumo durayò se poudiòs lou fa bioure,
Nou pas tan que lou teou... mais un quar de mitat !!

un bonheur d'expression qui eussent fait de lui un orateur de meeting s'il n'avait été le feuilletoniste que l'on sait.

Le Poète agenais n'a pas voulu, et cela se conçoit, que *la Garonne* le cédât à *la Seine*, et il a répondu à la prose élégante du critique par l'improvisation harmonieuse du poète.

La voilà cette improvisation, telle qu'il l'a dite entre deux verres de vin de Champagne..... Mais l'accent, mais l'expression et la mélodie et le geste, où sont-ils?

(*L'Assemblée Nationale*; 29 Mai 1853. — AMÉDÉE ACHARD.)

A MONSEIGNEUR SIBOUR,

ARCHEVÊQUE DE PARIS,

Qui m'offrit dans son Palais, après ma lecture, un rameau fleuri,
avec ces mots :

« Au plus grand des Troubadours passés, présents et futurs,

« A JASMIN ! ! »

———

(16 Juin 1853,)

La grande poésie est dans l'Eglise, seule ;
Là, elle élève l'âme et sa pompe éblouit ;
    Monseigneur, deux fois je vous ai vu
    Bénir les Aigles, la foule,
    Au Champ-de-Mars, et dans Paris ;
Et depuis, malgré la gloire et ses clairons,
    Je trouve les Muses petites,
    Et ma pastourelle encore plus...
    Même aujourd'hui, dans votre palais,
    Au milieu de cette savante escorte,
    En voyant tant de *Messeigneurs* (¹)
    Verser des larmes comme vous
    Aux douleurs de *Marthe l'Innocente*,
    En ouïssant votre parler si doux,
J'ai beau m'enflammer, je demeure timide...

Il faut pourtant que ma Muse réponde quand même ;
    Eh bien ! je dis tout bas, ici :
Vous avez beau couronner les Poëtes du monde,
Il n'égaleront jamais les Poëtes de Dieu ! !

(¹) Dans cette brillante soirée, on remarquait, parmi les gens de lettres
et le clergé, Monseigneur le Nonce du Pape et plusieurs Evêques.

———

A MOUNSEIGNOU SIBOUR,

ARCHEBESQUE DE PARIS.

Que m'offrisquèt dins soun Palay, aprèt ma lecturo, un ramèl flourit,
damb'aqués mots :

« Au plus grand des Troubadours passés, présents et futurs,

« A JASMIN ! ! »

———

(10 Jun 1853.)

La grando poèzio ós dins la Glèyzo, soulo;
Aquiou, ennarto l'amo et sa poumpo enluzis;
    Mounsegnou, dus cots bous èy bis
    Benezi las Aiglos, la foulo,
    Al *Can de Mars*, et dins Paris;
Et dezunpèy, malgrè la glôrio et sas troumpetos,
    Trôbi las Muzos pitchounetos,
    Et ma pastoûro enquèro may...
    Mêmo anèy, dins bostre palay,
    Al mièy d'uno escorto sabento,
    En beyren tan de *Mounsegnous* (')
    Toumba grumillos coûmo bous
    Al dol de *Maltro l'Inoucento*,
    En aougin bostres mots tan dous,
Èy bèl m'escalouri, damôri bergounjous...

Cal pourtan saquela que ma Muzo respounde;
    Ebé! dizi tout bas aciou :
Abès bèl courouna lous poètos del mounde,
Jamay faran rampèou as poètos de Diou ! !

〜〜〜〜〜〜

. . . . . . Jasmin est à Paris !... En 1842, le Poète fut appelé par le roi Louis-Philippe. Si pareil honneur lui était réservé par le nouvel Empereur, il n'oublierait pas les proscrits, au nombre desquels se trouvent encore aujourd'hui tant de glorieux enfants de la France; il n'oublierait pas celui de ses compatriotes qui a eu toujours ses généreuses sympathies,.....

(*Le Siècle; 8 Mai 1853,* — HAVIN,)

— « Jasmin, invité à dîner au palais de Saint-Cloud, après avoir charmé, ému, les assistants par ses récits si touchants et si poétiques, a justifié la bonne opinion qui avait été émise sur son caractère et son cœur; il a profité de l'impression qu'il produisait pour demander la fin de l'exil d'un honorable compatriote. L'Empereur la lui a immédiatement accordée, *sans nulle condition.....* »

(*Le Siècle; 7 Août 1853.*)

— « Interprète des sentiments de la population agenaise, et mû par la plus noble inspiration, Jasmin a obéi à sa seule conscience en accomplissant ce qu'il regardait comme un devoir...... »

(*Lot-et-Garonne; 13 Août 1853,* — Z. DE GRENIER,)

Tours, 10 Août 1853. . . . « Monsieur, Votre Muse est accoutumée aux triomphes, mais celui-ci doit être le plus doux à votre cœur; il vous honore plus que tous les autres; j'éprouve, pour ma part, le besoin de vous remercier de cette belle et bonne action, et je suis en ce moment l'interprète de toute ma famille..... »

(*Lettre de M. A.* BAUS, *Préfet d'Indre-et-Loire,* au Poète JASMIN,

À S. M. L'IMPERATRISSO DES FRANCÉS,

En li demandan la rintrado d'un Exilat, pel la grando porto d'aounou.

~~~

SÉRADO DEL PALAY DE SEN-CLOUD,

~~~

(6 Agous 1853.)

A S. M. L'IMPÉRATRICE DES FRANÇAIS,

En lui demandant la rentrée d'un Exilé, par la grande porte d'honneur.

SOIRÉE DU PALAIS DE SAINT-CLOUD.

(6 Août 1853.)

Lorsque dans la France, en bas, là-haut,
Le tonnerre du mal s'apaise ;
Quand l'orage dompté se tait ;
Que la terre ne lance plus d'éclairs ;
Quand le repos sur tous répand son haleine,
Prince-Empereur, grand Sauveur,
Maintenant qu'il est fort autant que bon,
Peut éteindre la grande peine
D'un noble exilé, malheureux
Loin du berceau où sa vie a grandi sur des fleurs !

Au temps que notre ville était si fougueuse,
Il apaisa le bruit ; il est fils, il est frère, il est père...
Rendez-le moi, notre Agen s'écrie !
Mais, pour que la prière aujourd'hui s'entende mieux,
Un ange est descendu, à son front rayonne l'étoile :
« Va trouver, m'a-t-il dit, dans son brillant palais,
« La jeune Impératrice ; elle est bonne autant que belle ;
« Elle est aimée du Ciel, au bien son cœur se complaît,
        « Prie son âme sympathique ;
« Elle sauvera deux enfants, une mère malheureuse,
« *Elle qui bientôt, bientôt sera heureuse mère !* (²) »

J'espère ! les anges ne se trompent jamais !

(¹) Dans cette circonstance, Jasmin a réalisé la prescience que les anciens accordaient à leurs poètes, en prédisant, deux années d'avance, la naissance du *Prince Impérial.*   (Note de l'Éditeur.)

A S. M. L'IMPERATRISSO DES FRANCÉS,

En li demandan la rintrado d'un Exilat, pel la grando porto d'aounou.

SERADO DEL PALAY DE SEN-CLOUD.

(6 Agous 1853.)

Quan dins la Franço, en bas, lassus,
Lou tounnèrre del mal se tayzo;
Quan l'aouratge doundat s'amayzo;
Que la tèrro nou liouso plus;
Quan lou repaou sur touts esplandis soun haleno,
Prince-Amperur, gran Saoubadou,
Aro que fort aoutan que bou,
Pot escanti la grando peno
D'un noble exilat, malhurous
Lèn del brès oùn sa bito a grandit sur de flous!

Del ten que nostro bilo èro tan amalido,
Amatiguèt lou trin; és fil, és fray, és pay...
Tourna-me lou! nostre Agen crido;
Mais per que la prièro anòy s'entende may,
Un ange és debalat; à soun froun a l'estèlo:
« Bay trouba, s'a m'a dit, dins soun luzen palay,
« La jouyno Imperatrisso; és bouno aoutan que bèlo;
« És aymado del Cièl, al bé soun co se play;
« Prègo soun amo piètadouzo,
« Saoubara dus pitchous, uno may malhurouzo,
« *Elo que sara lèou, biènlèou hurouzo may!* (¹) »

Espèri! lous angèls nou se troumpon jamay!

....., L'Académie des Jeux-Floraux, Monsieur, vient répondre au vœu unanime de nos populations, je puis même dire de la France entière, en vous décernant aujourd'hui publiquement le titre de Maître ès jeux qu'elle n'accorde, d'une manière spontanée, qu'aux écrivains ou aux poètes d'un talent vraiment supérieur. Elle est heureuse pour vous de ce concours inaccoutumé de tous les rangs et de toutes les classes de la société, qui représente tout ce que les hommes doivent honorer et respecter, ce qui est saint, ce qui est élevé en dignité, ce qui est aimable, ce qui est honnête.

La joie que l'Académie ressent dans cette occasion est certainement bien grande ; elle l'avait espérée cependant d'abord plus grande encore. Elle vous avait nommé maître ès jeux en même temps que M. le comte de Peyronnet, augmentant ainsi pour vous-même l'éclat de ce titre. Elle avait voulu associer par là deux illustrations littéraires également pures, quoiqu'elles eussent brillé dans des circonstances bien différentes, l'une au déclin seulement d'une vie de dévouement traversée par de longs orages, l'autre dès le début d'une carrière constamment secondée par le flot toujours croissant de la faveur populaire, ordinairement si changeante.....

L'Académie, Monsieur, sait le noble usage que vous aimez à faire du talent merveilleux que la Providence vous a départi. En vous appelant dans ses rangs, elle n'a donc pas seulement voulu couronner en vous *le Poète et le restaurateur de la magnifique langue des Troubadours* qui fut celle des premiers fondateurs de nos jeux : elle a voulu encore honorer l'homme de bien, et joindre son témoignage à celui de la première des compagnies littéraires, de l'Académie Française, qui vous signalait il y a deux ans, par une récompense éclatante, à la reconnaissance publique.

RODIÈRE, MAINTENEUR.

Réception de J. JASMIN, en qualité de Maître ès Jeux-Floraux.

(*Journal de Toulouse* ; 8 Février 1854.)

DES CRANTO DE PARIS AS CRANTO DE TOULOUZO !

POÈMO.

A MADAMO DE FRÉSNO, NASCUDO DUCHAM DE SANCÈY.

(16 Abriou 1851.)

A MADAME DE FRESNE.

(16 Avril 1854.)

La Muse des pauvres, sans cesse fêtée,
    Au loin et des quatre coins,
    Paie ses dettes, de sa prairie,
    Avec de simples petits bouquets....
Vous, qui m'avez donné une si belle fête, (¹)
Dans ce Paris immense qui m'a tant fasciné,
Vous, si riche par le cœur, par la grâce et l'esprit,
Qui aimez à marier ma Muse pastourelle
    Avec la Muse demoiselle
De ce *poète frère* que les anges bénissent, (²)
    Vous avez droit, et tout me le dit,
    A ma plus blanche pâquerette,
    Au *pimpon-d'or* le plus joli !...
Ce bouquet-ci me plaît ; j'en suis presque glorieux :
    Tout un peuple l'étoila,
    L'autre semaine, au *Capitole*,
    Lorque *Isaure* m'a baptisé...
Je vous l'offre, noble Dame, et si son parfum
    Plaît à votre odorat
    Si fin,
Et que vous veniez un jour faire longue promenade
    Dans mon berceau agenais
    Si frais,
    Alors vous verrez que mes petites fleurs
    Embaument un brin de plus,
    Au doux son de nos musettes,
    Sur terre meuble... au mois de mai !

(¹) La magnifique soirée que M. et Mme De Fresne donnèrent en l'honneur de Jasmin, en juin 1853, est une des plus belles que notre poète ait reçues à Paris. Mme De Fresne est née *Ducham de Sancey.*

A MADAMO DE FRÈSNO.

(16 Abriou 1854.)

La Muzo des paourets, à-tengut festejado,
    Al lèn et des quatre cantous,
    Pàgo sous deoutes, de sa prado,
    Dambé de simples bouquetous....
Bous, que m'abès baillat uno fèsto tan bèlo, (¹)
Dins aquel gran Paris que m'a tan enluzit,
Bous, tan richo pel cò, pel la graço et l'esprit,
Qu'aymas à marida ma Muzo pastourèlo
    Dambé la Muzo doumayzèlo
D'aquel *poèto fray* des anges benezit, (²)
    Abès dret, et tout me zou dit;
    A ma pu blanco pimparèlo,
    Al pimpoum-d'or lou may poulit!...
Aqueste floc me play; n'èy prèsque de glouriòlo :
    Tout un puple l'estelejèt,
    L'aoutro semmano, al *Capitòlo,*
    Quan *Izoro* me batizèt...
Bou l'offri, noblo Damo, et se soun halenado
    Play à bostre senti
        Tan fi,
Et que bèngues un jour fa loungo passejado
    Dins moun brès agenés
        Tan frés,

    Alor beyrés que mas flouretos
    Embaoumon un brigal de may,
    Al souna de nostros muzetos,
    Sur tèrro triouzo... al més de may!

(²) M. De Fresno est compatriote et grand ami du poèto Reboul, frère de Jasmin en *Clémence-Isaure.*

                        (Note de l'Éditeur.)

DES QUARANTE DE PARIS AUX QUARANTE DE TOULOUSE ! [*]

(6 Février 1851.)

Jeune, je faisais ronfler la corne sans cesse ;
Un jour où la raison m'avait visité sans bruit,
　　　A ma Muse, folle fille,
　　　Un peu trop dégourdie,
　　　Je dis d'un air de régent :
　　　« Nul brin de gloire fleurie ;
　　　« Nul brin de laurier rayonnant,
　　　« Si tu ne t'en vas vite, vite,
　　« Recevoir, à genoux, la sainte *chaleurde*
　　　« De l'odorante poésie,
　　　« Sous le soleil toulousain. »

Un beau matin, tous deux, pelotonnés de crainte,
　　　Plus forts en nous donnant la main,
Autant inconnus que le jour de demain,
Nous entrions au milieu de la *ville savante*
Comme chez une mère, ou chez une parente
Qu'on n'a pas vue encore et qu'on brûle d'aimer.

　　Nous étions dans la saison joyeuse ;
Il y avait juste trois jours que *mai* était revenu ;

[*] Hier, dès midi, la vaste galerie des Illustres, au Capitole, était entièrement envahie par une foule immense qui se composait en grande partie
de dames élégamment parées... Rarement on avait vu dans nos fêtes poétiques un auditoire aussi nombreux, aussi empressé...
　Le succès de Jasmin a dépassé tout ce que l'on aurait pu imaginer ; l'ovation a été grande, splendide, magnifique ! !
　........ Lorsque JASMIN est sorti du Capitole, une foule très-considé-
rable attendant sa sortie, stationnait dans la cour, sous le péristyle et sur

DES CRANTO DE PARIS AS CRANTO DE TOULOUZO ! [*]

(6 Fecuré 1854.)

Jouyne, fazioy rounfla las cornos à tengut.
Un jour que la razou m'abiò parlat sans brut,
    A ma Muzo, fòlo maynàdo,
    Un paou trop escarrabillàdo,
    Diguèri d'un toun de regen :
    « Brlno de glôrio poumpounàdo;
    « Brlno de laourò fi, luzen,
    « Se nou t'en bas pressadomen
« Recèbro, à ginouillous, la sento calourado
    « De la poèzio embaoumàdo,
    « Debat lou sourel toulouzen. »

Un bèl mati, tous dus, arremouzats de crento,
    May fors en nous baillan la mà,
Aoutan incounescuts que lou jour de douma,
Intràben al mitan de la bilo sabento
Coumo ches uno may ou ches uno parento
Qu'on n'a pas bis enquèro... et qu'on burlo d'ayma.

    Eren dins la sazou jouyouzo;
Y'abiò juste tres jours que *May* èro tournat;

la place; à son passage, toutes les têtes se découvraient; on a battu des mains, on a criò : *Vive Jasmin !* et des groupes l'ont escortô jusqu'à son logement.

Ainsi a eu lieu la réception de Jasmin, en qualitô de Maître ès Jeux-Floraux, réception qui sans doute a été longtemps un de ses plus doux rèves, et qui certainement restera dans sa pensée comme le souvenir le plus glorieux de sa vie poétique.

    (*Journal de Toulouse;* 8 Février 1854. — M.-J. Dutour.)

Mai, partout est joli; mais ici, dans Toulouse,
Toute la ville embaume autant que la pelouse;
Mai y est beau ! cent fois beau ! ainsi l'on n'en voit aucun.
Un soleil ruisselant d'or faisait scintiller l'air ;
Lumières, fleurs et chansons , tout s'épanouissait ;
L'on aurait dit que pour mieux plaire
Terre et ciel, devant Dieu , faisaient *au plus joli !!*

Mais ce qui plut davantage encore
A ma Muse écervelée,
C'était d'ouïr sonner, comme chez les campagnards,
De notre langue nourricière,
Et si joliment, qu'au milieu de la rue
Nous nous croyions dans un bois plein , plein de rossignols !

Tout à coup, une autre harmonie
Bruit en forme de cantique;
D'une grande maison aiguë,
Un groupe aligné sort;
Six Messieurs portent six fleurs d'or ;
Et ces fleurs sont bénies ,
Car tous en les voyant sortir
Se découvrent vitement ;
Le monde les suit et s'assemble,
Et les escorte par la ville
Comme on fait au Saint-Sacrement !...

Fleurs d'or sortant de la *Daurade !*
Et l'église qui en est la prairie
Les fête comme une mère !!

May és poulit per tout; mais aciou, dins Toulouzo,
Touto la bilo embaoumo aoutan que la pelouzo;
May y'és bèl! cent cots bèl! atal on n'en bey nat.
Un sourel rajen d'or faziò lambreja l'ayre;
Luts et flous, et cansous, bezian tout espelit;
      Aouyon dit que per millou playre
Terro et *cièl*, daban Diou, fazion al may poulit!

      Mais ço que plazèt may enquèro
      A ma Muzo catifoulèro,
Èro d'aougi souna, coumo ches mountagnols,
      De nòstro lengo nourricièro,
Et tan poulidomen, qu'al mièy de la carrèro
Nous crezian dins un bos claoufit de roussignols.

    — Tout d'un cot, uno aoutro muzico,
    D'un gran oustal en pungirîco,
    Brounzis en formo de cantîco;
    Uno troupo arrengado sort;
    Siès Moussus porton siès flous d'or;
    Aquelos flous soun benezîdos,
    Car touts, en las beyren sourtîdos,
    Se descapèlon bistomen;
    Lou mounde las sièt et s'apilo,
    Et las escorto pel la bilo
    Coumo fan al Sen-Sacromen...

    Flous d'or sourtin de la *Daourado*!
    Et la glèyzo que n'és la pràdo,
    Las festejo coumo uno may!...

Je comprends ! nous sommes au *Trois de Mai* ;
Isaure, la muse première,
Au Capitole les attend
Pour lancer avec elles encore
A la gloire six noms de plus ! !

Quelle ville ! Quelle magie ! !
Comme à Rome, partout la poésie éclate ;
En fleurs d'or, la voici ! Nous la voyons rayonner ;
La foule musicienne s'amasse autour d'elle ;
Eh ! bien, la poésie est dans le savant qui passe ;
Et dans ce peuple aimé qui sans souffler
Demeure enchaîné sur place,
Tout le temps qu'il la voit passer ! !

Ma Muse, à la leçon de cette grande école,
Réfléchit paupière baissée ; elle n'était plus folâtre ;
Sérieuse je la voulais, sérieuse elle devenait ;

Demi-heure après, au Capitole
Je l'entraînais, plus fort de ce qu'elle ressentait.

Mais ici, grande demeure,
Plus encore que dehors,
Le *beau* règne, se répand,
Et le joli nom d'*Isaure*
Encore plus retentit.
Les fleurs d'or si rêvées
Sont disputées, elles sont gagnées ;
Les six Muses qui les ont,
S'en glorifient en chantant...

Coumpreni! sèn *al tres de may;*
Izôro, la muzo prumèro,
Al Capitôlo las espèro,
Per manda d'amb'elos enquèro,
A la glôrio siès noums de may!

Quino bilo! quino magio!
Coumo à Roumos, pertout luzis la poèzio!
En flous d'or, baci-lô! la bezèn daourèja!
La foulo muzicayro al tour d'elo s'amasso;
Èbé, la poèzio és chel saben que passo;
Amay ches aquel puple aymat que, sans poulsa,
Damôro encadenat sur plaço
Tout lou ten que la bey passa!

Ma Muzo, à la litsou d'aquelo grando escolo,
Sousquèt, perpil baychat; n'èro plus faribôlo;
Seriouzo la bouilloy... seriouzo se faziô....

— Mèjo-houro apèy, al Capitôlo
L'entraynàbi, may fort de tout ço que sentiô.

Mais aciou, grando damôro;
May enquèro que defôro,
Lou *bèl* trouno, s'esplandis;
Et lou poulit noum d'Izôro
Enquèro may reboumbis.
Las *flous d'or* tan saounejàdos
Se disputon... soun gagnàdos.
Las siès Muzos que las an,
S'en englôrion en cantan;

Les cœurs et les yeux s'allument ;
Les orgues sonnent, les mains frappent...
Cent bravos à chaque coup...
La gloire fait tant de bruit,
Qu'on dirait que tout tremble,
Et que l'air en bouillonne !!

La leçon si fleurie, enfin, portait fruit :
Et, quand les vers *français* sonnèrent,
Et que deux Muses fêtèrent
La Vierge de la terre et celle du ciel,
Ma Muse vit apparaître un monde tout nouveau ;
Et sous ce nom si doux à notre oreille,
Son âme s'ouvrit au beau,
Comme la ruche de l'abeille,
Quand elle laisse couler son miel.....

Le soir, en rêvant poésie et musique,
Nous quittions ce berceau aimé,
Comme deux pèlerins chercheurs, qui ont trouvé
Chapelet et sainte relique...
Et ma Muse, alors, tout à fait transformée,
En martelant ses mots, en chemin, me dit :

« Je comprends que notre musette
« N'a plus le droit, là, de chanter la Vierge,
« Ni de gagner le lis que j'ai vu blanchir ;

Lous cos et lous èls s'alûcon ;
L'orgo sôno... las mas trûcon...
Cent brâbòs à câdo trut...
La glôrio fay tan de brut,
Qu'on diyò que tout trambôlo...
Et que l'ayre n'en boujôlo...

La litsou tan flourido, anfin, pourtâbo frut :
    Et quan lous bèrs francés sounèron ,
    Et que diòs Muzos festejèron
La bièrges de la tèrro et la bièrges del cièl,
Ma Muzo besquèt nayche un mounde tout noubèl ;
Et debat aquel noum tan dous à nôstro aoureillo,
    Soun amo s'oubrisquèt al bèl,
    Coumo la bresco de l'abeillo
    Quan bay fa gouteja soun mèl !...

Lou sero, en saounejan poezio et muzîco ,
    Quitâben aquel brès aymat,
Coumo dus pelerins sercayros, qu'an troubat
    Chapelet et sento-relîco...
Et ma Muzo, alabèts, cambiâdo tout à fèt,
En martelan sous mots, pel cami, me diguèt :

    « Coumpreni que nôstro muzeto
« N'a plus lou dret, aqui, de canta la biergeto,
« Ni de gagna lou lys qu'abèn bis blanqueja...

« Mais, moi, hors des prix, je veux la fêter;
« La Reine des anges aime notre langage;
« Elle l'écoute du pâtre, du pauvret, de l'enfant,
« Elle l'écoutera de moi; dans prairie et sillon,
   « Joie et douleur je lui peindrai
« Du laboureur, du moissonneur, du vigneron;
« Et pour Toulouse enfin je chansonnerai tant,
« Qu'Isaure, de qui je suis *la petite nièce*,
    « Ressuscitant le souvenir
    « Des Troubadours et de Goudelin,
    « Voudra sentir dans ma prairie
« La fleur qu'à son soleil aujourd'hui j'ai ressemée,
« Et que son *Trois de Mai* aura fait épanouir ! ! »

Dix ans après, trois fois, mais alors sans crainte,
Je portais trois bouquets à la ville savante;
Françonnette plut au monde toulousain,
Et gagna le rameau qui fit mon nom rayonnant.

On dit que par amour pour notre vieille langue,
Reine-Isaure, en secret, y greffa une feuille,
Et laissa deviner que si je grandissais un peu plus,
Dans sa feuille, un beau jour, ses *trois fleurs* je trouverais.

On disait vrai : à Paris ma Muse couronnée,
Par les princes du savoir vient d'être baptisée;

« Mais jou, fôro des pris, bôli la feşteja;
« La rèyno des angèls aymo nostre lengatge;
« L'escouto del pastou, del paouret, del maynatge,
« L'escoutara de jou. — Pel prat et pel barèy,
     « Jôyo et doulou li pintrarèy
« Del que laouro, ou que daillo, ou que sègo, ou que poùdo;
« Et dins Toulouzo anfin tan cansounejarèy
« Qu'Izôro, de qui sèy la pitchouno neboudo,
     « Rebiscoulan lou soubeni
     « Des troubadours, de Goudouli,
     « Bendra senti dedins ma prâdo
« La flou qu'à soun sourel anèy s'és remendàdo,
« Et que soun *Tres de May* aoura fèy espeli! »

Dèts ans apèy, tres cots, mais alabets sans cronto,
Pourtâben tres bouquets à la bilo sabento;
Françouneto plazèt al moundę toulouzen,
Et gagnèt lou ramèl qu'a fèy moun noum luzen.

Dizion que per amou per nostro lengo bièillo,
Rèyno-Izôro, al sarrat, y'empeoutèt uno fèillo;
Et daychèt débina que se may grandissioy,
Dins sa fèillo, un bèl jour, sas *tres flous* troubayoy...

Dizion bray: à Paris ma Muzo enramelâdo,
Pes princes del sabé bèn d'èstre batizâdo;

A peine a-t-on éteint l'autel, que, sur ma tête,
Celui d'Isaure aussitôt pour moi s'est allumé.

De la feuille gonflée où elles étaient retenues,
Ses *trois fleurs* à la fois, hier, chez moi sont nées;
Je suis maître! Au Capitole, aujourd'hui, tout me sourit,
Et sa Reine en *fauteuil* change mon *tertre* fleuri.

Je m'y assieds pour l'honneur de notre langue aînée;
Sa vieillesse est un droit étoilé qui plaît;
C'est beau de la voir après cent ans et plus,
Reprendre le rang d'où elle était descendue...
Troubadours, *Goudelin*, qui planez de si haut,
La gloire tombe sur moi, mais remonte à vous autres!!
Je vous vois souriants, oh! j'en ai l'âme embrasée!!

J'en ai assez! je ne veux plus rien, et tout me fascine.
      Ma Muse s'en alla fière
Des quarante de Toulouse aux quarante de Paris;
Elle est plus que fière aujourd'hui, elle est tout à fait heureuse
De voir aller mon nom qu'Isaure bénit,
Des quarante de Paris aux quarante de Toulouse!!

A peno an escantit l'aouta, que, sur moun cat,
Lou d'Izôro per jou talèou s'és alucat.

De la fèillo espoumpàdo oûn èron retengàdos,
Sas *tres flous* à l'un cot, yèr, che jou soun nascùdos;
Sèy mèstre! Al Capitôlo, anèy, tout, tout me rit,
Et sa Rèyno en faoutul cambiò moun tap flourit.

M'y sèti pel l'aounou de nostro lengo aynado;
Sa bieillesso és un dret estelejat que play;
Acòs bèl de la beyre, aprèt cent ans et may,
Tourna prene lou ren d'oûn èro debalado...
Troubadours, Goudouli, que planas de tan haou,
La glôrio toumbo à jou... mais remounto à bous-aou!
Bezi que me rizès, oh! n'èy l'àmo alucado!!

N'èy prou! bôli res plus! aro tout m'enluzis.
      Ma Muzo s'en anguèt fièrouzo
Des cranto de Toulouzo as cranto de Paris;
És may que fièro anèy, és tout à fèt hurouzo
De beyre ana moun noum qu'Izôro benezis,
Des cranto de Paris as cranto de Toulouzo!!

..... Les voyages de JASMIN dans le Midi sont vraiment une marche triomphale ! Un prince ne reçut jamais de plus brillantes ovations. On le couvre de fleurs, on sonne les cloches, on illumine, on entoure son nom de lampions, les Maires le haranguent, les Magistrats, le Clergé vont au devant de ses pas. Rendus à un homme, à un Poète, de tels honneurs seraient exagérés ; mais Jasmin, dans cette circonstance, représente autre chose que la poésie : Il représente la *Charité*. Chacun de ses vers se convertit en une aumône, et de cette moisson d'or qu'il cueille à travers les populations, il ne garde pour lui que les fleurs. Les épis sont pour les malheureux. Cela est très-beau, et les Agenais doivent être fiers de leur Poète. Dans cette tournée, Jasmin a récolté plus de *vingt mille francs* pour les Pauvres !   (*Le Pays* ; 14 Février 1854.)

Jasmin a des joyaux magnifiques, un vrai Musée élevé à sa gloire et à sa charité. Aurillac, Saint-Flour et Lavaur viennent d'enrichir sa couronne poétique de nouveaux fleurons.

Mais rien de tout cela ne vaut, pour l'honneur du Poète, une simple feuille qu'une main indiscrète a dérobée à un carnet oublié dans un coin, feuille sublime qu'*Aurillac*, *Saint-Flour* et *Lavaur* auraient fait graver, si elles l'eussent connue, sur leurs coupes et sur leurs cachets d'or. La voici :

Note de mes frais de voyage, que j'ai fait prélever sur les recettes,
Dans ma tournée de 50 jours.

..... A Foix, par M. de Groussou, président de la Commission de Bienfaisance, 33 fr. 50 c. — A Pamiers, *rien*. — A Saint-Girons, par M. le Président de la Société de Saint-Vincent-de-Paul, 16 fr. — A Lavaur, par M. le Maire, 22 fr. — A Saint-Sulpice, *rien*. — A Toulouse, donné cinq séances particulières, *dont seulement les deux premières*, à Saint-Vincent-de-Paul et à la Préfecture, ont produit plus de 1,000 fr., *rien. Ma Muse y était pour son compte, attendant ma réception de maître ès jeux*. — A Rodez, par M. le président de la Conférence, 20 fr. 50 c. — A Saint-Geniez, *rien*. — A Saint-Flour, par M. Simon, vicaire-général, 22 fr. 50 c. — A Murat, *rien*. — A Mauriac, *rien*. — A Aurillac, par M. Genesté, maire, pour mon retour à Agen, 24 fr. — Total : 147 fr. 50 c.

Ainsi donc, dans cette tournée de 50 jours, par un temps affreux de neige et de froid, et dans un pays où *les voyages sont si coûteux*, Jasmin a prélevé 147 fr. 50 c. sur des recettes qui s'élèvent à plus de **20,000 fr.**

Les biographes qui recueilleront cette page émouvante devront y ajouter pour tout commentaire une lettre écrite à Jasmin, le 3 février 1854, par M. Migneret, préfet de la Haute-Garonne, et que nous transcrivons du *Journal de Toulouse* :

« Il est doux, après avoir joui la veille des charmes de la poésie, de commencer la journée du lendemain par faire le compte des malheurs qu'elle soulage. Je vous dois ce double bonheur, et je vous en remercie avec effusion.....

« Quant à mon admiration pour votre talent, elle cède à mon estime pour votre noble cœur, dût le Poète être jaloux du bon citoyen.   M. MIGNERET. »

(*La Haute-Auvergne* ; 8 Avril 1854.)

MOUN PELERINATGE DE 50 JOURS PES PAOURES.

(Janvier et Février 1854.)

LE BERCEAU DE GASTON PHÉBUS. [1]

(20 Janvier 1854.)

Lorsque dans son *vieux palais d'Ortès*
Gaston Phébus chansonnait ,
Plus qu'aucune , sa Muse s'enflammait au soleil ,
Et partout ses refrains furent les plus beaux ! !

Mais je ne m'étonne plus maintenant de ses lauriers :
Dans ce pays où sa mère déliait sa langue ,
Sur la crête d'un roc elle percha son berceau ;
Sa Muse s'y forma et plus tendre et plus fière ,
Car, comme l'aigle dans son nid ,
Plus voisine du ciel , elle recevait , la première ,
La chaleur du soleil... et le coup d'œil de Dieu !

AU PAYSAN POËTE ET CHARITABLE.

De jolis vers pour moi !... cinq pistoles pour les pauvres !
Oh ! comme ce paysan a l'esprit bien assis ;
Comme il sait employer les branches de son arbre :
A ceux qui chantent, les fleurs ! à ceux qui pleurent, le fruit !

[1] ..... Par sympathie pour l'immortel *Gaston Phébus*, la ville de Foix
a eu la première visite du Poëte, dans son long pèlerinage de charité, au
sein de nos montagnes... Dimanche, la salle de spectacle où Jasmin alla se
faire entendre était comble. Jamais pareil empressement.....
Au milieu de l'enthousiasme et de triples salves d'applaudissements,
Jasmin a répondu à tant de sympathie par les vers : à Gaston Phébus.....—

LOU BRÈS DE GASTOUN-FÈBUS. [1]

(20 Janvier 1854.)

Quan dins soun bièl palay d'*Ortès*
    Gastoun-Fèbus cansounejàbo,
May que toutos, sa Muzo, al sourel s'alucàbo ;
Et per tout, sous refrins fusquèron lous may bès ! !

Mais nou m'estouni plus àro de sous laourès :
Dins aqueste païs oùn sa may l'alengàbo,
Sul la tòco d'un roc abiò pinquat soun brès ;
Sa Muzo s'y fasquèt et may tendro et may fièro ;
    Car coumo l'aiglo dins soun niou,
May bezino d'el cièl, recebiò, la prumèro,
La calou del sourel... et lou cot d'èl de Diou !

AL PAYZAN POÈTO ET PIÈTADOUS.

De poulits bers per jou !... cinq pistòlos pel paoure !
Oh ! coumo aquel payzan a l'esprit pla setut ;
Coumo sat emplouya las brencos de soun aoure :
As cantayrés, las flous !... as que plouron, lou frut ! !

La séanco touchait à sa fin, lorsqu'un épisode charmant est venu encore lui donner un nouvel attrait.

M. S..... a lu une jolie pièce de vers adressés à Jasmin par un paysan ariégeois. — Un bon de 50 fr. pour les pauvres de la ville accompagnait ces vers. Ému par l'acte généreux du bon paysan, Jasmin a répondu par un heureux impromptu.   (*L'Ariégeois* ; 22 Janvier 1854.)

MES QUATRE CACHETS D'OR. (¹)

A MONSIEUR MAZAS, MAIRE.

(2 Février 1851.)

A chaque grande fête, j'ai toujours la coutume
D'écrire à mes amis éparpillés au loin ;
  Et pour faire rayonner ma plume,
Je fais servir mes cachets par la gloire donnés.

Dans la cire, alors, avec mon nom de baptême,
  Sur miel et gloire, on voit luire
  Villeneuve, Bordeaux, Albi...
  Lavaur y luira de même ;
  Lavaur ! que je n'avais vu jamais ;
Lavaur, ville de cœur, de fleurs et de rosée,
Qui fait la charité comme aucune ne l'a fait ;
Donne son cachet d'or à ma Muse touchée...

Maintenant j'en ai assez ; à commencer d'aujourd'hui,
J'ai mes quatre cachets pour quatre jours de l'an ;
Chacun aura le sien, quel plaisir mon cœur goûte :
  J'en aurai un pour le jour de *la Toussaint ;*
Un autre pour *Noël*, l'autre pour *Pentecôte...*
Mais celui de *Lavaur*, mon cœur veut l'employer
Pour *Pâques*, lorsque ma Muse écrit : *Alleluia !!*

(¹) ..... La vaste salle de la Mairie, pompeusement décorée avec un
goût exquis par les soins de l'architecte de la ville, était tout à fait comble... Le succès du Poète, comme partout, a été éminent et la recette
abondante ; quête et billets ont produit environ 1,400 fr.
 Vers la fin de la séance, M. le Maire est monté sur l'estrade, et après
une touchante allocution a remis à Jasmin un magnifique cachet en ivoire

MOUS QUATRE CATCHETS D'OR. [1]

A MOUSSU MAZAS, MAIRO.

(2 Fecouré 1854.)

A câdo grando fèsto, èy toutjour la coustumo
D'escrioure à mous amits al lèn escampillats,
  Et per fa daoureja ma plumo,
Faou serbi mous catchets pel la glôrio baillats.

Dins la ciro, alabets, dans moun noum de batèmo,
  Sur mèl et glôrio, on bey luzi
  Bilonèbo, Bourdèou, Albi...
  Lavaur y luzira de mêmo;
  Lavaur, que n'abioy bis jamay;
Lavaur, bilo de cò, de flous et de rouzado,
Que fay la caritat coumo nâdo la fay,
Baillo soun catchet d'or à ma Muzo toucado...

Aro n'èy prou per elo; à coumença d'oungan,
Èy mous quatre catchets per quatre jours de l'an;
Cadun aoura lou seou, quin plazé moun co gousto :
  N'aourèy un pel jour de *Toutsan;*
Un aoutre per *Nadal,* l'aoutre per *Pentocoûsto...*
Mais aquel de *Lavaur,* moun cò bol l'emplouya
Per Pâscos, quan ma Muzo escriou : *Alleluya ! !*

et or, sur lequel sont gravées les armes de la ville de Lavaur, avec ces
mots : LAVAUR A JASMIN !
  Le Poète a répondu immédiatement; des bravos prolongés ont accueilli
cette improvisation, et les cris de *Vive Jasmin !* ont, comme la veille, salué
le Poète à la fin de la séance...

(*Journal de Toulouse*; 2 et 4 Février 1854.)

GLANURE ET MOISSON.

A MADAME MIGNERET,

Qui venait de m'offrir un bouquet d'immortelles.[1]

(4 Février 1854.)

Au pays de *Gaston Phœbus*,
Dans un palais, l'autre lundi,
Une jeune Préfète à qui rien ne résiste, [2]
M'avait promis sa main pour faire meilleure quête...
Et Dieu sait les épis que nous aurions moissonnés tous deux.
Mais, l'hiver nous lança sa plus froide haleine ;
Et la jeune fleur s'inclina ;
Et la charité y perdit :
Qui manque sa moisson ne trouve que glanure...

Heureusement, du pauvre l'ange affectueux me suit ;
Dans ce palais plus grand, plus beau encore,
Je trouve dame au cœur d'or, à l'esprit enflammé,
Et d'une riche Muse en secret héritière.
A sa voix tout un monde ici s'est entassé ;
Et les pauvres, par elle, auront une gerbière,
Car de tous côtés, pour eux, il pleut épis de blé...

[1] ..... Ainsi que la veille, à la Conférence de Saint-Vincent-de-Paul, la quête a été fructueuse dans les salons de la Préfecture, où le Poète avait été invité à dîner par M. et Mme Migneret ; elle a produit près de 900 fr., destinés par M. le Préfet à retirer du Mont-de-Piété les effets de première nécessité des ouvriers honnêtes et malheureux. Le Poète avait à peine terminé sa lecture que Mme Migneret s'est avancée vers Jasmin, et lui remettant avec grâce un *magnifique bouquet d'immortelles*, lui a dit ces paroles :

« Poète, ce bouquet que j'offre à votre cœur et à votre poésie est sans

GRAGNADO ET SEGAZOUS.

A MADAMO MIGNERET,

Que begno de m'offri un bouquet d'immortèlos.[1]

(4 Feourè 1854.)

Al païs de *Gastoun Fèbus*,
Dins un palay, l'aoutre dilus,
Uno jouyno Prefèto à qui res nou rezisto, [2]
M'abiò proumés sa ma per fa millouno quisto...
Et Diou sat lous cabels qu'aouyan segat tout dus,
Mais l'hibèr nous bousèt sa pu fredo halenado;
Et la jouyno flou se fiblèt;
Et la caritat y perdèt :
Qui manquo segazous nou trôbo que gragnàdo,...

Del paoure hurouzomen l'ange amistous me sièt;
Dins aqueste palay may gran, may bèl enquèro,
Trôbi damo al co d'or, à l'esprit alucat,
Et d'uno richo Muzo en secret heretèro;
A sa bouès, tout un mounde aci s'és apilat;
Et lous paoures, d'amb'elo, aouran uno garbèro,
Car de tout bors, per es, plèou de cabels de blat...

« parfum; mais votre Muse qui est immortelle en comprendra toute l'ex-
« pression. »

Jasmin, touché d'un témoignage d'estime aussi flatteur, s'est recueilli
un instant; puis il a adressé à Mme Migneret ce remercîment délicieux.

(*Journal de Toulouse*; 4 Février 1854.)

[1] Cotte damo était Mme Piétri, qu'une indisposition subite causée par le
froid, empêcha de faire la quête projetée avec le Poète dans les salons de
la Préfecture de Foix.

Noble quêteuse, aujourd'hui mon chagrin me quitte,
  Vous faites revenir ma moisson ;
La charité, ici, triplement se racquitte ;
  Et demain je partirai heureux ! !
C'est plus, vous me guérissez d'une peur dont je rougis :
La gloire, je la craignais, je l'entends blâmer si fortement !
Devant elle, chez vous, maintenant je m'enflamme,
Et j'ose vous dire tout haut : Comment ne pas l'aimer
Quand on la reçue, en fleur, de votre main ! !

MES ADIEUX A RODEZ. [1]

A MONSIEUR EUGÈNE BARRAU, PRÉSIDENT DE SAINT-VINCENT-DE-PAUL.

(14 Février 1854.)

Le vent grille, tout se gèle,
La boue du chemin comme l'eau du ruisseau ;
  Ma Muse transie se pelotonne...
  Et pourtant il faut nous dire : adieu !

Adieu, Rodez ! Saint-Flour m'appelle ;
Il a des pauvres aussi, même en été ;
  Il faut partir vite, et je prie Dieu,
  Ainsi que l'archange qui m'éclaire,
   Que la manne qui ranime
   Y tombe épaisse comme ici.

[1] ..... Malgré la rigueur du temps, malgré un vent glacial tellement rigoureux, qu'on ne se souvient pas d'en avoir ressenti un pareil à Rodez depuis plus de 20 ans, la grande salle du Palais-de-Justice était comble demi-heure avant la séance...

Jasmin a fait une riche moisson de lauriers ..... Mais ce qui le flatte surtout, c'est de recueillir beaucoup d'aumônes pour les pauvres. Qu'il soit satisfait ; la moisson a été *grandement abondante; depuis bien longtemps*

Nôblo quistayro, anèy, moun pèssomen me quito;
    Fazès tourna mas segazous;
La caritat aciou triplomen se resquito,
    Et douma partirèy hurous...
Es may, me garissès d'une poou doun rougissi :
La g\.òrio, la cregnoy, l'entendi tan blayma !
Daban elo, che bous, aro m'escalourissi,
Et bous dizi tout haou : Coumen nou pas l'ayma
Quant on la recebudo, en flou, de bostro ma !!

MOUS ADIOUS A RODÈZ.[1]

A MOUSSU EUGÈNO BARRAU, PREZIDEN DE SEN·BINCEN·DE·POL.

(14 Feouré 1854.)

    Lou ben flamino, tout se gèlo,
La fango del cami coumo l'aygo del riou;
    Ma Muzo malfiò s'agrumèlo...
    Et pourtan nous cal dire : Adiou !

    Adiou, *Rodèz! Sen-Flou* m'apèlo;
A de paoures tabé, dizon mêmo, en estiou;
    Cal parti biste, et prêgui Diou,
    Amay l'arcange que m'esclayro,
    Que la manno rebiscoulayro
    Y toumbe espesso coumo aciou.

les œuvres entreprises au profit des Pauvres n'avaient produit une pareille recette !

Toute la jeunesse de la ville voulait lui donner une fête. Mais elle fut devancée par Monseigneur l'Évêque de Rodez ; Jasmin, en nous quittant, nous a fait ainsi ses poétiques adieux ! !

(*L'Écho de l'Aveyron;* 15 Février 1854.)

Oh ! que ta fête était jolie !
Ta vaste salle était comble
De lumières , de monde et de parfum ;
Et pour la charité , hors d'elle , radieuse ,
Prêtres , Dames , Messieurs , Peuple , ne faisaient qu'un...

Adieu ! chez toi , maintenant , pendant tout un mois,
Le pauvre , chaque jour , aura sa triple bouchée ;
Que je suis content , Rodez , que tu m'aies fait revenir !...
Va , l'an dernier , quand je vins chez toi ,
A ton mâle serrement de main ,
A ton cœur froid et chaud , aisément je vis
Que lorsque tu aimes... tu sais aimer !

NEIGE , MUSIQUE ET CHARITÉ DANS SAINT-FLOUR. [1]

A MONSEIGNEUR LYONNET.

(24 Février 1854.)

Au pays de *Digo-Janeto* ,
Dans ce berceau d'Auvergne où le simple se plaît ,
Je croyais partout ouïr vielle et musette ,
Mais je n'avais pas compté avec le froid montagnard ;

[1] ......, Jasmin est arrivé exténué de fatigue ; à la suite des séances données pour ainsi dire en courant , à Saint-Girons , Pamiers , Toulouse, Lavaur , Rodez et Saint-Geniez , sa voix s'est presque éteinte sous l'influence des rigueurs d'un hiver inaccoutumé dans cette zone quasi-sibérienne qu'il vient courageusement de franchir...

Reçu au palais épiscopal , il a été conduit par le Prélat lui-même dans l'appartement qui lui était destiné , et sur la porte duquel il a pu lire :

« A Jasmin , le Poëte des Pauvres , Saint-Flour reconnaissant ! »

Il y était à peine installé , qu'il y recevait les honneurs d'une sérénade...

Oh! que ta fèsto èro poulido!
Ta grando salo èro claoufido
De luts, de mounde, de parfun;
Et pel la caritat, foro d'elo, enluzido,
Prèstes, damos, moussus, puple, nou fazion qu'un...

Adiou! aro che tu, penden uno mezado,
Lou paoure, cado jour, aoura triplo boucado;
Que sèy counten, Rodèz, que m'atges fèy tourna!...
Bay, arun'an, quan te benguèri,
A toun fièr sarromen de ma,
A toun co fret et caou, ayzidomen besquèri
Que quan aymes, sabes ayma!

NÈJO, MUZIQUO ET CARITAT DINS SEN - FLOU. [*]

A MOUNSEGNOU LYONNET.

(24 Feourè 1854.)

Al païs de *Digo Janeto*,
Dins aquel *brès d'Aoubèrgne* oùn lou simple se bol,
Crezioy aougi pertout la biôlo et la muzeto;
Mais n'abioy pas countat dan lou fret mountagnol :

— Dimanche au soir, le Palais-de-Justice était cerné de curieux; à l'intérieur les avenues de la salle de la Cour d'assises se trouvaient littéralement
envahies par la foule. Au moment où les portes se sont ouvertes, le public
a fait une véritable irruption dans l'enceinte qui est devenue comble!...

La soirée a été magnifique *et des plus fécondes pour les Pauvres !* —
La recette a dépassé toutes les prévisions.

Le Poëte, heureux de ce double résultat, nous a adressé ce poétique
témoignage qui sera l'ornement des annales de notre cité.

(*La Haute-Auvergne;* 18 et 25 Février 1854.)

Dans son linceul
Tout blanc de deuil,
Belle contrée
S'était enfermée ;
Et moi, pauvret,
Transi de froid,
Hier, quand je vins,
Plus je ne vis
Qu'un cimetière...
Je croyais tout muet
Et enseveli !...

Miracle ! j'étais trompé ! que ma peur disparaisse !
Tout à coup apparaît devant moi
Un prêtre !... un chanoine ! un évêque !...
Un prince en chape !... un *Monseigneur* !
Et il me sourit, et aussitôt, malgré les vents glacés,
Un grand concert dehors *enchaleure* les airs ;
Et mon nom s'étend, et cent voix harmonieuses
Le mêlent de tous côtés aux notes qu'elles font...

Et tout s'enflamme dans la ville,
Tout chansonne, tout s'assemble ;
Et le froid, dans Saint-Flour, gentiment s'est changé
En gerbes de chaleur qui m'ont ressuscité !
Oh ! le feu sort plus vif quand sous la neige il couve ;
Parfum caché, en sortant, encore plus embaume !
Gros hiver montagnard, tu as beau tout couvrir,
La joie que tu croyais tout à fait renfermée,
N'est pas même frileuse ;
Elle déchire ton linceul de son *Alleluia !*

Dins soun linsol
Tout blan de dol,
Bèlo countrâdo
S'èro embarrado;
Et jou, paouret,
Tourrat de fret,
Yèr, quan bénguèri,
Plus nou besquèri
Qù'un cementèri...
Crezioy tout mut
Et reboundut!....

Miracle! èri troumpat! que ma poou disparesque!
    Tout d'un cot parey daban jou
    Un prèste!... un canounge!... un abesque!...
    Un prince en càpo!... un *Mounsegnou!*
Et me rits, et talèou, malgrè lous bens gelayres,
Un gran councèr defòro escalouris lous ayres;
Et moun noum s'esplandis; et cent bouès, en cantau,
L'abarrejon pertout à las nôtos que fan...

    Et tout s'alûco dins la bilo;
    Tout cansounejo, tout s'apilo;
Et lou fret, dins *Sen-Flou*, bèlomen s'és cambiat
En garbos de calou que m'an rebiscoulat!
Oh! lou fèt sort may biou quan debat nèjo caoumo;
Parfun sarrat, quan sort, enquèro may embaoumo!
Gros hibèr mountagnol, as bèl tout capela,
La jôyo que crezioy tout à fait rescoundudo,
    N'és pas quitomen fregeludo;
Esquisso toun linsol per diro *Alleluya!*

Alleluia ! trois fois ! car la foule s'apprête ;
    Pour le rendez-vous, rien ne l'arrête,
        Ni la neige ni le verglas...
    Bon Dieu ! quel monde ! quelle fête !
    Et que de frappements de mains !
Alleluia ! vingt fois ! car la manne abondante
Tombe à triples gouttes sur les pauvres souffrants ;
Alleluia ! cent fois ! car la force laborieuse,
En travaillant pour le pauvre, entonne ses chansons...
Tiens ! tiens ! dans la fabrique, en chœur, écoutez-les :

      — « Quand le vent darde la colline,
      « La *Marrègue* (¹) est bonne à la peau
      « Mieux que la plus riche *étamine* ;
   « Travaillons pour les pauvres, manœuvre ou pâtre ;
      « Et si demain l'hiver grille,
   « Ils éteindront son froid sous l'épais manteau
      « Fabriqué à *Sainte-Christine.* (²) »

      — Blanchis donc tant que tu voudras,
      Hiver au grand linceul de verglas ,
Il faut que la Poésie ici *rejetonne* par force ;
Le ciel l'y sema sur un terrain pulvérisé ,
Un ange malgré toi la réchauffe, la fait naître ,
Et Monseigneur qui l'aime et qui en est si aimé ,
L'enseigne à fêter *Travail* et *Charité !* (³)

(¹) *Marrègue,* — étoffe fabriquée à Saint-Flour et en grande vogue parmi les pauvres.
(²) Cette fabrique , aujourd'hui en pleine vigueur, occupe au faubourg de *Sainte-Christine* un grand nombre d'ouvriers de Saint-Flour.

Alleluya! tres cots, car la foulo s'arrèsto;
    Pel randé-bous res nou l'arrèsto,
    Nimay la nèou, nimay lou glas...
    Boun Diou! quin mounde! quino fèsto!
    Et que de trucomens de mas!
Alleluya! bint cots! car la manno foundento
Goutejo à triples glouts sus paoures soufrentous;
Alleluya! cent cots! car la forço balento,
En trabaillan pel paoure, entouno sas cansous...
Tè, tè, dins la fabriquo, ensemble escouta-lous :

    « Quan lou ben fisso la coulino,
    « La *Marego* (¹) és bouno à la pèl
    « May que la pu richo estamino;
    « Trabaillen pes paourets, manòbro ou pastourèl;
    « Et se douma lou ben flamino,
    « Escantiras soun fret debat l'espés mantèl
        « Fabricat à *Sento-Cristino!* (²) »

    — Blanquejo doun tan que boudras,
    Hibèr al gran linsol de glas;
Cal que la Poèzio aciou per forço gayche;
Lou Cièl l'y samenèt sur un terren triouzat;
Un ange, malgrè tu, la caoufo, la fay naychc,
Et Mounsegnou que l'aymo et que n'és tan aymat,
L'ensegno à festeja *trabal* et *caritat!* (³)

(¹) Le lendemain de cette mémorable séance, Mᵍʳ Lyonnet a offert à Jasmin une Imitation de Jésus-Christ, où il avait écrit de sa main : « *Hommage de l'Évêque de Saint-Flour, en reconnaissance des services que le grand Poète a rendus aux Pauvres de son diocèse.* »

LA COUPE D'OR D'AUVERGNE.[1]

A Monsieur Delzons, Avocat, qui me la présenta.

(24 Février 1854.)

Vieille Auvergne, Aurillac, je me souviendrai de toi ;
Homme et Muse, nous t'aimons, et je te reviendrai.
Il a beau faire froid jamais du cœur tu ne t'accroupis ;
　　Et pour le bien tellement tu t'enflammes
Qu'on dirait que tes fils, d'un coup d'œil, rivalisent
　　　Le soleil pour fondre la neige.

　　　Tu aimes à grandir dans tes fêtes
　　　Les petites choses honnêtes :
Le troubadour du pauvre à peine est-il arrivé
　　　Qu'il reçoit double sérénade ;
— A peine a-t-il fait sonner ses chansons sur son trépied,
　　　Qu'au milieu de ton peuple assemblé
　　　Il voit pleuvoir, pour la charité,
　　　A gouttes, à bourrasques, à torrents,
　　　Pièces, écus et pistoles...

(1) ..... Jasmin n'a pu être nulle part mieux fêté et plus vigoureusement
applaudi que dans le Cantal : *Saint-Flour, Murat, Mauriac, Aurillac* lui
ont affectueusement tendu leurs bras, et généreusement ouvert leur bourse
pour les pauvres... — A peine avait-il mis pied à terre à Aurillac, que
le corps de musique du collège, l'Principal en tête, lui donnait une sérénade
devant l'hôtel où il était descendu... — L'école primaire supérieure, à son
tour, est venue lui offrir son musical hommage...
　　Au théâtre, le spectacle qui au lever du rideau s'est déroulé sous les
regards de Jasmin, complétait admirablement la somme de ses émotions,
par ce charmant pêle-mêle de visages riants et d'élégantes toilettes, étagés
contre ses murs qui n'avaient jamais été témoins d'un pareil prodige... —

LA COUPO D'OR D'AOUBERGNE.⁽¹⁾

A Moussu Delzons, Aboucat, que me la presentèt.

(24 Feourè 1854.)

Bièillo Aoubèrgne, Aurillac, de tu me soubendrèy ;
Hôme et Muzo t'ayman, et che tu tournarèy.
A bèl fa fret, del cò jamay, jamay t'arruques ;
  Et pel bé, talomen t'aluques
Qu'on diyò que tous fils, d'un cot d'èl an rampèou
  Al sourel per foundre la nèou.

  Aymes à grandi dins tas fèstos
  Las pitchounos caouzos honèstos :
Lou troubadour del paoure à peno és arribat
  Que recèt doublo sérénado...
— A peno a fèy souna sas cansous, sul l'estrado,
  Qu'al mièy de toun puple apilat,
  Bey plèoure pel la caritat,
  A glouts, à bourrats, à rigôlos,
  Pessetos, escuts et pistôlos...

La recette s'est élevée à près de 1,200 francs. — Hier soir, les fleurs
de la poésie se sont épanouies au milieu du bal de la Préfecture, où M. et
Mᵐᵉ de Monbel lui ont fait les honneurs de leurs salons avec une aménité
pleine de distinction...
  Ce matin, avant son départ, dans un banquet fraternel, une belle coupe
en vermeil, sur laquelle sont gravés ces mots : *A Jasmin, ses amis d'Aurillac*, a été offerte à l'illustre Agenais, après un touchant discours, par
M. Amédée Delzons, avocat ; Jasmin, visiblement ému, nous a fait ses
adieux par cette charmante réponse ; et il nous a quittés, comblé des ovations du public et des bénédictions de l'indigence ! !

(*Revue du Cantal*; 25 Février et 2 Mars 1854.)

— Dans ton grand palais, avant-hier,
Un bal même, pour lui, en concert s'est transformé ;

— Au grand festin d'aujourd'hui, il voulait devant tous
  Te payer sa reconnaissance ;
  Et aussitôt tes messieurs affectueux
   Lui présentent d'un ton flatteur,
   Entre musique et poésie,
La coupe d'or princière à le rendre timide...

Je la reçois cependant, mais comme une relique.
  Aurillac, j'ai vu, en chantant,
Tomber de jolis yeux larmes *emperlées* ;
  Dans mon cœur elles sont entrées, toutes...
  Dans ta coupe elles descendront ;
Et chaque jour, chez moi, quand vient l'heure attristée,
Et qu'au miel du passé je voudrai la réchauffer,
Je boirai toujours des yeux, dans ta coupe riante,
  La liqueur du doux souvenir ! !

AUX QUATRE DAMES DU BAL DE LA PRÉFECTURE,
QUI M'AVAIENT PRIS POUR DANSER.

(28 Février 1854.)

Je tiens de ma Muse campagnarde
Que si en nous écoutant jolie dame pleure...
  Aux perles tombant de ses yeux,
Nous gagnons le paradis et sommes presque des anges...
Mais je tiens de mon cœur que le plus fort chancelle ;
Et quand la femme au bal glisse, saute, tourne...
Si nous ne fermons l'œil, ensorcelés que nous sommes,
  Le paradis nous fuit... s'envole...
Voilà pourquoi ce soir, tous ici, nous le perdons ! !

— Dins toun gran Palay, dela-yèr
Un bal mèmo, per el, s'és cambiat en councèr...

— Al gran frustin d'anèy, bol daban l'assistenso,
    Te paga sa recounechenso,
    Et talèou moussus amistous
    Li prezenton d'un toun flatous,
    Entre poèzio et muziquo,
La coupo d'or d'un prince à lou fa bergounjous...

La recèbi pourtan, mais coumo uno reliquo.
    Aurillac, èy bis, en cantan,
Toumba des poulits èls grumillos *emperlados;*
    Toutos, dins moun cò soun intrados...
    Dins ta coupo debalaran;
Et, càdo jour, che jou, quan bèn l'houro doulento,
Et qu'al mèl del passat boudrèy l'escalouri,
Beourèy toutjour des èls, dins ta coupo rizento,
    La licou del dous soubeni!!

A LAS QUATRE DAMOS DEL BAL DE LA PREFECTURO,
QUE M'ABION PRES PER DANSA.

(28 Feourè 1854.)

Teni de ma Muzo pastouro
Que s'en nous escoutan poulido damo ploûro...
    A las grumillos de sous èls,
Gagnan lou paradis et sèn presque d'angèls...
Mais teni de moun cò que lou may for trambòlo;
Et quan la fenno al bal glitso, saouto, biròlo...
Se nou clucan pas l'èl, ensourcillats que sèn,
    Lou paradis nous fuch... s'embòlo...
Baqui perqué tantòs, touts aciou, lou perdèn!!

LE LAURIER DE PARIS. [1]

AU POÈTE ANCELOT.

(27 Mai 1854.)

A la fête du cœur jamais ma Muse ne manque ;
Or donc, l'autre soir, elle qui sait aussi
Qu'on voit briller en vous *génie, gloire et bonté*,
    Voulut, avec sa boule blanche,
    Grossir d'un convive de plus
    L'heureux baptême qui vous fait
    Fiancé d'Agen... et notre frère...

Mais dans notre chapelle, à l'heure où j'arrivai,
Aux fleurs de l'autel comment mêler ma fleur ?
    Vous étiez baptisé quand j'entrai...
    Pourtant, pauvret, je m'étais dépêché ;
    Ils s'étaient dépêchés plus que moi,
    Et j'en comprends la raison :
    Notre Académie est fleurie ;
    Mais depuis qu'elle s'est étendue,
    Dans ses échanges d'honneur,
    Elle n'a jamais autant gagné qu'aujourd'hui :
En vous servant, grand maître à l'harmonieuse parole,
    Un bouquet qui paraît vous plaire ;
Elle plante sur terre meuble, en tête de son massif,
Un *Laurier de Paris* qui illustre son jardin !

(1) ..... Il y avait fête à notre Académie d'Agen, samedi dernier,
M. Ancelot, membre de l'Académie française, reçu par la Société dans la
séance précédente, était venu payer son tribut. Jasmin, arrivé après le

LOU LAOURÈ DE PARIS.[(1)]

AL POÉTO ANCELOT.

(27 May 1854.)

A la fèsto del cò jamay ma Muzo manquo :
Or doun, l'aoutro dissatte, elo tabé que sat
Qu'on bey luzi dins bous *engin, glòrio et bountat,*
    Boulguèt, dambé sa boulo blanco,
    Groussi d'un enbitat de may
    L'hurous batêmo que bous fay
    Nòbie d'Agen... et nòstre fray...

Mais dins nòstro capèlo, à l'houro que benguèri,
A las flous de l'aouta, coumen mayla ma flou?
    Éres batizat quan intrèri...
    Pourtan, pecayre ! m'afanèri;
    S'èron afanats may que jou,
    Et n'en coumpreni la razou :
    Nòstro Academio és flourido;
    Mais dunpèy que s'és esplandîdo,
    Dins lous càmbiós d'aounou qu'a fèy,
    N'a jamay gagnat coumo anèy:
En bous serbin, gran mèstre al parla muzicayre,
    Un ramèl que parey bous playre,
Planto sur tèrro triouzo, al cat de soun randal,
Un *Laourè de Paris* qu'englòrio soun cazal !

scrutin d'admission, a su, en lui offrant ses excuses dans cette pièce, allier délicatement sa reconnaissance à son admiration.....

(Lot-et-Garonne; 31 Mai 1854.)

LE PEUPLE ET LES MUSES DEMOISELLES. [1]

A L'AMI A. PUJOL, DU JOURNAL DE TOULOUSE.

(27 Juin 1854.)

Pour peindre de nouvelles choses ;
Pour trouver des sujets étranges, agréables,
   Maintenant les *Muses-Demoiselles*
   S'enpaysannent gracieusement...

Mais cabane, maison, cœur dolent, cœur en joie,
   Tout est point à la légère,
Car les Muses d'en haut que la mode nous envoie,
   Il faut qu'elles descendent dans le pré.
La mienne n'a pas besoin d'y descendre, elle s'y trouve :
   Le peuple, c'est mon berceau d'amour ;
C'est mon ciel, mon jardin, mon univers, mon globe ;
Je le sais par cœur... je le connais comme moi ;
Le peuple, c'est le régent de ma Muse champêtre ;
Il se mire dans moi, je me mire dans lui ;
   Je ne le quitte jamais qu'une heure,
   Et reviens vite à son soleil
Pour que mon pied de blé *graine* et porte épi...

(1) . .... Aucune ville n'a plus que Toulouse été à même d'apprécier
Jasmin..... Mais, cette fois, il s'agissait de faire connaître sa poésie à une
classe qui n'avait pas encore été en communication directe avec sa Muse,
c'est-à-dire à une classe d'ouvriers. L'occasion était séduisante pour le
poète ; il s'agissait d'ailleurs d'une bonne œuvre. Jasmin n'hésita pas...
   Sa séance, donnée hier dans le vaste local de Saint-François-Xavier, avait
réuni une assemblée d'environ 3,000 personnes, la plupart appartenant à la

LOU PUPLE ET LAS MUZOS DOUMAYZÈLOS. [*]

A L'AMIT A. PUJOL , DEL JOURNAL DE TOULOUZO.

(27 Jun 1854.)

Per pintra de caouzos noubèlos ;
Per trouba quaoucoumet d'estrange, de plazen,
   Aro las *Muzos-Doumayzèlos*
   S'empayzanon beziadomen...

Mais oustal, cabanot, cò doulen, âmo en jòyo,
   Tout à la bimbôlo és pintrat,
Car las Muzos d'en-sus, qu'anèy la mòdo embòyo,
   Cal que debalen dins lou prat.
La miò n'a pas bezoun d'y debala, s'y trôbo :
   Lou puple, acòs moun bròs d'amou ;
És moun cièl, moun cazal, moun unibèr, moun glòbo ;
Lou sâbi de precò... lou sabi coumo jou ;
Lou puple és lou regen de ma Muzo pastoûro ;
Se miraillo dins jou, me mirailli dins el ;
   Nou lou quiti jamay qu'uno houro,
   Et torni biste à soun sourel
Per que moun pè de blat grâne et porte cabel...

classe ouvrière. Nous ne dirons point l'effet qu'il a produit. Cet effet a été immense !...

   La séance s'est terminée à minuit ; et cette assemblée nombreuse, composée d'ouvriers ayant l'habitude de se coucher de bonne heure, avait oublié le sommeil, elle aurait voulu l'entendre encore ! !....

                (*Journal de Toulouse* ; 28 Juin 1854.)

Aussi, dans les moments que ma gloire lui vole,
Quand je chante au salon mon refrain musical,
Pour la maisonnette toujours j'entonne *Magnificat*
      Au son de ma grosse cloche...

Dans le monde si vieux, le peuple, c'est l'aîné;
De sainte poésie il est tout radieux;
Toulouse aime le sien; et la savante ville,
A sa fête d'aujourd'hui, autour de moi l'assemble...
Il est là simple et beau! ! — *Grands poètes-messieurs*,
Faites-le vrai ainsi! Orfèvres de là-haut,
Quand l'épingle est en or fin, n'emperlez pas l'épingle!
Pourquoi le faire savant comme un livre? Ornez-le
      Rien qu'avec son esprit... il en a assez!
Qui veut trop *pomponner* la beauté la diminue;
Qui veut trop la fleurir vient obscurcir sa fleur!

Changez votre pinceau! plus rien à la légère!
Que la vérité sérieuse enflamme vos écrits;
Et vous vous ferez aimer du Ciel et d'ici-bas;
Car du peuple toujours l'étroite *cheminole*,
      C'est le grand chemin de Dieu! !

Tabé, dins lous moumens que ma glôriô li pâno,
Quan baou diro al saloun moun refrin muzicat,
Pel l'oustalet toutjour canti *Magnificat*,
    Al soun de ma grosso campâno...

Dins lou mounde tan bièl, lou puple, acôs l'aynat;
De sento poèzio és tout illuminat;
Toulouzo aymo lou seou; et la sabento bilo
A sa fèsto d'anèy al tour de jou l'apilo...
Es aqui simple et bèl!! — Grans poètos-moussus,
Fazè-lou bray atal! Orfèbres de lassus,
Quan l'esplingo és d'or fi, n'empèrles pas l'esplingo!
Perque lou fa saben coumo un libre? Oundra-lou
    Res que dan soun esprit... n'a prou!
Qui bol trop poumpouna la beoutat la demingo;
Qui bol trop la flouri bèn encrumi sa flou!

Cambias bostre pincèl! res plus à la bimbôlo!
Que la bertat seriouzo aluque bostre escriou;
Et bous fares ayma del Cièl, amay d'aciou;
Car dol puple toutjour l'estreto caminôlo
    Acôs lou gran cami de Diou!!

LES PÊCHEURS D'ARCACHON.[1]

POÈME DÉDIÉ A MONSIEUR LAMARQUE-PLAISANCE, MAIRE DE LA TESTE.

(20 Août 1854.)

Je m'en souviendrai toujours : Un soir, un gros orage
Nous avait tout dévasté ;
Un vieux, vieux marin de notre voisinage,
Qui m'enseignait la charité,
Me dit : « Prions Dieu, enfant,
« Pour les femmes des pêcheurs
« Qui sur les bords d'une mer que je sais
« Viennent de *s'aveuver* avec des enfants au berceau ! »

— Mais moi qui tristement pensais
Aux malheureux qu'ici je savais
Dans des maisons lézardées assises sur pans de bois,
Je dis : « Pensée première
« Revient de droit à notre rue, »
Le vieux marin se dressa ;
Sa figure devint brûlante ;
Et sa voix larmoyant comme l'orgue plaintive,
Ainsi lentement me parla :

— « L'orage, ici, pauvret, n'est rien qu'un souffle
« Qui égratigne en passant et la ville et la prairie ;

[1] ..... Le soir, Jasmin réunissait au Casino une foule immense, avide de l'entendre. Jamais fête poétique et musicale n'avait été aussi brillante. La recette des pauvres a été considérable.

Quand Jasmin est monté sur l'estrade, le public d'élite qui remplissait le Casino lui a fait une véritable ovation ; et c'est au milieu de cet enthousiasme qu'il a récité sa pièce de circonstance.... Des bouquets sont venus

LOUS PESCARÈS D'ARCACHOU. [1]

POÈMO DEDIAT A MOUSSU LAMARQUO-PLAISANCE , MAIRO DE LA TÈSTO.

(20 Agous 1854.)

M'en soubendrèy toutjour : Un sero, un gros aouratge
  Nous abiò tout deschabartat;
Un bièl, bièl marinè de nostre bezinatge,
  Que m'apregnò la caritat,
  Me diguèt : « Preguen Diou, maynatge,
  « Pel las fennos des pescarès
  « Que sus bors d'uno mèr que sâbi,
« Bènon de s'abcouza dambé d'efans al brès! »

  — Mais jou que tristomen pensâbi
  As malhurous qu'aciou sabioy
Dins d'oustals fendaillats setuts sur pans de boy,
  Diguéri : « Pensàdo prumèro
  « Bay de dret à nòstro carrèro... »
  Lou bièl marinè se quillèt;
  Sa figuro benguèt burlento;
Et sa bouès larmejan coumo l'orgo doulento,
  Atal lentomen me parlèt :

— « L'aouratge, aci, paourot, n'és res qu'uno bouffàdo
« Que graoupigno en passan et la bilo et la pràdo;

do toutes parts alors tomber à ses pieds; et M. Lamarque-Plaisance, après
l'avoir poétiquement remercié, lui a offert une médaille d'or, avec cette
inscription :

« Fêtes de Charité d'Arcachon. : A JASMIN : — Soirée du 20 Août 1854. »

(Courrier de la Gironde; 22 Août 1854.)

« Mais là-bas, à La Teste, une nuée de pêcheurs,
   « Dans des cabanes de branchages,
« Sur un sable allumé qui vous grille les pieds,
« Se nichent pour nourrir mères, femmes, enfants.
« Rien ne pousse autour d'eux que le pin résineux ;
« Ce noir pays est la fin de la lande ;
« Ni fruit, ni blé, ni bétail, ni moutons...
« Rien que le grand bassin de la mer qui s'ouvre,
« Et raboteux, uni, appelle pour pêcher
« Ces exténués prêts à sécher sur pied...
« Hélas ! ces pauvrets qui de tout font jeûne,
« Croient l'eau pour eux meilleure que la terre ;
« A toute heure aussi, tout droit sur des bateaux,
   « On les voit lançant des filets,
   « Affronter sur le plancher trompeur
   « Coups de vent, tonnerre, bourrasques ;
   « Mais la mer, elle qui ne dort guère,
« La mer qui dans son sein les a laissé manger,
« Se réveille et les mange à n'en épargner aucun...
   « Ils y passent tous, et de bonne heure ;
   « Et sous notre joli ciel,
   « Le pêcheur n'y vient pas vieux...

« Enfant, prie donc, car là-bas tout y pleure,
   « Pour les femmes des pêcheurs
« *Aveuvées* aujourd'hui, avec des enfants au berceau ! »

Nous priâmes Dieu. — Depuis, quand ma Muse voyageait,
Homme devenu, à peine un ciel noir lançait-il des éclairs,
   Aux marins je pensais aussitôt ;
   Et quand je venais dans Bordeaux,
   Je plaignais la ville radieuse,
   Elle qui a le cœur plein d'amour,

« Mais labas, à La Tèsto, un fun de pescarès,

    « Dins de cabanos en broncatgos,

« Sur un sable alucat que bous crâmo lous pès,

« S'enjòcon per nourri mays, fennos et maynatgos.

« Res nou pousso al tour d'és que lou pin rouzinous;

« Aquel negro païs ós la fi de la lando :

« Ni de frut, ni de blat, ni bestial, ni moutous...

« Rés que lou gran bassi de la mèr que s'alando,

« Et brouncut, alizat, simbèlo per posca

« Tout aqués aganits prèstos à s'enteca...

« Helas! aqués paourets que de tout fan nessèro,

« Crezon l'aygo per ós millouno que la tèrro;

« A tout hoûro tabé, sur de bachèls mastats,

    « On lous bey lansa de filats,

    « Afrounta sul planchè troumpayre

    « Cots de ben, tounnerre, bourrats ;

    « Mais la mèr, elo que dron gayre,

« La mèr que dins soun sé lous a daychat minja,

« Se rebèillo et lous minjo à n'en gayre espragna...

    « Y passon touts, et de bouno hoûro;

    « Et debat nòstre poulit cièl,

    « Lou pescarè n'y bèn pas bièl...

« Maynatge, prêgo doun, car labas tout y ploûro,

    « Pel las fennos des pescarès

« Abeouzados anèy, dambé d'efans al brès! »

Preguèren Diou. — Dunpèy, quan ma Muzo trimâbo,
Hôme bengut, à peno un cièl negre liousâbo,
    As marins pensâbi talèou;
    Et quan anâbi dins Bourdèou,
    Plagnoy la bilo tan luzento,
    Elo qu'a lou cò plé d'amou,

D'avoir sous son œil, dans son bois d'Arcachon,
    Un cimetière d'épouvante,
    Pépinière de la douleur!

Enfin, l'été passé, un vent gonflant ma voile,
Ma Muse y descendit et m'entraîna avec elle,
Sainte-Croix! pourquoi donc ne pas y venir plutôt?
Où suis-je? c'est un bal au lieu d'un cimetière!
    Qu'aurait dit mon vieux marinier
    S'il avait vu tout ce que je vis?
Il aurait cru, à coup sûr, comme moi quand j'entrai,
    A la baguette du sorcier.

Autour de ces vieux pins des arbres à fruits verdoient,
Des drapeaux étoilés avec les branches scintillent;
Quel peuple! quels plaisirs! quel beau monde! quel bruit!
Les dames de Paris par milliers y *perloient*...
Depuis qu'un bon riche à La Teste est venu, (¹)
Pour le pauvre pêcheur le bonheur est né;
Il prend racine, fleurit et fait *grainer* ses arbres...
    Sur ces bords ensorcelés
Cabanes et palais poussent entremêlés;
On dirait que de Bordeaux, pour protéger les pauvres,
Les plus jolis châteaux s'y sont éparpillés...
La musique partout fait bruire les airs;
    Sur ce grand bassin qui sert
De petit pas-perdu au salon de la mer,
    Que d'étrangers! que de baigneurs!
Que de combats, de jeux et de barques glissantes!
La nuit n'ose pas y obscurcir le plaisir;
Tout le bois s'illumine... et le bassin aussi...

(¹) M. Lamarque-Plaisance, maire de La Teste, qui recevait, un mois après, la décoration de la Légion-d'Honneur.

D'abé debat soun òl, dins soun bos d'Arcachou,
    Un cementèri d'espoubento,
    Pepignèro de la doulou!

Anfin, l'estiou passat, un bon uflan ma belo,
Ma Muzo y debalèt et m'entraynèt damb'elo...
Sento-Crouts! perqué doun n'y pas beni prumè?
Oùn sèy? acos un bal aoulot d'un cementèri!
    Qu'aouyò dit moun bièl mariné
    S'abiò bis tout ço que besquèri?
Aouyò crezut, sigu, coumo jou quan intrèri,
    A la bagueto del sourciè :

Al tour d'aqués bièls pins d'aoures frutès berdejon;
De drapèous estelats dan las brencos lambrejon;
Quin puple! quis plazés! quin bèl mounde! quin brut!
Las damos de Paris à milès y perlejon...
Dezunpèy qu'un boun riche à La Tèsto és bengut, (¹)
Pel paouro pescarè lou bounhur ós nascut;
Pren racino, flouris et fay grana sous aoures...
    Sur aqués bors ensourcillats,
Cabanos et palays pousson entremaylats;
Diyon que de Bourdèou, per prouteja lous paoures,
Lous may poulits castèls s'y soun escampillats...
De muzicòs per tout fan brounzina lous ayres;
    Sur aquel gran bassi que sèr
De pitchou pas-perdut al saloun de la mèr,
    Que d'estrangès! que de bagnayres!
Que de lûtos, de jots et de bachèls glitsayres!
La nèy n'y gaouzo pas encrumi lou plazé;
Tout lou bos s'illumino... et lou bassi tabé...

L'eau même est en feu ; des fusées hardies
Vont au ciel agacer des étoiles endormies ;
Ensuite il pleut des gerbes de lumières
Qui se changent en miel pour les pauvres connus...

O Lamarque! ô *Bordeaux!* ô ville sympathique !
En richesses, en leçons, tu es la plus abondante;
Comme toi nul ne sait apaiser le mal ;
Ta *poésie* enseigne à rendre le travail plein de fruit ; (¹)
  Ta *charité*, plus étendue,
  A fait que le besoin brutal
No jette plus le pêcheur à la mer courroucée...
Notre Seigneur, Bordeaux te bénit, crois-le;
Tu as déjà le paiement de ta semence :
Tu as semé le bien sur les bords de la douleur,
Tu récoltes une ville ! une perle ! un *Plaisance!*
Paris a son *Versailles...* et toi, ton *Arcachon!*

A LA VILLE DE CAHORS. (²)

(17 Juillet 1854.)

Ma Muse, autrefois timide,
En chansonnant n'avait pour
Ni de Bordeaux, ni de Toulouse,
Mais bien des régents de Cahors.

(¹) Personne n'ignore, dans nos contrées, les chaleureux et poétiques écrits de M. Saint-Rieul-Dupouy sur les développements d'Arcachon.

(²) ..... La séance littéraire donnée par Jasmin, lundi dernier, a dépassé par son éclat toutes nos prévisions. La vaste enceinte du théâtre a été insuffisante pour l'empressement du public. On remarquait surtout aux premières une magnifique réunion des plus belles dames de la ville. Son succès a été complet, l'effet immense.... La soirée a été fructueuse pour

L'aygo mèmo ès en fèt ; de fuzados hardidos
Ban al cièl capigna d'estèlos endroumidos ;
    Apèy plèou de garbos de luts
Que se cambion en mèl pes paoures counescuts...

O *Lamarquo!* ô *Bourdèou!* ô bilo piètadouzo !
En riches, en litsous, sòs la may aboundouzo ;
Coumo tu, digun sat amatiga lou mal ;
Ta *poèzio* ensegno à fruta lou trabal ; (')
    Ta *caritat*, may esplandido,
    A fòy que lou bezoun brutal
Jèto plus lou pescayre à la mèr amalido...
Nostre Segno, Bourdèou te benezis, crey-zou ;
As deja pagomen de ta samenazou :
Samenères lou bé sus bors de la souffrenço,
Recoltes uno bilo! uno pèrlo! un *Plazenço!*
Paris a soun *Bersaillo*... et tu, toun *Arcachou!*

A LA BILO DE CAHORS. (')

(17 Juillèt 1854.)

Ma Muzo, aoutres cots bergounjouzo,
    En cansounejan n'abiò poou
Ni de Bourdèou, ni de Toulouzo,
    Mais sifèt des Regens de *Coou.* (Cahors.)

les pauvres, et la pensée de cette bonne œuvre accomplie paraissait plus toucher Jasmin que les ovations et les applaudissements des admirateurs de son talent.

Les membres de la Conférence de Saint-Vincent-de-Paul lui ont offert, en souvenir, un magnifique volume sur la couverture duquel était inscrit :

« *A Jasmin, la Conférence de Saint-Vincent-de-Paul de Cahors.* »

On disait que sur notre langue, ceux-là, en cachette,
    Avait braqué la couleuvrine ;
Qu'ils voulaient l'éteindre tout à fait... je le croyais ;
Et triste, sur la Garonne, en ramant, je soupirais :

    — « Berceau de Marot à qui je rêve,
    « Toi qui as fait dans les guerres
    « Vingt généraux et plus d'un Roi ;
    « Sur tes belles eaux que j'aimerais.
    « Jamais je ne lancerai mon bateau,
    « Car si j'effleurais tes rivages,
« Au vent de ton esprit, Poëte et barque
    « S'engloutiraient dans le Lot ! ! »

Et je grandissais ma peur... et quand venait la sève,
    Quand la Garonne grossissait,
Et que je voyais le Lot à gros bouillons descendre
    Sur notre eau claire qu'il troublait,
    Je sentais ma barque chanceler ! !

    — « Un jour à triple vent, une forte bouffée
Poussa jusqu'ici mon bateau plein de fruits ;
D'un rire franc, tout d'or, je fus salué ;
Mais je vis qu'ici il fallait gagner l'aubade...
Sur le *Pont de Dalandré* que le démon a bâti, (¹)
Et qu'un ange, depuis, trois fois a béni,
Régents, Peuple et Messieurs, pour mon fruit s'assemblèrent ;
    Ils le trouvèrent mûr et juteux ! !
Pour ma Muse aussitôt les trompettes retentirent ;
Peuple, Messieurs, Régents, me fleurirent d'honneur ; (²)
Et l'heureux marinier, lâchant ses avirons,
    Sur le Lot qui lui servait de trône,

(¹) Selon la chronique populaire, ce pont a été bâti par le démon.
(²) La Muse de Jasmin eut en effet, en 1846, une triple ovation dans

Dizion que sur ma lengo, aqués, à la sourdino,
    Abion bracat la couloumbrino ;
Que bouillou l'escanti tout à fèt... zou crezioy ;
Et tristo, sur Garòno, en goudillan dizioy :

    — « Brès de Marot que saounejàbi,
    « Tu que dins las guèrros as fèy
    « Bint generals et may d'un Rèy ;
    « Sur toun aygo fino qu'aymàbi
    « Jamay moun bachèl lansarèy,
    « Car se tas còstos flourejàbi,
« Al ben de toun esprit, Poèto et gabarrot
    « S'abaliyon al foun del Lot !! »

Et grandissioy ma poou... et quan begnò la sàbo,
    Que la Garòno majencàbo,
Et que bezioy lou Lot à gros buls debala
    Sur nòstro aygueto que troublàbo,
    Sentioy ma barco tramboula !!

— Un jour de triple ben, uno forto bouffado
Poussèt dinquos aciou moun bachèl afrutat ;
D'un rire fran, tout d'or, fusquèri saludat ;
Mais besquèri qu'aciou caillò gagna l'aoubàdo...
Sul *Poun de Balandrè* que lou diable a bastit, (¹)
Et qu'un ange dunpèy, tres cots a benezit,
Regens, Puple et Moussus, per moun frut s'apilèron ;
    Lou troubèron madu, goustous !!
Per ma Muzo alabets las troumpetos sounèron ;
Puple, Moussus, Regens, me flouquèron d'aounous ; (²)
Et lou flèr mariné, largan sous abirous,
    Sul Lot que li serbiò de trôno,

Cahors : *Un Banquet de 100 couverts, une Séance solennelle à l'Académie
et un Bal populaire.*   (*Courrier du Lot* ; 10 Juillet 1884.)

Laissa fraîchement glisser dans sa Garonne
    Son bateau bouqueté de fleurs ! !

— Ce souvenir charmant a pu contenir toujours
Dans mon cœur, si plein de souvenirs ;
    Toujours il y bourgeonne et fleurit ! !
Aussi aujourd'hui, Cahors, où tu m'appelles pour le pauvre
    Comme un éclair tu m'as vu revenir ;
Je le porte même fruit, que ton soleil le dore ;
    A coup sûr ton bon goût l'agréera,
Car, pour mieux te plaire et mieux t'exciter,
    Sur la branche de mon vieux arbre
    Je l'ai plus encore laissé mûrir ! !

PETITE GLOIRE EN FLEUR. [1]

A Monsieur de Vivie, Curé de Damazan.

(10 Décembre 1854.)

Tout jeune, endolori par un rêve d'amour,
Je venais de faire sonner ma première chanson ;
Du côté de Damazan je cheminais un soir ;
Et portant mon refrain en forme de bouquet, .

---

[1] ..... Jasmin, invité par M. le Curé de Damazan dans l'intérêt des Pauvres et de l'Église, a été accueilli au sein d'une population intelligente avec l'enthousiasme du cœur ! Avant d'arriver au presbytère, le mouvement de la voiture qui portait Jasmin a été ralenti par des groupes d'aimables enfants (de doumayzeletos) qui jetaient des fleurs sur son passage en chantant ce refrain : *Las carréros diouyon flouri*, etc.

Le soir, le Poète réunissait autour de lui, dans sa première séance, toute la société nombreuse et brillante de Damazan et des environs.....

Le lendemain, une autre séance avait lieu pour le Peuple..... Au milieu de l'émotion générale, M. le Curé a adressé à Jasmin ce noble remercîment :

Daychèt fresquetomen glitsa dins sa Garôno
    Soun bachèl poumpounat de flous !!

— Aquel dous soubeni toutjour a pousout claoure
Dins moun cô, coufoulut de tan de soubenis ;
    Toutjour y berdejo et flouris !!
Anèy tabé, Cahors, que m'apèles pel paoure,
    Coumo un liouse m'as bis tourna ;
Te porti mêmo frut per que toun cièl lou daoure ;
    Et toun gous fi l'agradara,
Car per millou te playre et may t'amourouza,
    Sur la brenco de moun bièl aoure
    L'èy may daychat amadura !!

PITCHOUNO GLORIO EN FLOU. [1]

A Moussu de Vivio, Curé de Damazan.

(10 Decembre 1854.)

Tout jouyne, endoulourit per un rêbe d'amou,
Begnoy de fa souna ma prumèro cansou.
De cats à Damazan un scro caminàbi ;
Et pourtan moun refrin en formo de bouquet,

« Poètö, votre front chargé de gloiro ne veut plus de couronnes. Des
« cités vous ont donné leur blason pour en rehausser l'éclat ; au lieu de
« vous offrir le sien, Damazan demande le vôtre. Gravé sur nos verrières
« saintes, votre nom orné de fleurs, embaumé de parfums, y brillera parmi
« l'encens et les prières, pour immortaliser le souvenir de vos chants au
« milieu de nous ! »

Jasmin a répondu par un *impromptu* qui a été couronné par les cris mille
fois répétés de : *Vive Jasmin !!*

(*Journal de Lot-et-Garonne*; 13 Décembre 1854.)

Sans nullement rêver gloire, je m'en allais
  A la noce d'un habitant des Landes.
  La lune dans son plein étincelait;
  Tout était muet, rien ne disait mot,
  Hormis, à l'*Angelus*, le marteau
  De la cloche de Damazan...

— Tout à coup une voix claire, *tindante*, nue,
Une voix campagnarde entonne sur le chemin
  Ma chanson fraîchement née :
  Me cal mouri ! Me cal mouri !...
Quel moment pour la Muse en cotillon de toile
Qui essayait en tremblant notre vieux langage...
Etonnée, attendrie, et les larmes aux yeux,
  Elle venait de deviner pour elle
Petite gloire aux champs, bénie du Ciel...

Chanté par le peuple, à travers haies et prairies,
Mon refrain de trois jours avait fait quatre lieues...
Quatre lieues! un monde! oh! que j'étais orgueilleux!
Première goutte qui si bien réveilla ma soif;
Dans la France, depuis, j'ai trouvé, chaque année,
  D'autre miel doré à gros rayons,
Eh bien! ton petit rayon, dans ma ruche cachée,
  N'est pas le moins doux entre tous!...
  Trente ans sur ma Muse champêtre
Ont passé sans vieillir le plaisir de cette heure-là;
Et la Garonne jamais ne m'a vu descendre
Sans lire dans mes yeux *Damazan! Damazan!...*

  Damazan, fille des prairies,
Toi qui as des bouches d'or et des yeux noirs, noirs;
  Toi, qui sur tes vertes murailles

Sans brino saounejo la glôrio, m'en anàbi
    A la noço d'un *Lanusquet.*
    La luno dins soun plé rajàbo;
    Tout èro mut, rés nou poulsàbo,
    Sounco, à l'*Angelus*, lou batàn
    De la clocho de Damazan...

— Tout d'un cot uno bouès claro, tindayro, nàdo,
Uno bouès campagnôlo entouno pel cami
    Ma cansou frescomen nascùdo :
    « *Me cal mouri! Me cal mouri!...* »
Quin moumen per la Muzo en coutillou de telo,
Qu'assajàbo en tramblan nostre parla tan bièl...
Estounàdo, attendrido, et la grumillo à l'èl,
    Begnò de debina per elo
Pitchouno glôrio al can, benezido del Cièl...

Cansounejat pel puple, à trabès prats et sègos,
Moun refrin de tres jours abiò fèy quatre lègos...
Quatre lègos! un mounde! oh! qu'èri glouriouzet!
Prumé glout que tan bien rebeillères ma set;
Dins la Franço, dunpèy, èy troubat, càdo annàdo,
    D'aoutre mèl daourat, à gros glouts,
Ebé, toun pitchou glout, dins ma bresco sarràdo,
    N'és pas lou mens dous entre touts...
    Trentò ans sur ma Muzo pastouro
An passat sans bieilli lou plazé d'aquelo houro,
Et Garòno jamay nou m'a bis debalau
Sans legi dins mous èls : *Damazan! Damazan!...*

    Damazan, fillo de las pràdos,
Tu qu'as de boucos d'or et de negres cillous;
    Tu que sur tas parets floucàdos

Bois un air frais et sain
Entre nos pruniers et tes pins résineux,
Tu comprends mon bonheur, aujourd'hui que ma musette
Sonne pour tes pauvres et pour ton église ;
A ces frappements de mains d'honneur,
Au bruit flatteur de tes trompettes,
Tu dois sentir combien, combien c'est doux pour moi
D'avoir la gloire en fruit où je l'ai goûtée en fleur ! !

RÉPONSE A MONSIEUR LE CURÉ.

Le cœur du prêtre est grand et bon comme la croix ;
Vous dites ne rien faire, et vous faites plus que tous :
Vous allez inscrire mon nom sur la vitre peinte !
Et dans l'église encore ! et lorsqu'il fait soleil !...
Mais pour grandir ma renommée
La gloire n'aura pas un feuillet comme celui-là !

LA MORT DU GRAND RUSSE. [1]

(2 Mars 1855.)

Pour ouïr dans les bois feuillus
Des oiseaux la douce harmonie,
Ma Muse, de la politique
Déserta les chemins raboteux.

[1] ..... La cité tout entière de Muret voulait entendre le Poète. La Halle seule était assez vaste pour contenir cette foule de huit à neuf cents personnes qui s'y pressait... La salle était décorée avec goût, pavoisée aux couleurs nationales, radieuse d'illuminations...Jasmin a paru sur l'estrade, présenté par M. le Sous-Préfet et par M. le Maire. Cette soirée peut se traduire par trois mots : Rires, Larmes, Applaudissements...
Mais l'événement de la soirée était imprévu... Au moment même, se ré-

Bebes un ayre sanitous
Entre nostres prunès et tous pins rouzinous,
Coumprenes moun bounhur, anèy que ma muzeto
Sôno per tous paourets amay per ta gleyzeto :
    As trucomens de mas d'aounou,
    Al brut flattous de ta troumpeto,
Dibes senti coumbièn, coumbièn és dous per jou
D'abé la glôrio en frut oùn l'èy goustâdo en flou!

RESPOUNSO A MOUSSU CURÉ.

Lou cò d'un prèste és gran et bou coumo la crouts ;
Me dizès nou fa rés, et fazès may que touts :
Anas bouta moun noum sul la bitro pintrâdo !
Et dins la glèyzo enquèro!... et quan fara sourel!...
    Mais, per grandi ma renoumâdo
La glôrio n'aoura pas un feillet coumo aquel !

LA MORT DEL GRAN RUSSO. [1]

—

(2 Mars 1855.)

Per aougi, dins lous bos feilluts,
Des aouzèls la douço muzico,
Ma Muzo, de la politico
Dezartèt lous camis brouncuts.

pandait la nouvelle de la mort du czar Nicolas Ier, ce redoutable adversaire de la France...
    Le Poète, animé d'une inspiration soudaine, dans un moment qu'il a su rendre solennel, a lancé cette pièce au milieu des frémissements de l'auditoire..... Le Poète a parcouru ensuite les rangs épais de l'assemblée, et une quête fructueuse est venu grossir le chiffre fort élevé de la recette pour les Pauvres....   *Journal de Toulouse ; 8 Mars 1855.*)

Elle n'y rentre pas; mais quand tout s'illumine,
Au bruit qu'un vent du Nord vient répandre partout,
Elle veut ajouter sa note au concert qui bruit...
Il est donc mort, le grand Russe, lui qui a tant fait mourir;
Et son Sébastopol qui déjà chancelait,
Chancelle trois fois plus, car sa chute l'achève !

Quel grand enseignement pour tous !

Un roi fort s'étayant faussement de la croix,
Veut que devant son front les peuples se courbent,
Quand bien même Français ils se nomment...
Mais il nous trouve debout; sa *Mer Noire*, en *éclairant*,
Se fait rouge de gloire et de feu et de sang...
Devant nos navires ses navires s'anéantissent ;
Sous nos canons ses canons s'éteignent;
Marins et soldats, à gros coups de boulets,
Démantèlent ses forts, émièlent ses murailles...

Ce n'est pas assez : du bon Dieu la colère s'allume ;
Le roi fort s'affaisse, et sa paupière se ferme...
Il est en poussière !... Leçon pour ses fils, s'ils voulaient
Le suivre sur le chemin du sang;
La mort, toujours muette lorsqu'elle frappe,
Leur parle bien haut aujourd'hui en le frappant !

N'y torno pas anèy ; mais quan tout s'illumino,
Al brut qu'un bon del Nord bèn pertout esplandi,
Bol ajusta sa nôto al councèr que brounzîno...
Es doun mort, *lou gran Russo*, el qu'a tan fèy mouri ;
Et soun *Sebastopol* que deja tramboulàbo,
Trambôlo tres cots may, car soun toumba l'acàbo !!

    Quin gran ensegnomen per touts :

Un Rèy fort s'escourran faoussomon de la crouts,
Bol que daban soun froun lous puples s'agrumèlon,
    Quan bé mêmo *Francés* s'apèlen...
Mais nous trôbo mastats ; sa *mèr negro*, en liousan,
Se fay roujo de glôrio et de fèt et de san...
Daban nôstres nabious sous nabious s'abalisson ;
Debat nôstres canous sous canous s'escantisson ;
Marinòs et souldats à gros cots de boulets,
Dosparrîcon sous fors, micaillon sas parets...

N'és pas prou : del boun Diou la coulèro s'alûco ;
Lou Rèy fort s'arremôzo, et soun perpil se clûco...
Es en pousco !... Litsou per sous fils quan boudran
    Lou siègre sul cami de san ;
    La mort, toutjour màdo quan trâco,
Lous y parlo pla for, anèy, en lou trucan !!

LA DOUBLE PAIE D'AVANCE.

(6 Mars 1854.)

Vieux Castelsarrasin, ton sol est rempli
      De blé, de raisins et de fruit ;
Aussi, depuis longtemps, dans les hivers en colère,
      Parmi ton peuple le plus petit
Tu n'avais vu que la gêne et jamais la misère...

Mais la disette, cette année, s'étend ; tout en frissonne ;
      Et la charité se répand ;
A son appel, d'un saut je te viens de Toulouse,
Et aussitôt les Messieurs, d'*avance*, pour cela,
Me donnent grand festin et couronne d'honneur.

Oh ! vous êtes riches ici par la bourse et le cœur...
Mais quand vous payez d'*avance* une fille étrangère,
Faites, faites aussi des avances aux pauvres !
Ils ont plus besoin d'argent que moi de bouquets.
      Prêtez-leur beaucoup, essuyez les larmes,
Et vous serez bénis à l'autel de famille,
      De ma Muse et des maisonnettes !

(¹) ..... *Avant de l'avoir entendu*, le Cercle de Castelsarrasin, jaloux de
donner au Poète une preuve de sa haute considération, lui a offert, à son
arrivée, un magnifique banquet dans ses salons. Cinquante personnes assistaient à cette fête, où l'on comptait la totalité de nos sommités administra-
tives, judiciaires et l'élite de la population..... Au dessert, M. le Sous-
Préfet a, dans une charmante pièce de vers, célébré les bienfaits de sa
Muse charitable et chrétienne... Le soir, malgré une pluie longue et torren-

LA DOUBLO PAGO D'ABANÇO. [1]

(6 Mars 1854.)

Bièl *Castelsarrazi*, toun sol és coufoulut
    De blat, de razins et de frut;
Tabé, dunpèy loun-ten, pes hibòrs en coulèro,
    Dins toun puple lou may menut
N'abiòs bis que la jayno, et jamay la mizèro...

Mais la dizèto, oungan, s'esten; tout n'en grumis;
    Et la caritat s'esplandis...
A soun appèl, d'un saou te toumbi de Toulouzo;
Et talèou tous Moussus, d'*abanço*, per acò,
Me baillon gran frustin et courouno glouriouzo...

Oh! sès riches aciou pel la bourso et pel cò;
Mais quan pagas d'*abanço* uno estrangèro fillo,
Fazès, fazès tabé d'abanços as paourets !!
An may bezoun de mèl que jou de fres bouquets;
    Presta-lous-y bèleot... échugas la grumillo,
Et sarés benezit à l'aounta de famillo
    De ma Muzo et des oustalets !!

lielle, quand nous sommes arrivés la salle était comble; toute l'élite de la
ville et de la contrée s'y était rendue et une forte recette pour les Pauvres
était assurée... A l'apparition de Jasmin, *avant même qu'il eût parlé*, une
pluie de bouquets, de couronnes et de vers, l'ont assailli, et le Poète
étonné a lancé cet impromptu qui a été couverts de bravos !!...

(*Le Messager de Castelsarrasin*; 10 Mars 1855.)

LA GRACE DANS LE BIEN. [1]

A MADAME LAGRAVE, DE NÉRAC.

(22 Mars 1855.)

La disette nous *guigne*, menaçante dans l'air;
Notre terre sous un grand nuage vénéneux,
N'a que petits raisins, que légers épis;
Et depuis quatre hivers, pauvres et travailleurs,
  Dans la maisonnette nue et active,
Font la petite bouche à l'heure de la faim.
Aussi ma Muse, cette année, partout se hâte
  De chanter pour les petites maisons;
  Sans chercher des couronnes, aucune...
   Au temps de misère et de froid,
   A quoi sert d'être *bouquetée?*
Ma grande quête, aujourd'hui, est son plus beau bouquet;

  Deux fois cent pistoles pour les pauvres !
Nérac, ce bouquet va faire tête d'arbre;
  Que de fruit en miel à grosses gouttes
  Bientôt tu vas répandre sur tous !
  Que de larmes essuyées !
  Que de plaies adoucies !

(1) ..... Dimanche, toute la population de notre ville se pressait dans la grande salle de la maison neuve de M. Coumeau, pour assister à la soirée littéraire organisée par les Dames de Nérac au profit des pauvres de la commune... Jasmin a dû sentir son cœur vivement ému en ayant autour de lui cet auditoire si bon, si sympathique et si enthousiaste !! Mais, pour ce poète, nous le savons, la plus belle récompense, c'est de pouvoir soulager l'infortune, et la somme de plus de 2,000 francs, produite par les billets et la quête, sera un bien éloquent souvenir de son triomphe à Nérac !!... Vers la fin

LA GRAÇO DINS LOU BÉ. [1]

A MADAMO LAGRADO, DE NÉRAC.

(22 Mars 1855.)

La dizèto nous guigno en menaçan dins l'ayre;
Nòstro tèrro debat un gran crun berenous,
N'a plus que razinols, que laougès cabeillous;
Et dunpèy quatre hibèrs, paouret et trabaillayre,
    Dins l'oustalet nut et balen,
Fan la pitchouno boûco à l'hoùro de talen...
Tabé, ma Muzo, oungan, pertout s'és afanâdo
    De muzica pes outalets;
    Sans cerca de courounos, nâdo...
    Al ten de mizèro et de fret,
    A qué sèr d'èstre bouquetado?
Ma grando quisto, anèy, és soun pu bèl bouquet;

    Dus cots cent pistôlos pel paoure!
Nérac, aquel bouquet bay fa cabeillo d'aoure;
    Que de frut en mèl à gros glouts,
    Léou, bas escampilla sur touts!
    Que de grumillos echugâdos!
    Que de plâgos amatigâdos!

de la séance, l'un des commissaires, M. *A. Perribère*, a remercié très-
poétiquement Jasmin dans notre idiôme populaire, et lui a offert ensuite, au
nom de la ville, deux magnifiques candelabres portant cette inscription :
La Ville de Nérac à Jasmin ! — Jasmin a accepté le cadeau, parce qu'il
sait que la part des pauvres est intacte. Et sa Muse, prompte à bien dire
comme à bien faire, lui a répondu par un heureux impromptu.

(*Journal de Nérac*; 1er Avril 1855.)

O Nérac ! que tu as de l'esprit pour faire la charité !
A ta fête, sur moi tes dames ont primé ;
Du donner le chemin n'a qu'une bonne lieue ;
Et tu l'as trouvée, tu es heureux ;
OEil noir et blanche main font les cœurs sympathiques ;
Avec l'homme l'on glane, avec la femme on moissonne !
Tu moissonnes en grand, Nérac, glorifie-t-en ;
Tu as su étendre la *grâce*, tout en faisant le bien !

RÉPONSE A MONSIEUR PERRIBÈRE.

Monsieuret à l'œil vif, au cœur grand et bon,
Quand vous partez à franc étrier,
Sur votre cheval gris qui vole,
Vous gagnez le prix comme qui s'amuse...
Vous montez aussi Pégase, aisément, c'est vrai,
Et votre doux parler me plait.

Mais, grande lumière, quand elle se répète,
Pour le Poète est dangereuse ;
Et Nérac qui va grandement
Me donne chandeliers de prince à triple branche...
Je m'en servirai pourtant ; heureusement, pauvre,
Ma Muse, au fond de sa chambrette,
Vit tout à fait simplettement...
Or donc, dans ce présent si riche, si magnifique,
Au lieu de la lumière de la gloriole,
J'y mettrai celle qui jamais ne chancelle...
La petite lumière du bon sens !

O Nerac! qu'as d'esprit per fa la caritat !
A ta fèsto, sur jou tas damos an primat ;
Del douna lou cami n'a qu'uno bouno lègo ;
    Et las troubado, sòs hurous ;
El negre et blanco ma fan lous còs piètadous ;
Dambé l'hòme l'on gràgno, et dan la fenno on sègo !
Anèy, sègues en gran, Nerac, englòrio-tó ;
As sagut esplandi *la gràço* en fan lou bé !

<hr>

RESPOUNSO A MOUSSU PERRIBÈRE.

Moussuret à l'òl biou, al cò gran, amistous,
    Quan bous lansas, à cabaillous,
    Sur bostre chibal gris que bòlo,
    Gagnas lou pris à la bimbòlo...
Mountas tabé Pegazo ayzidomen, és bray,
    Et bostre fi parla me play.

    Mais grando luts, quan se repèto,
    Es dangerouzo pel poèto ;
    Et Nerac que bay grandomen
Me baillo candelès de prince à triple bren...
M'en serbirèy pourtan ; hurouzomen, paoureto,
    Ma Muzo, al foun de sa crambeto,
    Biou tout à fèt simpletomen...
Or doun, dins aquel riche et supèrbe prezen,
    Aoulot de la luts de glouriòlo,
Y boutarèy la luts que jamay nou trambòlo...
    La pitchouno luts del boun sen !

A MONSIEUR ALFRED MAGNE,

En lui présentant, comme Marraine, en place de ma compagne souffrante,

MA NIÈCE MADAME RAYMOND-LACASSAIGNE.

———

(18 Octobre 1855.)

Aimable Monsieur, c'est joli, c'est vrai,
Que vous veniez figurer pour votre illustre père
Dans ce grand baptême, aux yeux de la contrée; (¹)
Mais ce serait plus beau pour vous encore plus,
Si dans le temps, un jour, votre étoile levée
Vous élevait à sa place grandement étoilée,
  Sur son siége étincelant de croix,
Et que vous devinssiez là, comme lui, aimé de tous ! !

En attendant le prêtre, ici, prend son étole,
Et fait de sa cloche, aujourd'hui, votre filleule ;
Ma Muse du foyer, marraine avec vous,
  Mais dont la santé ne brille guère,
Fait tout pour répondre à votre nom glorieux ;
Et vous envoie, à sa place, au nom de ma famille,
  La plus fine de nos fleurs ! !

(¹) La bénédiction des deux cloches de l'église de Vergt, cette grande et double fête de la Religion et de la Poésie, fera date dans notre pays : De bonne heure la population entière de la contrée se pressait compacte dans cette belle église, pompeusement ornée pour cette solennité; tout le clergé des environs, M. le curé Masson en tête, entourait Mgr *Berthaud*, évêque de Tulle, venu exprès pour officier dans cette pieuse cérémonie.

M. *Alfred* Magne, représentant M. le Ministre des Finances, parrain, et Mme Raymond-Lacassaigne, de Fleurance, au lieu et place de Mme Jasmin, sa tante, marraine, occupaient devant l'une des deux cloches les places qui leur avaient été réservées... Près d'eux, étaient M. de Larmandie, juge-

A MOUSSU ALFRED MAGNE,

En li prezentan, coumo Mayrino, en plaço de ma coumpagno soufrento,

MA NEBOUDO MADAMO RAYMOUN-LACASSAGNO.

(18 Obtobre 1855.)

Aymable Moussuret, acos poulit, ós bray,
Que bèngues figura per bóstre illustre pay
Dins aquel gran batêmo, as èls de la countrado; (¹)
Mais sayò pla poulit per bous enquèro may,
Se dins lou ten, un jour, bóstro estèlo lebado
Bous mountabe à sa plaço en gran estelejado,
    Sur soun sièti luzen de crouts,
Et benguèsses aqui, coumo el, aymat de touts !!

En attenden lou prèste, aciou, pren soun estòlo,
Et fay de sa campâno, anèy, bóstro fillôlo;
Ma Muzo del fouguè, mayrino dambé bous,
    Mais doun la santat gayre brillo,
A tout fèy per respoundre à bóstre noum glourious,
Et bous mando à sa plaço, al noum de ma famillo,
    La pu fino de nòstros flous !!

de-paix et Mᵐᵉ d'Auteville, parrain et marraino de l'autro clocho... La cérémonie de la bénédiction a été suivie de la grand'messe pontificale.

    Au dîner, où assistaient plus de doux cents convives, le poète Jasmin, plein du Dieu de la poésie, s'est lové, et, avec cet accent intraduisible qui naît de l'inspiration, a dit sa pièce de vers : *Las diòs Campânos !* que les bravos ont interrompue à chaque mot... Mais avant, le Poète avait salué d'un compliment aussi gracieux que délicat M. Alfred *Magne* et Mᵐᵉ *Lacassaigne*, parrain et marraino par procuration.

              (*Le Périgord* ; 20 Octobre 1855.)

LES DEUX CLOCHES.

A S. E. MONSIEUR LE MINISTRE MAGNE, PARRAIN;

ET MADAME JOUES JASMIN, MARRAINE. (¹)

(18 Octobre 1855.)

Tout est beau dans l'Église; j'aime l'encens, les lumières,
L'orgue avec sa grande harmonie;
J'aime le sermon, le cantique,
La clochette avec ses petits coups;
J'aime les rogations et leurs pèlerinages;
Et les angélus et les croix;
J'aime, lorsqu'à genoux, ensemble, nous chantons tous,
Et que les voix de cent enfants
Vont, en perçant la voûte, déchirer les nuages...
Mais ce que j'aime le mieux et toujours j'aimerai,
Du dimanche au dimanche et toute la semaine,
C'est la voix de la cloche
Qu'elle tinte le jour et la nuit...

La cloche, c'est le parler consolant
De notre ange gardien quand nous sommes endoloris...
C'est la voix d'un père, autrefois sermonneur,
Dont nous avons oublié les premières leçons...
C'est la voix de Dieu qui gronde dans l'air,
Et qui va dans les bras d'un monde qui fascine
Faire songer le pécheur...

(¹) Voici l'inscription de la grosse cloche de l'église de Vergt, tout autour et au sommet :

Saint-Jean et Sainte-Marie, patrons de Vergt ;

LAS DIOS CAMPANOS.

A S. E. MOUSSU LOU MINISTRE MAGNO, PAYRI,

ET MADAMO JOUES JASMIN, MAYRINO. (¹)

(18 Octobre 1855.)

Tout és bèl dins la glèyzo; aymi l'encen, las luts,
    L'orgo dan sa grando muzico;
    Aymi lou sermou, lou cantico,
    L'esquiro dan sous pitchous truts;
Aymi las Rougazous et sous pelerinatges,
    Et las angèlos et las crouts;
Aymi quan à ginouls, ensemble cantan touts,
    Et que las bouès de cent maynatges
Ban, en parsan la bolto, esquissa lous nuatges...
Mais ço qu'aymi lou may, et toutjour aymarèy,
Del dimeche al dimeche, et touto la semmàno,
    Acos la bouès de la campàno
    Que tinde lou jour et la nèy...

La campàno, acos és lou parla counsoulayre
De nostre ange gardièn quan sèn dins la doulou;
Acos la bouès d'un pay, aoutres cots sermounayre,
Doun abèn oublidat la prumèro litsou...
Acos la bouès de Diou que brounzino dins l'ayre,
Et que bay dins lous bras del mounde ensourcillayre
    Fa saouneja lou pecadou...

Parrain, M. P. Magne, grand-cordon de la Légion-d'Honneur, Sénateur
    et Ministre des Finances;
  Marraine, Mme Jacques Jasmin née Darrère.
        (Le Périgord; 20 Octobre 1855.)

La cloche, c'est la musique qu'envoie
　　　La reine du paradis
Pour l'*homme-enfant*, quand il naît, qu'il grandit et s'éteint,
　　　Et qui lui chante peine et joie,
　　　Te Deum et *De Profundis !!*

Et pourtant le clocher de cette église aimée
Était veuf de cloche ; et debout, muet, obscurci,
　　　Il ressemblait là, toute l'année,
Un saint en pierre froide... un apôtre endormi...

Mais son prêtre de l'ange a la sainte baguette ;
Le clocher se réveille, et plus qu'une trompette
　　　Il vient retentir dans nos cœurs...
　　　Au lieu d'une cloche, il en a deux !

Frappe, frappe, battant ! Sonnez, sonnez, cloches !
　　　Invitez à la noce et châteaux et cabanes ;
Sonnez pour le prêtre aimé, bienfaiteur du pays ; (¹)
Pour le grand prédicateur que le Ciel bénit ; (²)
Sonnez après, sonnez, *angèles* voisines,
Neuf coups d'*Alleluia* pour vos deux marraines,
Neuf coups d'*Alleluia* pour vos deux parrains...

L'un d'eux, voisin du trône, a, dans sa renommée, (³)
Droit au *Magnificat* et à triple sonnerie...
Sonnez-la lui ! payez-le, jusqu'à vous fatiguer,
De tout le bien qu'il fait et de celui qu'il fait faire...

(¹) Le célèbre curé de Vergt, l'abbé *Masson*, chanoine-honoraire de la chapelle de Reims.

La campâno, acos ós la muzico qu'embôyo
  La reyneto del paradis
A l'homenet quan nay, quan pousso et s'escantis;
  Et que li canto peno et jòyo;
  Te Deoun et *De Profondis!!*

Et pourtan lou clouchò d'aquesto glèyzo aymado
N'abiò pas de campâno; et dret, mut, encrumit,
  Semblâbo 'qui, touto l'annado,
Un sèn en pòyro fredo... un apôtro endroumit...

Mais soun prèsto de l'ange a la sento bagueto :
L'apôtro se rebèillo, et may que la troumpeto
  S'en bay reboumbi dins lous còs;
  Aoulot d'uno clocho, n'a diòs!

Tusto, tusto, batan! Sounas, sounas, campânos!
Apelas à la fèsto et castèls et cabânos;
Sounas pel prèsto aymat qu'a tan fèy pel païs; (¹)
Pel gran predicatou que lou Cièl benezis. (²)
Sounas apèy, sounas, angeletos bezinos,
Naou truts d'*Alleluya* per bôstros diòs mayrinos;
Naou truts d'*Alleluya* per bôstres dus payris;

Un d'és, bezi del trôno, a, dins sa renoumâdo, (³)
Dret al *Magnificat* et triplo repicâdo;
Souna-li! paga-lou, dinqu'à bous fatigua,
De tout lou bé que fay et d'aquel que fay fa...

(¹) Mgr *Berthaud*, qui venait de prêcher.
(²) M. *Magne*, ministro des finances.

Ensuite préparez-vous à la grande volée,
　　　　Car Dieu le veut, tout nous le dit ,
A fêter la paix qui bientôt sera signée
　　　　Sur le roc teint de sang
　　　　Du fier Sébastopol écrasé ! (¹)

LA FÊTE DES ENFANTS. (²)

A Mlle Fabre , jeune Directrice de la Sainte-Enfance.

(7 Octobre 1855.)

A votre fête aujourd'hui, Demoiselles , Messieurs ,
　　　　Les anges sourient de là-haut;
　　　　Le cœur s'y complaît, et Villeneuve,
　　　　Qui pour tout ce qui est beau et bon
　　　　Toujours la première se lève,
S'y trouve toute : en arbre, en fruit, en feuille, en fleur!
Aussi, ma Muse, au sein de ses pèlerinages,
S'arrête pour chanter à l'autel des enfants.

　　　　Oh ! quand on excite les canons,
　　　　Pour l'homme sage, c'est bien doux
De voir, chaque jour, *argenter* les petites mains
　　　　De mille messieurs, mille demoiselles ,
　　　　Qui avec des sous font des écus,
Et achètent à la mort ces enfants tout nus
　　　　Qui sur une terre maudite,
　　　　Perdaient le ciel avec la vie...

(¹) Allusion à la chute récente de Sébastopol.
(²) . ... Jasmin, en allant à Vergt, trouva, dimanche dernier, à son passage dans Villeneuve, de vigilantes sentinelles, qui, au nom de la *Sainte-Enfance*, l'arrêtèrent pour le conduire devant un auditoire d'élite, composé de plus de 600 personnes. Là, entouré des jeunes Patronesses de l'Œuvre.

Apòy prepara-bous à la grando boulado,
    Car Diou zou bol, tout nous zou dit,
A festeja la pats que lèou sara sinnâdo
    Sul la rôco de san tintâdo
    Del fièr Sebastopol cruchit! (¹)

LA FÈSTO DES MAYNATGES.(²)

A Dⁱˡ⁰ Fabre, jouyno Directrisso de las Quistayros.

    (7 Octobre 1855.)

A bòstro fèsto anèy, Doumayzèlos, Moussus,
    Lous anges rizon de lassus;
    Lou cò s'y play, et Bilonèbo,
    Que per tout ço qu'és bèl et bou
    Toutjour la prumèro se lèbo,
S'y tròbo touto : en aoure, en frut, en fèillo, en flou!
Tabé ma Muzo, al mièy de sous pelerinatges,
S'arrèsto per canta sul l'aouta des maynatges.

    Oh! quan affoûgon lous canous,
    Pel l'hôme sage acòs pla dous
De beyre, cado jour, argenta las manetos
De milo moussurets, milo doumayzeletos,
    Qu'à forço de sòs fan d'escuts,
Et croumpon à la mort aqués maynatges nuts
    Que sur uno tèrro maoudito,
    Perdion lou Cièl dambé la bito...

lo Poète, pendant deux heures, se livra aux inspirations de sa Muse, et la recette fut des meilleures... Mais si la Sainte-Enfance doit des bénédictions au Poète, la poésie est redevable à la Sainte-Enfance du petit joyau dont Jasmin vient d'enrichir son écrin; c'est presque une improvisation.
                      (*Le Progrès;* 14 Octobre 1855.)

8

Au temps où nous sommes, sous la croix,
Quelles grandes leçons pour tous !
Jeunesse prêche pour tous les âges ;
Et ses sermons porteront fruit ;
Souvent, au milieu des orages,
Petite étoile au ciel annonce grand soleil...

Espérons qu'aux pays civilisés et sauvages,
Sur la terre repue de sang,
Les canons s'éteindront bientôt ;
Et que les hommes forts, enseignés par les enfants,
Au lieu de se déchirer s'embrasseront ! (¹)

LA CHARITÉ ET LES DEUX SIÈCLES,

EN PÉRIGORD. (²)

A Madame Ida Du Rieu de Marsaguet.

—

(30 Mars 1856.)

Depuis trente ans, partout, dans mes pèlerinages,
En chansonnant les pâtres,
J'ai vu la charité prendre mille visages
Pour entraîner le monde à suivre ses leçons :

(¹) Cette pièce a valu au Poète, de la part des missionnaires de la Chine, un *Chapeau de Mandarin*, accompagné d'un diplôme en langue chinoise.

(²) ..... Le deuxième jour des *Fêtes de Charité*, le nom de Jasmin appelle au théâtre une foule empressée de spectateurs. Jamais société plus élégante n'avait été réunie ; un triple rang de dames occupait les premières loges... Le succès du Poète a été immense !!... Après sa pièce de circonstance, une

— Al ten oùn sèn, debat la crouts,
Quinos grandos litsous per touts!
Jouynesso prècho à touts lous atges;
Et sous sermous frutejaran;
Soubcn, al mitan des aouratges,
Pitchou lugret al cièl anounço sourel gran...

Esperen qu'as païs amistous et saoubatges,
Sur la tèrro rullo de san,
Lous canous lèou s'escantiran;
Et que lous hômes fors, ensegnats pes maynatges,
Aoulet de s'esquissa se poutounejaran! (¹)

LA CARITAT ET LOUS DUS SIÈCLES,

EN PERIGOR. (²)

A Madamo Ida Du Rieu de Marsaguet.

(30 Mars 1856.)

Dunpèy trento ans, pertout, dins mous pelerinatges,
En cansounejan lous pastous,
Ey bis la Caritat prene milo bizatges
Per entrayna lou mounde à siègre sas litsous :

couronno de jasmin, entrelacéo de feuilles de chêne argentées, a été lancée de la loge de la Préfecture par Mme Jaubert. Elle est venue tomber aux pieds du Poète, aux applaudissements de toute la salle... La recette s'est élevée à 1,600 francs, ce qui ne s'était jamais vu à Périgueux. La séance donnée par Jasmin, la veille, avait produit 1,100 fr. pour la Conférence de Saint-Vincent-de-Paul.   (L'Écho de Vésone; 2 Avril 1856.)

En *sœur d'hôpital*, elle guérit les travailleurs ;
En *bon riche*, sans cesse elle donne des deux mains ;
En *fils de saint Vincent*, elle lance mille quêteurs ;
En *prêtre*, elle fait tomber la manne des autels.
— Je l'ai vue, dans les bals, *sagettement* gracieuse,
En dansant, tournoyant avec des ailes aux pieds,
     Faire devenir charitable
     L'âme des danseurs les plus folâtres...
Ensuite, *musicienne* chez le grand monde qu'elle assemble,
     Pour faire grossir son ruisseau de miel,
     Elle mêle dans chaque ville
Les orgues de la terre et les orgues du ciel...

Eh bien ! la Charité qui s'est tant répandue,
     Qui est devenue Reine sans Roi,
Qui, dans ses métamorphoses, reste toujours jolie,
Ne m'a jamais paru si belle qu'aujourd'hui !

Réveillant du passé une trompette muette, (¹)
Au milieu du Périgord où elle vient de s'introniser,
Elle force un siècle éteint à ressusciter ;
Et sous l'or qui pleut sur sa grande famille nue,
Tous les grands d'alors viennent la saluer,
     Et lui crient : *Mea culpa*
     De ne pas l'avoir connue...
Le canon en bruit, et son retentissement
     Enregistre le repentir !

Fille aînée du Ciel ! *Reine-vierge*, ton code
Se sait par cœur, et n'est plus muet ;
Maintenant la pauvreté est un autel à la mode,
Où chacun, à ta voix, vient porter fleur et fruit...

(¹) Une grande cavalcade représentait l'entrée triomphale du connétable Bertrand Duguesclin, à Périgueux, en 1377.

— En *mounjo d'espital*, garis lous trabaillayres;
En *boun riche*, à tengut baillo de las diòs mas;
En fil de *Sen-Bincen*, lanso milo quistayres;
En *prèste*, fay toumba la manno des aoutas.
— L'èy bisto, dins lous bals, sagetomen graciouzo,
Dansayro, biroulan d'ambé d'àlos as pès,
    Fa beni l'àmo piètadouzo
    As dansayres catifoulès...
Apèy, muziquejan chel gran mounde qu'apilo,
    Per fa groussi soun riou de mèl,
    Abarrejo dins càdo bilo
Las orgos de la tèrro et las orgos del cièl...

Et ! la Caritat que s'ès tan esplandido,
    Qu'és bengudo Rèyno san Rèy;
Que dins sous cambiomens rèsto toutjour poulido...
Nou l'èy bisto jamay tan bèlo coumo anèy!

Reboillan del passat uno troumpeto mùdo, (¹)
Al mièy del Perigor oùn bèn de s'entrouna,
Forço un siècle escantit à se rebiscoula;
Et debat l'or que plèou sur sa famillo nùdo,
Touts lòus grans d'aquel ten bènon la saluda,
    Et li cridon : *Mea-culpa*
    De nou pas l'abé counescudo...
Lou canou n'en brounzis, et soun gran reboumbi
    Enregistro lou repenti!

Fillo aynado del Cièl! Rèyno-bièrges, toun còdo
    Se sat de precò... n'és plus mut;
Aro là paouretat és un aouta de mòdo,
Oùn cadun, à ta bouès, bèn pourta flous et frut...

Le *passé*, le *présent* devant toi se mêlent ;
Tous deux se sont faits jolis pour gagner ton amour.
    Mais quand deux siècles te fêtent,
Va, va, nous n'avons pas de crainte, le nôtre est le meilleur :
Celui-là ne fut que grand... le nôtre est grand... et bon !

  Oh ! la France d'aujourd'hui est bonne quand elle châtie ;
    A peine a-t-elle frappé qu'elle s'apaise...
A cette heure, dans Paris, les rois assemblés
    Lui souriaient autour de son siége...
Eh bien ! elle n'a pas voulu qu'on lui criât « merci ! »
    Pour le bien de tous elle donne la paix ! (¹)

LE CRAYON D'OR ENFLAMMÉ. (²)

A MONSIEUR SIMON, MAIRE DE RIBÉRAC.

(15 Avril 1856.)

Un pèlerin chansonnier
Ne connaît pas, ou guère, guère,
Le pays un peu reculé
Où il n'a jamais chanté...

(¹) La paix avec la Russie, proclamée en effet quelques heures avant la séance, ne dut pas étonner le Poète, il l'avait pressentie et annoncée six mois d'avance dans sa pièce sur les *Deux Cloches de Vergt*, pag. 113.

                        (*Note de l'Éditeur.*)

(²) ..... Au milieu de l'enthousiasme que ses poëmes avaient soulevé, au sein de cette foule compacte, empruntée à tous les rangs de la société, M. le Sous-Préfet, dans un discours chaleureux et bien senti, s'est attaché à faire ressortir le beau talent et le caractère du Poète agenais ; ensuite, au milieu de l'enthousiasme, M. Simon, maire, interprète de tous, lui a

Lou *passat*, lou *prezen*, daban tu s'abarrejou;
Tout dus se fan poulits per gagna toun amou;
    Mais quan dus siècles te festejon,
Bay, bay, n'abèn pas poou, lou nôstre és lou millou :
Aquel n'estèt que gran... lou nôstre és gran... et bou!!

Oh! la Franço d'anôy és bouno quan castigo;
    A peno a trucat, s'amatigo;
A l'houro qu'és, lous rèys dins Paris apilats,
    Li rizion al tour de soun siéti...
Ebé! n'a pas boulgut que li fasquèssen « plèti! »
    Pel bé de touts baillo la pats!(¹)

LOU CREYOUN D'OR ALUCAT. (¹)

A MOUSSU SIMOUN, MAIRO DE RIBÉRAC.

(15 Abriou 1856.)

    Un pelerin cansounejayre
    Nou couney brino, ou gayre, gayre,
    Lou païs un paou reculat
    Oùn n'a jamay cansounejat...

offert gracieusement un *Porte-Crayon d'or*, avec cette inscription : LA VILLE DE RIBÉRAC, A JASMIN.

Cet hommage délicat a inspiré au Poète une réponse où il a su amener le touchant tableau dont il a été témoin à son arrivée. Cette triste cérémonie qui avait réuni, pour ainsi dire, toute la population de la commune autour du cercueil contenant les restes mortels de cette vénérable supérieure de l'hospice de Ribérac, que plus de *quatre-vingts ans de vertus et de dévoûment* avaient rendue l'idole de la contrée. Le Poète, heureusement inspiré, a été *le fidèle écho de la douleur publique...*

           (L'Etoile de Ribérac; 17 Avril 1856.)

Mais moi, Monsieur, quand je vous vis,
Soudain mon œil s'éclaira ;
Et je me dis : « Dans cette ville,
« Ils ont autant de cœur que d'esprit. »

J'arrive... quel tableau ! j'en suis endolori :
Sur le grand chemin du cimetière,
Tout un pays en deuil comme jamais je n'en ai vu,
Escortait en pleurant une morte... c'était
La mère de l'Hospice qui, à sa dernière heure,
Avec ses quatre-vingts ans dont chaque jour rayonne,
En descendant dans la tombe, montait au Paradis...

C'est beau qu'un peuple glorifie ainsi, tout à coup,
Quatre-vingts ans de sainte vie,
Au sein d'un pays que le Ciel voit pleurer ! !
Quel tableau ! je suis fier que ma Muse le voie,
Et surtout dans le berceau de notre ancien Evêque... (¹)

Oh ! si j'avais un pinceau brûlant pour le peindre...
— Ainsi je disais ; et même j'y songeais encore...

Mais tout vient à souhait, ici, dans votre berceau :
A peine ai-je paru, vous m'offrez
Un *Crayon d'or* pour que je l'étrenne ;
Il me brûle les doigts... Oh ! Monsieur, je comprends,

(¹) Mgr *Jean Jacoupy* était né à Ribérac.

Mais jou, Moussu, quan bous besquèri,
Moun cot d'èl fusquèt esclarit :
« Dins aquelo bilo, diguèri,
« An aoutan de co que d'esprit. »

Arribi... quin tablèou ! n'en sèy endoulourit :
    Sul gran cami del cementèri,
Tout un païs en dol coumo jamay n'èy bis,
Escourtabo en plouran une morto... acos èro
La may de l'Espital qu'à soun houro darrèro,
Dan sous quatre-bins ans doun cado jour luzis,
En debalan al clot, mountabo al Paradis...

Es bèl qu'un puple, atal, esteleje de suito,
    Quatre-bins ans de sento bito,
Al mitan d'un païs que lou Cièl bey ploura ! !
Quin tablèou ! sèy counten que ma Muzo lou besque,
Et surtout dins lou brès de nostre ancièn Abesque... (¹)

Oh! s'abioy un pincèl burlèn per zou pintra...
— Atal dizioy; et mêmo enquèro y saounejabi...

Mais tout bèn de benessio, aciou, dins bòstre brès :
    A peno èy parescut, m'offrès
    Un *Creyoun d'or* per que l'estreni;
Me flambusco lous dits... Oh! Moussu, bous coumpreni,

Je peindrai ce que j'ai vu ; je le promets, touché ;

Ma Muse en attendant soupire, l'œil mouillé :
                « Pour faire tomber tant de larmes,
                « En secret, au sein des familles,
        « Il faut en avoir bien longtemps, chaque jour, essuyé !! »

RÉPONSE A MONSIEUR LOUIS-ROBERT,

SOUS-PRÉFET.

L'esprit que dans nous, Dieu, lui-même, sème,
                Aussitôt qu'il a fleuri un brin,
                Jamais ne se flétrit, ne s'entame...
Au contraire, il grandit, s'étend, fait bouquet
                Et demeure toujours frais :
Un jour de grande fête, au nom de la patrie,
                Je vis rayonner, dessous
                Votre bel habit argenté,
                Tant de cœur, tant de poésie,
                Que je dis tout bas, en cachette :
                « *Dans celui-là, Dieu a semé !* »

Monsieur, vous le prouvez aujourd'hui avec magie,
A votre parler d'or, si harmonieux,
                Tous nos cœurs se réchauffent,
Car dans votre bouquet, noblement, s'épanouissent
        Esprit ! Génie et *Charité !!*

Piutrarèy ço qu'èy bis; zou proumeti, toucat...

Ma Muzo en atenden soupiro, l'èl mouillat .
    « Per fa toumba tan de grumillos,
    « En secrèt, dedins las famillos,
« Cal n'abé pla loun-ten, cado jour, échugat!! »

RESPOUNSO A MOUSSU LOUIS-ROBERT,

SOUS-PREFÉT.

L'esprit que dins nous aous, Diou, el mêmo, sameno,
    Talèou qu'a flourit un paouquet,
    Jamay se blazis, s'entameno...
Lou countrari, grandis, s'esplandis, fay bouquet
    Et damôro toutjours fresquet :
Un jour de grando fèsto, al noum de la patrio,
    Besquèri daoureja, debat
    Bostre habillomen argentat,
    Tan de co, tan de poèzio,
    Que diguèri bas, al sarrat :
    « *Dins aquel, Diou a samenat !* »

Moussu, me zou proubas anèy dambé magio;
A bostre parla d'or, qu'és tan muziquejat,
    Touts nostres còs s'escalourisson,
Car dins bòstre bouquet, noblomen, s'espelisson
    Esprit ! Engin et Caritat !!

A LAS CRANTO ORFELINOS DE BERGERAC. [(¹)]

(24 Abriou 1856.)

Poulidet troupèl d'agneletos
Que n'abès per brousta, l'estiou,
Qu'un prat sans hèrbo, ni flouretos,
Ni frut al gran cazal de Diou...

Ma Muzo és bengudo,
En cansounejan
Bôstro doulou mûdo...
— Deja tout bous plau,
Et la prâdo nûdo
Se fay biste herbudo,
Aoumen per oungan ;
Bôstro bouno bilo,
Rizento, s'apilo,
Per bous aduja.
La sâbo deja
Pel cazal grezillo...
Poulido famillo,
Pel mal counescut,
Se nou plèou, rouzino :
Anèy l'hèrbo fino,
Et douma lou frut !

(¹) .... Jasmin hésitait à revenir une troisième fois dans notre cité, après ses deux succès si récents..... Mais il était si beau de donner du pain à quarante orphelines !..... Le résultat a dépassé toutes nos prévisions : pour la troisième fois, la salle était comble, et l. recette s'est élevée, comme les autres, à près de 1,200 fr... Un épisode attendrissant a terminé cette belle séance : les quarante orphelines, montant sur la scène, conduites par les bonnes religieuses, ont entouré Jasmin ; trois d'entre elles lui ont offert un *Crucifix en argent*, une *Couronne* et un *Bouquet*; et le Poète, ému, a laissé cet impromptu s'échapper de son cœur !

(*Journal de Bergerac*; 26 Avril 1856,)

Cantas alleluya, doulentos amiguetos,
  Per bôstro bilo al cò de mèl;
La may que bous coucoûlo és un ange del cièl;
Et la *manno* d'anèy, al brut de las muzetos,
  Assiguro à bôstros bouquetos
  Triplo *manno* per l'an noubèl!
  Per jou, bous dirèy, angelinos,
  Que bôstre floc as pitchous brens,
Aoutan me play, al noum de las *cranto orfelinos,*
Que la courouno d'or des *Cranto grans sabens!*

A MADAMO BARIOD,

Que begnò de pourta ma santat al gran frustin d'aounou.

Madamo, sès poèto... et se bouillas canta,
  Bôstre cò sayò toutjour prèsto;
Mais, quan Diou bous fourmèt, per bous fa may ayma,
  Aoulot de fa de bous lou *prèste,*
  Boulguèt que fusquèsses l'*aouta!*

A DOUMAYZÈLO BARIOD,

Que per sinnes begnò tabè de pintra ma Muzo

Angèlo del silenço, al prèt de bôstro may,
Parla-me del regar, bôstre parla me play;
Lous mots n'abordon pas bôstro boûco rizento;
  Mais lou cò nou pèr res jamay:
Se lou poulit parla de bôstro âmo burlento
Passo dins bôstres èls, n'en petrillo que may!

A LA BILO DE MILLAU. [1]

(6 Abriou 1856.)

Quan ma Muzo te bezinâbo,
En cansounejan dins Rodez,
Dizioy beziadomen : « Se Millau me guignâbo,
    « Per l'ensourcilla dins soun brès,
    « Prendrioy biste d'âlos as pès !... »
Et m'as guignat anfin ; et talòou, per te playre,
    M'an bis parti coumo l'esclayre...

Mais, helas ! pel cami, gibre et glas m'an fèy dol :
En loun barèy de nèou ma routo s'és cambiâdo ;
Mas âlos an fiblat... ma Muzo s'és tourrâdo...
Et t'arribi pinsan, jou partit roussignol...

Mais n'òy pas poou qu'anèy ta bountat disparesque ;
Hôme et Muzo, dibèn playre à tous dus aoutus ;
    Car sés lou brès de nôstre Abesque, [2]
    Et lou toumbèl de *Pradinas !!*

[1] ..... La vasto sallo du Palais-de-Justice de Millau n'avait jamais vu des toilettes aussi éblouissantes, un auditoire plus nombreux et mieux choisi... Vers le milieu de la séance, Mgr Delalle s'est approché de lui, et après lui avoir serré affectueusement la main, lui a adressé sur son succès quelques vers pleins de fraîcheur et de délicatesse, auxquels Jasmin, dans sa verve spontanée, a heureusement répondu... Les deux séances du Poète ont été grandement fructueuses pour la Conférence de Saint-Vincent-de-Paul.

[2] Mgr de Vesins, évêque d'Agen, est né à Millau.
Le poète Pradinas y a fini ses jours.

(L'Écho de la Dourble ; 12 Avril 1856.)

RESPOUNSO A MOUNSEGNOU.

Dins Rodèz, Mounsegnou, prenès racino lèou;
Et pertout oùn passas plantas bôstre drapèou;
Aquèsto bilo en gran s'és touto enramelàdo
    A bôstro prumèro tournàdo...

Dizon que lou Mètjour flambo, mèmo quan plèou :
Bous que benès del Nord, sès del Mètjour belèou ?
    Bôstro paraoulo és alucàdo;
    Et, se bouillas, m'encrumiyò;
Car bezèn, quan fazès canta bôstro pensado,
Que de nòstre sourel la grando calourado
Flambo dins bôstres èls et part de bôstre cò!

LA PÈRLO DE SENTO-FÉ-LA-GRANDO. [1]

Pèrlo de Sento-Fé, doumayzèlo maynado
Que cadun beou des èls, en me baillan anèy
    Aquelo courouno emperlado,
    Me fazès hurous coumo un rèy;
Mais cent cots may hurous sara dins la capèlo,
Aquel que pouyra mètre, al mitan del parfun,
Mittre et *flous d'irangè* sur bôstre froun d'angèlo
Cande coumo lou cièl, un bèl mati de jun!

[1] ..... Comme la séance touchait à sa fin, une jeune demoiselle de Sainte-Foy s'est détachée de cette foule immense, enthousiasmée, et gravissant avec grâce et modestie les marches de l'estrade, a offert au poète une riche couronne, au nom de la bienfaisance et de la religion. Le poète a répondu avec cet à-propos qu'on lui connaît... La charité était heureuse : dans un simple chef-lieu de canton, la recette s'est élevée au chiffre de 1,300 fr.

        (Lot-et-Garonne; 10 Novembre 1856.)

COURONNEMENT DE JASMIN,

PAR LA VILLE D'AGEN.

; (27 Novembre 1856.)

Agen a voulu couronner à son tour le Poëte qui avait, par ses œuvres et ses bonnes actions, jeté un si vif éclat sur sa ville natale ; une Commission composée de quatorze membres (¹) avait décidé qu'une riche Couronne d'or lui serait offerte par souscription dans une séance solennelle et publique ; plus de quatre mille personnes répondirent à cet appel. La fête littéraire eut lieu le 27 novembre 1856, dans une vaste salle du Grand-Séminaire, en présence d'une foule immense ; Il faudrait remonter à cinq siècles en arrière pour retrouver une solennité pareille : en 1341, Pétrarque fut couronné à Rome, au nom de l'Italie ; de nos jours, Agen a couronné Jasmin, au nom de la France méridionale.

Le Poëte était encore tout palpitant de ce glorieux triomphe, lorsque M. Henri Noubel, aujourd'hui maire d'Agen, en sa double qualité de député et de membre de la Commission, lui adressa les paroles suivantes :

« Poëte ! — Je viens, au nom de la population agenaise, vous offrir un gage d'admiration et de profonde sympathie. Recevez cette couronne ; elle vous est donnée par une main amie, au nom de cette ville d'Agen que vos chants ont charmée, qui jouit de vos succès présents, et s'enorgueillit par avance de la gloire que votre génie fera rayonner sur elle dans l'avenir.

« Ses sympathies, Jasmin, ne vous ont jamais fait défaut ; elle a salué la première votre talent à son aurore, elle a vu naître et grandir votre renommée, elle est entrée avec vous dans le palais des Rois ; sûre d'avoir son heure, elle s'associait à tous vos triom-

phes ; et aujourd'hui même, que l'heure de la reconnaissance
est venue, c'est elle aussi qui s'honore en vous couronnant.

« Mais ce n'est pas seulement le Poète que nous voulons récom-
penser aujourd'hui, et vous avez un plus beau titre peut-être à
nos hommages. Dans un siècle où dominent l'égoïsme et la soif
avide des richesses, vous faites mieux encore que de chanter les
nobles vertus de la bienfaisance et du désintéressement : vous les
mettez en pratique ; ardent à courir partout où vous appellent
une plaie à fermer, une misère à soulager, vous n'acceptez en
échange que les bénédictions des malheureux ; chacun de vos
jours est marqué par de bonnes œuvres, et votre vie tout entière
est un hymne à la bienfaisance et à la charité.

« Acceptez donc, Jasmin, cette couronne. Grand Poète, bon
citoyen, vous l'avez doublement gagnée ; réservez-lui la place
d'honneur dans ce glorieux musée que les villes du Midi s'em-
pressent d'enrichir ; qu'elle y témoigne toujours de vos triomphes
poétiques et de la reconnaissance de vos concitoyens.

« Pour moi, je ne saurais trop m'enorgueillir de la mission
qui m'est aujourd'hui confiée. Je ne la dois, je le sais, qu'au
caractère dont m'a revêtu l'élection populaire ; j'en suis fier cependant ; et vous avoir couronné, Poète, restera le plus glorieux
souvenir de ma vie. »

En achevant ces mots, M. Henri Noubel a placé la couronne
d'or sur le front du Poète dont les yeux étaient inondés de larmes de joie ; et c'est au milieu des applaudissements frénétiques
de cette brillante assemblée que Jasmin a répondu par cet impromptu parti du cœur :

> A bostro apèl per jou lou Puple a respoundut.
> Et lou gran *laouré d'or* per ma Muzo és nascut...
> Mais dins la fèsto la millouno,
> D'hòmes en las baillan grandisson las aounous :
> Bous, Moussu, n'en sès un, et moun cò n'és hurous ;
> *Reprezenten del Puple*, en m'ofrin la courouno,
> Digun, digun, poudiò la grandi coumo bous !

Immédiatement après, le Poète a lu sa belle pièce : *La Courouno del Brès*, qui a terminé cette touchante solennité.

LA COURONNE DU BERCEAU.

Et moi je chante comme un pinson
A l'ombre d'un peuplier ou d'un frêne ;
Trop heureux de devenir cheveux blancs
Dans le pays qui m'a vu naître !...

(27 Novembre 1856.)

I

Quand l'homme, à petit bruit, chez l'enfant se dessine,
Et vient lui éclairer un peu de sa lumière
Fleurs et ronces, chemins unis et raboteux,
    Dans son cœur, qui déjà palpite,
    Il naît des étincelles à poignées
    Qui par moment *l'enchaleurent*,
    Et qui trop tôt, pour son repos,
    Pétilleront quand elles se courroucent
    Toutes à la fois... ou peu à peu...

    — Une seule, endormie encore,
    Demeure longtemps prisonnière ;
La meilleure pour l'homme, celle-là, aux jours derniers,
    Réveille en lui l'amour du berceau...
    Mais moi qui pauvrement naquis,
Moi, dont le grand foyer si longtemps sommeilla,
    Cette étincelle fut
    La première que je sentis ;
J'aimai donc mon berceau avant tout, œil fermé,
Et sans penser jamais qu'il avait lauriers et fleurs...
Seulement, quand ma Muse plus tard chansonnait,
Et qu'un monde entraîné la fêtait au loin,
Orgueilleux, à mon pays je portais mes palmes,
Sans lui demander rien... rien que d'ouvrir les yeux !

LA COUROUNO DEL BRÈS.

El jou canti coumo un pinsan
A l'oumbro d'un bioulo ou d'un frayche ;
Trop hurous de beui plèl blau
Dins lou païs que m'a bis naycho !...

(27 Noubembre 1856.)

I

Quan l'hôme, à pitchou brut, chel maynatge puntejo,
Et li bèn un paouquet esclayra de sa luts
Flous et roumèts, camis alizats et brouncuts,
 Dins soun cò, que dejà lansejo,
 Nay de boulugos à pechuts
 Que per moumens l'escalourisson,
 Et que trop lèou, per soun repaou,
 Pétrillaran quan s'amalisson
 Toutos al cot... ou paou à paou...

 — Uno soulo, endroumido enquèro,
 Damôro lounten prizounèro ;
La millouno pel l'hôme, aquelo, as jours darrès,
 Li rebèillo l'amou del brès...
 Mais jou que paouromen nasquèri,
Jou, doun lou gran fouguè tan lounten droumisquèt,
 Aquelo boulugo fusquèt
 La prumèro que sentisquèri ;
Aymèri doun moun brès aban tout, de clucous,
Et sans brino pensa qu'abiò laourès et flous...
Soulomen quan ma Muzo apèy cansounejâbo,
Et qu'un mounde entraynat, al lèn, la festéjâbo,
Glourious, à moun païs pourtâbi mous ramèls,
Sans li demanda rés... rés que d'oubri lous èls!

— Mais nous avons une mère... Et, courbée par l'âge,
La mienne n'en avait jamais assez pour son enfant;
La mienne, le jour, la nuit, rêvait sans cesse
Un honneur que personne nulle part n'a reçu;
Et, dans ses dernières années, à chaque pèlerinage,
Suspendant à mon autel bouquet, rameau brillant,
Elle ornait une place au plus joli étage,
       Pour la *Couronne d'or d'Agen*...
Pauvre mère! en cachette elle en nettoyait le verre;
Comme au Ciel, comme à Dieu, elle se hâtait d'y croire;
Au plus petit des bruits, son grand œil rayonnait;
Elle n'en parlait jamais... et toujours elle attendait...

Hélas! un jour pourtant elle nous quitta sans l'y voir...
Je me trompe! elle l'y vit dans un rêve doré,
       Mais trop voisin de sa dernière heure,
       Pour que, dans mon cœur qui en pleure,
       Un souvenir aigu ne l'ait pas gravé.

Il faisait nuit; brûlée par une fièvre maudite, (¹)
Ma mère s'était alitée, et nous voyions tant s'affaiblir
       La petite lumière de sa vie,
Que nous tremblions de peur que le souffle du matin
       Ne suffît pour l'éteindre.
Les larmes aux yeux, tous nous l'environnions,
       Et nous priions tant que nous espérions...
Tout à coup, la malade échappe un petit cri;
Elle se remue, ouvre l'œil, me regarde et nous dit:

(¹) Lorsque la ville de Toulouse envoya le **Rameau d'or** à Jasmin, en Novembre 1840, la mère du Poète était agonisante, et c'est à son chevet que le Rameau fut remis par M. *Gladi*, adjoint au maire d'Agen.

— Mais abèn uno may... Et fiblado pel l'atge,
La miò n'abiò jamay assòs per soun maynatge;
La miò, lou jour, la nèy, saounejàbo à-tengut
Un aounou que digun en lot n'a recebut;
Et dins sous darrès ans, câdo pelerinatge,
Penjan à moun aouta bouquet, ramèl luzen,
Poumpounàbo uno plaço, al may poulit estatge,
     Pel la *Courouno d'or d'Agen*...
Paouro may! al sarrat, n'escuràbo lou beyre;
Coumo al Cièl, coumo à Diou s'afanàbo d'y creyre;
Al mendre pitchou brut soun gran èl luzissiò;
N'en poulsàbo jamay... et toutjour attendiò...

Helas! un jour pourtan, nous quitèt sans li beyre...
Me troumpi! li besquèt dins un rèbe daourat,
     Mais trop bezi de sa mal'houro,
     Per que, dins moun cò que n'en ploûro,
Un soubeni punjen nou l'atge pas pintrat ·

Ero nèy; al brazè d'uno fièbre maoudito, (¹)
Mà may s'èro allièytàdo, et bezian tan febli
     La pitchouno luts de sa bîto,
Que tramblàben de poou que l'halé del mati
     Sufisquèsse pel l'escanti.
Las grumillos as èls, nous aou l'embirounàben;
     Et pregàben tan qu'esperàben...
Tout d'un cot la malaouzo escapo un pitchou crit;
Se boulego... oubro l'èl, me regayto et nous dit :

— « Que notre aîné seul me réponde :
« Jacques, à ton autel riant,
« Qu'a-t-on porté aujourd'hui qu'il est venu tant de monde?
— Ma mère, un rameau d'or ! mon rameau toulousain !

— « Un rameau ! mais j'ai vu quelque chose de plus ?
« Une couronne d'or de la ville d'Agen ;
« Qu'elle rayonnait ! pauvret ! ta chambre en était éclairée!»
— Tu te trompes, bonne mère, tu n'as pas quitté ton lit.

La malade réfléchit un long moment; ensuite,
Elle se met sur son séant; son visage rayonne;
Ses cheveux blancs sont de neige, ses yeux noirs de feu;
        Sur ses lèvres un sourire s'épanouit...
Qu'elle était belle, ma mère, quand elle me parla ainsi :

— « A ton autel, mon fils, tu as une place nue ;
« N'y mets rien au moins ; je te l'ai faite exprès
        « Pour la couronne de ton berceau ;
« Elle y viendra demain si aujourd'hui elle n'est pas venue.
        « La Charité sourit à tes chants ;
« Pour te prédire tout, son ange m'assiste ;
« Ta couronne d'Agen est tressée déjà ;
« Elle est en or des louis d'or ; j'en suis sûre, je l'ai vue ;
« Ton nom est écrit dessus,... Jacques, mon fils, adieu !
        « Maintenant mon âme n'est plus triste ;
« Le rossignol du pauvre est béni de Dieu,
« Il a tout ce qu'il y a de plus beau, la gloire dans son nid!»

— Elle se tut en gardant sa figure inspirée;
Sur son moelleux oreiller sa tête se reposa,
Et de ce rêve heureux sa lumière ranimée
        Deux semaines de plus brûla...

  — « Que nòstro aynat soul me respounde :
   « Jàques, à toun aouta rizen,
 « Que t'an pourtat anèy qu'és bengut tan de mounde? »
 — Ma may, un ramèl d'or! moun ramèl toulouzen!

 — « Un ramèl! mais èy bis quaoucoumet may tout-àro!
 « Uno courouno d'or de la bilo d'Agen;
 « Que luzissiò, paourot! ta crambo n'èro clàro! »
 —Te troumpes, bouno may, n'as pas quitat toun llièy.

La malaouzo sousquèt un gran moumen; apèy,
Se lèbo de setous; soun bizatge daourejo;
Sous pièls blans soun de nèou, sous èls negres de fèt;
  Sur sous pots un rire flourejo;
Qu'èro bèlo, ma may, quan atal me parlèt :

 — « A toun aouta, moun fil, as uno plaço nudo;
 « N'y bòtes rés aoumen; jou te l'èy fèyto esprès
   « Pel la courouno de toun brès;
 « Cal qu'y bèngue douma s'anèy n'és pas bengùdo.
 « La Caritat souris à toun cansouneja;
 « Per te debina tout, soun angelet m'assisto;
 « Ta courouno d'Agen és tressado dejà,
 « Es d'or des loubidors... me troumpi pas, l'èy bisto;
 « Toun noum y'és escribut... Jàques, moun fil, adiou!
   « Aro moun àmo n'és plus tristo;
 « Lou roussignol del paoure és benezit de Diou,
 « A tout ço de pu bèl, la glòrio dins soun niou! »

 — Se tayzèt en gardan sa figuro alucàdo;
Sur soun moùfle couchi soun cat se repaouzèt;
Et d'aquel rèbe hurous, sa luts rebiscoulàdo
  Diòs semmànos de may burlèt...

Hélas ! elle s'éteignit, un soir, en ma présence ;
Et j'en pleure toujours ; mais notre bonne mère ;
    En nous quittant pour tout jamais,
Avec son souvenir me laissa sa croyance...
    Et depuis, tout fiévreux, je disais,
Lorsque Agen pour ma Muse un peu se remuait :
Oh ! je sens que si un jour mon berceau me couronnait,
    Au lieu de chanter... je pleurerais !

II

Or, il arriva ensuite que la terre épuisée,
    Pendant trois étés sans chaleurs,
    N'eut ni vendanges ni moissons.
    La Charité, endolorie,
    Sonna son tocsin attendrissant ;
La France y répondit, et des quatre côtés.

— C'est alors qu'une Muse à l'allure campagnarde,
Faible par son esprit, mais forte par son courage,
Fatigua tant pour le pauvre qu'autour d'elle on jetait
    Plus d'un bouquet à son passage...
    Cette Muse, c'était la mienne.
    La mienne qui chantait entraînée,
    Sans craindre les gelées ni la neige,
    De Marseille jusqu'à Bordeaux.
    — Qui fait besoin plaît à tous ;
Aussi, pour me donner fleurs, médailles, palmes,
    Les villes entre elles rivalisaient.

Helas ! s'escantisquèt, un sero, en ma prezenço ;
Et n'en plouri toutjour ; mais nôstro bouno may,
  En nous quitan à tout jamay,
Dambô soun soubeni me daychèt sa crezenço...
  Et dunpèy, tout fièbrous, dizioy,
Quan Agen per ma Muzo un bri se boulegàbo :
Oh ! senti que s'un jour moun brès me courounàbo,
  Aoulot de canta... plourayoy !

II

Or, arribèt apèy que la tèrro estarîdo,
  Penden tres estious sans calous,
  N'aguèt bregnos ni segazous.
  La Caritat, endoulourîdo,
  Sounèt soun batsen piètadous ;
La Franço y respoundèt, et des quatre cantous.

— Es alors qu'uno Muzo al pastouret bizatge,
Feblôto pel l'esprit, mais forto pel couratge,
Trimèt tan pel paouret qu'altour d'elo plebiò
  May d'un bouquet à soun pasatge...
  Aquelo Muzo èro la miò.
  La miò que cantabo entraynâdo,
  Sans cregne lou gèl ni la nèou,
  De Marseillo dinqu'à Bourdèou.
  — Qui fay bezoun à touts agràdo ;
Tabé, per me bailla flous, medaillo, ramèou,
  Las bilos se fazion rampèou.

Ainsi se passèrent quinze années.

Les amis dans mon berceau se multipliaient, il est vrai;
En me voyant aimé, Agen m'aimait davantage;
Mais de tous côtés je voyais mes cases étoilées,
            Et la place nue... jamais!

Ma croyance faiblit... et sous mes pensées,
Chagrin, j'éteignais le rêve de ma mère. .

        — Mais quel bruit le fait revivre !
            Qu'est-ce que cela?
        Qui me lance l'étincelle
            Qui éclate
            Dans mon cœur ?
    Que dit-on ? Ma ville est en fête ;
    Un autel nuptial s'apprête ;
    Et mon berceau, mon père de lait,
    Épouse ma Muse aujourd'hui ?...
    Fiancée d'Agen, ma pastourelle !
    Et déjà l'on fait tinter l'heure...
    Et l'on m'entraine ; tout bruit...
    O ma bonne mère, pardonne !
    Je vois tout ce que tu as vu ;
    Mon front touche la couronne ;
    L'Église la bénit...
    J'ai la gloire la meilleure,
    Et le proverbe est menteur.

— Ville d'Agen, ton amour me racquitte ;
Toi qui te fais jolie chaque jour
A en devenir la perle du Midi,
Merci ! aujourd'hui que jeunesse me quitte,
Tu me fais trouver, pour le soir de ma vie,
Soleil de miel et chemin de velours !

Atal passèron quinze annados.
Lous amits dins moun brès proubignàbon, ès bray;
En me beyren aymat, Agen m'aymàbo may;
Mais de touts bors bezioy mas nichos estelàdos,
       Et ma plaço nûdo... jamay !

Ma crezenço fiblèt... et debat mas pensàdos,
Doulen, escantissioy lou ròbe de ma may...

           — Mais quin brut lou rebiscòlo?
                   Qu'ès acò?
       Qui me lanço la bispòlo
                   Que boujôlo
                   Dins moun cò?
       Qu'an dit? ma bilo ès en fèsto !
       Un aouta noubial s'aprèsto;
       Et moun brès, moun pay de lèy,
       Espouzo ma Muzo anèy?...
       Nôbio d'Agen, ma pastoûro !
       Et dejà fan tinda l'hoûro...
       Et m'entraynon, tout brounzis...
       O ma bouno may, perdouno!
       Bezi tout ço qu'abiòs bis;
       Moun froun tòco la courouno,
       La glèzo la benezis...
       Ey la glòrio la millouno,
       Et lou proubèrbi mentis.

— Bilo d'Agen, toun amou me resquito;
Tu que te fas poulido càdo jour
A n'en beni la pèrlo del Mètjour,
Merciò! anèy que jouynesso me quito,
Me fas trouba, pel sero de ma bito,
Sourel de mèl et cami de belour!

Je t'aimais bien avec ta belle Garonne ;
Et le *Gravier* qui te sert de trône,
Et tes trois ponts ; ton sol qui tant fleurit
Qu'on le croirait *besson* (jumeau) du paradis...
Mais je t'aime plus, je t'aime bien plus encore,
De ce moment où tu oses, la première,
Prouver qu'un fils, avant de s'éteindre,
Peut-être aimé... couronné... et grandi !
Tu frappes par là la coutume sévère ;
Leçon pour tous ! Sous les fleurs et les palmes,
Mieux vaut un front allumé... qu'un tombeau !...

Là-bas, sur un tombeau qu'un peu d'honneur recouvre,
Un nom, trop tard aimé, n'y porte qu'une étoile...
Eh bien ! jeune, s'il eût trouvé l'amour chez lui,
A la place de l'étoile , que verrions-nous?... un soleil !

— En attendant , ma Muse, qui t'aima jeune et vieille,
Veut épargner d'aujourd'hui les *heurettes* d'amour ;
Tout mon passé se réveille...
Je vois l'œil de ma mère, riant, fixé sur moi...
Et de ma couronne d'honneur
Je lis chaque branche, chaque graine, chaque feuille...
Tous mes amis y sont écrits... Combien j'en ai !
Quelle couronne d'or ! elle vaut presque celle d'un Roi... (¹)

(¹) Cette couronne , offerte à Jasmin par la reconnaissance publique, est l'œuvre de MM. FANNIÈRES, artistes renommés de Paris, qui, inspirés par une généreuse émulation, ont voulu livrer un travail d'art qui fît honneur à leur nom et à la réputation dont ils jouissent. La Couronne est formée de deux branches de laurier en or mat, larges et nouées derrière à la façon antique, comme les couronnes des Césars et des Poètes. Sur un ruban artistement arrangé on lit : « **La ville d'Agen, à Jasmin !** » Les fruits

T'aymabi-bé dan ta bèlo Garòno;
Et lou Grabè que te serbis de trôno,
Et tous tres pouns, toun sol que tan flouris
Qu'on lou creyo bessou del paradis...
Mais t'aymi may, t'aymi pla may enquèro,
D'aquel moumen que gaouzes, la prumèro,
Prouba qu'un fil, aban d'èstre escantit,
Pot èstre aymat, courounat et grandit!
Trûques atal la coustumo sebèro;
Litsou per touts! Debat flous et ramèl,
Bal may un froun alucat... qu'un toumbèl!...

La-bas, sur un toumbèl qu'un bri d'aounou capèlo,
Un noum, trop tar aymat, n'y porto qu'uno estèlo...
Ebé, se jouyne abiò troubat l'amou ches el,
En plaço del lugret, que beyan? un sourel!

Ma Muzo, en attenden, que t'aymèt jouyno et bièillo,
Bol espragna d'anèy las houretos d'amou;
    Tout moun passat se derrebèillo...
Bezi l'èl de ma may rizen bracat sur jou;
    Et de ma courouno d'aounou
Légissi câdo bren, câdo gru, câdo fèillo...
Touts mous amits y soun escributs... coumo n'èy!
Quino courouno d'or! bal présque la d'un rèy... (¹)

<hr>

du laurier, en argent mat, se mèlent au feuillage. Le style en est sévère
et pur; tout effet de clinquant en est banni; quant au travail d'imitation
de la nature il est admirable; chaque feuillo est un petit chef-d'œuvre,
et comme l'affirme le Poète agenais :

    Diyon de laourè bray, de laourè que feillejo,
      Tintat dambé de pousco d'or.

        (Extrait du *Journal de Lot-et-Garonne.*)

Regarde-la , Bordeaux ! regarde-la , Toulouse !
Regarde-la , Paris ! Maintenant je l'ai sur ma tête...
Vous avez fiancé ma Muse !... Agen fait plus : elle l'épouse !
Ce bonheur m'écrase... et j'en suis électrisé !
L'autel nuptial me sourit... dans son parfum je me plais...
Gloire et miel ! oh ! qu'il est doux d'être aimé où nous vivons !
Saint-Hilaire, — *Gravier,* — *Jacobins,* — *Saint-Caprais,*
Affichez mon bonheur ! qu'il paraisse de loin !
Mon bonheur, vous le voyez : dans les villes que je parcours,
    Je ris partout... Mais ici... je pleure !

LES CHAINES DE CADILLAC. [1]

A MADEMOISELLE CLARISSE ROULLIÈS , QUI Y POUSSA MA MUSE.

(11 Janvier 1857.)

    Pour aider nos musettes ,
Quand nous chansonnons pour les pauvres ,
J'ai vu souvent du ciel descendre des anges...
    Mais jamais , jamais d'*angelètes*.
        Ici ce soir
        J'en vois deux ;
Jolies, elles paraissent être deux sœurs.

[1] ..... Malgré des rafales incessantes, à peine les portes ouvertes, le vaste local de la séance a été envahi. Un auditoire compacte s'est formé de l'élite de la société du pays, et a offert, sous le reflet des flambeaux, avec les décorations d'un goût exquis, le spectacle le plus enchanteur... Hâtons-nous de dire pour l'honneur de cette séance, pour celui de Jasmin et des habitants du pays, que la recette, dans un simple chef-lieu de canton , au sein

Regayto-lò, Bourdèou! regayto-lò, Toulouzo!
Regayto-lò, Paris! aro l'òy sur moun cat...
Abès flançat ma Muzo; Agen fay may... l'ospouzo!...
Aquel bounhur m'escrâzo... et n'en sèy alucat.
L'aouta noubial me rits... dins soun parfun me plàzi...
Glòrio et mèl! oh! qu'és dous d'èstro aymat oun bibèn!
Sent-Alàri, — *Grabè,* — *Jacoupins,* — *Sent-Caprazi,*
Affichas moun bounhur! que paresque de lèn...
Moun bounhur, lou bezòs : dins las bilos oûn courri,
    Rizioy pertout... Mais aciou... ploûri!

LAS CADENOS DE CADILLAT. [1]

A DOUMAYZÈLO CLARISSO ROULLIÈS, QU'Y POUSSÈT MA MUZO.

(11 Janvier 1857.)

    Per aduja nôstros muzetos,
    Quan muziquejan pes paourets,
Ey bis souben del ciel debala d'angelets...
    Mais jamay, jamay d'angeletos.
        Aciou, tantòs,
        N'en bezi diòs,
    Poulidetos; semblon diòs sòs.

d'uno population de 1,500 âmes, a dépassé 1,500 fr. — L'émotion produite
par son poëme de *Marthe l'Innocente* était à son comble, lorsque deux
charmantes filles, l'uno portant uno Couronne d'immortelles et de bluets,
l'autro uno Bague en or, aux armes de la ville, sont montées sur l'estrade
et l'ont complimenté au nom de tous les habitants...
                 (*La Gulenne;* 16 Janvier 1857.)

L'une me fleurit d'immortelles ;
L'autre me passe au doigt un riche anneau ;
　　La manne tombe à vue d'œil
　　Au langage de ces deux angèles...

　　Quelle soirée ! j'en suis ensorcelé ! !
　　Pourquoi donc les gens , les gazettes ,
　　Avec ton *couvent*, Cadillac,
　　Épouvantent-ils les Poètes ?
　　Ils craignent tous *ta maison verrouillée*... (¹)

Moi, je n'en ai plus pour maintenant, tu peux me croire,
Je suis venu en tremblant, mais ton rire me plait ;
La Garonne d'ailleurs est notre bonne mère ;
　　A chaque instant je viendrai te voir,
　　Et sans plus chanceler jamais !

　　Tu as des rossignols , des angèles éveillées,
　　Verdelais te voisine, et, mieux que tout cela,
　　Tu fais la charité... tu as bon cœur,
　　Tu assembles sans cesse les peines irritées;
　　Tu les apaises sous ton air sain ;
　　Et la Vierge , qui en est touchée,
　　Plane sur toi en cachette
　　Et te bénit toute l'année,
Au nom des idiots et du Ciel miséricordieux ! !

Petite ville au cœur de miel , je partirai, mais , joyeux ,
Je dirai aux Poètes comment tu les enchaînes...
Et tous viendront sans peur, puisque tu ne les retiens
Qu'avec *des anneaux d'or* et *des guirlandes de fleurs ! !*

(¹) Le peuple de l'Agenais , qui ne croit pas à la solidité des têtes poétiques, dit à tout chansonnier : « *Prends garde ! tu iras à Cadillac ! »*

L'uno me floco d'immortèlos;
L'aoutro m'enbâgo d'un anèl;
La manno toumbo à bisto d'èl,
Al parla d'aquelos angèlos...

Quin sero! sèy ensourcillat!
Perqué doun las gens, las gazètos,
Dambé *toun couben*, Cadillat,
Espaourisson tan lous poètos?
Cregnon touts l'*oustal farrouillat!* (¹)

Per jou, n'oun èy plus poou aro, pôdes me creyre;
Sèy bengut en tramblan, mais toun rire me play;
La Garôno d'aillur és nôstro bouno may...
    Cop et quillo te bendrèy beyre
    Et sans plus tramboula jamay!

As de fis roussignols, d'angèlos aberîdos;
Berdelay te bezino... et may que tout acò,
    Fas la caritat... as boun cò:
Apiles à-tengut las penos amalîdos;
Las amayzes debat toun ayre sanitous;
    Et la bièrges que n'és toucâdo,
    Planan sur tu de rescoundous,
    Te benezis touto l'annado,
Al noum des *inoucens* et del Cièl piètadous!

Biloto al cò de mèl, partirèy... mais jouyous,
As Poètos dirèy coumen lous encadenes...
Et bendran touts sans poou, perqué nou lous retenes
Que dambé d'*anèls d'or*... et *guirlandos de flous!!*

A LIBOURNO.

PRUMÈRO SERADO. (¹)

(15 Janvier 1857.)

Libourno, de Bourdèou tu la fillo beziâdo,
        Tu que mâstes toun froun rizen,
Dins ta plano flourido et tan enramelado,
        As festejat moun noum souben ;
Et te dibioy belcot ; et la Muzo pastouro
        Attendiò que tindèsse l'houro,
        L'houro douço del pagomen...

L'houro a tindat anfin : dambé mas cansounetos
Bouilloy me resquita de moun deoute apilat ;
        Et baci que che tu dintrat,
        Et moussus et doumayzeletos,
        De tout bors m'an tan festejat
Que n'entendi per jou souna que de troumpetos !
Tus damos mêmo, anèy, dins aqueste palay,
Me bouqueton d'aounou ; pèrdi doun l'esperenso ;
Libourno, dambé tu, sarèy quito jamay,
Bèni per te paga de ma recounechenso...
        Et m'endeouti que may !

ADIOUS A LIBOURNO.

SEGOUNDO SÉRADO. (¹)

(18 Janvier 1857.)

Libourno, te counechèn lèou :
Sès poulido, sès bouno, et sès muziquejayro ;
Et fas la caritat en gran coumo Bourdèou ;
    Tabé, ma Muzo debinayro
    Per moumens, quan l'ange l'esclayro,
Te proumèt per oungan un loun cot d'èl de Diou :
    Aouras bèl printen, riche estiou ;
Nou beyras jamay plus tas bignos *picoutouzos* ;
De paga l'arrierat tous bidots saran fols ;
Per tout penjourlaran de las flàjos glouriouzos
De razins espoumpats aoulot de razinols ;
Tas bregnos se faran triplomen abondouzos ;
Et Paris qu'a tan set de toun bi, *rèy des bis*,
Per aluca del Nord las amos fregelàdos,
A tous pès jetara soun or et sous rubis,
Sans estari jamay tas càbos coufoulàdos !...

Adiou ! la Caritat n'en souris de lassus ;
    Car cho tu n'a l'assigurenço,
    Sous paourets, en ten d'aboundenço,
Saran enquèro muy coucoulats des Moussus !

dira avec nous... En rentrant chez lui, le Poète a trouvé sur sa cheminée une pendule, *hommage de la Conférence de Saint-Vincent de Paul de Libourne.* Le sujet qui représente *Marthe la Folle*, en lui rappelant une de ses plus touchantes inspirations, lui rappellera aussi la date de ces deux belles soirées !
              (*La Guienne;* 22 Janvier 1857.)

LOU MARINÈ-CAPITANI. [(')]

(*Bourdèou;* 27 Abriou 1857.)

Lou Cièl rits al que trèsso un bouquet per sa may;
    Per jou, dunpèy trento ans et may,
    Troubadour-jardinè, m'afàni
    A flouri de moun prat luzen
    Lou froun de la *Bilo-d'Agen !*
    Mais tu, *marinè-capitàni,*
    Li fas may qu'un bouquet noublal;
Debat l'èl des Moussus qu'esclayron toun trabal,
Sul la mèr oùm lou cièl à-tengut se miraillo,
    Fas toun ateillè, toun cazal;
De pèrlos et de flous li trèsses un frountal;
Et sur toun bastimen, al brut de la mitraillo,
    Coumo sèro uno rèyno, oungan,
    L'estelejes en l'embaounnan!

    Nostro Garôno n'en boujôlo...
    Deja bezèn toun bastimen,
    Bierges enquèro que trandòlo,
Prèste coumo l'aouzèl et que nàdo et que bôlo
    D'esquissa lous flots et lou ben...
Bay prene soun balan; sans cregne las rafalos,
    Latso-lou biste... à toun signal,
    Sas trento belos soun trento àlos
    Que lou menaran, se zou cal,
As quatre bouts del mounde, et fôro de tout mal.

(') ..... Le navire la *Ville-d'Agen* a été mis à l'eau avant-hier. La foule des personnes qui assistaient à cette opération était considérable; et le *clipper* est entré majestueusement dans les flots, aux applaudissements chaleureux des spectateurs... Le navire la *Ville-d'Agen* porte à sa proue le buste couronné du célèbre Poète Agenais. Dans un banquet qui a eu lieu chez l'armateur de la *Ville-d'Agen*, M. Ravesies, Jasmin a voulu reconnaître cet hommage rendu à sa gloire par cette inspiration adressée au Capitaine du navire, M. DE FOUSAN.   (*La Gulenne;* 27 Avril 1857.)

Capitâni, la mèr d'abanço te festejo;
Lou cièl cando te rits; sa grando arco daourejo :
    Lou patrounatge d'uno may
    Porto bounhur à tout jamay!
Porto doun lèn, lèn, lòn, lou noum de nòstro bilo!
Et perque d'un bouquet fas dus bouquets aciou,
Perque pinques ma Muzo al froun de toun nabiou,
Day, bay, malgrè l'aouratge à toun bor ès tranquilo...
Pertout oùn dambé tu la faras nabiga,
    Quan lous *quatre bens*, à butidos,
Multaran, cinglaran las aygos amalidos,
Doundaras tout! lous flots aouran bèl s'afouga,
Pouyran bagna sous pès... mais jamay la nega!

LAS ORFELINOS SANS LLIÈY. [1]

(*Bourdéou;* May 1857.)

Per nous nous touts, maynatge ou bièl,
Dins lou repaou, dins la fatigo,
Chagrin et mal, tout s'amatigo
Penden la nèy, quan lou sounèl
Bèn douçomen cluca nostre èl...

[1] Quo les *Orphelines de Bordeaux* so réjouissent ! Cos pauvres enfants auront un Dortoir !..... Uno foulo éléganto avait envahi la salle Franklin qui resplendissait de lumières, de femmes et de fleurs... Succès d'enthousiasme pour le Poète, succès d'argent pour les Orphelines de la Mission !... Vers la fin de la séance, une heureuse idée est venue au cœur de Jasmin, il a pensé qu'uno quête ajouterait encore *au chiffre élevé de la recette,* et d'uno voix émue, il a fait, dans cet impromptu, appel à ses nombreux auditeurs... Cette quête improvisée a produit à elle seule plus de 900 fr... Une charmante petite fille a remis au Poète une belle couronne, attachée par un largo ruban où scintillaient, en lettres d'or, ces mots :

    A Jasmin, les Orphelines reconnaissantes !
        (*La Guienne;* 7 Mai 1857.)

Ebé pourtan, *las cent maynados*,
Orfelinos tan mignoutados
De la caritat apraci,
N'abion pas de llièy per droumi...
Mais Bourdèou, la bilo aboundouzo,
Enten lou mendre pitchou crit...
És counsoulayro és piètadouzo;
Mal counescut, és mal garit!!
Et la caritat n'és plus tristo,
Aquel mal bèn de s'amayza;
Cependen, uno bouno quisto
Enquèro may lou garira!!
Tantòs doun, beziàdos dametos,
Daychas toumba quaoucos pessetos
Per nostre poulidet troupèl;
Et Diou boudra que soun angèl,
Dins bòstros crambos tan moufletos,
Bèngue, damb'un rizen soumèl,
Touto la nèy cluca bòstre èl!!

MARMANDO![1]

A MOUSSU LOU CURÈ MAURÈL.

(28 Janvier 1858.)

Que ma Muzo pastoûro, en cantan, sègue ou grâgne,
Del prezen n'èy pas à me plâgne...
Ebé, per èstre hurous, pourtan, sul ten passat
Prèsque toutjour biri lou cat :

---

[1] ..... La foule se pressait aux portes ; on força pour ainsi dire l'entrée ; les billets de 2 fr. avaient été portés à 5 fr., peu importait le prix! Ils furent enlevés en un clin d'œil. La recette, au profit de l'*Œuvre des Apprentis*, s'élève à plus de 1,200 fr... Jasmin, que Marmande n'avait

Prumè ten oùn n'abioy ni bouquet ni guirlando;
Oùn tout jouyne begnoy, fòro de pèssomens,
M'assaja pes paourets, de *Tounens* à *Marmando;*
   Apèy de *Marmando* à *Tounens*...
N'enbejabi res plus; ma Muzo m'alengàbo;
Trucàbes de las mas touts à mous *Soubenis;*
   Quan m'en tournàbi, me semblàbo
   Qu'abioy tout gagnat et tout bis...
   Et jamay moun cò saounejàbo
   Qu'abian un Bourdèou... un Paris!

Dunpèy m'an tout apres. Marmando, bièillo amigo,
Dins bint ans èy grandit dambé la Caritat;
   Mais che tu n'èri plus tournat;
   Et senti, malgrè ma fatigo,
Que dambé tous paourets me sèy trop endeoutat...
Et pourtan pes paourets n'és qu'en hibèr qu'estibi...
Fay doun que ma recolto atge cabels espés;
Tous *jouynes aprendis* m'attendion; lous y dibi;
   Anèy resquito-mé damb'és!
   As tout per amayza las penos:
Gran sourel, richo plano, et castèls à centenos;
Fay doun la caritat en gran per nostre nounou;
   Fay-lò per tu, fay-lò per jou...
   Per jou la garbo la millouno
   Acos ma pu bèlo courouno...
Et tu, Marmando, as èls del mounde piètadous,
To dibes de grandi touto cnouzo pitchouno;
Pràmo que t'an noumado et *la richo* et *la bouno;*
Et qu'on bey à toun froun luzi tres noums glourious:
Martignac! Marcellus! et toun sèn... *Bounafous!*

LOU BROUTOU DE ROZO-MOUSSO.

A MA NEBOUDO LOUIZO LACASSAGNO,
Lou Jour de soun Maridatge.

(*Ayen; Fcourè* 1846.)

Dins nòstre cazal ple de flous,
Que soúben la Garôno arrozo,
Attendian un broutou de rôzo,
Rôzo-mousso al parfun tan dous,
Que de tout bors fay d'embejous.
Jardinè, poumpouno ta sèrro,
Aquelo rôzo a fèt et mèl;
Qui te l'embôyo és un angèl... (¹)
Tabé deja nostre partèrro
Pren damb'elo uno aoudou del Cièl.

La baci! Sul terren moufflet
Pren racino, mèjo espelido;
Oh! qu'és beziâdo! qu'és poulido!
Que soun fi parfun és fresquet!
Elo soulo fay lou bouquet.
Lous ayres s'en escalourisson;
Lou jardinè, que n'és glourious,
La guîgno d'un ayre amistous,
Car proche d'elo s'encrumisson
Prèsque toutos las aoutros flous!

Fino planto, as deja pres pè;
Esplandis tas fòillos daourados;
As tèrro triouzo et soureillados...
Se bos playre à toun jardinè,
Jouyno rôzo, fay-te rouzè;

(¹) Mᵐᵉ Louise-Raymond *Lacassaigne* née *Lubrousse*, est la nièce et l'élève du digne curé de Puymirol, M. Casse.

Tas racinos soun benezidos;
Ma Muzo, per bouquet noubial,
Te proumèt bounhur sans egal...
Et de gâchos finos, poulidos,
Pel l'aounou de nostre cazal !

DOUTZE ANS APÈY.

Flourenço; Noubembro 1858.

Eri proféto, zou bezès :
Deja la flou que toutjour pousso,
A dus broutous de *rôzo-mousso*, (1)
Que bienlèou, talomen soun bès,
Saran layrats des jardinès.
Entreten, malgrè las gelados,
Tout l'an, coumo pel més de jun,
Abèn al mitan del parfun,
Rôzo may et rôzos maynados,
Tres fis bouquets que n'en fan qu'un !

ENQUÈRO UN BOUQUET DE FAMILLO !

A M** Cahuzac, de Flourenço, al dimn que nous doumguèt.

May et Fillo, (2)
Fillo et may,
Fan un bèl bouquet de famillo;
És frés, embaoumo, toutjour play;
Mais enquèro, un jour, playra may,
Quan proche de la flou del més de *Jun* que brillo,
Jouyne broutou d'*Abriou* prendra soun més de *May ! !*

(1) Mlles Sara *Lacassaigne*, et Bertho, ma filleule.
(2) Mlle Élizabeth *Cahuzac* n'est âgée que de 14 ans.

MA FILLEULE, LA CLOCHE DE SAINTE-FOY-LA-GRANDE. [1]

A M⁰ CHARLES BOUCHEREAU, MARRAINE.

(28 Mars 1857.)

Cloche vierge et jolie,
Jeune filleule, à peine es-tu
Baptisée et bénie,
Tu quittes la robe de ton berceau?
Et toute nue, *enchaleurde*,
Tu vas affronter, *sonneuse* hardie,
Vent du nord, tonnerre d'été ;
Entre terre et ciel tu t'élèves,
Et là, voisine des éclairs,
En te balançant dans les airs,
Tu vas chanter pour l'homme et pour Dieu.

Bonne *Jacqueline*,
Cloche à la voix d'or,
Ne t'épargne guère,
Tinte! *bronzine!*
Entonne soudain
Veni Creator!
Que rien ne t'arrête,
L'ange ainsi que le prêtre
Avec toi sont d'accord.

[1] ..... Jasmin croyait être venu au port de Sainte-Foy seulement pour être parrain de sa *Jacqueline;* mais point de repos pour Jasmin, point de fête sans triomphe pour lui. Le digne curé *Cabanel*, qui savait que le Poète était pour sa bonne part dans l'empressement de la foule et n'oubliant ni ses pauvres ni son église, avait *sous-main* approprié un immense local pour une séance de charité..... Au sortir de l'église, le public fit comprendre à Jasmin que son tour était venu. Pour transporter les chaises de la vieille à la nouvelle église, une chaîne d'hommes s'est spontanément formée, et

MA FILLOLO, LA CAMPANO DE SENTO-FÉ-LA-GRANDO. (¹)

A Mᵐᵉ CHARLES BOUCHEREAU, MAYRINO.

(28 Mars 1857.)

Campàno biergeto et poulido,
Jouyno fillôlo, à peno sès
Et batizàdo et benezido,
Quites la raoubo de toun brès;
Et touto nûdo, escalourido,
Bas affrounta, sounayro hardîdo,
Ben del nord, tounnèrre d'estiou;
Entremièy tèrro et cièl t'ennàyres,
Et bezino aqui des esclayres,
En te trandoulan dins lous ayres,
Bas canta pel l'hôme... et per Diou !!!

Bouno *Jaquelino,*
Campàno al soun d'or,
Nou t'esprâgnes brino,
Tindino! brounzîno!
Entoumo d'abor
Veni Creator!
Que res nou t'arrèste,
L'ange amay lou prèsto
Dan tu soun d'accor...

soudain le Poèto s'est vu entraîner au lieu de la séance, où la foule com-
pacto de Prêtres, de Dames, de Messieurs, d'Artisans et d'Agriculteurs,
lui a permis à peine d'arriver à son estrade, à côté de Mᵍʳ de Langalerie...
Encore trois heures d'enthousiasme, de pleurs et de rires frénétiques !!
Encore une autre belle recette: dans un petit bourg, sans affiche ni réclame, elle s'est élevée au chiffre de 1,100 fr. !!...

(*La Guiénne;* 2 Avril 1857.)

Ensuite sonne fort
Pour la sainte messe;
Qu'aucune jeunesse
Ne t'échappe alors...
Et toute l'année,
Puisque ta contrée
Aime tant les pauvres,
Bonne *Jacqueline*,
Avec ta marraine
Dont le cœur nous plaît,
Pour que tu chantes mieux,
Nous prierons que tu n'aies
Que des mariages,
Des berceaux en masse,
Et peu de tombeaux.

Mais à la mal-heure,
Si une tombe s'ouvre froide
Pour dame ou pastourelle,
Pauvre ou *monsieuret*,
Alors, cloche, pleure!
A ton larmoiement,
Chacun priera ;
Et dans les rues,
Quêtant des prières,
Récoltes-en tant
Pour l'agonisant,
Que son âme attristée,
Lors même que du mal
Elle ne serait pas nette
Autant qu'il le faudrait,
Puisse entrer, pauvrette,

Apèy, tindo fort
Pel la sento messo;
Que nâdo jouynesso
T'escape alabets...
Et touto l'annâdo,
Perque ta countrâdo
Aymo lous paourets,
Bouno *Jaquelino*,
Dambé ta mayrino
Doun lou cò nous play,
Per que cantes may,
Pregaren que n'atges
Que de maridatges...
De brès à pilots,
Et gayre de clots...

Mais à la mal-hoûro,
S'un clot s'oubro fret
Per damo ou pastoûro,
Paoure ou moussuret,
Campâno, alors, ploûro!
A toun larmeja
Cadun pregara;
Et pel las carrèros,
Quistan de prièros,
Tan recolto-n'en
Pel l'agounizen,
Que sa tristo ameto,
Quan mêmo del mal
N'estèsse pas neto
Aoutan que zou cal,
Pôsqu'intra, paoureto,

Près de Dieu touché
Par la porte étroite
Et si petite
Du Ciel apaisé...

Cloche vierge et jolie,
Jeune Evêque né ici, (¹)
T'a baptisée et bénie;
Affronte donc, *sonneuse* hardie,
Vent du nord, tonnerre d'été;
Et puisque près du ciel tu montes,
Va-t-en, voisine des éclairs,
Toute l'année et sans repos,
En te balançant dans les airs,
Chanter pour Dieu... et pour nous tous!!

A L'AMI BELLIER. (²)

RÉPONSE A SON TOAST ALLÉGORIQUE,

Dans notre festin de famille, à ma vigne.

Au sein de la verte prairie,
Où le frelon vole sans dard,
Ami, j'aime l'allégorie,
Quand le cœur y trouve sa part...
Berger, chez des bergers tu tombes;
Viens! nous mêlerons nos troupeaux;
Car tes *brebis* sont des colombes,
Et tes *belliers* sont des agneaux!

(¹) Mgr *de Langalerie*, évêque nommé de Belley, qui officiait dans cette cérémonie, est né à Sainte-Foy-la-Grande.

(²) M. Bellier, ingénieur inspecteur général des chemins de fer du Midi, était venu de Bordeaux, avec toute sa famille, assister à notre fête champêtre.

Prèt de Diou toucat
Pel la porto estreto
Et tan pitchouneto
Del Cièl amayzat...

Campâno biergeto et poulido,
Jouyne Abesque nascut aciou, (¹)
T'a batizâdo et benezido;
Affrounto doun, sounayro hardido,
Ben del nord, tounnèrre d'estiou;
Et perque prèt del cièl t'ennayres,
Bay-t'en, bezino des esclayres,
Touto l'annâdo et sans repaou,
En te trandoulan dins lous ayres,
Canta per Diou... et per nous-aou!!!

A MADAME LE FÈVRE-DEUMIER,

EN LUI REFUSANT UNE DERNIÈRE POSE POUR MON BUSTE.

Pose qui le pourra sur ce trône ou fauteuil,
Moi, j'ai peur : on y tremble, artiste, sous ton œil.
Quand ton regard m'étreint, foi, raison, tout s'oublie...
Mon âme s'élançait... prompte, elle se replie;
Mais je sens, à ce trait plein d'amère douceur,
Qu'à tes pieds on mettrait sa vie,
Si le coup d'œil de ton génie
Etait le regard de ton cœur!

(¹) ....., Mᵐᵉ Le Fèvre-Deumier, l'éminente artiste en sculpture, a rendu avec une saisissante vérité la figure mobile du poète, ces traits si express-sifs, ce regard qui s'enflamme..... Jasmin n'a pas voulu être en reste; et hier, en fête chez la grande artiste, il a poétiquement remercié Mᵐᵉ Deu-mier; mais cette fois, c'est dans notre langue française; à la grâce de la phrase, à la facilité aimable du rhythme, on jugera que Jasmin est toujours Poète, en quelque idiome qu'il s'exprime. (L'Union, 20 Septembre 1855.)

MES DEUX POMMIERS D'AMOUR.

A mon Fils & à ma Belle-Fille Nathalie David. [1]

(Paris, 12 Novembre 1857.)

Un vigneron, dans tous les âges,
Est bon père, il aime à provigner ;
Arbres et ceps sont ses enfants
Qu'il fait fleurir, qu'il fait *fruiter*.
Toutes ses branches sont étayées
Pour qu'elles ne plient pas au vent ;
Mais au milieu sont ses préférées
Qu'il soigne avec le plus tendre amour...
Dans sa vigne pleine, pleine,
Il ne veut aucune place vide,
Car une place vide, en demeurant ainsi,
De cent ronces déchirerait son cœur !

Et moi, dans ma vigne feuillue,
Où tout fleurit aux yeux voyants,
Je voyais une place nue
Qui me causait de grands chagrins :
Terre meuble pour que tout germe ;
Nous y avons planté en graine... en bois...
Jamais, jamais nous ne voyions naître
Deux pommiers d'amour que j'y voulais...

[1] Le Ciel vient de se montrer libéralement reconnaissant envers Jasmin, en donnant à son fils une épouse qui réunit à toutes les grâces de la jeunesse tous les attraits du cœur et de l'esprit. Cette joie de famille, la plus forte, à coup sûr, qui ait traversé la vie si accidentée du Poète, a

MOUS DUS POUMÈS D'AMOU.

A moun Fil &. à ma Nôro Nathali David. (¹)

(*Paris*, 12 Noubembre 1857.)

Un bignayrou, dins touts lous atges,
Es boun pay, aymo à proubigna;
Aoures, bidots, soun sous maynatges
Que fay flouri... que fay fruta.
Toutos sas bits soun paychelàdos
Per que nou fiblen pas al ben;
Mais al mitan a sas beziàdos
Que coucoûlo mistouzomen...
        Dins sa bigno claoufido,
        Bol nàdo plaço bido,
Car uno plaço bido, en restan coumo acò,
De cent roumèts esquissayò soun cò!

Et jou, dins ma bigno feilludo,
Oùn tout flouris as els bezens,
Me bezioy uno plaço nàdo
Que me baillàbo pèssomens:
Tèrro triouzo per que tout gayche;
Y'abèn plantat en grano... en boy...
Jamay, jamay nou bezian nayche
Dus poumès d'amou qu'y bouilloy...

onflammò sa verve et lui a inspiré ces heureux couplets, qui resteront
comme le plus brillant fleuron de sa couronne poétique.

(*L'Union*, 17 Novembre 1857.)

11

Plus d'une grosse larme
A mouillé ma sarclette :
Cette place nue, en demeurant ainsi,
De cent ronces déchirait mon cœur !

Hier, quand j'émondais mes arbres,
Ainsi parla un Ange ami :
« Toi, qui es tant aimé des pauvres,
« Pourquoi t'es-tu endolori ?
« Que te faut-il donc? — Rien plus je n'envie;
« J'ai assez de tout;... mais seulement
« Fais que deux arbres que je rêve
« Prennent racine là... Il s'en va temps !...
« Au soir de ma vie
« L'espérance me quitte...
« Cette place nue, en demeurant ainsi,
« De cent ronces vient déchirer mon cœur ! »

L'ange, en partant comme un éclair,
Fit un geste... et me sourit ;
Un frais parfum embauma l'air,
Et ma vigne en *feuilleja.*
Tout chansonnait à mon oreille...
Quand soudain du milieu des ceps,
Deux pommiers à fine tête
Surgirent frais et jolis !
Déjà leurs branches fleurissent,
Se mêlent... s'épanouissent...
Mes deux pommiers d'amour, bénis ainsi,
Vont porter fruit qui embaumera mon cœur !

May d'uno grumilleto
A mouillat ma saoucleto :
Aquelo plaço nûdo, en restan coumo acò,
De cent roumèts esquissâbo moun cò !

Yèr, quan rebugâbi mous aoures,
Atal parlèt un Ange amit :
« Tu, que sès tan aymat des paoures,
« Perqué te sès endoulourit?
« Que te cal doun? — Res plus n'embéji ;
« Ey prou de tout... mais soulomen
« Fay que dus aoures que saounéji
« Racinen aqui... s'en bay ten !...
« Al sero de ma bito
« L'esperenço me quito...
« Aquelo plaço nûdo, en restan coumo acò,
« De cent roumèts bèn esquissa moun cò ! »

L'Ange, en partin coumo l'esclayre,
Fasquèt un gèste... et me riguèt;
Un fres parfun embaoumèt l'ayre,
Et ma bigno n'en feillejèt.
Tout muzicâbo à moun aoureillo...
Quan talèou, del mièy de las bits,
Dus poumès à fino cabeillo
Sourtisquèron fres et poulits !
Deja lous brens flourisson,
Se maylon... s'espelisson...
Mous dus poumès d'amou, benezits coumo acò,
Ban pourta frut qu'embaoumara moun cò !

LA CROIX D'HONNEUR DE ROME.

A S. ÉM. LE CARDINAL DONNET.

(*Bordeaux;* 24 Janvier 1857.)

Prince de Rome, lorsque vous voulûtes
Que j'entonnasse mes chansons
Pour les crèches des petits enfants,
Dans Bordeaux vous me bénîtes...
Et depuis, chaque soir, en chantant il me sembla
Que des anges me souriaient au ciel étoilé !

Depuis, la terre, *dans ses bonnes,*
M'a tressé plus de cent couronnes...
Mais tout cela devient petit
Devant cette croix qui sent au paradis !
Hélas ! lorsque la soif de gloire nous possède,
Le poète entraîné a beau faire ce qu'il doit :
Purifier de tout mal son âme et ses écrits,
L'ardu chemin du ciel trop souvent nous échappe...
Mais aujourd'hui, quel bonheur ! je puis m'y croire ici ;
La croix d'honneur du roi de l'Eglise, du *Pape,*
C'est le coup d'œil affectueux de Dieu !

(¹) Jasmin, après sa triple séance de charité à Cadillac et à Libourne,
rentrait au plus vite à Agen, mais Son Em. le Cardinal-Archevêque, appréciateur éclairé du Poète et de son admirable dévouement aux œuvres de bien,
voulut lui témoigner hautement sa reconnaissance au nom des pauvres
de son diocèse. En arrivant à Bordeaux, Jasmin est arrêté par la plus gracieuse invitation venue de l'Archevêché ; et le soir même, après un banquet

LA CROUTS D'AOUNOU DE ROUMOS. (*)

A MOUNSEGNOU LOU CARDINAL DONNET.

(*Bourdèou;* 24 Janvier 1857.)

Prince de Roumos, quan boulguères
Quo muziquèssi mas cansous
Pel las crèchos des maynatjous,
Dins Bourdèou me benezisquères...
Et dunpèy, càdo sero, en cantan m'a semblat
Que d'anges me rizion al cièl estelejat !

Dunpèy la tèrro, dins sas boumos,
M'a tressat may de cent courounos...
Mais tout acòs s'apitchounis
Daban aquesto crouts qu'embaoumo al paradis !
Helas ! quan la talen de glôrio nous atrapo,
Lou pèoto entraynat a bèl fa ço que diou :
Esclari de tout mal soun amo et soun escriou,
Lou caminol del cièl trop souben nous escapo...
Mais anèy, quin bounhur ! pôdi m'y creyre aciou ;
La crouts d'aounou del rèy de la Glèyzo, del Pàpo,
Es la guignàdo del boun Diou !

donnó en son honneur, Mgr le Cardinal-Archevêque recevait plus de deux cents invités... Notro Poèto a voulu laisser un adieu personnel à Son Éminence, l'un des prélats qui ont proposé au Pape de lui envoyer la décoration de Grégoire-le-Grand qu'il venait de recevoir, et lui a adressé ces vers où la reconnaissance prend une forme aussi ingénieuse que poétique...

(*Journal de Lot-et-Garonne;* 27 Janvier 1857.)

L'HOPITAL-ÉCOLE DE CANCON. [1]

A MONSIEUR LAFONT-COURBORIEU.

(11 Juillet 1858.)

La charité souvent, souvent m'a fait venir
Quêter de ce côté, partout, de ville en village;
Et je me disais en passant dans *Cancon si voisin* :
  « Ils n'ont pas de pauvres donc ici,
  « Qu'ils laissent ma Muse tranquille? »
  Eh bien ! je me trompais pourtant;
Ici, comme partout, il y a des pauvres toute l'année,
Qui pour se réchauffer, dans l'hiver en colère,
  N'ont pour foyer que le soleil;
  Et dans l'été, de la *gerbière*,
  N'ont pour glanure qu'un épi...
Mais Cancon dont le front au vent du ciel s'aère,
Choie ses pauvres; chez lui rien n'*amertume*...
Cancon, perché si haut, s'est formé pour aimer;
  Il touche les anges de la main,
  Et qui les touche *s'angélise!*
Un homme à la tête de tout, un Monsieur charitable,
Dont le cœur pour les pauvres ruisselle comme une fontaine,
En donnant, en quêtant, au bruit de vingt maçons,
A fait dresser, voisine, une maison saine,
Qui pour le vieux et l'enfant, à l'ombre de l'étole,
  Sera *église... hôpital... école...*

(¹) ..... Au moment de son entrée, une réunion serrée d'environ mille personnes remplissait l'enceinte. Jasmin vit rangé sous ses yeux un groupe nombreux de femmes élégantes; des hommes distingués, prêtres, magistrats, membres du Conseil général, et, plus loin, une masse compacte de paysans et d'ouvriers apportant leur âme vierge ouverte à toutes les émotions vraies et simples... Vers la fin de la séance, après la chaleureuse allocution que M. de Lafont, curé de *Cancon*, lui a adressée, Jasmin a laissé échapper de

L'ESPITAL-ESCOLO DE CANCOU.[*]

A MOUSSU LAFOUN-COURBORIEU.

(11 Juillet 1858.)

La caritat souben, souben m'a fèy beni
Quista d'aqueste bor, pertout, de mayne en bilo;
Et dizioy en passan dins Cancou tan bezi :
   « N'an pas de paoures doun aci,
   « Que daychon ma Muzo tranquilo? »

   Ebé, me troumpàbi pourtan :
Aciou coumo pertout y'a de paoures tout l'an,
Que per s'escalouri, dins l'hibèr en coulèro,
   N'an per fouguè que lou sourel;
   Et dins l'estiou, de la garbèro,
   N'an per gragnàdo qu'un cabel...
Mais Cancou doun lou froun al ben del cièl s'ayrejo,
Coucoùlo sous paourets; ches el res n'amarejo...
Cancou pinquat tan haou s'és fourmat per ayma;
   Tòco lous anges de la ma,
   Et qui lous tòco, s'angelejo !

Un hôme al cat de tout, un moussu piétadous
Doun lou cò pes paourets coumo uno foun rigòlo,
En baillan, en quistan, al brut de bint massous,
A fèy masta tout proche un oustal sanitous
Que pel bièl, pel maynatge, à l'oumbro de l'estòlo,
   Sara glèyzo... espital... escòlo...

son cœur sa touchante pièce de circonstance... Dans ce juste hommage si délicatement rendu à un homme aimé et vénéré de tous, M. Lafont-Cour-borieu, chacun retrouvait l'écho poétisé de sa propre pensée, les âmes étaient attendries, la veine était ouverte à la charité. Jasmin a saisi cette occasion pour faire la quête au pas de course, et cette heureuse journée a rapporté pour l'hospice, *vide de meubles*, la somme de 1,200 fr. !

   (Journal de Lot-et-Garonne; 16 Juillet 1858.)

Et Dieu le bénit, et son nom retentit!
Mais cette sainte maison est encore toute nue;
Pour la vêtir en dedans ma Muse est appelée;
Oh! donnez! bientôt de tout elle sera pleine
Si vous faites notre quête et grande et *fruitée!*
Donnez, donnez écus, et pièces à foison!
Donnez même des sous! Le Ciel le veut, il le faut!
La Vierge nous sourit quand le bien se développe,
Et surtout quand le pauvre en douleur qui la prie,
Trouve près de son *église* une *école-hôpital!*

A VALENCE-D'AGEN. [1]

Petit peintre du cœur, toujours je fêterai
Qui n'oublie jamais son berceau ni sa famille
Je te salue, Valence! en chantant, tu as bien fait
D'inviter notre langue à la fête d'aujourd'hui,
Notre langue est ta mère, et d'Agen tu es la fille..
Tu as grandi chez lui... Le Tarn qui tant pétille
Depuis que ton nom à son nom se joint,
    Dans la Garonne s'engouffre...
    De ton berceau donc rien ne t'écarte;
    Les gouverneurs d'anciens temps
Eurent beau, pour plaire, meurtrir la carte,
Fiancée de Montauban, tu restes avec grâce
Perle de la Garonne! et *Valence-d'Agen!!*

[1] ..... La salle, la plus grande qu'on ait pu trouver à Valence, était trop petite pour les auditeurs qui s'y disputaient une place... Après ces élans dont l'explosion était presque incessante, Jasmin, descendant de l'estrade et guidant une jeune dame à travers la brillante réunion, a fait une quête abondante qui est venue se joindre pour les pauvres au chiffre élevé

Et Diou lou benezis, et soun noum fay de brut!
Mais aquel sent oustal és enquèro tout nut;
Per lou besti dedins ma Muzo és apelado;
Oh! douna-mé! de tout sara lèou coufoulut
Se fazès nostro quisto et granado et frutado!
Dounas, dounas escuts, pessetos à bèl tal!
Dounas mémo de sos! Lou Cièl zou bol... zou cal!
La biergeto nous rits quan lou bè se desplègo,
Et surtout quan lou paoure en doulou que la prègo,
Trôbo prèt de sa *glèyzo* uno *escôlo-espital!!*

A BALENÇO-D'AGEN. [1]

Pitchou pintre del cò, toutjour festejarèy
Qui n'oublido jamay soun brès ni sa famillo :
Te saludi, Balenço! en cantan, as pla fèy
D'enbita nôstro lengo à ta fèsto d'anèy,
Nôstro lengo és ta may, et d'Agen sès la fillo...
Grandisquéres chez el.. Lou *Tarn* que tan petrillo
Dezumpèy que toun noum à soun noum se junis,
    Dins la Garôno s'abalis...
    De toun brès doun rés nou t'escarto;
    Lous goubernayres d'ancièn ten
Aguèron bèl, per playre, escarraougna la carto,
Nòbio de Mountaouba, rèstes beziadomen
Pèrlo de la Garôno! et *Balenço-d'Agen!*

de la souscription....... Puis sont venus les vers que Jasmin a adressés à
Valence-d'Agen. C'est le salut du barde agenais à la petite ville qui, malgré
la carte politique du pays, reste agenaise par le cœur, par les traditions et
par les sympathies... *(Journal de Lot-et-Garonne; 20 Mars 1857.)*

AU POÈTE JASMIN.

ALGER, le 17 Juin 1858.

MONSIEUR,

S'il est vrai, comme le dit Horace, que les Poètes ont le droit de tout oser, pourquoi ne pourrait-on pas tout oser auprès des Poètes, surtout quand on vient les aborder au nom des intérêts les plus élevés ? Nous érigeons, auprès d'Alger, un trophée de reconnaissance à la SAINTE-VIERGE, et l'appel que j'ai l'honneur de vous adresser par ce courrier vous exposera nos motifs. Cet appel s'adresse à tous ; mais il m'a paru qu'un Poète illustre et populaire devait et voudrait payer son obole autrement que tous : que d'autres s'acquittent en argent, le Poète s'acquittera en beaux vers.

Aidez-moi, Monsieur ; et avec quelques strophes de vous dans cette belle langue d'Oc, je remuerai le Midi.....

† LOUIS-ANTOINE-AUGUSTIN,

Évêque d'Alger.

ALGER, le 8 Janvier 1859.

MONSIEUR,

De quelle langue me servir pour vous témoigner ma vive reconnaissance et toute mon admiration ? Étranger à celle du Parnasse français, et plus encore à celle d'Oc, je n'en suis pas moins ravi du don admirable que vous avez offert à Notre-Dame-d'Afrique ? La traduction de vos vers, à elle seule, enchante, touche, ravit, enlève. Aussi, quelles belles pensées ! Quels élans à la fois naïfs et sublimes ! Quelle tendresse pieuse et confiante ! Et puis, quelle richesse d'images et quelle verve sous la plus habile facture ! Mon attente, Monsieur, a été dépassée de beaucoup, et je n'hésite pas à dire que je ne connais rien dans aucun idiome d'aussi beau sur la Sainte-Vierge !

Merci donc, heureux Poète ; mille fois merci ! c'est elle qui vous a inspiré cet hymne magnifique.....

† LOUIS-ANTOINE-AUGUSTIN,

Évêque d'Alger.

LA BIÈRGES

POÈMO (¹)

DÉDIAT A MOUNSEGNOU PAVIE, ABESQUE D'ALGER

(¹) ..... Uno heureuso circonstanco est venuo fournir à notre Poèto l'occasion de réciter solennellement dans une fêto touchanto et devant *toute une contrée rassemblée*, son poèmo religieux. — Lo bon curé de Lagarriguo, dont lo cœur saignàit de douleur à l'aspect de sa Viergo détruito par lo mauvais temps, réclama lo concours du bardo agenais, afin de la remplacer par uno statuo en bronze. Jasmin, selon son habitude, promit..... Uno magnifique séance populairo, sous les auspices du digno prêtre, a eu lieu, lo dimancho 12 Septembro, à *Lagarrigue*... Et c'est au pied de la statuo restaurée qui porto sur son piédestal le nom de **Viergo Jasmin**, et devant un public innombrablo, quo Jasmin a récité son poèmo dédié à Monseigneur l'Évêque d'Alger.....

(*Journal de Lot-et-Garonne* ; 18 Septembre 1858.)

Nota. — Depuis lo mois de Mai 1860, co Poèmo formant uno petito brochuro, so vend séparément chez M. A. Chainou, librairo, ruo Garonno, à Agen, au bénéfice de l'Œuvre de M⁰ l'Évêque d'Alger.

LA VIERGE,

POÉME.

Du pied de la Vierge en bronze de Lagarrigue.

(12 Septembre 1858.)

Quand Rome, l'an dernier, en pompe *étoila*
Le berceau de la Vierge aimée,
Un long retentissement aussitôt s'étendit
Dans la France électrisée;
Chaque ville s'illumina;
Et la nôtre, mieux qu'aucune autre,
Se fit un diadème de guirlandes de feux;
Les étoiles partout furent obscurcies;
Il semblait qu'elles fussent éteintes;
Ou plutôt, qu'au milieu d'un miracle nouveau,
Pendant cette nuit d'éclairs,
Un grand revirement s'était fait dans les airs...
Et que la terre était le Ciel !

C'est que la Vierge nous est chère.
Nous la prions chaque jour aux coups de l'Angelus;
Au fond de notre cœur elle a sa première place
A côté de son fils *Jésus*,
Parce que son amour veille sur nous d'en haut.
Bonne Reine du Ciel, mère de Dieu charitable,
Pour apaiser son Fils elle s'est faite notre mère;
Dieu souvent est sévère; elle ne l'est jamais;
Elle nous écoute toujours; elle est toujours affectueuse,
Et sa fontaine de bontés est si, si abondante,
Qu'elle coule sans cesse et n'en grossit que plus !

LA BIÈRGES,

POÉMO.

Del pè de la Bièrges en brounzo de Lagarriguo.

(12 Septembre 1858.)

Quan Roûmos, ar'un an, en poumpo estelejèt
   Lou brès de la Bièrges aymâdo,
Un loun brounzinomen talèou s'esplandisquèt
   Dins touto la Franço alucâdo;
   Câdo bilo s'illuminèt;
   Et la nòstro, millou que nâdo,
Se fasquèt un frountal de guirlandos de fèt.
Las estèlos pertout fusquèron encrumidos;
   Semblabo qu'èron escantidos;
Ou pulèou qu'al mitan d'un miracles noubèl,
   Penden aquelo nèy d'esclayres,
Un gran rebiromen s'èro fèy dins lous ayres...
   Et que la tèrro èro lou cièl!

   Ce qué la Bièrges nous és chèro :
La pregan câdo jour as truts de l'Angelus;
Al foun de nòstres còs a la plaço prumèro
   Al coustat de soun fil *Jesus,*
Prâmo que soun amou nous gardo de lassus.
Bouno Rèyno del cièl, may de Diou piètadoûzo,
Per amayza soun Fil s'és fèyto nòstro may.
Diou souben és sebère; elo, nou l'és jamay;
Nous escouto toutjour; és toutjour amistoûzo,
Et sa foun de boûntat és tan, tan aboundoûzo,
Qu'à-tengut coulo, coulo... et n'aoumento que may !

Bonnes âmes, prêtres, ermites,
Evêques, religieuses, carmélites,
En priant Dieu, sur les pécheurs
Peuvent faire, parfois, *pleuvigner* des pardons;
Mais la Vierge qui, à toute heure,
Pour nos fautes prie et pleure,
A tant de pouvoir sur son Fils
Lorsqu'elle voit enflammer sa paupière,
Que sa prière exaucée
Au moindre signe de la croix,
En fait tomber une rosée
Qui de semaine en semaine,
    Perloie à grosses gouttes
        Sur tous.

Car Dieu, par dessus tout, aime sa mère si bonne,
Étendu sur sa croix, il l'a tant vue souffrir
    Qu'il ne veut plus l'endolorir...
    Quand il la voit pleurer, il pardonne...
    Son tonnerre est apaisé,
    Même avant qu'elle l'ait prié.

Oh ! que ce doux penser dans notre cœur s'enferme,
Et qu'à la prier mieux encore il nous aide...
Si nos premiers pères, si remplis de défauts,
Avaient eu la Vierge dans les cieux comme nous,
Ce grand débordement qu'on nomme le déluge,
Sur la terre maudite où il tomba courroucé,
N'aurait que châtié, et non... tout anéanti !

Servons-la donc; jamais nous ne ferons assez pour elle.
    Son image, c'est la voile
Qui pousse notre barque aux bords où tout fleurit;
C'est la clarté qui nous guide à l'heure envenimée
    Où nous marchons sur les *trompe-chemins.*

Bounos amos, prêstos, harmitos,
Abesques, mounjos, carmelitos,
En pregan Diou, sus pecadous
Pôdon bé fa, per ten, plebigna de perdous :
Mais la Biergeto qu'à tout houro
Sur nôstros faoutos prêgo, plouro,
A tan de poudé sur soun fil
Quan bey aluca soun perpil,
Que sa priéro escoutado
Al mendre sinne de crouts,
N'en fay plôouro uno rouzâdo
Que de mezâdo en mezâdo,
  Perlejo à gros glouts
   Sur touts !!
Car Diou, per dessus tout, aymo sa may tan bouno ;
Estendut sur sa crouts, l'a tan bisto soufri
  Que nou bol plus l'endoulouri...
  Quan la bey larmeja, perdonno...
  Soun tounnèrre és amatigat,
  Mêmo aban que l'atge pregat.
Oh ! qu'aquel dous pensa dins nôstre cô s'estuje,
Et qu'à la prega may enquèro nous aduje...
Se nôstres prumès pays, tan claoufits de defaous,
Abion agut la Bièrge al cièl coumo nous-aous,
Aquel gran, gran aygat qu'apèlon lou deluge,
Sul la tèrro maoudito oùn toumbèt amalit,
N'aouyò que castigat, et nou... tout abalit !
Serbôn-lô doun ; jamay n'en faren prou per elo.
  Soun image, acôs és la belo
Que pousso nôstro barco as bors oùn tout flouris ;
Es la luts que nous saoubo à l'houro emberenado
  Oùn trouban lous *troumpo-camis ;*

C'est la source du pauvre qui la boit de ses yeux ;
Le pauvre sait qu'elle fait des miracles pour lui ;
Qu'elle guérit ses maux , lui rend un bon soleil ;
Qu'au temps des ruisseaux troublés elle lui donne de l'eau claire;
Qu'au jour de la moisson elle triple son épi.

      Oh ! la Vierge, la Vierge, maintenant,
Il la faut partout... pour tous ! — Couronnée de fleurs ,
Là, sur ce piédestal nous l'avions rayonnante ;
Elle semblait nous dire : « Vous voyez mon front joyeux
      « Depuis que vous êtes meilleurs. »
Et pour rester sage ici chacun se maîtrisait.

      Mais le temps qui tout démolit ,
      A chaque orage, à la sourdine,
A fini par meurtrir son beau visage,
Et son corps déchiré tombe presqu'en lambeaux...

Satan n'en rira pas ! Nous allons la restaurer,
      Muse et Prêtre ont guéri le mal !
      La voici plus jolie encore !
Que son image en bronze, en triomphant de tout,
S'enracine sur cette place comme dans nos cœurs,
Et que son piédestal fleurisse de guirlandes...
Voyez de tous côtés : sur les mers aplanies,
Dans Lyon, en Provence, en Auvergne, partout !
      D'un bout de France à l'autre bout,
      Même au milieu de nos armées,
      Son image intronisée rayonne,
Et comme mère de tous chacun la bénit.

Que de marins sauvés ! que de mères, d'enfants,
D'angèles, d'orphelins, vont en pèlerinage,
Fleurs en main, lui payer la dette du bonheur...

Es la sourço del paoure, et tabé n'és layrado;
Lou paoure sat que fay de miracles per el,
Que garis sous malaous; que li fay boun sourel;
Qu'al ten des rious troublats li baillo d'aygo claro;
Que pel las segazous li triplo soun cabel...
  Oh! la Bièrges, la Bièrges, aro,
La cal pertout... per touts! — Poumpounado de flous,
Aciou, sul pèdestal, l'abian que daourejàbo;
Semblàbo que diziò: — « Bezès moun froun jouyous
  « Dunpèy que bous fazès millous. »
Et per resta saget cadun se mestrejàbo.
  Mais lou ten que tout desmoulis,
  A la sourdino, à càdo aouratge,
A finit per multri soun tan poulit bizatge,
Et soun cor esquissat toumbo prèsque à boussis...

Satan n'en rira pas! La tournaron coumo èro,
  Muzo et Prèste an garit lou mal!
  Baci-lò, may poulido enquèro!
Que soun image en brounzo, en trioumfan d'acès,
Racine sul placè coumo dins nostres cès,
Et que soun pèdestal flourisque de jouncàdos...
— Regaytas de tout bers : sul las mèrs alizàdos,
Dins Lyoun, en Proubenço, en Aoubèrgne, pertout?
  D'un bout de Franço à l'aoutre bout,
  Mêmo al mitan de las armados,
  Soun image entrounat luzis,
Et coumo may de touts cadun la benezis.

Que de marins saoubats, que de mays, de maynatges,
D'angèlos, d'orfelins, ban en pelerinatges,
Flous en ma, li paga lou deoute del bounhur...

Dans la vieille Bretagne où tout se renouvelle,
Nous voyons s'agenouiller, dans sa grande chapelle,
Soldats... Impératrice... et même l'*Empereur*,
L'Empereur qui jamais devant personne ne plie !

A cette heure, sur ces bords où le vieux Turc blasphème,
Un Evêque au cœur d'or, à l'esprit enflammé,
    Dans l'Afrique rebaptisée,
    Avec le feu de sa pensée,
    Remue le monde entier,
Il veut qu'une église, là, se dresse, s'*étoile*;
Et que la Mère de Dieu comme un astre y rayonne,
Pour arracher les fils à la leçon des pères.

Et le Ciel le bénit; des maisons, des palais,
    L'argent sur lui va pleuvoir par torrents ;
Ses murs vont s'élever au son des pistoles,
    Car nul apôtre, au temps où nous sommes,
Pour l'Eglise et l'Etat n'a rien fait de plus saint.
La Vierge apaise tout et colère et souffrance ;
Dans ce fier pays irrité, ses leçons
    Feront renaître la croyance
    Et mourir les coups de canon.

Chantons donc *Hosanna!* pour ce saint Evêque;
Que sa Vierge s'élève, et des quatre côtés
    Que le sauvage enfin la voie !
Maintenant nous avons la nôtre, à la sienne il faut penser
    Que notre épi y paraisse;
Et tous aujourd'hui, du pied de ce simple autel,
Saluons la chapelle à triple flèche,
Où bientôt régnera *Notre-Dame-d'Afrique.*

Dins la bièillo Bretagno oùn tout se renoubèlo,
Bezèn s'aginouilla dins sa grando capèlo
Souldats... *Imperatrisso*... et mèmo l'*Amperur*,
L'Amperur que jamay daban digun nou plègo !

A l'houro qu'ès, sus bors oùn lou *bièl Tur* renègo,
Un Abesque al cò d'or, à l'esprit alucat,
  Dins l'Africo rebatizado,
   Dambé lou flan de sa pensado
   Boulego lou mounde empenat.
Bol qu'uno glèyzo, aqui, se mâsto, s'estoleje,
Et que la May de Diou coumo un astre y daoureje
Per derrega lous fils à la litsou des pays...

Lou Cièl lou benezis ; des oustals, des palays,
   L'argen li bay plèoure à rigòlos ;
Sas parets mountaran al soun de las pistòlos ;
   Car nat apòtro, al ten oùn sèn,
Pel la Glèyzo et l'Estat n'a fèy res de may sèn :
La Bièrge amayzo tout, et coulèro et soufrenço,
Dins aquel fièr païs amalit, sas litsous
   Faran renayclie la crezenço
   Et mouri lous cots de canous...

Cantòn doun *Hosanna !* per aquel sent Abesque ;
Que sa Bièrges s'ennayre, et des quatro cantous
   Que lou saoubatge anfin la besque !
Aro qu'abèn la nòstro, à la siò cal pensa ;
   Que nostre cabel y paresque ;
Et touts anèy, del pè d'aqueste simple aòuta,
Saluden la capèlo à triplo pungirico,
Oùn lèou ban entrouna *Nostro-Damo-d'Africo...*

Pour l'esprit et le cœur, pour le jeune et le vieux,
Il la faut dans l'ancien monde... et aussi dans le nouveau;
Attristés, elle nous réjouit... aveuglés, elle nous éclaire...
Entraînés, elle nous retient; toujours, les larmes aux yeux,
Là-haut, près de son Fils, pour nous tous elle plaide;
Et son double amour fait que la terre pécheresse
Vit presqu'en paix avec le Ciel !

LOU BRÈS DE MALTRO L'INOUCENTO. [1]

(14 Janvier 1854.)

Clayrat, acòs lou brès de Maltro l'inoucento!
Et soun brès, per ma Muzo, ès bengut un aoutu.
En prumè doun aciou dibioy bous la canta,
Mais prou nou la sabioy enquèro, et dins ma crento,
Ey tardat à bous la pourta...

L'èy cantado cent cots oungan; aro la sàbi,
Et la baou dire de precò;
Et belèou plourarès; al lèn nou l'assajàbi
Que per y mètre anèy tout lou mèl de moun cò!

---

[1] ..... Des quatre côtés de la salle, où se pressait une foule si nombreuse si enthousiaste, une avalanche de fleurs tomba sur le Poëto, aux quelques vers touchants dont il fit précéder son poëme de *Maltro l'Inoucento*. Dans cette double fête, Clairac, petite ville de 4,000 âmes, a récolté pour ses pauvres la somme énorme de 1,100 fr. (*Lot-et-Garonne; 23 Janvier 1855.*)

Pel l'esprit et pel cò, pel jouyne amay pel bièl,
La cal dins l'ancièn mounde... amay dins lou noubèl :
Atristats, nous enjôyo... abuglats, nous esclayro...
Entraynats, nous reten; toutjour, grumillo à l'òl,
Lassus, prèt de soun Fil, ès nòstro playdejayre;
Et soun double amou fay que la tèrro pecayro
      Biou prèsque en pats dambé lou Ciel !...

LA GLEYZO CRUCHIDO. [1]

(Saint-Pierre-Nogaret; 15 Septembre 1857.)

      Yèr un ange benguèt me quèrre
Per gagna, per paouza lou prumè caillaou fi
      Pel la gleyzeto de Sen-Pièrre
Cruchido de bieillesso... et que cal rajuni.
Quan ma Muzo part soulo, ès un bri bergounjouzo...
Mais sèn dus per gagna bostro amo et bostro argen :
L'amo al predicatou, lou flambèou de Toulouzo...
      L'escut à la Muzo d'Agen...
Oh! Dametos, Moussus, al cò ros nou rezisto,
Ebé, moun cò bous parlo, escoutas soun counsel :
La pu bèlo courouno ès uno bouno quîsto :
Abès baillat dus grus.... acabas lou cabel !!

---

[1] ..... Le Poète, à son arrivée chez le digne curé SALAGNAND, a été accueilli par douze jeunes filles, vêtues de blanc, qui lui ont offert des bouquets... A midi, toute l'élite de Gontaud et des environs, malgré une chaleur tropicale, s'est amoncelée, avide d'entendre le Poète; tout était plein jusqu'aux combles...... La recette s'est élevée au chiffre de 800 fr., ce qui est extraordinaire à Gontaud !.... Une séance populaire a été demandée à Jasmin qui, malgré ses fatigues, l'a accordée. Elle a eu lieu le soir; même foule, même enthousiasme ! et même bonne recette !!

(Journal de Lot-et-Garonne; 21 Septembre 1857.)

MEA CULPA DEL POÈTO-CURÈ DE SENT-ASTIÈR. [¹]

(21 Octobre 1858.)

Pèrlo del Perigor qu'à moun èl daourejabo,
Sent-Astièr que de lèn souben èy saludat,
Arsero, quan cho tu ma Muzo anfin intrabo,
    Al mitan d'un puplo apilat,
    Toun gran clouchè campanejàbo...
Dizion qu'èro per jou ! Mais jou, sagetomen,
Me fazioy pitchounet, et dizioy doussomen :

« La Muzo des paourets, simpleto messatgèro,
    « Per aquès n'a rès fèy enquèro ;
    « Se troumpon doun ; aquel aounou
    « M'escrazayò, n'ès pas per jou. »

    Quau besquèri la caminado
    As quatre bors illuminado,
Et lou prèsto qu'abiò las grumillos as èls...
Oh! coumprenguèri tout, et ma Muzo toucado,
Riguèt à la campàno, à las luts, as ramèls,
    Amay à la foulo arrèngado...

[¹] ..... Une voiture pavoisée est allée le recevoir à la gare, d'où il a été conduit au presbytère, escorté par une grande partie de la population. A ce moment, les cloches sonnaient à toute volée ; le presbytère était illuminé ; la foule encombrait la place et faisait entendre le cri de : *Vive Jasmin !*... Le lendemain, notre vaste local a été envahi par une société élégante de Saint-Astier et des environs, composée de sept à huit cents personnes... Un incident des plus gracieux a signalé la fin de la séance : deux jeunes filles, remplissant chacune le rôle d'un ange, sont montées sur l'estrade, l'une à droite, l'autre à gauche, et ont couronné le Poète aux applaudissements réitérés du public... La recette a été au-delà de toutes les espérances ; elle a dépassé 1,200 fr. ! !   (*Journal de Lot-et-Garonne ; 30 Octobre 1858.*)

Bostre *Curè-Poèto* és d'Agen; tout à Diou,
Roussignol benezit quitèt jouyne soun niou, (¹)

    Et quan se fasquèt predicayre,

Benguèt per bous saouba prene racine aciou ;
Et dunpèy, tan bous aymo, et tan sabès li playre,
Qu'à soun prumè païs nou penso plus... ou gayre.
Mais yèr, quan me besquèt, jou, soun pu bièl amit,
Tournèt rebiscoula soun fèt prèsqu'escantit;
Latsèt lous dus batans de sas gròssos campanos,
Et soun *mea culpa* tindan fort de lassus,

    Es estat dire à nostros planos

Que se nous oublidèt.. nous oublidara plus !

SUL CLOT D'AUGUSTO DUPOUN. (²)

La mort, per fa de brut, sus millous hòmes tusto...

    Un jour pourtan soun bras de ploun

    Aouyò dibut amourti sa ma rusto :

Truquèt en Perigor un hòme de renoum

    Qu'à soun païs faziò bezoun...

Èro bràbe ! èro bou !... l'apelàbon Augusto !!
Et soun amo èro bèlo... aoutan qu'aquel gran noum...
Ebé, res n'arrestèt la daillo que negrejo...
Et dunpèy lou païs és en dol... et larmejo !!

(¹) M. *Lanoelle*, curé de Saint-Astier, natif du Mas-d'Agenais, a fait ses études au Séminaire d'Agen.

(²) ..... Jasmin, se souvenant des liens d'amitié qui l'unissaient à Auguste *Dupont*, lequel repose du sommeil éternel dans un caveau de famille à Puyferrat, près Saint-Astier, a laissé partir de son cœur cet impromptu à la mémoire du publiciste, qui a laissé dans notre pays d'universels regrets !   (*Le Pèrigourdin;* 7 Novembre 1858.)

LYON ! [1]

A MONSIEUR L'ABBÉ HYVRIER,

Directeur de l'Institution des Chartreux.

(19 Février 1859.)

Je t'ai vue donc aujourd'hui, Reine à double couronne,
Grande ville de génie, de force, de travail,
Seconde dans la France et presque la première ;
Car dans les temps fiévreux, quand ton œil vif étincelle,
        Si tu fais gronder ta colère,
Le monde ne te sourcille pas ; et plus d'un s'effraie...
Mais ta colère meurt vite, comme elle est née...
        Les forts sont toujours *les meilleurs !*...

        Lyon, ma Muse te salue,
        Et sans crainte, ni frissons...

J'aime à te voir, fière et riante, à la pointe d'aube,
Sur ta triple montagne, entre des lauriers,
        Des statues et des reliques,
Élever jusqu'au ciel palais et clochers aigus ;
Puis, t'étendre dans la plaine où tes fils, par milliers,
Ont déchiré le roc pour rafraîchir ton berceau,
Et pousser ta *Garonne* autour de tes fabriques...
        Tes cent fabriques qui, depuis,
Tissent pour la richesse, pour le Pape et les Rois,
        Cette soie qui rayonne
        Et si artistement scintille,
        Que l'or, la perle, le rubis,
        Tout, devant elle s'obscurcit !...

[1] ..... Après son double triomphe aux *Chartreux* et aux *Minimes*, le succès qu'a obtenu Jasmin dans la séance qu'il a donnée samedi à l'Archevêché a dépassé toutes les prévisions... Nous pouvons, sans exagération, fixer à douze cents le chiffre des personnes qui s'étaient rendues à l'appel fait par le Poète agenais à la charité lyonnaise, pour l'achèvement de

LYOUN ! [*]

A MOUSSU L'ABBÉ HYVRIER,

Lou prumè del Coulètge des Chartrous.

(19 Feourè 1859.)

T'èy bisto doun anèy, Rèyno al double frountal,
Grando bilo d'engin, de forço, de trabal,
Segoundo dins la Franço... et prèsque la prumèro,
Car dins lous tens fièbrous, quan toun èl biou lugris,
    Se fas brounzina ta coulèro,
Digun nou te perpillo... et may d'un s'espaouris...
Mais ta coulèro mort biste, coumo és nascudo;
    Lous fors soun toutjour *lous millous!*

    Lyoun, ma Muzo te saludo,
    Et sans crento ni frezillous...

Aymi te beyre, fièro et rizento, à las clicos,
Sur ta triplo mountagno, entremièy de laourès,
    D'estatuyos et de relicos,
Ennayra dinqu'al cièl palays et pungirîcos...
T'agrandi dins la plâno, oùn tous fils, à milès,
An esquissat lou roc per rafresqui toun brès,
Et poussa ta *Garôno* al tour de tas fabricos...
    Tas cent fabricos que, dunpèy,
Trèsson pel la richesso, et pel Pâpo, et pel Rèy,
    Aquelo sedo que daourejo,
    Et tan artistomen lambrejo,
    Que l'or, la pèrlo, lou rubis,
    Tout, daban elo... s'encrumis.

l'égliso de *Vergt*..... Nous renonçons à décriro l'enthousiasme — et ici ce
mot n'a rien d'exagéré — qu'a produit le Poète sur son auditoire ! !... Cet
enthousiasme n'a plus connu de bornes lorsque le Poète a lu sa pièce de
circonstance : *A la ville de Lyon !*...

      (*Le Salut Public;* 21 Février 1859.)

Que tu es belle ainsi ! et pourtant, pour te plaire,
  Moi, je n'ai, petit chansonnier,
  Que notre langue des pâtres...
Mais je l'avais deviné : ce parler l'est doux ;
Sous ta double couronne tu portes double visage,
  Un pour *le Nord*, l'autre pour *le Midi*...
  Et le *pèlerin-troubadour*,
Qui ne venait chez toi chercher, pour son langage,
  Qu'un simple droit de voisinage,
Récolte doublement : tu m'écoutes chaque jour ;
  A mes chansons tu ris, tu pleures,
  Tu me couronnes et tu me fêtes...

  Grande ville de cœur, va, va,
  Je ne t'oublierai jamais,
Car, Lyon, je devine à tes yeux, à ton air,
  Que la Muse du travailleur
  Trouve dans ton sein beaucoup plus
Qu'une Reine voisine... elle y trouve une autre mère !

SAINT-ÉTIENNE. [1]

A MADAME TÉTENOIR.

Saint-Étienne, quand je te vis,
  Un peu brune je te trouvai ;
Mais bientôt, à mes yeux, ton front s'éclaircit,
Tu devins jolie... et ma Muse t'aima.
Souvent, pendant l'été, plus d'une matinée bruine ;
Ensuite la brume se déchire, le ciel nous sourit ;
L'air revient bleu d'azur... un beau soleil rayonne...

[1] ..... A Saint-Étienne, après sa dernière et si belle séance, l'enthousiasme des auditeurs de Jasmin s'est traduit en quatre pièces de ruban.

Que sès poulido atal! et pourtan, per te playre,
    Jou n'èy, pitchou cansounejayre,
    Que nostro lengo des pastous...
Mais z'abioy debinat : aquel parla t'és dous ;
Debat double frountal portes double biza'ge,
    Un pel *Nord*, l'aoutre pel *Mètjour*...
    Et lou *pelerin-troubadour*,
Que nou begnò cho tu quèrre, per soun lengatge,
    Qu'un simple dret de bezinatge,
Recolto doublomen : m'escoutes càdo jour ;
    A mas cansous, rizes, larmejes,
    Me courounes et me festejes...

    Grandò bilo de cò, bay, bay,
    Oh! nou t'oublidarèy jamay !
Car debini, Lyoun, à toun èl, à toun ayre,
    Que la Muzo del trabaillayre
    Trôbo dins toun sé belcot may
Qu'uno Rèyno bezino... y trôbo uno aoutro may !

SENT-ESTIÈNI. [1]

A MADAMO TÉTENOIR.

Sent-Estièni, quan te besquèri,
    Un paouquet bruno te troubèri,
Mais biènlèou, à mous èls, toun froun s'esclarisquèt,
To fasquères poulido... et ma Muzo t'aymèt.
Souben, penden l'estiou, may d'un mati brumejo ;
Apèy la brumo fuch, s'esquisso... lou cièl rits ;
L'ayre bèn blu d'azur... un bèl sourel daourejo...

deux de la Légion-d'Honnour et deux de Saint-Grégoiro-le-Grand, envelop-
pées dans un joli quatrain. (*Journal de Lot-et-Garonne*; 15 Décembre 1854.)

Nous sommes ravis... fascinés...

Et ces jours-là sont les plus beaux !

Eh bien ! tu es ainsi : quand tu nous apparais,

Un grand nuage obscur semble te couvrir...

Nous entrons, tout change, et nous voyons scintiller

OEil vif... cœur tendre... blanche main..

Et la grâce y fleurit de dimanche en dimanche...

Même de ton charbon la noire fumée soudain

Se change en fine pluie d'or...

Tes rubans satinés qu'en aucun autre lieu on ne trouve,

Tes rubans qui, en tout temps, prêtent vie à l'amour,

Étoilent aussi et la gloire et l'honneur,

Partout, aux quatre bouts du monde...

Il semble même, là-haut, lorsque le temps s'épure,

Que tu as *enrubanné* le splendide arc-en-ciel.

Saint-Etienne, tu peux le croire,

Je suis heureux de te revoir;

Ta beauté est étrange, elle ne charme que mieux :

Qui ne ressemble à personne... à tout le monde plaît !

A LA DEMOISELLE DE VILLEFRANCHE. [1]

Demoisellette

Si joliette,

Votre bouquet me plaît ;... qu'il est beau !

Je fatigue mon œil pour le voir...

Doux bouquet ! d'où me vient-il ? de la terre ou du ciel ?

Oh ! il vient du ciel, je dois le croire

Vous avez trop l'air d'un ange ! !

[1] ..... Vers la fin de la séance, une charmante jeune fille franchit d'un pas léger les gradins de l'estrade et présenta au Poète, avec la grâce d'un ange, un bouquet dans lequel s'épanouissait sur le blanc vélin une pièce de vers improvisés... Aussitôt Jasmin prenant la main de la gracieuse mes-

Sèn ensourcillats... enluzits...
Aques jours soun lous may poulits!

Ebé! tu sès atal : quan te bezèn pareche,
Un gran crum negrillous semblo te capela...
Intran che tu, tout cambio, et bezèn lugreja
     Èl biou... tendre cò... blanco ma...
Et la graço y luzis del dimeche al dimeche...
Mémo de toun carbou lou negre fun d'abor
     Se cambiò en fino plèjo d'or...
Tous rubans satinats qu'en lot plus on nou tròbo,
Tous rubans, qu'en tout ten, prèston bito à l'amou,
Estelejon tabé la glòrio amay l'aounou,
     Pertout, as quatre couens del glôbo...
Semblo mémo lassus, quan lou ten torno bél,
Qu'as enrubanejat la grando arco del cièl...

    Sent-Estièni, pòdes zou creyre,
    Sòy hurous de te tourna beyre;
Ta beoutat ès estranjo, et n'agrades que may :
Qui nou semblo digun... à tout lou moundo play!

A LA DOUMAYZÈLO DE BILOFRANCO. [1]

    Doumayzòleto
    Tun poulideto,
Bòstre bouquet me play;... qu'és bèl!
Fatìgui moun èl per lou beyre..
Dous bouquet! d'oùn me bèn? de la tèrro ou del cièl?
    Oh! bèn del cièl, dibi zou creyre,
    Abès trop l'ayre d'un angèl!!

sagèro, lui adressa cet impromptu qui mit le comble à l'enthousiasme... La séance terminée, l'émotion était tellement profonde, que ce public nombreux semblait encore écouter le Troubadour, alors qu'il ne chantait plus...

(Journal de Villefranche; 15 Février 1859.)

LES ORPHELINES DE NOTRE-DAME-DES-ARTS. [1]

A MONSIEUR HAVIN,

Directeur du Journal le Siècle.

(Paris, 12 Avril 1859.)

Paris qui maîtrise tout, grandement, à son aise ;
Paris qui enseigne tout, et la gloire et le bien,
En dessous de sa richesse, a de pauvres ici...
Mais, maintenant, plus de mal autour de lui qu'il n'apaise !

Aujourd'hui, son œil aigu, et toujours ouvert,
  A découvert un mal caché,
Qui derrière les plaisirs en secret s'enracinait ;
  Au nom d'un autre *Saint-Denis*, [2]
Son bras le découvre, et son cœur le guérit,
  Et la Vierge le bénit,
  Car là-haut elle en était larmoyante !

[1] ..... C'est au profit de l'œuvre de *Notre-Dame-des-Arts* que le célèbre Poëte d'Agen donnait hier sa soirée, dans le vaste et splendide salon de l'hôtel du Louvre. La charité de Paris avait revendiqué les prémices de son talent... Un monde nombreux, élégant et choisi, s'y était donné rendez-vous... Le Poët a peint d'abord, dans l'idiome imagé du Midi, le triste sort des pauvres orphelines, dont l'enfance connut quelquefois l'opulence, et qui seraient aujourd'hui seules sur la terre, plongées dans une misère navrante, si la religion ne leur tendait la main pour les conduire dans l'asile de *Notre-Dame-des-Arts*, où elles trouvent un avenir et une seconde famille. Son succès a été des plus complets... Au milieu d'un fou rire et des larmes, les applaudissements ont fréquemment interrompu le Poëte et montré combien il était sympathique. Jasmin en était joyeux, infatigable... Les heures s'en-

LAS ORFELINOS DE NOSTRO - DAMO - DES - ARTS. [*]

A MOUSSU HAVIN,

Lou prumè del Journal lou Siècle.

(*Paris*, 12 Abriou 1859.)

Paris que, grandomen, tout mestrejo à soun ayze;
Paris qu'ensegno tout, et la glôrio et lou bé,
En debat sa richesso, a de paoures tabé...
Mais aro, plus de mal al tour d'el que n'amayze!

Anèy, soun èl pungen, et toutjour desclucat,
  A descoubèr un mal sarrat,
Que darrè lous plazés en secrèt racinàbo;
  Al noum d'un aoutre *Sen-Denis*, [*]
Soun bras lou descapèlo, et soun cò lou garis,
  Et la bièrges lou benezis,
  Car lassus n'en grumillejàbo!

volaient rapides; enfin, minuit a retrouvé l'assistance sous le charme indicible de ses dramatiques récits....   (*La Gazette de France*; 14 Avril 1859.)

[*] ..... Cependant, au milieu de la tempête harmonieuse, une voix s'est fait entendre. On l'a écoutée d'abord *piano*, *pianissimo*, car il s'agissait d'une mélodie étrange et qui remuait les âmes pour la première fois; puis le plaisir s'est mis de la partie, et, l'admiration s'en mêlant, les bravos ont éclaté, et les transports ont été *rinforzando* jusqu'à la fin... En récitant ses vers, sa PREMIÈRE AUX PARISIENS, le célèbre Poëte d'Agen y a mis tant de feu, tant de verve, et une grâce si touchante; il y a montré un naturel si exquis dans un art si consommé, que son triomphe a été complet!!   (*L'Illustration*; 16 Avril 1859.)

[*] *Saint-Denis civil.*

Ces hommes de génie dont Paris est le berceau,
Qui méprisent l'argent pour moissonner des lauriers,
Laissent, en mourant, des enfants,
Pépinière de malheureux
Qui s'étiolaient tous, dans l'ombre, en cachette...

Souvent, sur ces fins visages,
L'esprit le plus fleuri rayonnait, tout à coup...
Mais aussitôt, au vent des orages,
La misère l'éteignait !

Elle ne l'éteindra plus ! Sur la pléiade épuisée,
Paris va faire tomber sa manne bénie ;
Et sur les fronts éclaircis par le bien-être venu,
L'esprit en fleur portera fruit !

Pour ces jeunes orphelines,
Paris, au son de ses trompettes,
Mêle rossignols et musettes
Pour faire le monde encore plus charitable...
Inspire-toi, Muse champêtre,
Chansonne pendant demi-heure !
Depuis trente ans, pour les plus petits,
Tu as fait résonner les chansons,
Et plus d'une fois on t'a *bouquetée*...
Mais si tu grandis la rosée
Qui va tomber sur les rejetons
De la *grande famille aînée*...
Paris t'aura servi le bouquet le plus doux ! !

Aquos hômos d'engin doun Paris ós lou brôs,
Que mesprôzon l'argon per sega de laourôs,
    Daychon, en mourin, de maynatges,
    Pepignèro de malhurous
Que s'aganission touts, dins l'oumbro, à rescoundous...

    Souben, sur aqués fis bizatges,
L'esprit lou may flourit tout d'un cot luzissiò...
    Mais talèqu, al ben des aouratges,
    La mizèro l'escantissiò !

Nou l'escantira plus ! Sul la cloûco aganidò,
Paris bay fa toumba sa manno benezido ;
Et sus frouns esclarits pel bièn-èstre bengut,
    L'esprit en flou pourtara frut !

    — Per aquelos orfelinetos,
    Paris, al soun de sas troumpetos,
    Maylo roussignols et muzetos
    Per fa lou mounde piètadous...
    Ennayro-tó, Muzo pastoûro,
    Cansounejo penden mèjo-houro !
    Dunpòy trento ans, pos may pitchous,
    As fòy tindina tas cansous,
    Et may d'un cot t'an bouquetado...
    Mais so grandisses la rouzado
    Que bay toumba sus rejetous
    De la *grando familio aynado*...
Paris t'aoura serbit lou bouquet lou may dous !

AVANT-PROPOS DE L'AUTEUR

SUR SON POÈME EN FRANÇAIS : HÉLÈNE.

Agen, le 18 Octobre 1862.

En janvier 1859, je me disposais à mon grand pèlerinage de Lyon pour mettre enfin la dernière main à l'achèvement de l'Église de Vergt. Je savais par les deux prêtres qui m'avaient devancé, et par le digne curé MASSON, qu'*aux Chartreux, aux Minimes, à l'Archevêché*, etc., des auditoires de 2 et 3,000 âmes m'attendaient ; et je ne me dissimulais pas que j'allais me trouver, cette fois, en face d'un public entièrement étranger aux beautés de notre langue méridionale.....

Cela m'était arrivé sans doute, à Paris, en 1842, 1846 et 1853, mais c'était chez d'illustres écrivains où l'assemblée, lettrée, faisait beau jeu au barde forcé de se traduire, et savait distinguer autour de ce squelette brut, le modelé des chairs et les couleurs du texte que je développais immédiatement après.

Mais à Lyon, où je n'avais pas encore paru, j'allais me trouver en face d'un immense *auditoire payant*, et peu sympathique à cette dissection littéraire, surtout en séance publique.

Mon dévouement fut paralysé ; pourquoi le cacherais-je ? j'eus peur ; je doutai du succès ; et ne pouvant reculer, je résolus de me créer un escadron de réserve, prêt à donner si la victoire restait indécise...

J'avais dans mes vieux cartons et parmi les inspirations de ma jeunesse, non dans cette langue française des colléges, savante et fleurie, que j'ignore, mais dans celle plus simple, que nous parlons le dimanche comme nos pères, le plan d'un long poème à demi-ébauché sur « *deux âmes artistiques d'une position* « *sociale entièrement opposée, que la poésie rapprocha, sous* « *mes yeux, et conduisit jusqu'à s'aimer en espérant tout* « *de l'avenir qui ne leur réservait qu'une tombe... et des* « *larmes.* »

Cette espèce d'épopée, complétement abandonnée par ma Muse depuis mon entier dévouement à la réhabilitation de notre vieille langue d'Oc, n'avait guère été respectée par les eaux de la Garonne, dans ses trop fréquentes visites ; toutefois il en restait assez de fragments pour réaliser mon projet. Je choisis les chapitres qui se liaient le mieux entre eux ; la Muse consciencieuse du présent régla quelque peu la verve fougueuse du passé ; et dans ce *simple épisode*, restreint, sans cadre, sans intrigue dramatique, je m'attachai seulement à ce que mon public pût sentir, à travers un peu d'harmonie, vibrer l'air, rayonner le soleil, courir le sang et palpiter le cœur, comme l'exige la vraie poésie.

Rassuré par cette précaution, je partis. Mais hâtons-nous de le dire, j'eus le bonheur de vaincre complétement avec mes armes ordinaires : dans *Lyon*, *Saint-Étienne*, *Bourg*, *Belley*, *Villefranche*, *Maçon*, *Dijon* et *Paris* (hôtel du Louvre), ma Muse fut heureuse comme dans le Midi..... et *ma réserve ne donna pas ! !*

Maintenant, je l'aurais peut-être licenciée, mais, puisqu'elle existe, afin de rester conséquent avec moi-même, je lui dois place et rang dans ce 4ᵐᵉ volume.

En 1837, j'ai dit à notre honorable et illustre *député-ministre*, M. Dumon, que le peuple de nos contrées, si fidèle à notre vieille langue, devait aussi cependant parler le français, quelquefois, par circonstance :

« Aoura diôs lengos, et, las prendra per mounens,
« L'uno pel sans faysous, l'aoutro pel la bizito,
« Coumo fan lous Moussus de dus habillomens... »

« Il aura deux langues, lui ; il les prendra parfois,
« L'une pour le *sans-façon*, l'autre pour les *visites*,
« Ainsi que les Messieurs font de deux habits... »

Puisque le hasard d'une position périlleuse m'a forcé, au soir de ma vie, *et pour une fois seulement*, à passer de la prairie au salon et à prendre l'*habit français*, je ne dois pas me cacher ; je n'ai pas la prétention de marquer sous cette forme nouvelle pour moi... mon but sera atteint, si je le porte décemment, avec aisance, et sans être guindé ; car dans la littérature plus encore que dans le monde, la raideur du maintien ou le trop grand laisser-aller, et la boursouflure du langage, en étouffant *le cœur*, déplaisent souverainement au bon goût.

Jules JASMIN.

Une circonstance amena la première lecture de ce poëme par l'auteur dans une réunion d'élite, à Bergerac. Nous croyons devoir donner l'appréciation qui en fut faite par un des hommes les plus remarquables du Midi.

——————

...... Le lundi suivant réunissait donc au Collège un bon nombre des *habitués* de Jasmin, hommes d'études pour la plupart, professeurs, magistrats, prêtres, avocats; il y avait aussi quelques dames : il s'agissait d'un secret !

...... Animé et varié comme la vie, ce poëme intitulé : HÉLÈNE, reproduit tous les tons et tous les genres : ode, élégie ou épître, il est tour-à-tour simple et gracieux, tendre et touchant, enlevant et sublime, et toujours il est vrai, admirablement vrai. A l'action si simple, qu'elle n'est, pour ainsi dire, qu'une révélation du cœur, se trouvent mêlés avec un art infini des descriptions pleines de fraîcheur, des portraits enchanteurs, des tableaux ravissants. Notre langue, qui n'est pas sa langue maternelle, comme Jasmin se l'est appropriée ! comme il l'a assouplie à ses idées et à ses sentiments ! Sous sa plume, elle répond à tous les besoins ; par elle, il décrit, il chante, il aime ! De son idiome habituel il conserve seulement je ne sais quel tour gaulois qui donne à sa pensée comme une expression charmante de naïve finesse. Rien ne paraît plus simple ; cependant qu'on ne s'y trompe pas, le diamant est poli et splendidement taillé à mille facettes. D'ardents souvenirs du passé, animés de l'inspiration présente, voilà tout le poëme ; mais ces souvenirs étaient comme une voix qui palpitait en nos cœurs. Ah ! nous avions tous notre part d'émotion indicible ; car nous retrouvions là, mais comme dans un bel idéal, ce que nous avions rêvé, ce que nous avions senti, ce que nous avions éprouvé ! Oui, nous étions émus, parce qu'au contact de cette grande poésie, nous resplendissions en nous-mêmes de la sainte confiance et de la force généreuse qu'elle exprime et inspire. Tout-à-coup l'un de nous s'écria : « C'est un monde ! » Et c'est vrai : ce poëme est tout un monde, et un monde nouveau par l'ensemble des idées et des sentiments et par l'admirable variété de leur expression. C'est un monde nouveau par la noblesse, la simplicité et la vérité dans la passion, et par la noblesse, la simplicité et la vérité dans le langage. Là, le désir, au lieu d'être un trouble qui agite, est une aspiration qui élève ; là, les mots sont sans enflure et la phrase sans exagération. Ainsi l'œuvre n'est point seulement saine et belle, elle est utile. *L'immoralité* dans les sentiments et *la boursoufflure* dans le style, voilà les deux tendances funestes et de plus en plus accentuées des écrits de l'époque. Elles souillent le sanctuaire de la poésie. Le poëme d'*Hélène*, c'est le plus éloquent manifeste contre cette détestable manière, et le succès est complet, puisque le précepte y est confirmé par l'exemple ; la nature prise sur le fait...

Louis BARIOD,
PRINCIPAL DU COLLÈGE DE BERGERAC, OFFICIER DE L'UNIVERSITÉ.

(*Journal de Bergerac*; 23 Mars 1861.)

HÉLÈNE

OU AMOUR ET POÉSIE.

1837 — 1838.

DÉDIÉ A MADAME P. MAGNE. (¹)

(¹) Mᵐᵉ **Magne**, épouse de S. Exc. M. Magne, Ministre sans portefeuille, ancien Ministre des Finances et des Travaux publics.

A MADAME P. MAGNE.

En lui dédiant mon Poëme en français : **HÉLÈNE**.

(Agen, 10 Juillet 1862.)

Le vieux sage à parole d'or
A dit : « Qui nous oblige nous plaît. »

Il y a vingt ans, ma Muse entraînée,
Chantait dans le Périgord
Pour l'*église découverte*,
Et de tous elle était fêtée...
Mais, belle dame, un jour, mon bruit s'apaisa
Sous un autre bruit qui grandement retentit ;

Aux aiguillons d'une noble fièvre,
Ce fier pays s'alluma ;
Et de votre Monsieur, prêt à devenir célèbre,
Le nom sortit de l'urne... (¹)
Partout des cris de joie déchiraient les airs ;
L'envie n'amena aucun nuage ;
Et moi, je puis le dire — J'avais l'œil sur chacun —
Nobles, messieurs et travailleurs,
Des quatre côtés, ne faisaient qu'un
Pour lui marquer sa place en tête des gouverneurs...

(¹) Cette première élection de M. Magne comme député eut lieu, à Périgueux, en août 1843.

A MADAMO P. MAGNO.

En li dedian moun Poèmo en francés : HÉLÈNE.

(Agen, 16 Juillèt 1862.)

Lou biòl sage à paraoulo d'or
A dit : « *Qui nous sèr nous agrado.* »

Bint-ans-à, ma Muzo entraynado,
Cantàbo dins lou Perigor
Pel la *glèyzo descapelado,*
Et de touts èro festejado...
Mais, bèlo damo, un jour, moun brut s'amatiguèt
Debat un aoutre brut qu'en gran reboumbisquèt :

As fissous d'uno nòblo flèbre,
Aquel fiòr païs s'aluquèt ;
Et de bostre Moussu, prèste à beni celèbre,
Lou noum de l'urno sourtisquèt... (¹)
Pertout des crits de joyo esquissàbon lous ayres ;
L'embejo nou menèt nat crun,
Et jou, pòdi zou dire — abioy l'èl sur cadun —
Nòbles, moussus et trabaillayres,
Des quatre bors, nou fazion qu'un
Per li marqua sa plaço al cat des goubernayres...

Ils furent tous prophètes ;
C'est plus : le grand ministre au cœur plein de parfums,
Depuis, malgré les temps changeants,
Sur le bien qu'on disait de lui n'a fait mentir personne !

Au nom de la grande patrie,
Tous à la fois nous lui crions : Merci !
Et vous qui aviez rêvé sa gloire dans le bien,
En êtes trois fois heureuse, et le pays aussi.

Pour moi, tout haut je le bénis,
Et plus que tous je m'*enchaleure*,
Car sans lui, *pinson du bon Dieu*,
Dans mon berceau je n'aurais plus de nid... (¹)
Il gênait le coup d'œil, mais lui fit qu'il s'y maintint ;

(¹) En mars 1853, je ne pus résister au plaisir, dans notre quartier bâti à neuf, d'élever ma chétive maison à la hauteur des autres, avec les 5,000 fr. du *prix extraordinaire* que l'Académie Française venait de me décorer,

J'adressai, selon l'usage, ma demande à la Mairie ; M. Auvergnon, entrepreneur de bâtisses, membre du Conseil municipal, mon voisin et ami, se mit à l'œuvre, en attendant l'autorisation de bâtir. Mais, pressé par ses travaux, et ignorant l'existence d'un plan de recul vieux et oublié, il toucha au poitrail de mon magasin, et M. le Maire d'alors opposa rigoureusement ce vieux recul, recul illégal alors comme on va le voir, et qui détériorait complétement ma maison.

M. Auvergnon et moi demandâmes, à trois différentes reprises, la faveur de simple tolérance qu'on avait accordée, depuis deux ans, à douze habitants d'Agen que nous signalions ; mais M. le Maire et M. Ducos, notre Préfet, malgré les exhortations affectueuses de nos plus honorables compatriotes, persistèrent dans leur refus.

Force me fut donc de recourir à Paris pour me faire rendre justice.

Au mois d'août suivant, après un mûr examen, S. Exc. M. Magne, alors Ministre des Travaux Publics, fort de mon droit, prit la chose à cœur ; ma

Fusquèron touts de debinayres;
Es may: lou gran Ministre al cò ple de parfun,
Dunpéy, malgrè lous tens cambiayres,
Sul bé que dizion d'el n'a fòy menti digun!

Al noum de la grando patrio,
Touts al cot li cridan : Mercio!
Et bous qu'abias rebat sa glòrio dins lou bé,
N'en sès tres cots hurouzo, et lou païs tabé.

Per jou, tout haou lou benezissi,
Et may que touts m'escalourissi;
Car sans el, *pinsan del boun Diou*,
Dins moun brès n'aouyoy plus de *niou*... (¹)
Jaynabo lou cot d'èl, mais el li fusquèt claoure;

---

demando fut portée en haut lieu; et après une sérieuse expertise, Son Exc. M. le comte de Persigny, Ministre de l'Intérieur, m'accorda la *simple tolérance* que je demandais, avec d'autant plus de raison qu'on n'avait trouvé dans les registres et papiers de son ministère, *ni décret, ni pièce autorisant ce projet de recul, qui n'était pas même signé*. (Textuel : voir la lettre de S. Exc. M. de Persigny remise par moi-même à la Préfecture, le 18 septembre 1853, qui enjoignait à M. Ducos de réparer cette omission et de se mettre en règle à ce sujet.)

Mon double étage s'éleva donc, fier de son origine académique; et quelque temps après, selon le vœu de M. Ducos, une commission du Conseil municipal, réunie à celui de la Préfecture, transforma, dans un nouveau plan, ma *simple tolérance* en *droit perpétuel*; c'était double justice; car il est avéré maintenant que sur notre beau *cours Saint-Antoine*, large de plus de 10 mètres, et hors de la grande voirie, ce n'est pas un recul d'utilité publique, mais bien un embellissement qui forçait la municipalité à nous payer la valeur entière de la maison, au lieu des 4, 5 et 6 mètres en biais qu'on voulait nous prendre.

(Note de l'Auteur.)

Le peuple en chanta, et le peuple comprend :
Dans l'hiver, en effet, sans nid, ni feuilles d'arbre,
>Comment se faire fort pour le printemps,
>Quand il faut chanter pour les pauvres?
>Si je chante donc encore ici,
>Vous le savez, ma Muse le lui doit.

>Encore ce n'est pas tout : si je comptais
>Sur le bout des doigts, d'en haut, d'en bas,
Tout ce qu'il a fait pour elle, et que j'ai vu, ou que je sais,
Je n'aurais pas assez de mes deux mains...

Mais mon quatrième livre à la fin va paraître ;
Et dans celui-là se trouve un refrain, à coup sûr,
Hors de mon chanter, qui va se faire connaître
>Dans notre langue du dimanche,
>Quand le *paysan* se fait *monsieur*...
Je l'ai choisi pour le Ministre ; et je le note, je l'écris ;
>Pour payer tout ce que je lui dois,
Mon poëme d'*Hélène* est petit, c'est vrai ;
Mais je sais comment faire pour qu'il lui plaise davantage :
Lui et vous, ne faites qu'un cœur, qu'une seule âme ;
Eh bien! tout me le dit : — Sous notre soleil,
>Longue vue porte conseil —
Je vous envoie mon bouquet : en vous l'offrant, Madame,
>J'en grandis l'odeur pour lui!!

>(*Château-Montaigne,* 30 Septembre 1862.)

Oh! comme je disais vrai ; le cœur n'est pas trompeur ;
>Et qui l'écoute apprend à plaire :

>Hier, dans ce château, si glorieux
>De son nom et de sa vieillesse,

Lou puple n'en cantèt, et lou puple coumpren :
En effèt, dins l'hibèr, sans niou, ni fèillos d'aoure,
    Coumen se fa fort, pel printen,
    Quan nous cal muzica pel paoure ?...
    Se canti doun enquèro aciou,
    Zou sabès, ma Muzo li diou.

    Amay n'és pas tout : se countàbi
    Sul cat des dits, d'en sus, d'en bas,
Tout ço qu'a fèy per elo, et qu'èy bis, ou que sàbi,
    N'aouyoy pas prou de las diòs mas...

Mais moun quatrièmo libre à la fi bay pareche;
Et dins aquel se tròbo un refrin, pel sigu,
Fòro de moun canta, que se bay fa couneche
    Dins nòstro lengo del dimeche,
    Quan lou paysan se fay moussu...
L'èy caouzit pel Ministre, et lou nòti, l'escribi;
    Per paga tout ço que li dibi,
Moun poèmo d'*Hélèno* és pitchounet, és bray;
Mais sàbi coumo fa per que li plaçe may :
El et bous, nou fazès qu'un cò, qu'uno soulo amo;
Ebé ! tout me zou dit : — debat nostre sourel,
    Loungo bisto porto counsel —
Bous mandi moun bouquet : en bous l'offrin, Madamo,
    N'en grandissi l'aoudou per el !

     (*Castèl-Mountagno*, 30 Septembro 1862.)

Oh! coumo dizioy bray; lou cò n'és pas troumpayre :
    Et qui l'escouto appren à playre :

    Yèr, dins aquel palay, glourious
    De soun noum et de sa bieillesso,

Précisément ici où l'esprit, la sagesse,

Sermonnent l'homme grandement, sur murailles et chevrons, (¹)

    Et nous lancent les frissons,

J'osais faire sonner pour les vôtres, en famille,

Mes vers *monsieurisés* jusques à en être timides...

Mais vous en êtes la marraine, et, présentés par vous,

Ils front naître dans tous et sourire et larme;

    Et de votre Monsieur aussi,

    Les yeux lançaient des éclairs de plaisir...

Belle dame, merci! Enfin, paupière humide,

Je sens que mon poëme aujourd'hui m'a racquitté;

Maintenant, que peut me faire que la gloire l'oublie?...

    Vos deux cœurs l'ont agréé!

(¹) Le château de Michel Montaigne, dans l'arrondissement de Bergerac. C'est dans ce monument historique, arraché par Son Exc. M. Magne au marteau démolisseur des Vandales, que le grand philosophe composa en grande partie ses immortels *Essais*, « ce livre sans modèle. »

Tout y existe encore dans sa poétique simplicité: on y voit sa chapelle et la place dominante, mi-cachée, où il venait s'agenouiller pour entendre la messe; son cabinet d'étude, voûté à l'antique, dont les parois sont entièrement couvertes de sentences philosophiques écrites de sa main. Il en est de même dans sa bibliothèque, grande chambre parfaitement éclairée; tous les chevrons du plancher y brillent d'inscriptions latines qu'il a lui-même burinées. Près de son large fauteuil, sur une vieille table, un album, rempli d'innombrables signatures, la plupart avec quatrains ou distiques, témoigne de l'empressement des amis des lettres à visiter cette antique demeure, si riche de poétiques souvenirs, et rehaussée par le rayonnement des vertus civiques du nouveau possesseur.

C'est dans ce château que le génie de *Montaigne* s'est le plus développé,

Precizomen aciou oùn l'esprit, la sagesso,
Sermounon l'hômo en gran, sus murs, sus cabirous, (¹)
    Et nous lanson lous *frezillous*,
Gaouzèri fa souna pes bostres, en famillo,
Mous bèrs moussurejats à n'òstre bergounjous...
Mais n'en sès la mayrino, et, prezentats per bous,
Dins touts fasquèron nayche et fran rire et grumillo;
    Et de bostre Moussu tabé,
    Lous èls liousabon de plazé...

Bèlo damo, mercio! Anfin, perpil humide,
Senti que moun poèmo anèy m'a resquitat;
Aro, que pot me fa que la glôrio l'oublide?...
    Bôstres dus còs l'an agradat!

« tantôt à la promenade, tantôt dans son cabinet, passant de l'étude des
« autres à celle de lui-même. »

C'est là enfin où, aussi grand écrivain que grand penseur, il a su le mieux
définir le bon style :

« Le parler que j'aime, c'est un parler simple et naïf, tel sur le papier
« qu'à la bouche; un parler succulent et nerveux, court et serré, non tant
« délicat et peigné que véhément et brusque... »

Appréciateur enthousiaste même de notre langue gasconne, l'un des premiers, il en signala ainsi, dans ses *Essais*, l'énergique beauté :

« Il y a bien, au-dessus de nous, vers les montagnes, une langue appelée le
« Gascon, qui se trouve singulièrement beau, bref, signifiant, et, à la vé-
« rité, un languaye masle et militaire plus qu'aucun autre que j'entende;
« autant nerveux et puissant, comme le Français est gracieux, délicat et
« abondant. »

                    (Note de l'Auteur.)

SOMMAIRE.

Les Deux Cousines. — Le Madrigal. — Bonheur et Gloire. — La Crainte. — L'Aveu. — Sécurité. — Le Manoir. — Le Dandy et la Poésie. — Le Capitole. — L'Attente. — Départ. — Le Bruit. — Les Pyrénées. — Projets. — Conclusion.

HÉLÈNE,
OU AMOUR ET POÉSIE.

I

LES DEUX COUSINES.

10 Octobre 1837.

Isaure est blonde, Hélène est brune ;
Le Ciel a réparti ses trésors sur chacune ;
Egales en attraits, elles semblent deux fleurs
Dont le calice épand de suaves senteurs ;
On les adorerait, sans préférence aucune,
Toutes deux à la fois, si l'on avait deux cœurs...
    Mais on ne peut en aimer qu'une ;
Et lors même qu'un jour, infidèle au foyer,
Celle-là du serment voudrait se délier,
Je crois, je sens que l'autre, au sein de l'infortune,
    Ne pourrait la faire oublier !!

II

LE MADRIGAL.

20 Novembre 1837.

Eh ! quoi ! dans ce festin, de par nos jeux, messire,
    Pour un gage que je retire,
    Il faut qu'à l'instant je soupire
Un tendre madrigal, impromptu, sans chercher ;

Et l'on désigne Hélène! Oh! taisez-vous, ma lyre!
Mon âme ne saurait quelle corde toucher...
Si j'osais, hautement, peindre ce qu'elle inspire,
Doux embarras soudain viendrait m'en empêcher;
Ce n'est pas, toutefois, ce que j'aurais à dire...
Mais bien ce qu'il me faut cacher...

III

BONHEUR ET GLOIRE.

18 Décembre 1857.

Hélène, laisse en paix vibrer les quelques sons
Que ma lyre parfois exhale;
Non, tu n'auras jamais la gloire pour rivale,
M'eût-elle promis tous ses dons...

Peut-être l'aurais-je enviée,
Quand, triste et sans espoir, de toi je m'isolai;
Mais quand on est aimé, la gloire est oubliée;
Le bonheur vaut mieux qu'elle, et ce bonheur, je l'ai;
Il me sourit en toi, tout, en toi, le reflète;
Ton regard est divin; lorsqu'il tombe sur moi,
Je m'élève au-dessus de l'homme, du poète,
Je suis plus qu'un prince, qu'un roi :
Le premier des élus, de la céleste voûte,
Je t'invoque, tu me souris...
Et ma main dans ta main, sous ton regard, je goûte
Les délices du Paradis!

IV

LA CRAINTE.

18 Janvier 1838.

Lorsque deux cœurs épris, dans leur pudique flamme,
S'unissent sans heurter les bornes du devoir,
Pourquoi trembler ? Dieu seul nous voit et peut nous voir;
Il est juste, il permet cette union de l'âme,
Quand, l'œil sur l'avenir, nous cherchons notre appui;
     Non sur la terre, mais en lui!

Le Ciel nous a pétris de flamme et de tendresse;
Mais Dieu bénit la force au sein de la faiblesse;
     Il me bénit donc aujourd'hui;
     Hélène, plus de défiance;
Devant cet avenir que je vois rayonner,
L'homme faible finit, et l'homme fort commence!

Las des plaisirs mondains qui n'ont pu m'enchaîner,
Je rêvais, je chantais ce bonheur vrai qui dure,
     Cette émotion tendre et pure
     Qu'un chaste amour seul peut donner...
Noble Muse, vers toi mon humble chant s'élève;
     Tu viens réaliser mon rêve;
     Oh! ne m'éveille pas! achève!
Tu n'auras jamais rien, non, rien à pardonner !

Grandi par ton amour, maître de ma pensée,
Ecartant de ton pied les ronces du chemin,
     Je goûte un charme surhumain
Au sourire qui naît de ta crainte apaisée,
     Et lorsque tu me tends la main!

14

L'homme, en moi, pour te plaire, avec l'ange transige;
Amour et *poésie* ont scellé notre accord;
Je t'adore, Hélène!... que dis-je?
Je t'aime! aussi, vainqueur par un sublime effort,
Ton sourire de l'âme est tout ce que j'exige...
Pourrais-tu bien trembler encor?

V

L'AVEU.

10 Février 1838.

Tu me l'as dit : « Après Dieu, vous! »
Bonne Hélène, merci pour cet aveu si doux!
Il comble mon désir, mais désormais, de grâce,
Que ta crainte jamais n'efface
Le tendre souvenir de ce long entretien;
Doute, froideur, guerre incessante,
Livrent au mal une âme ardente;
La paix dans le bonheur nous grandit dans le bien!

Aimer, être aimé, c'est la vie;
La vie avec des jours fleuris et radieux;
Pourquoi donc quelquefois, impie,
Calomnier l'amour? Lui seul nous rend heureux...
L'amour chaste et vrai vient des cieux...
Dieu l'a fait tout puissant; sous son regard tout plie...

Serrons donc le nœud qui nous lie;
Aime sans trouble et sans effroi;
Ta ferveur redouble ma foi;
Ta pureté me purifie;
Ta vertu passe toute en moi;

La flamme pure, mais trop vive,
Jamais n'éclate; elle est captive;
Ange du monde à l'œil de feu,
N'ôte donc rien à ton aveu...
La Charité l'ordonne même
Pour me sauver de l'anathème;
Car, tu le sais, content de peu,
Ton cœur, pour moi, n'est qu'un saint lieu...
Tu me le fermes, je blasphème!
Tu me l'ouvres, j'adore Dieu!!

VI

SÉCURITÉ.

10 Mai 1838.

Eh bien! tu le vois maintenant :
A peine de la peur te voilà délivrée,
L'horizon s'agrandit; ton âme rassurée
Reprend son libre essor; quel voyage enivrant!
La nature chantait son hymne consacrée,
Et l'amour nous berçait tout bas en s'épurant!

Sans doute, dans ce monde où tout est si fragile,
Où la raison, sans cesse, à lutter nous contraint,
Le sentier du bonheur, par la vertu restreint,
  Est épineux et difficile...
Mais quand on aime bien, sous le regard du Ciel,
Sans jamais dévier, on le parcourt, docile,
Car là, Dieu l'a voulu, l'amertume a son miel...

  Courage donc, ô mon Hélène!
Un archange, du doigt nous montre l'avenir;
  Que l'espérance nous soutienne!

Si nos tourments doivent grandir,
Espérons et souffrons; la vertu qui nous mène
    Promet le plaisir dans la peine,
    Et le cœur gagne à ces combats :
Souffrir seul, c'est mourir isolé dans sa chaîne;
    Mais souffrir à deux, n'est-ce pas
L'avant-goût du bonheur que Dieu sème ici bas?

VII

LE MANOIR.

16 Mai 1838.

Que ton manoir me plaît avec sa vieille tour,
Et son bosquet champêtre, et son châlet rustique,
Et son lac bleu bordé de noisetiers autour...
Oh! d'Isaure et de toi, la baguette magique
En a fait, je le vois, un magique séjour.

    C'est loin, dis-tu; tout plaisir coûte,
J'arrive et t'aperçois; tu m'attendais, sans doute...
La fatigue n'est rien; et puis, dans ce parcours,
    Les longs sentiers m'ont paru courts:
    J'avais pour compagnons de route
L'air pur, les rossignols, la Muse, les amours,
Et pour toi je chantais. Au temps des fleurs nouvelles,
Un voyage pédestre, un doux sourire au bout,
    Pour moi c'est le monde, c'est tout;
    Mon âme alors se sent des ailes,
    Mon sang brûle, et ma verve bout...
Aussi lorsque j'ai vu rayonner vos tourelles,
Etais-je déjà prêt, pour te dire ce soir
    Mes strophes pleines d'étincelles
    Sur le plaisir de se revoir....

Mais introduit dans ta retraite,
Au lieu de moduler des sons,
Voilà qu'au vieux usage il faut que je me prête ;
Je venais pour chanter, il faut jouer ; allons !
Le dimanche l'on joue, eh bien ! soit, nous jouerons ;
D'ailleurs l'amour partout sait glaner sa miette,
Et très-souvent le jeu lui servit d'interprète :
Cartes au nombre impair, rois, valets, noirs ou blonds,
Chacun a son langage, et lorsque nous aimons,
Pour le comprendre à deux, notre âme est toujours prête.

Ensuite, je le sais, au gothique château,
Pour plaire à grand'maman qui régente la mode,
On n'y pratique rien que le chaste loto,
Jeu facile et naïf dont chacun s'accommode ;
Je me résigne donc ; Hélène, tu souris....
Je m'arrête, tu m'as compris ;
Puisque, de par le jeu, je perds la poésie,
Fais qu'en jouant mon cœur gagne au moins sa partie !

VIII

LE DANDY ET LA POÉSIE.

20 Mai 1838.

Hélène, dans ton Elysée,
Je l'ai donc vu ce fier dandi
Qui se produit chaque mardi
Avec sa verve compassée,
Et sa phrase *crinolisée*,
Posant toujours comme un cadi.

Cet amant de la fantaisie,
De l'oasis, de l'ambroisie,
A peine sorti du néant,
Langoureux, triste et souriant,
Cherche partout la poésie....
Et ne la voit qu'en Orient.

Vierge simple! fille ingénue!
Fleur du ciel! *sainte Méconnue!*
Et toi, bonne Hélène! aujourd'hui,
Laissez-le grimper vers la nue
Où sa Muse engendre l'ennui,
Mais plaignez-le... pardonnons-lui :

Tandis que dans les airs il plane
Pour peindre odalisque et sultane,
La poésie, autour de nous,
Dans le châlet, dans la cabane,
Perçant son voile diaphane,
Lance son éclat vif et doux....

Il ne la voit pas; pauvre hère!
Elle était dans le sanctuaire,
Hier, à l'autel radieux,
Quand cette foule simple et franche,
Parée en habit de dimanche,
Escortait ce couple joyeux
Qui s'unissait pour vivre à deux!!

Elle était dans cette parole,
Lorsque l'apôtre au saint parfum
Leur a dit dans sa parabole,
En les couvrant de son étole :
« Dieu nous afflige et nous console;
« Maintenant tout vous est commun,
« Aimez-vous et ne soyez qu'un !! »

Ce matin, elle était encore
Dans l'étroit sentier du hameau,
Quand tu voyais, avec Isaure,
En descendant le vert coteau,
Au son du glas qui chante et pleure,
Cheminer, presque à la même heure,
Tous deux vers la sainte demeure,
Un cercueil... ensuite un berceau !

Elle était ce soir, je l'ai vue,
Etincelante dans la rue,
Quand, soudain, de chaque côté,
Les pauvres groupés, l'âme émue,
Vous saluaient comme on salue
Les anges de la charité !

Et devant la contrée entière,
A la grande fête, demain,
Dans sa parure printannière,
Elle y sera prime sautière,
Jeune, accorte et pleine d'entrain,
Sous le fifre et le tambourin !...

Ainsi toujours, toute l'année,
Sans jamais être surannée,
Elle rayonne ici, là-bas,
Dans les cités, dans les villages;
Cette fée aux mille visages
Est partout!... Où n'est-elle pas?

IX

LE CAPITOLE.

4 Juin 1838.

C'est vrai : j'ai savouré le triomphe d'hier;
Point ne le cacherai par fausse modestie;
    Mais j'en suis plus heureux que fier...
    Amour dépasse poésie !

    Ma Muse au Forum, maintes fois,
    Avait bien, par ma faible voix,
    Lancé l'étincelle sonore
Sur un public déjà par la bonté conquis...
    Hélène, j'ignorais encore
L'ivresse du succès dans ce qu'elle a d'exquis!

    Au sein d'un tournoi poétique,
Si d'un amour puissant notre cœur, en secret,
    N'y ressent pas le doux attrait,
    Devant la foule sympathique,
La Muse seule chante, et notre âme se tait.

Mais hier, dans l'enceinte, où je doutais peut-être,
    Lorsque je te vis apparaître
Avec Isaure, ainsi que tu l'avais promis,
Je sentis sur mon front le doigt du divin Maître;
Inspiré par l'amour, je devais tout soumettre,
    Mon cœur chanta... tout fut soumis!

Nous sourions toujours des yeux, et du cœur même,
A l'entourage ami de celle qui nous aime,
    Afin d'enserrer son ardeur
Dans un cercle, pour nous, quelquefois louangeur...
Qu'est-ce donc, lorsqu'au sein du parterre et des loges,
Éclatent autour d'elle, à travers les bravos,
Les transports les plus vifs, les plus pompeux éloges,
    Et que mille bouquets rivaux
    Viennent faire à la Muse aimée
    Une auréole parfumée?...
Oh! c'est la volupté née aux sources du bien!

Un seul bouquet, pourtant, manquait, c'était le tien;
D'amour et de pudeur quel tendre épithalame:
    Deux fois ta main le balança,
Deux fois tu le retins, et ton front se baissa...
Ce bouquet révélait le trouble de ton âme,
Pour le rendre muet, Isaure le lança...

Quel délice! A tes yeux ma Muse était comblée!!
Aussi, lorsque je dus saluer l'assemblée,
    Fleurs en main, et dire : « Merci! »
Sans avoir l'air de faire un choix dans la mêlée,
    C'est ton bouquet que j'ai choisi.

Hélène, tu voulais, dans une grande fête,
    Voir ma Muse sur son trépied,
    Tu dois en être satisfaite;
Mon bon ange avait pris ma faiblesse en pitié;
    Il planait par-dessus ma tête;
    Et sa main m'élevant au faîte,
    En a fleuri le marchepied!!

Heureux pour toi, pour moi, de ce triomphe étrange,
Dans mon esprit déjà je cherche à l'effacer;
Il ne faut pas d'ailleurs trop fatiguer son ange,
    Il finirait par se lasser.
    Le Ciel, dans sa bonté suivie,
    Ne veut pas l'homme trop heureux;
Crois-moi, puisqu'il me donne un tel jour dans ma vie,
    Je n'irai pas en rêver deux!!

X

L'ATTENTE.

16 Juin 1838.

Double fête chez nous : dans notre humble village,
    En famille, tu viens nous voir;
    Isaure même est du voyage....
    Oh! merci! Pour vous recevoir,
Déjà le bon accueil à petit bruit s'exerce;
Et moi, devançant l'heure, et bravant cette averse
    Qui vient changer en lac bourbeux
    L'ornière du chemin poudreux,
J'attends en pleine route, et de loin mon œil perce
    L'espace où je te cherche en vain;

De ta promesse je me berce,
Et redoute pourtant de voir dans le lointain
    Votre char rayonner soudain...

C'est qu'au jour solennel, lorsque vers notre gîte
Le bonheur se dirige, émus de sa visite,
    Nous prions Dieu que l'enchanteur
    Ne nous arrive pas trop vite
Pour mieux en savourer le parfum et la fleur...

Et cette fleur s'avance... Elle est là... dans la plaine;
Et je chante où souvent loin d'elle j'ai pleuré;
Car cette fleur d'amour, c'est toi, toi, bonne Hélène,
Qui portes à l'ami par ta flamme épuré,
    Ce doux parfum à tiède haleine
    De l'âme seule respiré...
Oh! viens! en me l'offrant, tu le reçois toi-même;
    Tu m'as dit un jour au manoir:

    « Donner le bonheur quand on aime
« Est encore plus doux que de le recevoir. »

Tu le donnes, sois donc deux fois, deux fois heureuse;
    Ton bonheur complète le mien;
    Don mutuel, double lien!
    Aussi, plus de crainte ombrageuse,
    Ta confiance, mon soutien,
    Maintenant ne m'est plus douteuse,
    A ta faveur posant le sceau,
    Tu viens en paix, tendre et joyeuse,
    A notre fête du berceau...

Oh! viens! viens! toi qui m'es si bonne;
De ta tendresse qui rayonne,
En secret tu m'as fait l'aumône;
Pauvre en amour hier, aujourd'hui fortuné,
Je deviens le plus riche, Hélène....
Commande! tu verras, ma reine,
A tes genoux de souveraine
Le roi des heureux enchaîné!!

Mais votre char paraît; autrefois si rebelles,
Tes chevaux aujourd'hui volent... ils ont des ailes!!
Te voilà!.... tu descends; dans ton œil velouté
Je vois luire ma royauté;
Le vent a dispersé la nue;
Avant que tous les miens fêtent ta bienvenue,
Qu'il m'est doux de te voir riante, près de moi,
Parcourir lentement notre longue avenue,
Et sous l'air enjoué cacher ton doux émoi....

Ce plaisir des élus sans fiel et sans mélange,
Je le goûte aujourd'hui comme je le rêvais....

Eh bien! cependant je voudrais,
Devrais-tu me trouver étrange,
Revenir à cette heure où de loin j'attendais....
L'attente! d'un beau jour c'est l'aube qui se lève;
Mais tout beau jour trop tôt s'achève...
A peine, au miel de ton regard,
Aurais-je mon âme abreuvée,
Il faudra nous quitter; le deuil prendra sa part...
Ah! retarder ton arrivée
N'était-ce pas aussi retarder ton départ?

XI

DÉPART.

18 Juin 1838.

Pendant trois jours, nous l'avons tous fêtée ;
L'heure sonna, je la vis attristée ;
    Son air distrait
Me dit tout bas ce que son cœur souffrait....
Et quand le char se présenta, rapide,
La perle vint à sa paupière humide....
    Elle pleurait !

Elle est partie, et nous pleurons comme elle ;
Elle est si bonne, et si chaste, et si belle ;
    Dans chaque lieu
Le bien s'enflamme à son regard de feu....
Pour épurer l'ardente sympathie,
Sans doute au Ciel, un jour, elle est sortie
    Des mains de Dieu !

Chantres ailés de la forêt voisine,
Harmonieux ruisseaux de la colline,
    Site embaumé
Dont les échos tant de fois m'ont charmé,
Heures du jour, harpes éoliennes,
Mêlez vos sons à mes tendres antiennes....
    Je suis aimé !

Mais qu'ai-je dit ? chanter !... je dois me taire ;
Si j'écartais le voile du mystère,
    Comment, le soir,
Aller revivre au parfum du manoir ?
Harpes, échos, vallon, faisons silence ;
Mon chant pourrait éteindre l'espérance
    De la revoir !

XII

LE BRUIT.

8 Juillet 1838.

L'air, en vibrant, murmure une parole....
Qu'entends-je, Hélène? un voyage arrêté!
Quoi! ce projet d'autrefois, si frivole,
Serait bientôt, dit-on, exécuté?
Quoi! vous iriez dans une métropole,
Rome la sainte, ou Venise la folle,
Pour égayer vos ennuis de l'été
Au chant de l'hymne ou de la barcarolle?
Non! c'est un conte, un mensonge qui vole....
Je n'y crois pas; pourtant il a gâté
Le calme heureux de ma sécurité....

C'est que, vois-tu, quand le beau temps rayonne,
Et que la feuille, au vent frais du berceau,
Frémit, heureuse, attachée au rameau....
Si, tout à coup, l'air trop vif tourbillonne,
Je crois toujours que ces zéphirs fringants,
Pour l'arracher, vont se faire ouragans....

Et puis, je sais qu'en toi l'esprit fait naître
L'ardente soif de tout voir, tout connaître;
Mais, je sais bien aussi que notre amour
Vient tempérer cette fièvre d'un jour.... .

Ce bruit est faux, n'est-ce pas, bonne Hélène?
Je ne dois pas y croire; il naît à peine;
Il va s'éteindre; oh! non, plus de frayeur;

Pour me roidir contre ce bruit trompeur,
Et prêter force à mon âme incertaine,
N'ai-je donc pas tes larmes, ta douleur,
Quand nous lisons dans notre Lafontaine
Ce *lai* touchant du *pigeon voyageur*?

XIII

LES PYRÉNÉES.

16 Juillet 1838.

Ce bruit était donc vrai? Comment! vous partez tous?
    Comment! la romanesque Isaure,
    Prétextant sa légère toux,
    Vous mène enfin au *Val-d'Andore*?

De là, sans doute après, prolongeant son essor,
    Pour se guérir bien mieux encor,
Elle ira consulter, voisine des Espagnes,
    Toute la chaîne des montagnes;
Et toi qui tant rêvais des pics étincelants,
    De ces combes vertes et blanches,
    Des noirs ravins, des avalanches,
    Des lacs, des grottes, des torrents,
    Tu viens vite, vite à son aide;
    Tous les vôtres sont déjà prêts;
    Et bientôt le mal en progrès
    Va céder au puissant remède....

Isaure, pour guérir, en sait plus qu'un docteur,
Aussi, dans ton élan, tu la suis sans frayeur.

Toutefois, ce départ t'attriste, ton cœur saigne;
Tu m'écris, tu me plains, tu veux que je te plaigne;
Tu t'excuserais presque, et dans ton abandon,
Il semble que tu viens au-devant d'un pardon....
Un pardon!... va, poursuis ton projet salutaire;
Martyr du dévoûment, ton remords doit se taire;
Isaure sans l'air vif ne guérirait jamais....
      Or donc, le bien que tu vas faire
Rachète grandement le mal que tu me fais....

     Il est vrai que mal de l'absence
      Qui fait tant souffrir en amour,
       Ne finira qu'à ton retour;
Et jusque-là mes pleurs vont couler en silence....

     Encor si j'avais l'assurance
Que cette grave toux qui vous fait voyager
      N'ira pas trop se prolonger :
      On nous dit que les Pyrénées
Partout à chaque pas recèlent un danger,
      Et que les femmes entraînées
A vouloir se guérir à ce gouffre éclatant,
Y perdent la santé qu'elles ont en partant...

     Je m'arrête l'âme assombrie;
Je tremble, je te sais si vive, si hardie;
Tu braverais cent fois les périls du hasard
      Pour sonder la nature et l'art....
      Plus de traits, plus de raillerie,
      J'ai froid au cœur de ce départ!

Et pourtant, cette fois, ton épître plaintive
  Est plus tendre, plus expansive....
    Sous le voile de la pudeur,
Tu laisses pétiller la flamme la plus vive....

Hélène, n'est-ce donc qu'au sein de la douleur
  Que tu veux grandir mon bonheur?

XIV

PROJETS.

24 Juillet 1858.

Prêts à nous séparer, voir Hélène vaincue,
  Me dévoiler, tremblante, émue,
Ses regrets d'un voyage en pays si lointain;

Écouter les soupirs étouffés dans son sein;

Échanger nos serments; puis, sous un long sourire,
  Rester muets, et tout se dire.

Ensuite, nous bercer, en nous serrant la main,
  De l'espoir d'un retour prochain;

Redorer nos projets; compter sur notre rive
  Tous les beaux jours au front serein
Que l'avenir riant nous montre en perspective...
    Gloires du monde, qu'êtes-vous
Près de ce plaisir pur que je goûte à genoux,
Et dont, sans doute, au ciel, les anges sont jaloux?

XV

CONCLUSION.

10 Septembre 1838.

Ils l'étaient tous jaloux ! car, un jour, jour de deuil,
Nul ange n'arrêta cette âme vive, ardente,
    Lorsqu'elle parcourait, riante,
    Le sentier fleuri de l'écueil :

Hélène, des vieux monts visiteuse nomade,
Explorait ces rochers creusés comme un cercueil ;
Et de ces pics aigus d'où jaillit la cascade,
De caverne en caverne, et d'arcade en arcade,
Conviait le poëte à venir au milieu
Du splendide berceau de l'antique ballade,
Agrandir sa pensée aux merveilles de Dieu...

Son pied sur chaque roc avait fait son empreinte.

Mais un jour, au sortir d'un fatal labyrinthe,
Un vent glacé pesa sur son front embrasé...
Et le mal fut rapide en sa mortelle étreinte...
Et la fleur inclina son calice brisé...
    Et dans la pittoresque enceinte,
Quand le barde effrayé par un songe, un matin,
Apparut haletant d'espérance et de crainte...

Son cri fit tressaillir le vieux rocher voisin :
Hélène, résignée, était là... presque éteinte...

Devant lui cependant son œil se raviva ;
Un soupir de son cœur vers le Ciel s'éleva
      Comme un regret, comme une plainte...
Les anges l'enviaient, aucun ne la sauva !

     Depuis, au fond d'une vallée,
     Dans une retraite isolée,
     Près d'un luth muet, détendu,
     Un barde, l'âme désolée,
     Cherche, d'un regard éperdu,
     Au sein de la voûte étoilée
     L'image d'un bonheur perdu !
     Sa Muse s'est ensevelie ;
     Et seul, par la douleur vaincu,
     Il ne peut alléger sa vie
     Que dans la tendre rêverie
     Où tout bas une voix lui crie :
     Qu'autrefois son cœur a vécu !

..... La verve poétique de Jasmin s'est enflammée au récit de cette glorieuse campagne de dix jours où chaque pas a été marqué par un triomphe, et qui a fait flotter sur la ville de Milan le drapeau de l'Italie régénérée. Notre poète a voulu chanter la valeur de nos soldats, et jamais son inspiration ne l'a mieux servi : il semble même avoir pressenti les conseils si nobles et si désintéressés que l'Empereur vient d'adresser aux Italiens, dont l'épée de la France va briser les fers.

Cette brûlante improvisation, lue par Jasmin à la *Société d'Agriculture*, y a été saluée par d'unanimes applaudissements...

(Journal de Lot-et-Garonne ; 12 Juin 1859.)

PALESTRO ! MAGENTA !

POÈMO DEDIAT A S. M. L'IMPERATRISSO DES FRANGÉS.

(8 Jun 1859.)

PALESTRO ! MAGENTA !

POÈME

DÉDIÉ A S. M. L'IMPÉRATRICE DES FRANÇAIS.

(*Agen*, le 6 Juin 1859.)

Le fil de fer nous lance une nouvelle encore !
Encore un grand triomphe !... O muse des guérets,
  Je ne puis plus tenir à ma fièvre :
Viens ! quitte les chants et ta chanson légère,
Mêle ta voix sérieuse au grand concert d'aujourd'hui.

———

Dans les guerres à mort qu'entre eux les rois se font,
  Pour le point d'honneur la France armée,
   N'a jamais épargné son sang ;
Et depuis trois cents ans partout elle s'est illustrée !
Mais ses fils éclairés l'ont souvent rêvée
Grande, forte, et cependant amie de la paix,
  En arriver, avec son cœur de braise,
   A retenir son bras qui écrase,
   Et ne plus tirer son épée
Que pour délivrer les peuples enchaînés...

PALESTRO! MAGENTA!

POÉMO

DEDIAT A S. M. L'IMPERATRISSO DES FRANCÉS.

(*Agen*, 6 Juin 1859.)

Lou fièl d'archal nous lanso uno noubèlo enquèro!
Enquèro un gran trioumfe! ... ô muzo del bardy,
    Teni plus à la fièbre qu'òy...
Bèno! quito lous cans et ta cansou laougèro;
Maylo ta bouès seriouzo al gran councèr d'anòy.

Dins las guèrros à mort qu'entr'es lous rèys se fan,
    Pel pun d'aounou la Franço armado,
    N'a jamay espragnat soun san;
Et dunpèy tres cens ans per tout s'és englouriàdo!
Mais sous fils esclayrats l'an souben saounejado
Grando, forto, et pourtan amigo de la pats,
    N'arriba, dan soun cò de brâzo,
    À reteni soun bras qu'escrâzo,
    Et nou plus tira soun espâzo
Que per descadena lous puples enclabats....

Eh bien ! telle qu'on l'a voulue,
Telle aujourd'hui nous la voyons : un grand peuple éteint,
Dans ce berceau rayonnant où la gloire est née,
Se réveille, enflammé
Pour sa liberté qu'il salue
En brisant ses fers... et se dresse, grandi !

Sa force s'est triplée, et la lutte commence...
Un contre dix... c'est presque assez ! !
Mais Rome pousse un cri, et demande assistance
Au nom de ses vieilles tombes étoilées d'honneur...
Et il semble que des tombeaux, les os, quatre par quatre,
Sortent en bruissant comme pour aller se battre...
Et notre armée arrive, et la France a frappé
Avec ses bras de fer... et l'*Empereur* en tête ! ! !

Les grandes luttes sont revenues !
Le sang ruisselle dans les prairies,
Dans les épis ;
Et les batailles sont gagnées
Deux par deux ;
Et des villes presque oubliées
Reparaissent, *pomponnées*
De soleils ! ! !
Les fils, ce sont les pères ; rien ne leur résiste :
Une armée parait tout à coup devant eux,
Capitaines, soldats, généraux, tous à la fois
La dispersent aussitôt qu'ils l'ont vue...
Rien n'éteint le feu qui vient les enflammer ;
De débris, de lambeaux, la terre est jonchée ;
Et tellement chacun se dépêche à frapper,
Qu'ils marquent tous dans la mêlée...
Il faudrait mourir deux fois pour se faire remarquer !

Ebé, tèlo que l'an boulgûdo,
Tèlo anèy la bezèn : un gran puplo escantit,
Dins aquol bròs luzen oùn la glòrio ès nascudo,
    Se derrebèillo, escalourit,
    Per sa libertat que saludo
En brigaillàn sous fèrs.... et se mâsto, grandit.

Sa forço s'és triplado, et la lûto coumenço....
    Un countro dèts... ès presque prou !
Mais Roûmos poùsso un crit, et demando assistenso
Al noum de sous bièls clots estelejats d'aounou....
Et semblo que des clots, lous òs, quatre per quatre,
Sorton touts en brounzin coumo per s'ana batre...
Et nostro armado arribo, et la Franço a truquat
Dambé soun bras de fèr... et l'*Amperur* al cat!!

    Las grandos lûtos soun tournâdos !
    Lou san rigôlo pel las prados,
        Pes cabels;
    Et las bataillos soun gagnâdos
        A parels;
    Et de bilos prèsque oublidàdos
    Tornon pareche, poumpounâdos
        De sourels!!
Lous fils, acos lous pays; rés nou lous y rezisto :
Une armado parey daban ès tout d'un cot,
Capitânis, souldats, generals, touts al cot
    L'acampon talèou que l'an bisto...
Rés n'escantis lou fèt que bèn lous alûca;
De tròs et de brigals la tèrro ès capelado;
Et talomen cadun s'afàno de truca,
    Que marcon touts dins la maylado...
Cadrò mouri dus cots per se fa remarqua!!

Gloire à nos frères !.... il faudrait, chaque bataille,
      Quand ont éteint la mitraille,
      Pour qu'ils fussent tous récompensés,
      Autant de croix que de soldats ! !
Aussi quand nous entendons, brûlants de poésie,
      Ces vieux mots qui résonnent tant
      Au souvenir de l'Italie :
Marengo ! Rivoli ! Montebello ! Milan !
      La pensée d'aujourd'hui nous quitte ;
Le siècle redevient jeune... et remontant la vie
      La France , notre bonne mère,
A cinquante ans de moins... et le bon droit de plus ! !

Mais gardons ce bon droit pour nous autres; c'est l'ouvrage
D'un *Empereur* qui sait, à l'ombre de la croix,
      Mener la France de notre âge
A la meilleure gloire : au grand bonheur de tous !
Ce bon droit est à lui, nous le lui devons, il faut qu'il l'aie.
      Sous peu , le grand peuple aîné
      Va lui devoir sa liberté;
Peut-être d'autres un jour la lui devront encore...
C'est beau de voir ainsi la France, sans colère,
Sans agrandissement, ne braquer ses canons
      Que pour les peuples malheureux...
      De ce rôle même elle est fière;
      Le grand, le beau , cela lui plaît,
      Et elle le prouve dans ce qu'elle fait :

Quand par malheur sa barque, aux grands courants lancée,
      Par les quatre vents est battue...
Si l'abîme s'ouvre... et si la barque y va...
Elle épouse celui qui la sauve... et ne divorce jamais !

Glôrio per nostres frays !... cadrò, câdo bataillo,
    Quan escantisson la mitraillo,
      Per que fusquèsson touts pagats,
    Aoutan de crouts que de souldats ! !
Tabé quan entendèn, burlens de poèzio,
    Aquôs bièls noums que sônon tan
      Al soubeni de l'Italio :
Marengo ! Rivoli ! Montebello ! Milan !
      La pensado d'anòy nous quito;
Lou siècle torno jouyne, et remountan la bito,
    La Franço, nostro bouno may,
A cinquanto ans de mens... et lou boun dret de may ! !

Mais garden aquel dret per nous aous; ès l'oubratge
D'un *Amperur* que sat, à l'oumbro de la crouts,
    Mena la Franço de nostré atge
A la millouno glôrio : al gran bounhur de touts;
Aquel boun dret ès scou, li dibèn, cal que l'atge.
    Dins gayre, lou gran puple aynat
    Li bay dioure sa libertat;
Belèou d'aoutres, un jour, pouyran li dioure enquèro;
Es bèl de beyre atal la Franço, sans coulèro,
Sans agrandissomen, nou braca sous canous
    Sounquo pes puples malhurous...
    D'aquel rolle elo mêmo ès fièro;
    Lou gran, lou bèl acos li play,
    Et zou proubo dins ço que fay :

Quan per malhur sa barquo, as grans courrens largado,
    Pes quatre bens ès batsacado,
Se lou goufre s'alando... et se la barco y bay...
Espouzo qui la saoubo... et diborso jamay ! !

L'ÉGLISE DE LAPLUME. [1]

A MONSIEUR PAILLARD, NOTRE BON PRÉFET.

Villotte au front riant qui jamais ne s'obscurcit ,
Laplume, sur ton roc tu es si élevée ,
Qu'à la pointe du jour, quand le soleil rayonne ,
   Tu as sa première *soleillée* ,
    Et son dernier rayon de flamme
    Le soir après quand il s'éteint.

On nous dit qu'autrefois les murailles blanchâtres
Ont été souvent mitraillées , saignantes,
   Et qu'on peut des quatre côtés
Y lire clairement, sur les glorieuses cicatrices,
    L'histoire de tes grands seigneurs
    Écrite à coup de canons.
On dit même que *Henry* avec tes fils voisinait ,
    Et que souvent, chez toi, tu as vu
Le *Béyot* où déjà perçait le grand roi...
Je le crois bien ! son œil qui sondait l'avenir,
Pouvait de ton clocher bien mieux *guigner* Paris !!...
Et qui sait, alors, si hardi qu'il fût,
    Pour peu que l'Angelus sonnât,
Si ce n'est pas là qu'il devina aussitôt,
    Qu'un jour pourrait venir peut-être
    Où il faudrait qu'il s'agenouillât
Pour entendre la messe..... et planter son drapeau ??
Laplume, nous aimons ton église, et ta jeune vieillesse
    Est ton parchemin de noblesse...
Eh bien ! ton église est pauvre, et son prêtre si bon

---

[1] ...Le dimanche matin tout respirait fête à Laplume ; un arc de triomphe, où la devise de Jasmin, *la Caritat*, rayonnait en gros caractères, était
dressé à l'entrée de la ville. De tous côtés, guirlandes, couronnes et drapeaux s'entremêlaient, un double élan présidait à ces préparatifs, M. le Pré-

LA GLÉYZO DE LAPLUMO. [*]

A MOUSSU PAILLARD, NOSTRE BOUN PREFÈT.

Bilòto al froun luzen que jamay s'encrumis,
Laplumo, sur toun roc te sès tan ennartado,
Qu'à las clicos del jour, quan lou sourel luzis,
  As sa prumèro sourcillâdo,
  Et sa daròro flambuscâdo,
  Lou sero apòy quan s'escantis.

Nous dizon qu'aoutres cots tas parets blanquignouzos
An estâdos souben mitraillados, sannouzos,
  Et qu'on pot, des quatre cantous,
Y legi claromen, dins tas crâgnos glouriouzos,
  L'histouèro de tous grans Segnous,
  Escribâdo à cots de canous!!
Dizon mêmo qu'*Hanry* dan tous fils bezinâbo,
  Et que che tu, souben, as bis
Lou *Rèyot* oùn déjà lou gran Ròy puntejâbo...
Zou crezi-bé! soun el, que l'abeni parsâbo,
Poudiò de toun clouchè millou guigna Paris!!
Et qui sat, alabets, tan hardit que fusquèsse,
  Per paou que l'*Angelus* tindèsse,
S'acòs n'és pas aqui que debinòt talèou,
  Qu'un jour pouyò beni, belèou,
  Oùn cadrò que s'aginouillèsse
Per entendre la messo... et planta soun drapèou??
Laplumo, ayman ta glèyzo; et sa jouyno bieillesso
  Es toun parchemin de noublesso...
Ebé, ta glèyzo és paouro, et soun Prèste tan bou

[*] honorait aussi la cité de sa présence... 1,200 personnes, brûlantes d'impatience, attendaient la réalisation du programme... La fête terminée, l'église de Laplumo conservait plus que le souvenir de cette solennité : environ 1,000 francs de recette.., et l'*espérance!*... (J. de Lot-et-Garonne; 16 Oct. 1859.)

Est las de *clocheyer* sa douleur...
Oh ! mais pour lui aujourd'hui deux Muses chantent ;
Musique et Poésie, en venant l'assister,
Se mêlent devant son autel ;
Tes chanteurs *rossignolent*...
Préfet, Maire et Messieurs, dames et laboureurs,
Te portent à poignées l'or, l'argent et les fleurs ;
Et bientôt ta récolte, ma Muse le devine,
Du côté de Paris comme d'Agen,
Grossira en cachette...
Vas, le Ciel touché en sourit,
Et déjà notre cœur le sent ;
Car plus l'église est sa voisine,
Plus la grâce de Dieu, à flocons, ou peu à peu,
Descend vite sur nous ! !

MUSE ET PRÉFÈTE.

A MADAME ALPHONSE PAILLARD.

Tantôt, pour vous, Madame, j'ai ouvert l'écluse
De mes vers dolents et joyeux ;
Et aussitôt sourire en bouche et paupières en pleurs,
Vous avez gracieusement complimenté ma Muse...
Eh ! mon Dieu ! dans le monde, une muse brille,
Une autre vient et l'obscurcit...
Mais dans notre palais où se jette la foule,
Où il est si difficile, entre ronces et fleurs,
D'y trôner comme vous faites,
Il n'en sera pas ainsi de vous, bonne *Préfète :*
Quand nous vous perdrons nous pourrons y faire la croix ;
Parmi celles qui viendront s'asseoir à votre place
Aucune ne saura, comme vous, avec grâce,
A tous faire joie..... et plaire à tous ! !

Es las d'esquira sa doulou...
Oh! mais per el anèy dios Muzos campanejou ;
Muzico et Poézio, en benin l'assista,
    Se maylon daban soun aouta ;
    Tous cantayres roussignoulejon...
Prefèt, Mairo, moussus, et damos, et pastous,
Te porton à pugnats l'or, l'argen et las flous ;
Et la récolto lèou, ma Muzo zou debino,
    D'enta Paris coumo d'Agen,
    Groussira may à la sourdino...
    Bay, lou Cièl toucat n'és rizen ;
    Et déjà nostre cò zou sen,
    Car may la glèyzo és sa bezino,
May la graço de Diou, à flocs, ou paou à paou,
    Debàlo biste sur nous-aou !!

MUZO ET PREFÈTO.

A MADAMO ALPHOUNSO PAILLARD.

Tantòs, per bous, Madamo, èy alandat l'encluzo
    De mous bèrs doulens et jouyous ;
Et talèou, rire en boùco, et lous perpils en plous,
Abès beziadomen coumplimentat ma Muzo...
Eh! moun Diou! dins lou mounde, uno muzo luzis,
    Uno aoutro bèn, et l'encrumis...
Mais dins nostre palay oùn la foulo se jèto,
Oùn és tan difficile, entre brots et rouzès,
    D'y trouna coumo zou fazès,
N'en sara pas atal de bous, bouno Prefèto :
Hélas! quan bous perdren, y pouyren fa la crouts ;
D'aquelos que bendran s'assètre à bostro plaço,
Nàdo, nàdo saoura, coumo bous, dambé graço,
    A touts fa jòyo... et playre à touts !!

A MONSIEUR ADRIEN DONNODEVIE,

AVOCAT-GÉNÉRAL.

Ami Monsieur, le frais renait ;
Le soleil fuit, le jour s'affaisse ;
Maintenant vous descendez de notre vieux palais
Où vous nous prouvez de, plus en plus,
Que sous la robe écarlate
Vous ne pliez pas sous le grand renom d'un père (¹);
Après l'heure sérieuse, vous aimez l'heure riante ;
Et si alors quelqu'un fait pétiller, bruire
Un grain de sel de l'*esprit fin*,
Vous, en riant, en allumez trente...
Écoutez donc ce soir mon *demi tour du vent*,
L'esprit n'y graine pas, mais *si fait* le plaisant.

LE DEMI-TOUR DU VENT. (²)

(28 Août 1859.)

Pour le bien, maintenant, notre savante pléïade
Dont je suis la plus petite étoile,
Tout en mêlant sa lumière au bon sens du couplet,
Des laboureurs est la régente ;
Et sous ses grandes leçons
Nous aurons des terres épurées,
Des vendanges plus abondantes ;
Des prés plus beaux, des fruits juteux,
Et de plus riches moissons ! !

(¹) M. DONNODEVIE, président honoraire à la Cour Impériale d'Agen, est, par le caractère et le savoir, l'un des chefs les plus justement estimés de la magistrature agenaise.

(²) Un violent orage de trois heures avait forcé la Société à renvoyer sa séance publique au lendemain. D'habitude, fête remise, fête manquée. Il n'en a pas été ainsi de notre fête littéraire : foule compacte, élégante et

A MOUSSU ADRIÈN DONNODEVIE,

ABOUGAT-GENERAL.

Amit Moussu, lou fres renay,
Lou sourel fuch, lou jour s'acato;
Arò s'ès debalat de nostro biòl Palay
Oûn nous proubas de may en may
Que debat la raoubo escarlato,
Nou fiblas pas debat lou gran renoum d'un pay (');

Aprôt l'houro seriouzo, aymas l'houro rizento;
Et s'alabots quaòuqu'un fay petrilla, brounzi
Un gru de sal de l'*esprit fi*,
En riren, bous, n'alùcas trento...
Escoutas doun tantòs moun *Biroulet del ben*,
L'esprit n'y grâno pas, mais sifèt lou plazen.

LOU BIROULET DEL BEN. (')

(28 Agous 1859.)

Aro pel bé de touts, nostro cloûco sabento,
Doun sèy lou may pitchou lugret,
Tout en maylan sa luts al boun sens del couplet,
Des bourdilès és la regento;
Et debat sas grandos litsous,
Aouren de tèrros sanitouzos,
Et de bregnos may aboundouzos;
De prats may bès, de frut goustous,
Et de may richos segazous!!

choisio, vestibules envahis, la cour également. L'excellente musique des
pompiers a prêté son concours à cette fête, qui a eu lieu dans la grande
salle de la Préfecture, richement ornée et décorée avec un goût exquis......
Jasmin a terminé, comme lui seul pouvait le faire; et cette spirituelle
boutade de soixante-dix vers, improvisée, nous a vengés du mauvais temps
de la veille!! (*Journal de Lot-et-Garonne*; 31 Août 1859.)

16

Aussi, depuis la sécheresse
Tous se disaient, tristement :
« Quand donc le vent si chaud
« Refera-t-il son demi tour ?
« Quand donc la grosse pluie viendra-t-elle,
« Afin que la terre crevassée,
« Qui nuit et jour est bouche béante de soif,
« Puisse boire enfin à grand goulot ? »

Et tout en disant *quand est-ce ?*
De la fête où chacun nous disons un verset,
Hier nous entendîmes sonner l'heure :

Tout prend la fièvre dans Agen,
La grâce qui y fleurit, est fière
De voir partir, l'œil riant,
Toute sa jeune pépinière.....
Au signal d'un préfet aimé,
Son grand palais s'est éclairé.
Notre ville y va voir encore
Ce qu'elle a de plus beau et de plus gracieux...
Mais hélas ! le vent fatigué
De tant et tant de récriminations,
Voulut trop se venger de nos taquineries,
Car il tourna justement à l'heure où notre autel
Grandement venait de s'illuminer.....

Les fontaines là-haut sont tout ouvertes ;
Les mille robinets du ciel
Lancent une pluie à grande bouche
Qui fait ruisseler les toitures
Pendant trois heures entières....
Et il fait nuit... chacun à tâtons
Chemine, les yeux presque fermés ;

Tabó dunpèy la secaresso
Touts se dizion dambó tristesso :
« Couro doun lou ben tan caoudet
« Tournara fa soun biroulet?
« Coùro bendra grando plejàdo,
« Per que la tòrro fendaillàdo
« Que jour et nèy bàdo de set,
« Pôsque beoure anfin à galet? »

Et tout en diren couro, couro?
De la fòsto oùn cadun dizòn nostre berset,
Yèr entendèren souna l'houro :

Tout pren la fièbre dins Agen;
La graço qu'y flouris, ès fièro
De beyre parti, l'èl rizen,
Touto sa jouyno pepignèro...
Al signal d'un Prefèt aymat,
Lou gran palay s'ès esclayrat.
Nostrò bilo y bay beyre enquèro
Tout ço qu'a de may bèl et de may poumpounat....
Mais, hélas! lou ben fatigat
De tan et tan de rebifados,
Boulguèt trop se benja de nostros capignados,
Car juste biroulèt à l'houro oùn nostre aouta
En gran begnò de s'aluca...

Las founs lassus soun alandàdos;
Lous milo roubinets del cièl
Lansen la plèjo à gran tutèl
Que fay paychela las teouolados
Penden tres houros empenados...
Et fay nèy... cadun à tastous
Camino prèsque de clucous;

Nos rues sont submergées....
Que de fines jambes , de petits pieds
Sont déjà trempés et boueux ! !
Que de crinolines gonflées
Comme de grands juchoirs fleuris ,
Se détendent disloquées....

Le gaz demeure éteint....

O nuit noire, dans les rues,
Que tu as dû couvrir de choses étranges ! !
Prêtres , dames, messieurs mouillés comme canards ;
Redingotes noires, robes blanches,
Tout coule... Il faut s'en revenir....
Pour atteindre jusqu'à l'autel,
De tous côtés il faudrait des passerelles....
Le fin langage, l'esprit, le génie
Restent muets dans chaque niche,
Et les notes ointes de miel
Dans le cuivre sont *enclavées*....

Pour moi , dans mon gosier brûlant ,
Enfermant le besoin de chanter qui m'étrangle,
Je me disais , dans la boue : « ô vent malfaisant,
« Ton demi tour, sur notre plaine,
« Pouvait bien reculer jusqu'à l'autre semaine! »

Mais aujourd'hui quand j'ai vu , à l'aube du jour,
Ma vigne si étiolée,
Qui me souriait coquettement ,
Maintenant fraîche, jeune, épanouie...
J'ai dit : « pourquoi se plaindre, il nous est si doux,
« Lorsqu'un plaisir perdu ranime un malade! ! »

Nostros carrèros soun negados...
Que de cambetos, de penous
Soun déjà trempes et fangous! !
Que de crinolinos uflàdos
Coumo de grans crumèls flourits,
Se destendon desbigoussados!..

Lous gaz damoron escantits....

O nèy negro, pel las carrèros,
Qu'as dibut capela de caouzos escarrèros! !
Prèstes, damos, moussus, trempes coumo de guits !
Lebitos negros, raoubos blancos,
Tout goutejo... cal s'entourna....
Per atenje dinqu'à l'aouta,
De tout bors cadrò de palancos.
Lou fl parla, l'esprit, l'engin
S'enjòcon muts dins càdo esclin,
Et las nòtos de mòl luntàdos
Dins lou couyre soun enclabàdos !

Per jou, dins moun gouziè burlen,
Embarran lou bezoun de canta que m'escano,
Me dizioy, pel la fango : « O mal-faras de ben,
« Toun biroulet, sur nostro plàno,
« Poudiò-bé recula dinqu'à l'aoutro semmàno. »

Mais anèy quan èy bis, al jour que luzissiò,
Ma bignòto tan aganido,
Que beziadomen me riziò,
Aro fresco... jouyno... espelido...
Ey dit : perquè se plagne? és tan dous per nous aou,
Quan un plazé perdut rebiscòlo un malaou! !

LE LAURIER DE L'HOPITAL DE MÉZIN. [1]

A MONSIEUR DE LARTIGUE, MAIRE.

(2 Août 1859.)

Gracieuse ville de Mézin,
Reine de la *Surrède*, amie de la Lande,
Dans la France, sans cesse, de festin en festin,
Ton nom fait du bruit plus qu'une grande ville :
Par toi, les grands vins, les meilleures liqueurs,
Dans le verre enclavés se conservent sains....
De ton *liége moelleux* tu coiffes chaque bouteille,
Et la liqueur s'endort.... mais quand ta coiffe part,
  Cet esprit se réveille....
Tout s'allume... et le génie en grandit à l'écart !

  Ce n'est pas tout, ville coquette,
Ton pays est le berceau de ce grand général, [2]
Qui marqua dans l'Afrique, en tête de notre armée,
  Comme un chêne pyramidal
  Au milieu d'une forêt de chênes....
Ce n'est pas encore tout : la grace ici rayonne,
  De tous côtés l'esprit y fleurit ;
  Et si un poète y vient chansonner,
  Tout un peuple s'enflamme,
  Et comme un prince tu le fêtes...

[1] .... A son arrivée à Mézin, la population était sur pied ; après une brillante illumination et une sérénade charmante, la foule a envahi la vaste salle artistement préparée pour le poète...
Vers la fin de cette belle séance trois enfants de la Salle d'Asile ont offert à Jasmin, au milieu d'un rameau de laurier, une truelle en argent, sur laquelle on lit : *Truelle des bonnes œuvres.* Lorsque le poète, saisissant le simple rameau offert par l'Hospice, a évoqué le souvenir de son grand-

LOU LAOURÈ DE L'ESPITAL DE MEZIN. [1]

A MOUSSU DE LARTIGO, MAIRO.

(2 Agous 1859.)

Graciouzo bilo de Mezin,
Rèyno de la surredo, amigo de la Lando,
Dins la Franço, à-tengut, de frustin en frustin,
Toun noum a fèy de brut may qu'uno bilo grando :
Dambé tu, lous grans bis, las millounos licous,
Dins lou beyre enclabats, se gardon sanitous...
De toun *leouge mouflet* côfes cado boutèillo,
Et la licou s'endron; mais quan la côfo part,
    Aquel esprit se derrebèillo...
Tout s'alûco, et l'engin n'en grandis à l'escur !

    N'és pas tout, bilôto beziâdo,
Toun païs és lou brès d'aquel gran general [2]
Qu'a marquat dins l'Africo, al cat de nostro armado,
    Coumo un *casse pyramidal*
    Al mitan d'uno cassenâdo!!
N'és pas enquèro tout : la graço aciou luzis;
    Des quatre bors l'esprit flouris;
    Et s'un poèto y cansounejo,
    Tout un puple s'escalouris,
    Et coumo un prince lou festejo....

père, les larmes coulaient de tous les yeux : l'émotion était à son comble.
  La recette pour l'hôpital a été de 1,300 francs. Le Poète rayonnait de bonheur en voyant le bien qu'il venait de faire....
          (*Journal de Lot-et-Garonne;* Août 1859).

[2] Le brave général Tartas était venu exprès de Bordeaux pour assister à la séance et glisser un billet de banque de 100 francs dans la sebille de la quête.

Mézin, je n'étais jamais venu,

Mais souvent à toi je rêvais,

Et de loin, souvent, je te guignais en passant...

Aujourd'hui *tu fleuris* ma muse, et mon cœur n'est pas muet ;

J'ai fleurs et rameau d'or qu'on ne trouve pas sur les arbres ;

Eh ! bien, ils ne valent pas ce laurier des pauvres

Qui me vient de la *sainte maison*....

Couronne de mon cœur, je n'en aurai aucune de pareille !

Il me semble que du ciel, au nom de l'hôpital,

L'œil bleu de mon grand père me sourit dans chaque feuille !!

LA FRANCE DU MIDI !

AU MARÉCHAL NIEL. [1]

Quand la vieille France, autrefois,

Chez ses voisins portait la guerre,

La France du midi y frappait des coups

A en faire trembler la terre....

Dans les guerres d'aujourd'hui ainsi c'est arrivé :

Deux luttes de géants, comme on n'en a vu aucune,

Ont fait encore plus notre France glorieuse !

Devant elle, partout, les plus forts ont ployé ;

Eh ! bien, dans les coups qu'elle a portés,

La France du midi prime sur son aînée....

Les fils passent les pères ! et vous êtes un de ceux-là,

Et des plus grands ! Vous avez prouvé dans la Russie,

Comme au milieu de l'Italie,

En moissonnant d'épais lauriers,

Que les Gascons d'aujourd'hui étaient deux fois Français !!

[1] ..... Le maréchal NIEL fut accueilli avec les plus grands honneurs dans l'hôtel de la Préfecture ; la fête eut lieu dans le parc éclairé *à giorno*... Dans cette soirée délicieuse, *Jasmin* fut présenté, par Mme Paillard, à l'illustre vainqueur ; et c'est au sein de cette brillante assemblée que le poëte

Mezin, n'èri jamay bengut,
Mais souben à tu saounéjàbi,
Et de lèn, en passan, may d'un cot te guignàbi....
Anèy flôques ma muzo, et moun cò n'és pas mut :
Ey flous d'or, ramèls d'or que tròbon pas sus aoures;
Ebè, nou balon pas aquel laourè des paoures
Que me bèn de toun *sent-oustal.....*
Courouno de moun cò..... n'aourèy nâdo parèillo;
Me semblo que dèl cièl, al noum de l'Espital,
L'èl blu de moun gran-pay me rits dins câdo fèillo !!

LA FRANÇO DEL MÈTJOUR !

AL MARECHAL NIEL. [1]

Quan la bièillo Franço, aoutres cots,
Ches bezis pourtàbo la guèrro,
La Franço *del mètjour* y trucàbo de cots
A n'en fa tramboula la tèrro....
Dins las guèrros d'anèy atal n'és arribat :
Diòs lûtos de géans coumo n'abian bis nâdo,
An fèy enquèro may nostro Franço englouriâdo !
Daban elo, pertout, lous pu fors an fiblat;
Ebé, dins lous cots qu'a trucat,
La Franço del mètjour primo sur soun aynado !...
Lous fils passon lous pays ! et bous sès un d'aqués,
Et des may grans ! Abès proubat dins la Russio,
Coumo al mitan de l'Italio,
En segan de laourès espés,
Que lous Gascous d'anèy.... èron dus cots Francés !!

aimé de notre cité, avant de faire entendre son dithyrambe sur *Palestro et Magenta*, adressa au Maréchal ce compliment vivement applaudi de tous...

(*Journal de Lot-et-Garonne;* 5 Juillet 1860.)

LA MUSE DE LA CHARITÉ

A MADAME RHONÉ-PEREIRE. (¹)

(6 Novembre 1861.)

L'âge rapetisse le pas
De ma Muse champêtre ;
Mais aussitôt vous lui prêtez,
Belle dame, au nom qui vole,
Votre *serpent de fer*, qui va
Comme l'éclair, et peut-être mieux !

Au nom de la poésie,
Et des pauvres, et du bien,
Au nom de l'homme aussi,
Gracieuse dame, merci,
Vous et votre père, célèbre
Autant en bas que là-haut.

Maintenant, comme l'hirondelle,
Ma Muse s'en ira
Où la charité l'appelle,
Et s'il le faut, elle y reviendra...
Tous les cœurs s'en réchauffent ;
Les pauvres vous bénissent ;
Et moi, simplement, pour vous,
Je vous adresse, faute de fleurs,

(¹) ..... M. *Emile* PEREIRE, plein d'admiration pour le noble usage que *Jasmin* fait de son talent, vient de lui adresser gracieusement une carte de *libre parcours*, sur toute la ligne des Chemins de fer du Midi. Cette action qui parle d'elle-même, nous dispense de tout éloge ; M. Pereire, d'ailleurs,

LA MUZO DE LA CARITAT

A MADAMO RHONÈ-PEREIRE. (*)

(6 Noubembre 1861.)

L'atge apitchounis lou pas
De ma Muzo campagnôlo;
Mais, talèou, bous li prestas,
Bèlo damo, al noum que bôlo,
Lou *Serpen de fèr*, que bay
Coum'un liouse, et bélèou may!

Al noum de la poèzio,
Des paoures amay del bé,
Al noum de l'hômo tabé,
Damo beziâdo, mercio!
Bous et bostro pay, famus
Aoutan en bas que lassus.

Aro, coumo l'hiroundèlo,
Ma Muzo s'en anira
Oùn la caritat l'appèlo,
Et so cal y tournara....
Lous còs s'en escalourisson;
Lous paoures bous benezisson...
Et jou, simplomen, per bous,
Bous mandi faouto de flous,

trouvera mieux que ce que nous pourrions dire, dans les bénédictions des
pauvres qui désormais ne sépareront plus son nom de celui de l'apôtre de la
charité...

(*Journal de Lot-et-Garonne;* 28 Octobre 1861.)

Mes trois gerbes de chansons...
Ma Muse en les chantant, est triste et joyeuse ;
Ouissez-les, Madame, et vous, si sympathique,
Peut-être sentirez-vous naître, à quelques gouttes de miel,
Le sourire à votre bouche.., et la perle à votre œil.

LE CHEMIN DE FER. [1]

A Madame Rhoné-Pereire.

Paris maîtrise tout : cette ville-reine
    Qui dépasse tout l'Univers,
    Fait tout ployer, bon gré, malgré,
    Sous sa volonté de fer....

Elle a voulu que de loin les peuples voisinassent,
Et ses chemins ferrés les ont rendus voisins ;
    Elle a voulu, pour mieux les aimer,
Que ses villes en l'air causassent avec elle,
Et sur un fil d'archal que nous entendons bruire,
Elles causent à toute heure, et se touchent la main !...

Les montagnes, là-haut, que les neiges blanchissent,
    Ont le remède bénit
    Qui guérit le corps et l'esprit,
Le sol creux s'exhausse, et les rocs s'aplatissent ;
Et deux longs bras de fer, en déchirant la terre,
    Mettent, dans un signe de croix,
Ces fontaines du ciel à portée de tous.....

    Dans notre campagne si fructueuse,
    Si feuillue, si pleine d'épis,

[1] Cette pièce fut lue par l'auteur, dans la grande salle du Capitole, lors de l'ouverture solennelle du Chemin de fer du Midi, le 2 Avril 1857.

Mas tres garbos de cansous...
Ma Muzo, en las cantan, ós doulento et jouyouzo;
Aougissé-los, Madamo, et bous, tan piètadouzo,
Béleou sentirés nayche, à quaouques glouts de mèl,
Lou rire à bostro boûco, et la pèrlo à bostr'èl!!

LOU CAMI DE FER.[1]

A Madamo Rhonè - Pereire.

Paris mestrejo tout : aquelo bilo rèyno
    Que cabeillo tout l'unibèr,
    Fay tout fibla, riboun-ribèyno,
    Debat sa boulountat de fèr...

A boulgut que de lèn lous puples bezinèssen,
Et sous *camis ferrats* lous an fòy bezina;
    A boulgut, per may las ayma,
Que sas bilos damb'elo en l'ayre caquetèssen,
Et sur un flòl d'archal qu'entendèn brounzina,
Caqueton à tout-houro... et se tòcon la ma!!....

Las mountagnos d'en sus que las nèjos blanquisson,
    An lou remèdi benezit
    Que garis lou corp et l'esprit,
Lou sol cloutut se boumbo, et lous rocs s'applatisson;
Et dus louns bras de fèr, sul la tèrro qu'esquisson,
    Bôton, dins un sinne de crouts,
Aquelos founs del cièl à pourtado de touts...

    Dins nostro campagno frûtâdo,
    Tan feilludo, tan cabeillado,

La *routine* a eu beau lui crier : « Dieu le veut,
  « Paris épargne notre plaine,
   « L'argent y fleurit, l'or y graine ! ! »
Le *chemin Lucifer*, en criant comme un fou,
S'est étendu, serpent uni et long, long, long ;
Et tout en déchirant notre délicate oreille,
Il prête des ailes au monde, et le cœur en sourit,
Car, plus de distance, maintenant, entre les amis,
  Entre le jardin et l'abeille ;
Et quand nous festinons en famille assemblés,
Nos fils de Paris, nos frères de Marseille,
  Y trinquent à peine invités....

Glisse, serpent de fer ! *trime*, démon criard !
Sous ta noire peau un archange rayonne ;
  Brûle le sol, enfume l'air ;
  Ton grand bouleversement doit plaire,
Tu fais les peuples frères et les mondes voisins...
On dit que la bonté *ressemée* fleurit ;
Que chacun la provigne, et s'en pare, et dans peu
L'âge-d'or reviendra, s'il est vrai qu'on l'ait vu. .

Trime donc ! et partout file comme l'éclair...
Mais quand tu voudras payer ta grande dette à Paris,
Dans notre beau pays transporte-le en foule ;
Alors, quand il verra notre plaine féconde,
  Quand il aura goûté et bu
  Notre soleil et notre fruit,
Tu l'entendras crier d'une voix affectueuse,
  Depuis Bordeaux jusqu'à Toulouse :
« Ici, serpent de fer ! ici, rival du vent,
« Ralentis ta course, et glisse doucement ! ! »

La *routino* aguț bèl li crida. « Diou zou bol;
    « Paris, esprâgno nostro plâno,
    « L'argen y flouris, l'or y grâno!!.... »
Lou *Cami-Lucifèr*, en sisclan coumo un fol,
S'és estendut, serpen alis et lounguirol;
Et tout en esquissan nostro beziâdo aoureillo,
Prèsto d'âlos al mounde; et nostre cô n'en rits,
Car, pas may de distenso, âro, entre lous amits,
    Entre lou cazal et l'abeillo;
Et quan frustinejan en famillo apilats,
Nostres fils de Paris, nostres frays de Marseillo
    Y trincon, à peno enbitats....

Glitso, Serpen de fèr! trîmo, demoun sisclayre!
Debat ta negro pèl un Arcange luzis;
    Burlo lou sol, enfumo l'ayre;
    Toun gran rebiromen diou playre :
Randes lous puples frays, et lous moundes bez... ....
Dizon que la bountat, remendâdo, flouris;
Que cadun n'en proubatge, et s'en flòque, et din... zuyre
L'atgo d'or tournara, s'és bray que l'atgen bis....

Trîmo doun et pertout filo coumo l'esclayre....
Mais, quan boudras paga toun gros deoute à Paris,
A troupèls porto-lou dins nostre bèl païs;
Alabets quan beyra nostro plâno aboundouzo;
    Quan aoura goustat et bebut
    Nostro sourel et nostre frut,
Cadun te cridara d'uno bouòs amistouzo,
    Dunpèy Bourdèou dinqu'à Toulouzo :
« Aci, cami de fèr, aci, ribal del ben,
« Amatigo ta courso... et glitso douçomen!! »

..... Dans la grande salle de la Préfecture, où pour la neuvième fois notre Académie recevait une gracieuse hospitalité dans le palais qui fut son berceau.

L'auditoire était des plus brillants et nombreux, à ce point que beaucoup ont dû renoncer à trouver place dans l'enceinte, et se sont répandus dans la vaste cour qui s'étend au-dessous...

Mous noubels Soubenis, voilà le titre du nouveau Poëme que Jasmin a soumis vendredi dernier, nous ne dirons pas au jugement, mais à l'admiration de ses concitoyens toujours avides de l'entendre...

L'épreuve a été décisive ; jamais enthousiasme pour le Poëte ne fut poussé plus loin...

Cette délicieuse pièce est pour nous une nouvelle preuve que le talent de Jasmin grandit toujours ; mais quoique ce talent flexible se prête sans peine à tous les sujets, nous félicitons notre Poëte d'être revenu à ses impressions de jeunesse : c'est là qu'il est sur son véritable terrain, qu'il règne en roi et sans partage, et que maître de sa pensée comme il l'est de l'expression qui doit la faire jaillir, il fait couler la poésie à flots, sans jamais permettre cependant à sa Muse de dépasser les limites du goût le plus épuré. Comme tous les esprits supérieurs, il sait toujours s'arrêter à temps...

PLATELET.

(*Journal de Lot-et-Garonne* ; 4 Septembre 1861.)

(Extrait du Compte-Rendu de la Séance publique de l'Académie d'Agen.)

MOUS NOUBÈLS SOUBENIS

EN HOUÈY PAOUZOS.

A Moussus : Bessièros, directur ; — *Hanry* Noubèr, mairo ; — *Felix* Aunac, banquiè ; — Fountenillo, negossian, — et *Adrièn* Pozzy, membros del Counsel que me courounèt al noum de la bilo d'Agen, en Noubembro 1856.

Febrè 1856.

MES NOUVEAUX SOUVENIRS.

PREMIÈRE ET DEUXIÈME PAUSE,

A M. BESSIÈRES,

Président du Conseil qui m'a couronné au nom de la ville d'Agen.

(26 Août 1860.)

C'est vrai, ami Monsieur : le soir de ma vie
A vu asseoir mon nom, dans mon berceau, sur des fleurs;
    Et malgré mes cheveux blanchissants,
La muse néanmoins chaque jour me visite...
Eh bien, pour être heureux pourtant, vers le temps passé
    Presque toujours je tourne la tête :
Las des plaisirs d'aujourd'hui, quand seul je me promène,
    A mes premiers chagrins je rêve;
Une nuée de souvenirs que je croyais éteints,
    Bourgeonnent chaleureux,
Et veulent s'épanouir ; si mon cœur s'y refuse,
    Chacun fait bruire son épi,
    Et se penche vers ma muse
    Comme la fleur vers le soleil...

Bon père, je n'y tiens plus ; je promets que sous peu,
    Un par un, tous s'épanouiront,
Sans date, à la volée, et tels qu'ils me viendront...
    Avec eux ainsi, s'ils savent plaire,
    Allégrement, je *bouqueterai*

MOUS NOUBÈLS SOUBENIS.

PRUMÈRO ET SEGOUNDO PAOUZO,

A M. BESSIÉROS,

Prezidén del Counsel que me couronnèt al noum de la bilo d'Agen.

(26 Agous 1860.)

Es bray, amit Moussu : lou sero de ma bito
A bis sètre moun noum, dins moun brès, sur de flous ;
    Et malgrè mous pièls blanquignous,
La muzo saquela cado jour me bizito...
Ebé, per èstre hurous pourtan, sul ten passat
    Prèsque toutjour bîri lou cat :
Las des plazés d'anèy, quan soulet me passeji,
    A mous prumès chagrins saouneji ;
Un fun de soubenis que crezioy escantits,
    Broutounejon escalourits,
Et bôlon s'espeli ; se moun co s'y refuzo,
    Cadun fay brounzi soun cabel,
    Et se fiblon cats à ma muzo
    Coumo la flou cats al sourel...

Boun pay, n'y teni plus ; proumèti que dins gayre,
    Un per un, touts s'espeliran,
Sans dato, à la bimbôlo, et coumo me bendran...
    D'amb'és atal, se sabon playre,
    Allègromen bouquetarèy

Les amis qui ont voulu étoiler mon siège;
Et moi qui vois tout, au sein de ces honneurs,
En tête de ces amis je vous mets...
Et je commence par vous aujourd'hui.

I

Oh! qu'elles étaient jolies les Pâques d'autrefois,
En nous amenant les premières chaleurs,
Les fraîches matinées, les soirs parfumés,
Les *tortillons*, les frairies joyeuses,
Les boutons d'or, et les blancs agneaux !!

Pâques d'alors, pour les grands et les petits,
Valaient bien mieux que Pâques de nos jours :
Le ciel prenait sa belle robe claire ;
Nature et gens l'imitaient aussitôt ;
Tout s'habillait à la fois, flambant neuf,
Et simplement faisait grande toilette :
Le ciel en bleu, le monde en nanquin ;
Pendant trois jours, Agen faisait concurrence...
Maintenant le ciel a quitté la partie ;
Au temps pascal sa robe est assombrie ;
Tandis que seul le monde fou, qui va
Se couvrant de soie et de velours,
Paie pour le ciel en toilette ébouriffée,
Et toute l'année fait Pâques chaque jour !!

Or un mardi — Pâques étaient revenues —
Heureux enfin de voir chez nous
Un peu d'aisance arriver peu à peu ;

Lous amits_qu'an boulgut estoleja moun sièti,
Et jou que bezi tout, dins l'aounou que m'an fèy,
Al cat d'aquós amits bous mèti...
Et coumenci per bous anèy :

I

Pâscos d'aoutres cots — Mous 14 ans — Mous prumès souillòs nòous — La bóto
à Toulcaou — Lous frustins — L'Inbalido marchand d'anèls et de librets
— Lou ben foulet — Lou counte perdut — Loun souboni de tristesso

Oh! qu'aoutres cots, Pâscos èron poulidos,
En nous menan las prumèros calous,
Lous fres_matis, lous seros sanitous,
Lous tourtillouns, las bôtos aberidos,
Lous pimpouns-d'or et lous blans agnèlous! !

Pâscos d'alors, pes grans et pes pitchous,
Baillon pla may que nostros Pâscos d'arò :
Lou cièl pregno sa bèlo raoubo clâro ;
Naturo et gens l'imitabon talèou ;
Tout s'habillàbo à l'un cot flamben nòou,
Et simplomen faziò grando toualèto ;
Lou cièl en blu, lou mounde en nanquinèto ;
Penden tres jours, Agen faziò rampèou...
Aro lou cièl a quittat la partido ;
Al ten pascal sa raoubo és encrumido ;
Tandis que soul lou mounde fol, que cour,
Se capelan de sedo et de belour,
Pago pel cièl *en toualèto amalido*,
Et dins tout l'an pasquejo cado jour ! !

Or, un dimars, — Pâscos èron tournâdos —
Hurous anfin de beyre chez nous-aou
Un bri d'ayzenço arriba paou à paou,

Poussé par le feu de mes quatorze années,
Comme un pinson échappé, par un beau temps,
Je m'en allai seul à la frairie de *Touteau*. (¹)
Effarouché d'abord, le soir, dans les prairies,
Apprivoisé, je *guignais* les jeunes filles,
Au son du fifre... au rire des rondeaux...
J'étais propret; oh! comme je jouais des pieds!
Pour la première fois j'avais des souliers neufs!!
Que de festins des quatre bords je mangeais des yeux!
Je n'étais d'aucun,... et je n'étais pas jaloux,
Le grand bonheur des autres m'enflammait;
Seulement, parfois, j'étais honteux
De n'être pas du nombre des heureux!!

Un grand plaisir, pourtant me *voisinait* :
Près d'un banc couvert de gaufres,
Un vieux soldat à l'air noble et pauvre,
Marchand de bagues et de petits livres,
Les arrangeait à l'ombre d'un arbre
Coquettement, et pour y faire tout contenir,
Il avait mis les anneaux sur les feuillets...
Des livrets neufs! et des contes encore!
De cette lecture la fièvre était en moi;
Aussi devant *Percinet*, la *Sorcière*,
Le *Prince charmant*, l'*Oiseau bleu*, *Cendrillon*,
Je quittai tout, et la frairie et la foire,
J'avais trouvé ce que j'aimais le mieux...
Un conte rayonnant, perché sur deux pierres,
Plus qu'aucun venait me faire envie...
Oh! je le buvais, celui-là, sans cligner l'œil...
Fille aux cheveux d'or ne peut qu'ensorceler!

(¹) Célèbre fête votive qui a lieu le mardi de Pâques.

Poussat pel fèt de mas quatorze annàdos,
Coumo un pinsan fouragnol al ten caou,
Anguèri soul à *la Bôto à Toutcaou.* (¹)
Aouriou d'abor, lou sero, pel las pràdos,
Apribaouzat, guignàbi las maynàdos,
Al soun del pifre... al rive des roundèous...
Eri proupet; oh! coumo escarpinàbi!
Pel prumè cot abioy de souillès nèous!!
Que de frustins des quatre bors layràbi!
N'èri de nat... et n'èri pas jalous;
Lou gran bounhur des aoutres m'alucàbo;
Sounquo, per ten, èri tout bergounjous
De n'èstre pas del noumbre des hurous.

Un gran plazé, pourtan, me bezinàbo :
Proche d'un ban claoufit de curbelets,
Un bièl souldat à l'ayre noble et paoure,
Marchan d'anèls et de pitchous librets,
Lous arrengàbo à l'oumbreto d'un aoure,
Beziàdomen, et per tout y fa claoure,
Abiò boutat lous anèls sus feillets.
De libres nèous! et de countes enquèro!
D'aquel logi la fièbre èro dins jou;
Tabé daban *Percinet, la Sourcièro,*
Lou Prince bèl, l'Aouzèl blu, Cendrillou,
Quitèri tout, et la bôto et la fièro,
Abioy troubat ço qu'aymàbi millou...
Un, fi luzen, pinquat sur diòs peyretos,
Pla may que touts begnò me fa gimetos...
Oh! lou bebioy aquel sans perpilla...
Fillo as pièls d'or nou pot qu'ensourcilla!

Mais il me fallait trois sous pour l'invalide ;
Et comment faire, toujours des plus pressés,
Déjà ma bourse était toute partie
Pour deux rondeaux et pour quatre caillées !

Triste et dolent, sans espérance aucune,
Je disais adieu à mon conte nouveau...
Quand tout-à-coup, ce vent qui tout bouleverse
Sans obscurcir ni les airs, ni le ciel,
Vient comme un éclair, en soufflant il tourbillonne,
Et vole tout à notre pauvre vieux...
Ses papiers caquètent parmi les branches...
       Cela fit rire les enfants ;
Moi compatissant, dans un clin d'œil,
J'avais guéri l'algarade du vent :
Près du vieux dont les yeux me sourirent,
Les échappés sous l'arbre revinrent ;
Tout fut baclé dans un signe de croix ;
Mais il faut tout dire, eh bien, ils n'y étaient pas tous :
Contre la haie, l'un d'eux avait été se mettre,
Et je l'avais vu ; — celui-là, vous le devinez —
Aussi je me disais : « Pendant qu'il ne le voit pas,
« Conte aux cheveux d'or, avant de te remettre
« Je te lirai sous ces aubiers. »
Demi-heure après, vite, j'allais m'asseoir,
Et le tenais, fiévreux, entre mes mains ! !

Pauvre *Touteau*, quand je lisais, où étais-je ?
Sans respirer, deux fois, je le lus...
Deux, c'était trop ; à peine relu,
Quand pour le rendre, du banc je m'approchai...
Il n'était plus temps... le vieux était parti...
Donc, malgré moi le conte me restait ;

Mais me caillo tres sos pel l'inbalido;
Et coumo fa? toutjour des may pressats,
Dejà ma bourso èro touto partido
Per dus roundèous et per quatre encalats...

Triste et doulen, sans esperenço brino,
Dizioy adiou à moun counte noubèl...
Quan tout d'un cot, aquel ben que flamino
Sans encrumi lous ayres ni lou cièl,
Bèn coumo un lioùse, en bouffan remoulino,
Et pâno tout à nostre paoure bièl...
Sous papèrous caqueton pes brencatges...
Acos fasquèt ritchouna lous maynatges;
Jou, pietadous, dins un pitchou moumen,
Abioy garit l'escampeto del ben :
Proche del bièl doun lous èls me riguèron,
Lous escapats debat l'aoure tournèron;
Tout fusquèt fèy dins un sinne de crouts;
Mais, cal tout dire, èbé, gn'èron pas touts :
Darrè la sègo, un èro estat se mètre,
Et l'abioy bis... — aquel, lou debinas —
Tabé dizioy : « Penden que zou bey pas,
« Counte as pièls d'or, aban de te remètre
« Te legirèy debat aques aoubas ! ! »
Mèjo houro apèy, biste, anâbi m'assètre,
Et lou tegnoy, fièbrous, entre las mas.

Paoure *Toutcaou!* quan legissioy, oùn èri ? ?
Sans halena, dus cots, lou legisquèri...
Dus, èro trop; à peno relegit,
Pel lou tourna quan del ban m'approuchèri...
N'èro plus ten... lou bièl èro partit...
Doun, malgrè jou, lou counte me restabo;

Et pour ne pas le ternir, dans le pré,
En le lisant je ne l'avais pas froissé...
Conte maudit, maintenant il m'aiguillonnait !
Une ronce faisait dard dans mon cœur...
Sans doute ici je n'avais pas à rougir,
Et je ne voulais rien plus que le lire...
Mais le soldat, on le voyait à son air,
Était pauvre encore plus que moi ;
Il n'avait pas fait de grandes affaires, *pecayre !*
Et mon esprit qui fait tout à la volée,
Lui faisait perdre un conte... et le meilleur.

Cela porta une grande leçon
A mon cerveau trop léger...

Pendant trois jours chagrin, dans beaucoup d'endroits
Je cherchai bien le marchand de livres ;
Il n'était nulle part. Dans mon âme jeunette,
Mon noir souci peu à peu s'appaisa.
Un jour pourtant — et j'avais une pièce blanche —
Un vieux marchand d'images m'apparut
Près du Pont-Long ; je courus vite, vite...
Ce n'était pas lui ; je m'en revins triste ;
Et le marchand, dans mon cœur réveilla
Le souvenir du vieux... et sa ronce.

II

Dix ans après, aux mots doux je m'initiais.
En rêvant une langue d'amour,
J'avais lancé ma première chanson. (1)

(1) *Me cal mouri ! !* Cette chanson qui devint si populaire à son début,
et si productive à ceux qui s'en firent les propagateurs.

Et per nou pas lou dezoundra, pel prat,
En lou legin l'abioy pas froustillat...
Counte maoudit! aro me picoutàbo!
Uno roumèt dins moun co puntejabo...
Sans douto aciou n'abioy pas à rougi,
Et nou bouilloy, soumco, que lou legi...
Mais lou souldat, zou bezion à soun ayre,
Èro paouret enquèro may que jou;
N'abiò pas fèy de grans afas, pecayre!
Et moun esprit, que fay tout à l'enlayre,
Li faziò pèrdre un counte... et lou millou.

Acòs pourtèt uno grando litsou
A moun cerbèl tan fariboulejayre!!

Penden tres jours, chagrin, dins pla d'endrets
Serquèri-bé lou marchan de librets;
Plus n'èro en lot... Dins moun amo jouyneto,
Moun pèssomen paou à paou s'amayzèt.
Un jour pourtan qu'abioy uno pesseto,
Un bièl marchan d'images paresquèt
Prèt del Poun-Loun; courèri biste-biste...
N'èro pas el; me rebirèri triste;
Et lou marchan, dins moun co rebeillèt
Lou soubeni del bièl... et sa roumèt.

II

Dèts ans apèy, as mots dous m'alengàbi.
En saoumejan uno lengo d'amou,
Abioy lansat ma prumèro cansou. (¹)

Entre les pins , par hasard je cheminais ;
Après deux jours , las de n'avoir trouvé
Qu'arbres assombris et sable grinçant ,
Lorguant le ciel d'Agen et de Marmande ,
Je m'étais assis dans *Casteljaloux* ,
Casteljaloux, frais jardin de la lande !

C'était un dimanche après les moissons ;
L'air était pur , la journée était candide...

A trente pas de mon banc résineux ,
Où passe une ribambelle de Messieurs ,
Un vieux chanteur , entouré d'enfants ,
Lance sa vielle , et appelle le monde ,
En annonçant de nouvelles chansons...
Nul ne s'arrête ; lui, chante de plus belle ;
Inconnu , et toujours sympathique ,
Prestement de mon siége je me lève ;
Et sans hésiter , compère par le cœur , riant ,
Pour lui faire cercle je m'avance vite...
Oh ! sainte Croix ! qu'ai-je vu ? qu'aperçois-je ,
Dans le chanteur , là , devant nous ??
Le vieux soldat de la frairie à *Toutcau*...
Pauvre soldat ! il n'a rien vendu encore !
Moi qui ai senti rallumer ma mémoire ,
Je me suis fouillé ; c'est bien l'heure qu'il faut
Pour lui payer , d'une manière adroite ,
Ma vieille dette , intérêt et capital...
Je tire vingt sous et lance ma pièce
Sous ses yeux , au milieu de sa petite table...
Il me salue , et d'un air gracieux ,
Il m'offre aussitôt cinq cahiers de chansons..
Au mouvement de refus que je fis ,

Entre lous pins, per hazar caminàbi.
Aprèt dus jours, las de n'abé troubat
Qu'aoures crumous et sable regagnat,
Layran lou cièl d'Agen et de Marmando,
M'èri setut dedins Castèljalous,
Castèljalous, fres cazal de la lando.

Èro un dimeche aprèt las segazous;
L'ayre èro fi... la journado èro cando...

A trento pas de moun ban rouzinous
Oùn de moussus passo uno ribambèlo,
Un bièl cantayre, entourat de pitchous,
Largo sa biòlo, et lou mounde simbèlo,
En announçan de noubèlos cansous...
Digun s'arèsto, el, canto de pu bèlo;
Incounescut, et toutjour piétadous,
Pressadomen de moun sièti me lèbi;
Et sans balan, coumpay pel cò, rizen,
Per li fa ceoucle abanci bistomen...
Oh! sento Crouts! qu'èy-jou bis? qu'apercèbi
Dins lou cantayre, aqui, daban nous-aou?
Lou bièl souldat de la bôto Toutcaou.
Paoure souldat! n'a res bendut enquèro.
Jou qu'èy sentit aluca ma memouèro,
Me sèy fouillat; és pla l'houro que cal
Per li paga d'uno manèro adreto
Moun ancièn deoute, interèt et cabal...
Tiri bint sos, et lanci ma posseto
Debat sous èls, al mièy de sa taouleto...
El me saludo, et d'un ayre gracious,
M'offro talèou cinq cayès de cansous...
Al moubomen de refus que fasquèri,

Il devint sérieux : — « Monsieur, vous vous trompez,
« Je ne demande pas dutout la charité. »

Abasourdi, les cinq cahiers je pris,
Et mon coup d'œil se plomba sur le soldat...

Propre, en effet, bien plus qu'au pied de l'arbre,
Il était plus vieux, mais n'était pas si pauvre :
Un petit cheval, une charrette des prés,
De gros paquets de chansons ficelés
Sont près de lui ; sa vielle est fort jolie ;
Lui est toujours vêtu en invalide,
Mais à son bonnet de police on voyait
Un petit gland doré qui brillait...

D'étonnement et de plaisir mon visage
Dut sans doute alors rayonner,
Car le soldat, dans un langage simple,
Ainsi me parla, en faisant taire sa musique :
« Oh ! Monsieuret, je ne veux pas faire de la poussière.
« Depuis dix ans ma route était raboteuse,
« Et mon aisance est de fraîche venue :
« Je vendais des anneaux, des contes, des chansons,
« Hélas ! cela n'était guère fructueux,
« Et ma faim n'était jamais apaisée...
« Il y a quatre mois une fraîche et jeune fille,
« Du côté de Bazas, me vint tout comme vous,
« Et m'enseigna, dans quatre ou cinq leçons,
« Une chanson nouvelle de la prairie...
« Neuve ! jolie ! oh ! quelque ange affectueux
« Pour me sauver sans doute l'a lancée...

Benguèt serious : — « Moussu, bous sòs troumpat;
« Demandi pas du tout la caritat. »

Abazourdit, lous cinq cayès prenguòri,
Et moun cot d'èl se ploumbèt sul souldat.....

Prôpe, en effèt, pla may qu'al pè de l'aoure,
Èro may bièl, mais n'èro pas tan paoure :
Un chibalet, un carretou des prats,
De gros paquets de cansous fisselats
Soun proche d'el; sa biòlo és for poulido;
El, és toutjour bestit en inbalido;
Mais al bounet de polisso, on beziò
Un pitchou glan daourat que luzissiò...

D'estounomen, de plazé, moun bizatge
Dibèt sans douto alabets lambreja,
Car lou souldat, dins un simple lengatge,
Atal parlèt, et sans muziqueja :
« Oh! moussuret, bôli pas pousqueja.
« Dunpèy dèts ans ma routo èro brouncâdo,
« Et moun ayzenço és de fresco bengudo :
« Bendioy d'anèls... de countes... de cansous...
« Acos, hèlas! n'èro gayre aboundous,
« Et ma talen jamay n'èro amayzado.
« Y'a quatre mes, uno fresco maynado,
« Enta Bazas, me benguèt, coumo bous,
« Et m'ensegnèt, dins quatre ou cinq litsous,
« Uno cansou noubèlo de la prâdo...
« Nèbo! poulido! oh! quaouqu'ange amistous
« Per me saouba sans douto l'a bouffâdo...

« Elle me plut; personne ne la vendait,
« Elle était sans maître... et je la fis mienne...
« Et depuis les airs en retentissent;
« Et les écus dans ma bourse tintent;
« Nulle part je n'en ai assez; quand je la chante
« On emprunterait de l'argent pour l'acheter;
« Je lui dois tout, ma capote, ma vielle,
« Mon petit cheval et ma neuve carriole;
« Et si malheur n'arrive, dans Agen
« Je ne saurai où mettre mon argent...

« Tenez, la foule en passant s'éparpille;
« Je vais la chanter ici pour la première fois,
« Écoutez-la, vous verrez comme elle ensorcelle... »

Et le soldat se retourne soudain.
Moi je reste muet, ce qu'il avait dit m'intrigue...
Enfin sa voix qui tremble un tant soit peu,
Chante un couplet... qu'entends-je bruire?
« *Je suis malheureux, j'ai perdu mon amie,*
        « *Me faut mourir!.. me faut mourir!!* »

C'est ma chanson, l'étincelle première
De mon foyer, qui en allumant les cœurs,
Avait sorti ce vieux de la misère
En lui rendant, de rue en rue,
Des poignées d'écus pour le conte de trois sous...
Joli penser, quel plaisir tu me faisais!
Moi qui avais tant souffert dans l'enfance,
Faire le bonheur d'un homme, et de cet âge,

« Que me plazòt ! ! Digun nou la bendiò,
« Èro sans mèstro... et la fasquòri miò ! !
« Et dezunpéy lous ayres n'en brounzinon ;
« Et lous escuts dins ma bourso tindinon ;
« En lot n'èy prou ; quan l'entendon canta ,
« Emprountayon d'argen pel la croumpa...
« Li dibi tout, ma capôto, ma biôlo,
« Moun chibalet et ma nèbo carriôlo...
« Et se malhur n'arribo, dins Agen
« Nou saouròy plus oùn bouta moun argen...

« Tenè, lou moundo en passan s'escampillo ;
« Aci la baòu canta pel prumè cot...
« Escouta-lò ! beyrés coumo ensourcillo... »

Et lou souldat se biro tout d'un còt.
Jou rèsti mut ; ço qu'abiò dit m'intrigo...
Anfin sa bouès que tramblo un pitchou bri,
Canto un couplet... Qu'entendi-jou brounzi ?
« Sèy malhurous ! èy perdut moun amigo !
« Me cal mouri !... Me cal mouri ! ! »

Es ma cansou, la boulugo prumèro
De moun fouguè, qu'en alucan lous cos,
Abiò tirat lou bièl de la mizèro
En li tournan, de carrèro en carrèro,
De flocs d'escuts pel counte de tres sos...
Poulit pensa, quin plazé me faziòs !
Jou qu'abioy tan souffèr estan maynatge,
Fa lou bounhur d'un hôme, et d'aquel atge !

18

Et avec quoi? avec quelques mots gracieux...
Oh! mes cils de pleurs étaient mouillés.

Et le vieux chante, et la foule s'amasse ;
Autour de lui, bientôt, il n'y a plus de place ;
Et dans le feu qui vient tout entraîner,
L'argent de pleuvoir, et ma chanson d'aller...
C'était une fièvre ; cela dura deux heures ;
Même, à la fin, demoiselles, paysannes,
Peuple, messieurs, enfants, tous enfin
Faisaient chorus quand le refrain revenait ! !

Ce tableau, certes, devait me plaire ;
Eh bien ! pourtant, je ne m'arrêtai guère
A la gloriole ; heureux, presque fasciné,
Tout mon bonheur s'amoncela sur le chanteur,
Plaisir du cœur l'emporta sur l'esprit ! !

La nuit venait, souriant, je le saluai,
En retenant mon secret enfermé.,,
Oh! mais le soir ensuite, quand je partis,
            Sous un ciel serein, étoilé,
En songeant au conte, au vieux soldat,
Dans tout mon chemin, doux comme miel d'abeille,
Le vent frais chanta à mon oreille,
Que ma chanson m'avait bien racquitté ! !

Et dambé qué! dan quaouques mots beziats!...
Oh! mous perpils de plous s'èron mouillats!

Et lou biòl canto; et la foulo s'amasso;
A l'entour d'el biènlèou gn'a plus de plaço;
Et dins lou fèt que bèn tout entrayna,
L'argen de plèouro... et las cansous d'ana...
Es uno fièbro, acos durèt diòs houros;
Mémo, à la fi, doumayzèlos, pastoûros,
Puple, moussus, maynatges, touts anfin,
Fazion chorus quan begno lou refrin! !

Aquel tablèou, còrtos, dibiò me playre;
Ebó, pourtan, nou m'arrestòri gayre
A la glouriôlo; hurous, presqu'enluzit,
Tout moun bounhur s'apilèt sul cantayre...
Plazé del cò l'empourtèt sul l'esprit.

La nèy begno, rizen lou saludèri,
En retenin moun secrèt enclabat...
Oh! mais lou sero, apéy, quan partisquòri,
Debat un cièl seren, estelejat,
En saounejan al counte, al biòl souldat,
Tout lou cami, dous coumo mèl d'abeillo,
Lou ben fresquet cantèt à moun aoureillo,
Que ma cansou m'abiò pla resquitat! !

MES NOUVEAUX SOUVENIRS.

TROISIÈME ET QUATRIÈME PAUSE,

A M. H. NOUBEL,

NOTRE MAIRE,

Qui m'a couronné au nom de la ville d'Agen.

(28 Août 1861.)

Pour notre beau pays votre jeune cœur brûle ,
　　　　Pour lui vous remplissez triple devoir :
　　　　Vous nous représentez à la Chambre ,
Vous êtes notre conseiller , notre maire aussi ,
Et vous prouvez que jeunesse est à la hauteur du bien.
Agen vous doit déjà des choses aimées :
Ses *Cornières* surtout, grandement ressuscitées ,
Aplanies aux pieds, enjolivées , toutes neuves,
　　　　Lorsqu'elles sont illuminées , l'hiver ,
　　　　Brilleraient... même dans Bordeaux !
　　　　Et si un jour vous faites sonner l'heure
　　　　Où notre *vieux gravier* qui pleure
　　　　Pourra reprendre son visage riant ,
Vous mériterez *un mai à vie* , dans Agen.

　　　　Pour moi, ma muse, en attendant,
Paie à morceaux , sa dette, chaque année ,
　　　　Au comité qui l'a couronnée ;
　　　　Et mon cœur n'a pas oublié
　　　　Ces mots fleuris que vous prononçâtes
　　　　Lorsqu'au nom de mon berceau vous mîtes
　　　　La couronne d'or sur ma tête...
La gloire, c'est quelque chose, il ne faut pas qu'elle dorme;

MOUS NOUBÈLS SOUBENIS.

TROIZIÈMO ET QUATRIÈMO PAOUZO,

A M. H. NOUBÈL,

NOSTRE MAIRO,

Que me courounèt al noum de la bllo d'Agen.

(28 Agous 1861.)

Per nostre bèl païs bostre jouyne cò flambo;
   Per el fazès triple debó :
   Nous reprezentas à la Crambo,
Sès nostre counseillò, nostre Mairo tabé,
Et proubas que jouynesso és d'attenjos pel bé.
Agen dejà bous diou de sas caouzos aymados :
Sas *Cournèros* surtout, en gran rebiscoulâdos,
Alizados al pè, poumpounados à nèou;
   L'hibèr, quan soun illuminados,
   Carayon, mèmo dins Bourdèou!
   Et s'un jour fazès beni l'houro
   Oùn nostre *bièl Grabè* que ploûro
Tournara prene anfin un bizatge rizen,
Meritarós *un May* à bito dins Agen !!

   Per jou, ma muzo en attenden,
Pàgo à brigaillounets soun deoute, cado annado,
   Al Counsel que la courounado;
   Et moun cò n'a pas oublidat
   Aqués mots flourits que diguères
   Quan al noum de moun brès, boutères
   La courouno d'or sur moun cat!!...
La glôrio és quaoucoumet, nou cal pas que s'endrômo,

Mais l'amour du pays, m'est plus cher encore;
Et suis deux fois heureux, qu'on ait couronné l'homme
Là où l'enfant a tant souffert...
Vous vîtes alors des pleurs sur mon visage;
Ce n'était pas de la Muse; oh! non, bien plus doux,
Ils venaient des souvenirs de ma tendre enfance;
Il m'en revient deux aujourd'hui, tristes et joyeux;
Étincelles du passé, pour paraître ils rayonnent,
S'agitent, s'enchaleurent,
Pétillent dans mes doigts... et je les lance pour vous!

III

Notre régent dormeur — L'esprit d'une mère — Agen devient mon alphabet — La toupie au clou de Robineau — La croix de Sainte-Catherine — Le pigeon — Chagrin de ma mère — Le curé Mirabon — Le vin blanc de la *burette* — L'écu de six francs — Le dindon ruffé — Gourdou-gourdou — La croix gagnée — Triomphe de ma mère

Me voici donc revenu à mon jeune âge,
Dans une école au régent somnolent,
Qui une fois par mois changeait ses leçons,
Où s'endormaient le maître et l'élève.
J'avais onze ans; nous étions plus de cinquante;
Au *b, a, ba*, beaucoup étaient encore;
Aussi souvent j'avais place première,
Même la croix, j'étais le plus savant,
Je savais lire presque couramment.

Un jour ma mère apprit du sonneur de cloches
Que j'apprenais tout, chez le régent, à la volée,
Et qu'un beau jour je ferais mon chemin,
Car je lisais et français et latin.
Oh! pauvre mère, pour elle, quel éclair!

Mais l'amou del païs m'és enquèro may chèr;
Et sòy dus cots hurous, qu'atgen courounat l'hòmo
    Oùn lou maynatge a tan soufrèr...
Besquèros alabets de plous sur moun bizatge;
N'èron pas de la muzo; oh! nâni, pla may dous,
Begnon des soubenis de moun prumò jouyne atge;
M'en torno dus anèy, soun tristes et jouyous;
Boulàgos del passat, per pareche luzisson,
    Se boulegon, s'escalourisson,
Me petrillon pes dits... et las lanci per bous!

III

Nostre regen droumillous — Abizomen d'uno may — Agen me sèr d'alfabet —
La gaoudufo al claou de Robino — La crouts de Sento-Catarino — Lou
pijoun — Chagrin de ma may — Lou curò Miraben — Lou bi blan de
la burelo — L'escut de siès frans — Lou plot ruffat — Gourdou-
gourdou — La crouts gagnado — Trioumfo de ma may

Me baci doun tournat à moun jouyne atge,
Dins uno escòlo al regen droumillous,
Qu'un cot per més cambiàbo sas litsous,
Oùn s'endroumion lou mèstre et lou maynatge.
Abioy ounze ans; èron may de mièy cen;
Al *B, A, BA*, bèlcot èron enquèro;
Tabé souben, abioy plaço prumèro,
Amay la crouts, èri lou may saben,
Sabioy legi presque courrentomen!!

Un jour ma may saguèt del campanayre
Qu'apregnoy tout, chel regen, à l'enlayre,
Et qu'un bèl jour pouyoy fa moun cami,
Car legissioy et francés et lati.
Oh! paouro may, per elo quin esclayre!

Elle aussi, comme toutes les mères,
Sur sable d'or bâtissait mes palais...
De m'essayer la pauvre femme grille;
Et comment faire? Nul livre chez nous;
Personne ne sait lire dans ma famille;
Mais rien ne fait défaut à une mère:
Elle le saura donc, de ses yeux, un jeudi.

Le jour venu, elle prend sa béquille en main,
Et me dit: « veux-tu ta toupie aujourd'hui?
« Il en est arrivé de vertes et de bleues;
« Viens, viens, cherchons, et je te l'achèterai. »
Nous voilà donc à chercher dans les rues
Un marchand arrivé de Bordeaux.
— « Jacques, lis-moi ce grand écriteau,
« Et cette enseigne!! » Et moi de lire vite,
Sans penser à rien, tout ce qui est écrit,
Sans qu'un seul nom jamais me résiste;
Tout notre Agen d'elle était connu;
Guère nous ne trouvons le marchand qu'elle cherche,
Et toujours elle sourit, jamais elle ne s'impatiente...
Bref, du Palais jusqu'au *vieux Chapelet*
Agen ne fut pour moi qu'un alphabet
Où je lisais de rue en rue;
Enfin, sous une longue cornière,
Sans faire lire l'enseigne, cette fois,
Mais où je lisais « *Montariol*, » soudain,
Elle entre et sort comme si elle avait des ailes,
Et me donne quatre boules blanches,
Une toupie *au clou de Robineau*, (¹)
Et deux baisers comme elle en faisait peu...

(¹) Les toupies *al claou de Robino*, très-adroit armurier d'Agen, avaient
alors une grande réputation et la conservent encore.

Elo tabé, coumo toutos las mays,
Sul sablou d'or bastissiò mous palays...
De m'assaja la paouro fenno grillo;
Et coumo fa? Nat libre che nous aou;
Digun nou sat legi dins la famillo;
Mais, uno may, res nou li fay defaou;
Zou saoura doun, de sous èls, un ditchaou.

Lou jour bengut, en ma pren sa bequillo,
Et me diguèt : — « Bos la gaoudufo, anèy?
« N'és arribat de berdos et de bluyos;
« Bèno, cerquen, et te la croumparèy. »
Nous baqui dòun à cerca, dins las ruyos,
Aquel marchan arribat de Bourdèou.
— « Jâques, legis aquel gran escritèou?
« Aquelo ensegno? » Et jou, de legi biste,
Sans pensa res, tout ço qu'èro escribut,
Sans que jamay un soul noum me reziste;
Tout nostre Agen d'elo òro counescut;
Gayre trouban lou marchan que cercàbo,
Et toutjour rits, jamay nou rimounàbo!
Bref, del palay dinqu'al bièl Chapelet,
Agen, per jou, n'estèt qu'un Alfabet
Oùn legissioy de carrèro en carrèro;
Anfin, debat uno grando cournèro,
Sans fa legi l'ensegno aqueste cot,
Mais oùn bezioy « Mountariol, » tout d'un cot,
Intro et sourtis coumo s'abiò diòs alos;
Et me baillèt quatre blancos fourrialos,
Uno gaoudufo al claou de Robino. (¹)
Et dus poutous coumo paou n'en faziò...

Moi, trop léger, je ne devinai pas
Le dernier mot de ce tendre mystère...
Un mois après je comprenais tout cela;
Aux deux baisers bien longtemps je songeai,
Et même aujourd'hui ils me font palpiter le cœur ! !

Dès ce moment je plombai ma pensée;
Faible arbrisseau dans une oseraie paraît fort;
Aussi, sans peine, après, chaque mois,
J'avais toujours la croix en similor...

Hélas ! pourtant, le plus pauvre de l'école,
J'allais la perdre, et mon renom chancelle :
Notre régent dormeur dont l'esprit
S'était un jour réveillé guilleret,
Vint nous dire : « Cette année grande fête
« Pour le festin de Sainte-Catherine;
« La croix se gagne, ce jour-là, en portant
« Le plus beau plat et le meilleur vin blanc ! »
Cela fit naître une guerre malicieuse;
Mais elle s'apaisa; les pères étaient aisés;
Chacun avait son jardin ou sa vigne,
Et presque tous vendaient de la volaille; (¹)
Cela poussa cerclé par la gloriole.
Pour faire assaut chaque mère devint glorieuse;
Seule, la mienne, s'ingéniait en secret,
Et tristement, la veille, elle me dit :
« Tu sais, pauvret, notre gêne cachée;
« Tu peux n'avoir qu'un pigeon; que diraient-ils??
« Fais le malade, tiens, pour cette année;
« Tu serais le dernier, on se moquerait de toi!...»

(¹) Cette école était composée d'enfants de Saint-Antoine, Saint-Georges
et Saint-Hilaire.

Jou, faribol, brino nou debinòri
Lou darrò mot d'aquel pitchou mystèri...
Un mes apòy saguòri tout acò ;
As dus poutous pla lounten saounejòri,
Et mèmo anòy me fan brounzi lou cò !

D'aquel moumen ploumbèri ma pensado ;
Feble aourillou pes bimes parcy fort ;
Tabé, sans peno, apòy, cado mezado,
Abioy toutjour la crouts *en semilor*...

Hélas ! pourtan, lou may paoure à l'escòlo,
L'anâbi pèrdre et moun renoum trambôlo :
Nostre regen droumillous, doun l'esprit
S'èro un mati rebeillat aberit,
Benguèt nous dire : « Oungan fèsto esterlino
« Pel gran frustin de Sento-Catarino !
« La crouts se gagno, aquel jour, en pourtan
« Lou pu bèl plat et lou millou bi blan ! »
Acòs fasquèt uno guèrro maligno ;
Mais s'amayzèt ; lous pays èron richets ;
Cadun abiò soun cazal ou sa bigno,
Et prèsque touts rebendion de poulets ; (¹)
Acòs prenguèt saouclat pel la glouriôlo.
Per fa rampòou càdo may benguèt fòlo.
Soulo la miô trastejabo en secrèt,
Et douçomen la bèillo me diguèt :
« Sabes, paourot, nostro jayno sarrado :
« Pòdes n'abé qu'un pijoun ; que diyon ?
« Fay lou malaou, tò, per aquesto annado ;
« Sayos darrè, de tu se moucayon ! »

Donc, pour ma mère, qui en était larmoyante,
Je pris vite un air à demi-dolent ;
Je toussais même, enfin, lorsqu'elle m'en priait...
J'aurais pour elle enduré la faim...
Un monsieur entre : c'est l'*abbé Miraben*, (¹)
Prêtre au cœur d'or à qui je servais la messe,
Et qui me parlait sagesse toujours ;
Il m'aimait tout juste à en perdre la tête ;
Voici comment je l'avais ensorcelé :

Un jour il vit, dans la sacristie,
Que son vin blanc diminuait au buffet ;
Un vin blanc doux ! liqueur de poésie !
Et dont je buvais souvent, sans avoir soif...
Il vient vers moi ; il devine le trait ;
Je le connaissais : *grand élan, petit coup !*
« — Drôle, réponds : le vin blanc tu as bu ?
« Ne mens pas ; je vois dans ta luette... »
Et moi aussitôt, honteux, abasourdi,
« — C'est vrai, monsieur le curé, ce que vous dites.
« Mais je ne touche pas à la burette sainte ;
« Celui que j'ai bu n'était pas bénit ! »
Cette réponse allégea ma faute ;
Et il marmota en tapant sur ma joue :
« Il y a quelque chose dans ce cerveau brut ;
« Si cela pousse, un jour ça fera du bruit ! ! »

Dès lors, plus de faute nouvelle ;
Et le vin blanc, dans le buffet ouvert,
Fut pour moi comme s'il était sous clé...

(¹) L'*abbé Miraben*, ancien chapelain du château d'Aiguillon, et en 1809 modeste desservant de l'église de Lacapelette, près Agen, était intimement lié avec l'abbé Argenton, curé de Saint-Hilaire. Il disait habituellement sa

Doun per ma may que³n'en grumillejâbo,
Prenguèri biste un ayre miòy doulen,
Tuchissioy mêmo, anfin, quan m'en pregâbo...
Aouyoy per elo endurat la talen.
Un moussu dintrò, ós l'*abbè Miraben;* (¹)
Pròste al cò d'or à qui serbioy la messo,
Et qu'à tengut me parlâbo sagesso ;
M'aymâbo juste à n'en bira lou cat;
Baci coumen l'abioy ensourcillat :

Un jour besquèt, dedins la sacristio,
Que soun bi blan demingâbo al buffet,
Un bi blan dous! licou de poèzio!
Et doun bebioy, souben, sans abé set...
Bèn cats à jou, debino l'escampeto;
Lou counessioy : *gran balan, pitchou trut!*
« — Drolle, respoun, lou bi blan as bebut?
« Mentisques pas, bezi dins ta luzeto... »
Et jou talèou, hountous, abazourdit:
« — Es bray, moussu curè, ço qu'abès dit...
« Mais tôqui pas à la sento bureto,
« Lou qu'èy bebut n'èro pas benezit! »
Aquel respoudre aleougisquèt ma faouto,
Et marmotèt en tapoutan ma gaouto :
« — Y'a quaoucoumet dins aquel cerbèl brut,
« Et se grandis un bèl jour fara brut! »

D'aquel moumen plus de faouto noubèlo;
Et lou bi blan, al buffet alandat,
Fusquèt per jou coumo s'èro clabat...

messè dans cette paroisse, où il se fit aimer de tous par ses préceptes, ses bonnes œuvres et son bon cœur. Il habitait le vieux château de M. Lafitte, rue Caillou. — (*Extrait de Notes sur Agen,* par M. Jules SERRET.)

D'ailleurs, alors comme aujourd'hui, une étoile
Peinte en or au ciel d'une chapelle,
Surtout lorsqu'une lumière brûle à l'autel,
Venait toujours, malgré moi, m'élever !
Je n'y riais pas comme fait la jeunesse ;
Léger dehors, là plein de raison,
Je priais Dieu, et quand je servais la messe,
Derrière le prêtre j'étais le néophyte...
Le néophyte, à l'église illuminée,
Avait manqué cette matinée-là,
Et le bon prêtre étonné, vient
Pour demander ce qui m'a retenu ?

Paupière baissée, ma mère, d'un trait
Raconte alors ce qui faisait sa peine...
« Ah ! pauvre mère, dit-il, quelle affliction ! »
Et se retournant brusquement,
D'un air méchant, comme un vieux militaire,
Juste au moment où mes sœurs entraient :
« — Ne manques plus, Jacques, à Saint-Hilaire ;
« Pour chaque messe tu as enfin quatre sous ;
« Et d'ors et déjà je paie le mois d'avance... »
Et sur l'établi, je m'en souviendrai toujours,
Il lance un écu à figure de roi
Qui se posa de côté sur de la ganse ;
Un bel écu de six francs ! un trésor !
Et ils ne perdaient pas *vingt centimes* alors ! !

Or, cependant, l'école avait la fièvre ;
Notre régent, plus rusé que surpris,
Voyait sur ce qu'il venait de recevoir
Qu'il avait de quoi butiner pendant demi-mois.
Sur quatre bancs rangés en ligne droite ,

D'aillur, alor coumo anèy, uno estèlo
Pintrado en or al cièl d'uno capèlo,
Surtout quan burlo uno luts à l'aouta,
Begno toutjour, malgre jou, m'ennaouta!
N'y rizioy pas coumo fay la jouynesso;
Laougè defòro, aqui plé de razou,
Pregàbi Diou, et quan serbioy la messo,
Darrè lou prèste, èri lou prestillou.
Lou prestillou! dins la glèyzo alûcado,
Abiò manquat aquelo matinado,
Et lou boun prèste, estounat, ès bengut
Per demanda ço que m'a retengut?

Perpil baychat, ma may, tout d'uno haleno,
Counto alabets ço que fazió sa peno :
« Ah! paouro may, diguèt, quin pessomen! »
Et tout d'un cot se biran bistomen,
D'un toun mechan coumo un bièl militàri,
Juste, al moumen oùn intrabon mas sòs :
« — Nou manques plus, Jàques, à Sent-Alàri;
« Per cado messo as anfin quatre sòs;
« Et d'aro en là pàgui lou mós d'abanço... »
Et sul taoulè, toutjour m'en soubendrèy,
Lanço un escut à figuro de rèy
Que se plantèt de cayres sur de ganso;
Un bèl escut de siès frans! un trezor!
Et perdion pas *bint centimos* alor ! ! !

Or entreten, l'escòlo abiò la flèbro;
Nostre regen, may ruzat que surprés,
Beziò dambé ço que bèn de recèbre,
Qu'abiò de qué rascouailla per mièy mós.
Sur quatre bans boutats en renguileto,

Lui et sa femme avaient tout étalé;
Poulets, chapons, pâtés, quartiers d'oie,
Et chaque nom sur chaque bouteille...
Enfin, il s'intrônise, c'est l'heure du combat.
Dans un grand rond l'on a mis les enfants :
La croix brille en face des visages...
Quant à moi, si quelqu'un me nomme,
Ce n'est que pour rire en pensant au pigeon...

Le prix se pèse; il est en balance encore...
Quand, tout à coup, je parais tête levée,
Avec ma mère toute riante et fière,
Son tablier vite s'est ouvert,
Et il en sort, devant tous, un dindon *ruffé*,
De ceux qui font le renom d'une foire,
Et deux flacons du vin blanc que vous savez,
Que le bon prêtre a tiré de sa cave,
Et dont la cire au goulot brillait rousse...

Aux frappements des mains des écoliers,
Mon dindon luisant fait la roue, se dresse;
Et pour prouver qu'il savait sa leçon,
Coquettement, comme s'il était en famille,
Pendant trois fois il fit : *gourdou-gourdou!*

Gourdou-gourdou! dont les chanteurs rient,
Chant du nigaud, à ce que disent d'autres,
Là pourtant fut harmonieux et joli,
Car pour gagner la croix si enviée,
Devant le juge et l'assemblée savante
Le chant du dindon eut le plus d'esprit !!

Le lendemain, pour la *Sainte-Catherine*,
Sans être fier, ce jour-là, de ma croix,
Au petit bruit de notre coulevrine,

El et sa fenno abion tout arrengat;
Poulos, capous, pastis, quartiès d'aoucat,
Et câdo noum sur câdo boutcilleto...
Anfin s'entrouno, ès l'houro del coumbat.
Dins un gran roun an boutat lous maynatges;
La crouts luzis en faço des bizatges...
Per quant à jou, se quaouqu'un dit moun noum,
N'ès que per rire en pensan al pijoun.

Lou pris se pèzo, 'ès en balan enquèro...
Quan tout d'un cot parechi, cat lebat,
Dambé ma may touto rizento et fièro;
Soun demantal biste s'ès alandat;
Et daban touts n'en sort un piot rufat,
D'aqués que fan la glòrio d'uno fièro,
Et dus flacouns del bi blan que sabès,
Que lou boun prèste a tirat de sa câbo,
Et doun la ciro al catchet roussejâbo...

As trucomens de mas des escouillès,
Moun piot luzen fay la ròdo, se quillo,
Et per prouba que sabiò sa litsou,
Beziadomen, coumo s'èro en familho,
Penden tres cots fasquèt *gourdou-gourdou! !*

Gourdou! gourdou! doun lous cantayres rizon,
Chan del palot, à ço que d'aoutres dizon,
Aqui pourtan fusquèt dous et poulit,
Car per gagna la crouts tan embejado,
Daban lou jutge et la fino assemblado,
Lou chan del piot aguèt lou may d'esprit ! !

Lou lendouma, per Sento-Catârino,
Sans èstre flòr, aquel jour, de ma crouts,
Al pitchou brut de nostro couloumbrino,

J'étais par droit encore en tête de tous ;
Ma bonne mère, fière, se promenait,
Et par hasard nous rencontrait toujours ;
En me lorgnant, son œil fin rayonnait :
Garde la croix ! ! semblait-elle me dire ;
Elle ne botte plus, rajeunie, elle est leste !
Pauvrotte mère ! c'était aussi sa fête...
Mais tout le monde à son air voyait
Qu'elle avait trouvé sa fête dans la mienne ! !

IV

La disette — Le poète tailleur — Mes premiers bourgeons de poésie — Le monsieuret — Les amitiés jalouses — Complot — Le chanteau de pain —
Grande peine — Encore le curé Miraben — Dernier chagrin de
misère — Bonne leçon porte fruit.

Cette fois mes treize ans s'en allaient,
Et l'enfant, aux coups de la raison,
Par lambeaux s'éteignait en moi.
De grandes craintes pointaient dans les maisons :
Nous avions disette et le blé était cher...
Mais le printemps chassait au loin l'hiver,
Et mon père coud, son établi en tremble,
Ma mère, mes sœurs, se dépêchent avec lui...
S'ils le pouvaient, ils arrêteraient le soleil...
Pour moi, déjà prêt à quitter l'école,
Comme écrivain du quartier je fais vogue !

Or, chez nous, il se tint un conseil :
Notre régent me voudrait un secrétariat ;
Ma mère glorieuse un bureau de notaire ;
Monsieur l'*abbé Miraben*, fort chagrin
De me savoir chassé du Séminaire,
Veut un état ; mon père aussi... mais lequel ?

Éri per dret enquèro al cat de touts ;
Ma bouno may, fièro, se passejàbo ,
Et per hazar à-tengut nous troubàbo ;
En me guignan soun èl fi luzissiò :
Gardo la crouts ! ! semblabò que diziò ;
Tourtejo plus, tournado jouyno, ès lèsto !
Paouròto may! èro tabé sa fèsto...
Mais tout lou mounde à soun ayre beziò
Qu'abiò troubat sa fèsto dins la miò ! !

IV

La dizèto — Lou poèto tailltur — Prumès broutous de poèzio — Lou moussurel
— Las amitiès jalouzos — Coumplot — Lou cautèl — Grando preno
— Enquèro lou curè Miraben — Darrè pèssomen de mizèro —
Bouno litson porto frut

Aqueste cot mous tretze ans s'en anàbon,
Et lou maynatge, as truts de la razou,
A brigaillous s'escantissiò dins jou.
De pèssomens pes oustals puntejàbon :
Abian dizèto et lou blat èro chèr...
Mais lou printen acampàbo l'hibèr,
Et moun pay couy; soun taoulè n'en trambòlo;
Ma may, mas sos, s'en afànon damb'el...
Se zou poudion retendron lou sourel.....
Per jou, dejà, prèste à quitta l'escòlo,
Coumo escriben del quartiè, faou la bòlo !

Or, à l'oustal, se tenguèt un counsel :
Nostre regen me boudro secretari;
Ma may glouriouzo un burèou de noutàri;
Moussu curè Miraben, fort chagrin
De me sabé cassut del seminari,
Bol un estat; moun pay tabé... mais quin ?

Il fallut attendre ; et moi, tout en lisant,
Tout en grandissant le peu que je sais,
L'œil sur mon père je l'étudiais en cachette ;
Aimable père, du lundi au lundi,
Presque fasciné, je ne le perdais plus de vue...
Mieux qu'aucun son bras tire l'aiguille,
Et son esprit enfile aussi des paroles...
J'ai deviné : sur l'établi poudreux,
L'un coud de l'étoffe, et l'autre des chansons ! !
Et tout cela adroitement se marie :
Tailleur de génie, bien mieux, tailleur fidèle,
Il ne prend jamais mesure que de l'œil :
L'ouvrage fait, à parler sans mensonge,
Ce vêtement fait *bouffioles* et plis,
Il n'en va que mieux ; si quelqu'un se récrie,
Il a son refrain : « *amis, tailleur adroit*
Doit faire toujours plutôt large qu'étroit ! »

Tout cela me rendit donc rêveur...
Et moi aussi je l'étais chansonnier !
Et quand je disais des contes en français,
Adroitement j'y glissais pour plaire,
Dans notre vieux parler harmonieux,
Plus d'un couplet qu'en nulle part je n'avais appris.

De là naquit pour moi, chaque soir,
Un vif plaisir difficile à peindre,
Parce qu'au feu de ma jeune pensée
Il tenait toujours mon âme sous le charme ! !

Premiers bourgeons d'une longue saison,
Plante du ciel, arbre de poésie,
Dans ton jardin, depuis, pour mon honneur,

Calguèt attendre; et jou, tout en legin,
Tout en grandin lou pitchou bri que sâbi,
L'èl sur moun pay, al sarrat l'estudiâbi;
Aymable pay, del dilus al dilus,
Presqu'enluzit, lou perpillâbi plus...
Coumo digun soun bras tiro l'aguillo,
Et soun esprit de paraoulos enguillo...
Ey debinat : sul bièl taoulè pouscous,
L'un couy d'estôfo et l'noutre de cansous!!
Et tout acos bèlomen se marido :
Taillur d'engin, ós may, taillur fidèl,
Nou pren jamay mezuro que de l'èl;
L'oubratge fèy, à parla sans mentido,
L'habillomen fay bouflôlos et plet:
Bay que millou; se quaoucun se recrido,
A soun refrin : « *paourots, taillur adret*
« *Diou fa toutjour pulèou large qu'estret.* »

Tout acos doun me faziò saounejayre...
Et jou tabé l'èri cansounejayre!
Et quan dizioy de countes en francós,
Adretomen y glitsâbi, per playre,
Dins nostre bièl parla muziquejayre,
Forço couplets qu'en lot n'abioy aprés.

D'aqui nasquèt, per jou, câdo serado,
Un gran plazé difficile à pintra,
Pràmo qu'al pous de ma jouyno pensado,
Tenguèt lounten moun amo ensourcillado!!

Prumès broutous d'uno loungo sazou,
Planto del cièl, aoure de poèzio,
Dins toun cazal, dunpèy, per moun aounou,

Tu m'as porté fruit à te crier, merci !
Eh bien ! pourtant, lorsque je songe de moi,
Ton fruit, peut-être, me plait moins que ta fleur ! !

Cette fleur, alors, bourgeonnait ;
Ma bonne mère sur moi veillait toujours,
Et l'écrivain du quartier tout le mois,
Grâce au tailleur qui le *monsieurisait*,
Aux yeux de tous était le mieux mis ;
Certains disaient qu'il ne lui en coûtait rien.

De sorte donc que les jeunes filles,
Elles aussi finement élancées,
Mais sans crinoline, ni même cercle étroit,
M'avaient surnommé le *petit Monsieur*.

Or, *Monsieuret ou pauvret*, quand dans l'air
Brillait l'étoile, j'allais vite au rendez-vous ;
Toutes à la fois y venaient comme l'éclair,
A l'écart du monde promeneur,
Pour écouter les contes que je savais,
Et bien souvent j'y voyais des garçons...
Oh ! de nos jours, si on faisait ainsi, pauvrette !
On verrait le loup au milieu des brebis ;
Mais la jeunesse, alors peu savante,
Ne lisait pas des livres vénéneux,
Ne buvait pas le mal sans l'apercevoir,
Et des écrivains ne lançaient pas la fièvre
Aux jeunes cœurs simples et purs...

Moi, le savant, je n'avais pour ouvrages
Qu'un livre neuf : le *Magasin des Enfants*;
Et j'en savais tout à fait par cœur
Les contes bleus qui fascinaient mon âme.

M'as pourtat frut à te crida : mercio!
Ebé, pourtan, quan saouneji de jou,
Toun frut beléou me play mens que ta flou!!

Aquelo flou, pel lors, broutounejàbo;
Ma bouno may sur jou toutjour beillàbo,
Et l'escriben del quartiè tout lou més,
Graço al taillur que lou moussurejàbo,
As èls de touts èro lou millou més;
Gn'a que dizion que n'in coustabo rés.

De sorto doun que las jouynos maynados,
Elos tabé finomen alindados,
Mais sans crumèl, ni mémo ceoucle estret,
M'abion noumat, toutos, *lou Moussuret.*

Or, moussuret ou paouret, quan dins l'ayre
Luzis l'estèlo, al randè-bous courrioy;
Toutos al cot begnon coumo l'esclayre,
A l'escartat del mounde permenayre,
Per escouta lous countes que sabioy,
Et pla souben de gouyats y bezioy.
Al jour d'anèy s'atal fazion, pecayre!
Beyon lou lout al mièy des agnelous;
Mais la jouynesso, alors sabento gayre,
Legissiò pas de libres berenous,
Nou bebiò pas lou mal sans l'apercèbre,
Et d'escribens lansabon pas la flèbre
As jouynes còs simples et sanitous...

Jou, lou saben, n'abioy per mous oubratges
Qu'un libre nèou : *Magazin des Maynatges;*
Et n'en sabioy tout-à-fèt de preco
Lous countes blus qu'enluzission lou cò.

Quel doux plaisir quand la lune ruisselait,
Autour de moi ils venaient tous groupés ;
J'en contais un , aucun ne prenait plus haleine...
J'en contais deux , ils étaient tous à mes lèvres.
Le *cache-cache*, le *cheval-fondu* s'oublièrent
Pour une histoire atiffée en gascon,
Filles, garçons de plus en plus s'enflammèrent ,
Bientôt il n'y eût plus de plaisir sans moi ;
Et moi content, je me piquais d'honneur :
Quand ma mémoire est courte et mal jointe,
Du même morceau je l'ai souvent rapiécée ;
Tisserand leste, et sans aucun nœud,
Je fais même toile et avec même fil ! !

Hélas ! pourtant, pendant que des mensonges
Vont désensorceler dans des palais
Princes, seigneurs et bergères jolies ,
Un chagrin vrai, à ronces aiguës,
Allait briser ces doux moments :

Forcément, et depuis les Cendres ,
Je manquais juste au rond chaque vendredi ;
J'en étais dolent, eux l'étaient comme moi.
Mais un jaloux leur dit, les dents serrées :
« *Jacques* s'en va trouver d'autres jeunes filles
« *Aux Augustins*... et il s'y trouve mieux... »
Pour courroucer notre club, ce fut assez.
Une surtout, la jeune Marie-Anne,
Celle que je voyais avec le plus de plaisir,
Les alluma pour punir l'algarade...
Les amitiés sont jalouses aussi...

Quin dous plazé ! quan la luno rajàbo,
Al tour de jou begnon touts à pilots ;
N'en dizioy un, digun plus n'halenàbo...
N'en dizioy dus, èron touts à mous pots.
Lou saoutoli, las dansos s'oublidèron ;
Per uno histouèro estrefèyto en gascou,
Fillos, gouyats de pu fort s'aluquèron,
Lèou gn'aguèt plus d'amuzomen sans jou ;
Et jou, counten, me picâbi d'aounou :
Quan ma memouèro és courto et mal juntado,
Del mêmo tros l'èy de suito apeoutado ;
Tichandè lèste, et sans cat de nouzèl,
Faou mêmo telo et dambé mêmo fièl ! !

Helas ! pourtan, penden que de mentidos
Dins de palays fan dezensourcilla
Princes, segnous et pastouros poulidos,
Un chagrin bray, à roumèts amalidos,
Aqués moumens anâbo brigailla :

Fourçadomen, et dezampèy las *Cendres*,
Manquâbi juste al roun, câdo dibendros ;
N'èri doulen, és, l'èron coumo jou.
Mais un jalous diguèt, las dens sarrados,
« — Jâques s'en bay trouba d'aoutros maynados
« As Augustins, et s'y trôbo millou. »
Per amali nostre clut gn'aguèt prou.
Uno surtout, la jouyno *Marianneto*,
La que bezioy dambé may de plazé,
Lous aluquèt per puni l'escampeto ;
Las amitiès soun jalouzos tabé...

Dans un complot, pourvu qu'un entame,
Nul ne reste froid, et tous veulent m'y prendre.

Et moi, de cela, pauvret, je ne savais rien ;
Et lorsqu'au rond je manquais le vendredi,
Aux contes bleus je ne songeais guère...
J'avais l'esprit ailleurs qu'à mes plaisirs ;

Dans notre maison où l'appétit se hâte,
Nous avions bien trois *miches* par semaine,
Mais la troisième était courte d'un jour.
Notre crédit était fort court aussi ;
L'argent nous vient rapide, le dimanche,
Et le buffet, le samedi, est vide...
Donc, aussitôt nuit, le vendredi venu,
Ma mère me guigne, et je vais chercher sans bruit
Le gros *chanteau* que les *Martines* (¹) donnent
Pour aider les pauvres qui travaillent.
Oh ! si c'était une miche entière,
Je l'aurais portée au grand jour, et sur la tête ;
Mais un *chanteau* se cache, et je le cachais...

Un soir donc, chez nous je revenais,
Tout en serrant le *chanteau* moelleux,
Et le tenais sous ma redingote caché ;
Près des maisons, à l'ombre je glissais
Pour éviter l'œil aigu des malins...
Quand tout à coup près du commissaire,
Au détour de la place Saint-Hilaire,

(¹) *Las Martines.* Les deux modestes et saintes filles qui, pendant toute
leur vie, sont restées les filles de charité de la paroisse Saint-Hilaire.
Elles étaient sœurs ; elles exerçaient la simple profession de couturière.

Dins un coumplot, pourbu qu'un entamenc,
Nat rèsto fret, et touts bolon m'y prenc.

Et jou, d'acòs, paouras, nou sabioy rés ;
Et quan, al roun, lou dibendres, manquàbi,
As countes blus gayre nou saounejàbi...
Abioy l'esprit aillur qu'à mous plazés ;

Dins nostre oustal oūn l'apetit s'afàno,
Abian toutjour tres mitchos per semmàno,
Et la troizièmo èro courto d'un jour ;
Nostre credit èro tabé fort cour,
L'argen bèn bé lou dimeche, rapide,
Mais lou bufet lou disatte èro bide ;
Doun, talèou nòy, lou dibendres bengut,
Ma may me guigno, et baou quèrre sans brut
Lou gros cantèl que *las Martinos* (¹) baillon
Per aduja lous paoures que trabaillon.
Ah ! s'uno mitcho empenado èro estat,
L'aouyoy pourtado al gran jour et sul cat ;
Mais un cantèl se sarro... et lou sarràbi.

Un sero doun, che nous-aous m'entournàbi,
Tout en griffan lou cantèl espoumpat,
Et lou tegnoy dins ma roupo sarrat ;
Ras des oustals, à l'oumbreto glitsàbi
Per obita l'òl pungen des malins...
Quan tout d'un cot proche del coumissari,
Al rebirat del placè Sent-Alari,

<hr>

Rien n'est changé dans leur petite maison, rue Saint-Hilaire, nᵒ 9 ; on y voit encore, ornée de son petit marteau, la même porte où tant de mains mystérieuses pendant l'hiver allaient discrètement frapper.

Je suis entouré d'une troupe de démons :
« Ah ! nous t'y prenons, tu viens des *Augustins !* »

Et plus que tous *Marie-Anne*, piquée :
« Nous ne le voulons plus, qu'il aille d'où il vient ! »

« — Non ! non ! qu'il vienne, et nous, nous le voulons. »
Et vitement la troupe écervelée,
— Un clair de lune à voir un grain de blé —
Me tire tant par le bras et la redingote,
Que le chanteau m'échappe ; sur le pavé
A quatre pas devant eux il a roulé,
En déchirant mon âme endolorie,
Et le voilà qui parle et leur crie :
« *Le Monsieuret vient de la Charité !...* »

Tous, un par un, front baissé s'en allèrent ;
Moi, resté seul, je sentis mes paupières mouillées ;
Mon jeune cœur révolté de ce coup,
Battait sous le trait ; j'étais fiévreux et muet...

Un vieux Monsieur traverse la rue,
Me voit, s'arrête... c'est le bon prêtre encore !
Le bon curé Miraben, devant moi,
Qui me dit, lorsqu'il sut tout : « Petit,
« N'en souffle mot ; que ta mère ignore tout ;
« Ce n'est pas grand'chose et tu la tourmenterais ;
« Prends le *chanteau*, porte-le lui, riant ;
« Va, pauvreté n'est pas crime ; courage !

Sòy entourat d'un troupèl de Lutins :
« — Ah! t'y prenòn! bònos dos Augustins! »

Et may que touts *Marianneto* picado :
« — Lou bolguen plus! que s'entorne d'oùn bèn!

« — Noul nou! que bènguel et nous-aous lou boulòn. »
Et bistomen la faribòlo troupo,
— Un cla de luno à beyre un gru de blat, —
M'estiro tan pel bras et pel la roupo,
Que lou cantèl m'escapo; sul pabat,
A quatre pas auban es a roumbat,
En esquissan moun aïmo endoulourido,
Et lou baqui que parlo, et lous y crido :
« *Lou moussuret bèn de la caritat!* »

Touts, un per un, cat baychat s'en anguèron;
Jou, restat soul, mous perpils se mouillèron;
Moun jouyne cò, reboultat d'aquel trut,
Me lansejàbo; èri fièbrous et mut...

Un bièl moussu trabèrso la carrèro,
Me bey, s'arrèsto.. ès lou boun prèsto enquèro!
Lou boun *curè Miraben*, daban jou,
Que me diguèt, quan saguèt tout : « Pitchou,
« N'en poulses pas! que ta may rès nou salge;
« N'ès pas gran caouzo et fayòs soun tourmen;
« Pren lou cantèl, porto-li, tout rizen;
« Bay, paouretat n'ès pas crime; couratge!

« Tu es le plus riche, tu as un ange là-haut,
« Il a l'œil sur toi, reste brave enfant,
« Pareil chagrin ne t'arrivera plus ! »

Son œil, son air, sa voix, tout était étrange ;
Mon chagrin en diminua de moitié ;
Et le curé, sans doute, aida l'ange,
Car le boulanger, les vendredi suivants,
Nous envoya des miches affectueuses...

Enfin l'été amena le grand travail ;
Les moissons furent abondantes ;
Et le besoin expira dans notre maison ;

Le souvenir, seul, resta encore ;
Mais peu à peu il apaisa son fiel ;
Cette peine, enfin, avait sa douceur :
Comme pauvreté, elle me vint la dernière !

Prêtre au cœur d'or qui trônes dans le ciel ;
Si depuis, à travers les étoiles,
Tu jettes, par fois, ici-bas, un coup d'œil ;
Au petit bruit de mes chansons nouvelles,
Tu as vu peut-être l'*enfant au chanteau*,
Homme devenu, pour les Pauvres, sur tes traces,
Changer souvent tes *miches en fournées*...
Ah ! si c'est vrai, si tu suis mon chemin,
Tu vois au moins que depuis quarante années,
De tes leçons j'ai gardé souvenir ! !

« Sòs lou may richo, as un ango lassus,
« A l'òl sur tu; rèsto bràbo maynatgo,
« Paròl chagrin nou t'arribara plus! »

Soun òl, soun toun, sa bouès, tout èro ostrango;
Moun pèssomon n'on deminguèt à miòy;
Et lou curè, sans douto, adujèt l'ango,
Car lou fournò, lous dibendros apòy,
Nous enbouyèt do mitchos amistouzos...

Anfin, l'estiou monèt lou gran trabal;
Las segazous fusquèron aboundouzos,
Et lou bezoun mourisquèt à l'oustal;

Lou soubeni soul damourèt enquòro;
Mais paou à paou amatiguèt soun fièl;
Aquelo peno, anfin, abiò soun mèl :
Coumo paouret, mo benguèt la darrèro !

Prèsto al cò d'or que trounes dins lou ciòl;
So dezunpòy, à trabès las estèlos,
Jètes, per ten, aci-bas, un cot d'òl,
Al pitchou brut de más cansous noubèlos,
As belèou bis *lou maynatge al cantèl*,
Hòme bengut, pes paourets, sur tas piàdos,
Cambia souben tas mitchos en fournados...
Ah! s'acòs bray, se siègues moun cami,
Bezes aoumen que dunpòy cranto annados,
De tas litsous òy gardat soubeni !!

MES NOUVEAUX SOUVENIRS.

CINQUIÈME ET SIXIÈME PAUSE,

A M. F. AUNAC,

BANQUIER,

Membre du Conseil qui m'a couronné au nom de la ville d'Agen.

(Octobre 1862.)

Pour l'aisance au foyer que l'homme sage envie,
Ma famille, Monsieur, guère ne gravite :
  Mon grand père n'en arriva qu'aux sous ;
  Mon père tailleur, qu'aux petites pièces ;
Et moi, malgré ma muse, au niveau de mes sœurs,
Rien qu'aux écus ; encore ils sont clairs dans mes tiroirs...
Néanmoins je disais : « Assez ; pourquoi de coffres forts?
  « Pourquoi accumuler tant de richesses?
  « Joie, sagesse et poésie,
  « Ne sont pas filles des louis d'or ! »

Que voulez-vous? j'ai tant vu, jeune, sans relache,
Ceux qui n'ont pas des louis taquiner ceux qui en ont,
  Que devenu homme, en badinant,
  Je faisais aussi la même chose...

Oh ! mais, Monsieur Félix, en vieillissant dans Agen,
  Mon coup d'œil se fit long, aigu ;
Et dans votre bureau, entre quatre murailles,
  Quand je vis touché, surpris,
  De vos coffres toujours pleins
L'or vaillant s'échapper en faisant partir les serrures,
Et s'en aller, sans bruit, aider le travail
Aux champs, dans les fabriques et de maison en maison;...
  Mon grand *mea-culpa* je fis,

MOUS. NOUBÈLS SOUBENIS.

CINQUIÈMO ET SIZIÈMO PAOUZO,

A M. F. AUNAC,

BANQUIÈ,

Membre del Counsel que me courounèt al noum de la billo d'Agen.

(Octobro 1862.)

Pel l'ayzenso al fouguè que l'hômo sage embejo,
Ma famillo, Moussu, gayro fort n'escalejo :
    Moun gran-pay n'arribèt qu'as sòs;
    Moun pay, taillur, qu'à las pessetos;
Et jou, malgrè ma muzo, al nibèl de mas sos,
Rés qu'as escuts, amay soun clas dins mas tirotos...
Tapla dizioy : « N'òy prou! perquè de côfres fors?...
    « Perqu'apila tan de richesso?
    « Jôyo, poèzio et sagesso,
    « Soun pas fillos dos loubidors!!... »

Que boulès! èy tan bis, jouyne, sans fi ni paouzo,
Qui n'a pas loubidors capigna lous que n'an,
    Que bengut hômo, en badinan,
    Fazioy tabé la mêmo caouzo...

Oh! mais, moussu Felix, en bièillin dins Agen,
    Mou cot d'òl se fasquèt pungen;
Et dins bostre burèou, entre quatre muraillos,
    Quan besquèri toucat, surpres,
    De bostres côfres toutjour ples,
L'or fouragnol, balen, fa parti las sarraillos,
Et s'en ana, sans brut, aduja lou trabal
Pel can, pel la fabrico, et d'oustal en oustal,
    Moun gran *meâ culpâ* fasquèri,

20

Et de plus en plus je compris
Que l'or qu'on rend ainsi utile
C'est l'or de la poésie...
Le Ciel le bénit et il vous fait bénir...
Aussi je me sentis fier quand vous voulûtes fleurir
D'un *triple bouton d'or* ma couronne; oh! merci!
Tressé à mon laurier, votre or qui tant rayonne,
Fait épi sur mon front, et dans mes souvenirs!!

V

Notre quartier Saint-Antoine — Amour pour les vignes — Les raisins sauveurs —
Les grapilleurs — Abondance et disette — Les vendanges des amoureux
— Le butineur en faute — Cadet de Moïse — Le vieux Lespagne
— Le panier de raisins — Malade ressuscité

Depuis le jour ou sagement, chez moi,
Le troubadour se fit vigneron,
En badinant, un ami me taquine
D'être un peu trop orgueilleux de ma vigne;
« Qu'est-ce qu'une vigne autour d'une maisonnelle?
« Un peu de fruits, un vide bouteille... »
Je ris de cela et ne m'y donne guère;
Le muscadin qui est dans son château,
N'est pas né, à ce qu'il paraît, à Saint-Antoine,
Chez le travailleur, et surtout de mon temps,
Où le mot *vigne* ensorcelait tout!

L'homme laborieux ne mettait ses épargnes
Dans le coffre que pour avoir la sienne;
A nos yeux, c'était un roi lorsqu'il l'avait;
Nous disions : « Il est riche; il va à sa campagne! »
Entr'eux, ensuite, ils se donnaient des festins;
Mais pour aussi cher que le vin s'achetât,
N'allez pas croire, que pour chasser les soucis,

Et de may en may coumprenguèri
Que l'or qu'on fay utile atal,
Acos l'or de la poézio...
Lou Cièl lou benezis et bous fay benezi...
Tabé fusquèri flòr quan boulguères flouri
D'un triple *broutou d'or* ma courouno, oh! mercio!
Tressat à moun laourè, bostre or que tan luzis,
Fay cabel sur moun froun, et dins mous soubenis!!

V

Sent-Antòni — Amou de las bignos — Lous razins saoubadous — Lous gaspillayres — Aboundenço et dizèto — Las bregnos des amourous — Lou
pecadou rascouaillayro — Cadèt de Moïzo — Lou bièl Lespagno —
Lou panò de razins — Malaou rebiscoulat

Dunpèy lou jour oùn sajomen, che jou,
Lou troubadour se fasquèt bignayrou,
En badinan, un amit me capigno
D'èstre un paouquet trop glourious de ma bigno :
« Qu'és uno bigno al tour d'un oustalet?
« Un tros de frûto, un bido-goubelet... »
Rizi d'acos et gayre nou m'y doni;
Lou muscadin qu'és dins soun oustalet,
N'és pas nascut, parey, dins Sent-Antoni,
Chel trabaillayre, et de moun ten surtout,
Oùn lou mot bigno ensourcillàbo tout!!!

L'hòme balen nou mettiò soun espràgno
Dins l'esclipot que per abé la siò;
A nostres èls, èro un rèy quan l'abiò;
Dizian : « És riche, et bay à sa campagno!! »
Entr'és, apèy, se baillabon frustins;
Mais per tan chèr que lou bi se croumpèsse,
Nou crezes pas, per cassa lous chagrins,

Le plaisir de boire davantage l'emportât...
L'amour du vin, dans beaucoup de foyers,
Laissait la place à l'amour des raisins.

Il est vrai qu'alors les vignes saines
Ne devenaient pas, comme aujourd'hui, *picoteuses*
A ne porter qu'un raisin décharné ;
Et le *Sauvignon*, et la *Malvoisie*,
Le *Cot-rouge* et la *Muscadelle*,
En s'étendant sur la souche verte,
Sur nos lèvres faisaient venir l'eau vive ;

C'est vrai aussi que d'autres, sur les tins,
Aimaient mieux vider la bouteille
De ce vin blanc nouveau sans *Piquepoul*,
Et ils en buvaient tant en secret, chaque heure,
Qu'ils en blésaient en pliant les genoux...
Mais des premiers le nombre l'emportait,
Et de tous côtés plus d'un chantait :

« Raisins murs,
« C'est du ciel le remède fameux ;
« Quand on les becquette,
« Jamais ils n'allument...
« Quand nous buvons trop, le plus simple des vins
« En verre fait mal, en grains il guérit !... »

Ce refrain aussitôt fut en vogue ;
Donc, acheter une vigne c'était allonger sa vie ;
Des vieux ainsi s'étaient ranimés ;
Et les raisins sur souche étaient mangés des yeux !

D'après cela, naquit chez les travailleurs
Deux escadrons de vaillants grapilleurs,
Bien différents d'habits et de goût ;
Un de sages, l'autre de diablotins.

Que lou plazó de may beouro primèsso...
L'amou del bi, dins belcot de couflus,
Quittabo plaço à l'amou des razins.

Es bray qu'alors las bignos sanitouzos
Nou begnon pas, coum'anóy, picoutouzos
A nou pourta qu'un razin escalat;
Et lou saoubiot, et la fino clareto,
Lou gaspo-rouge et lou guillan-muscat,
En s'esplandin sul la bordo souqueto,
Sur nostres pots fazion beni l'aygueto;

Es bray tabé que d'aoutres, sus tindouls,
Aymabon may bida la canto-ploûro
D'aquel bi blan noubèl sans pico-pouls,
Et n'en bebion tan al sarrat, cado houro,
Que n'èron blés en fiblan sus ginouls...
Mais des prumès lou noumbre l'empourtabo,
Et de touts bors may d'un cansounejâbo :

      « Razins madus,
  « Acos del cièl lou remèdi famus;
          « Quan lous pelucon,
          « Jamay n'alucon...
  « Quan bebèn trop, lou may simple des bis
  « En got fay mal; en cufèlo, garis ! ! »

Aquel refrin fasquèt bôgo de suito;
Doun, croumpa bigno èro alounga sa bito;
De bièls atal s'èron rebiscoulats;
Et lous razins sur souco èron layrats !

D'aprèt acos, nasquèt, ches trabaillayres,
Dus escadrouns de balens gaspillayres,
Pla differens d'uniformo et de gous;
Un de sagets, l'aoutre de diablatous.

Moi qui jamais pour courir, ne disais, non !
Des turbulents j'étais le capitaine.

Oh ! qu'ils étaient doux ces jours folâtres,
Quand nous voulions faire nos petites vendanges
Des oubliés, petites grappes, petits raisins ;
Les deux troupes avaient, non deux enseignes,
Mais *deux devises* que nous répandions
Autant sur le Gravier que dans la colline :
Eux, fins, gracieux, « — porter tout, ne manger rien ! »
Nous, sacripants, « — ne porter rien, manger tout ! »
Et ce qui est drôle et ne comprenais guère,
C'est l'escadron, pied nu, coude troué,
Qui était toujours le grand dissipateur !

Or, mon essaim qui était le plus démon,
Pendant trois ans put faire *monts et merveilles !*
Grâces au soleil et aux fines ondées,
Tous les ceps s'étaient *enraisinés ;*
Et dans les chais où s'entassent les grains,
Tonnes, cuves, ruisselaient de jus....

Mais il advint, à la fin, qu'une année,
Au doux printemps, à chaude *soleillée,*
Tout chez nous s'épanouit trop vite ;
Du fruit alors le *terrible bourreau,*
Le vent du nord, de sa grotte en verglas,
A pointe d'aube, un matin, sortit ;
Son froid aigu nous frappa de tous côtés ;
Et le soleil, avec ses *chaleurdes*
Que par pitié il n'étendait que plus,
N'eut enfin, dans toute la contrée,
A faire gonfler que le *bourgeon de mai...*

Jou que jamay per trima dizioy nàmi !
Des pellerets èri lou capitâni.

Oh ! qu'èron dous aques jours faribols,
Quan bouillan fa nostros pitchounos bregnos
Des oublidats, gaspils et razinols ;
Lous dus troupèls abion, nou diòs ensegnos,
Mais dus bersets qu'esplandission pertout,
Tan sul Grabè qu'al miòy de la coulino ;
És, fis, beziats : « *Pourta tout, minja brino !* »
Nous-aous sabrans : « *Pourta rés, minja tout !* »
Et ço qu'és drolle et nou coumpregnoy gayre,
Es l'escadròun, pè nut et couyre rout,
Qu'èro toutjour lou gran desproufitayre...

Or, moun troupèl, qu'èro lou may demoun,
Penden tres ans pousquèt fa *mars et moun !*
Grâço al sourel et las finos plejados,
Toutos las bits s'èron enrazinados,
Et dins lous tchays oùn s'empâcon lous grus,
Tounos, cubats, paychelâbon de jus...

Mais arribèt, à la fi, qu'uno annado,
Al dous printen à caoudo soureillado,
Tout che nous-aous s'espelisquèt trop lèou ;
Del frut alor *lou terrible bourrèou*,
Lou ben del nor, de sa crôzo tourrado,
A punto d'aoubo, un mati, sourtisquèt ;
Soun fret pungen de touts bors nous truquèt ;
Et lou sourel, dambé sa calourado
Que per piètat n'esplandissiò que may,
N'aguèt anfin, dins touto la countrado,
A fa gounfla que *lou bourrou de may*...

Pauvres malades ! les vendanges maigres
Faisaient petite bouche pour emplir les tonnes ;
Mais, nous autres, nous ne devons pas reculer,
Nous grappillerons par bandes, quand même !

Donc, un lundi que le soleil rayonnait,
Nous partons joyeux ; nul ne manquait à l'appel ;
Dans la campagne où tout chante,
Nous croyons ouïr les grandes orgues du ciel
Donner le ton de notre vieux refrain....
Et nous l'entonnons ; et soudain tout répète :

« Raisins mûrs,
« C'est du ciel le remède fameux ;
« Quand on les becquète,
« Jamais ils n'enflamment....
« Quand nous buvons trop, le plus simple des vins
« En verre fait du mal ; en grains, il guérit. »

Et le plus beau, devant chaque demeure,
Dans le faubourg, enfants et cheveux gris,
Faisaient *chorus* dedans comme dehors....
Voici Dangosse enfin, et il s'en va temps ;
Maîtres maintenant, tout nous appartient !
Cent cris de joie annoncent l'arrivée ;
Nous crions, nous cherchons au milieu, par côté ;
Les oiseaux, effrayés de l'aubade,
Vont se cacher dans l'île du *Bédat* ;
Oh ! tant mieux, notre gosier séché
Pour s'amollir veut toute la *grainée*...

Mais qu'est-ce ? nous avons beau tournoyer,
Pas un petit raisin, pas une seule figue,
Là où autrefois nous serions rubiconds déjà ??
Quels vignerons !... Notre feu s'apaise....

Paoures malaous ! las bregnos magrestinos
Fazion pinguet pèr aplena las tinos;
Oh! mais nous-aous dibèn pas recula,
Gaspillaren à troupèls saquela!!

Doun, un dilus que lou sourel rajàbo,
Partèn jouyous; nat manquabo à l'appèl;
Dins la campagno oùn tout muziquejabo,
Crezòn aougi la grando orgo del cièl
Bailla lou toun de nostre ayre tan bièl...
Et l'entounan, et lèou tout brounzinabo :

                    « Razins m'adus,
    « Acos del cièl lou remèdi famus;
                    « Quan lous pelucon,
                    « Jamay n'alucon;
    « Quan bebèn trop, lou may simple des bis
    « En got fay mal; en cufèlo, garis !! »

Et lou pu bèl, daban cado damòro,
Enta Rouquet, maynatges et pièls gris,
Fazion chorus dedins amay defòro...
Baci Dangosso anfin, et s'en bay ten;
Sèn mèstres, aro, et tout nous apparten!
Cent crits de jòyo announçon l'arribado;
Sisclan, cercan, pel miòy et pel coustat;
Lous aouzelous, espaourits de l'aoubado,
Se ban sarra dins l'illo del *Bedat*;
Oh! tan millou, nostre gouziè secat
Per se lunta bol touto la grunado...

Mais qu'es acos? abèn bèl tourneja,
Pas un gaspil, pas uno quito figo
Oùn aoutres cots sayan rulles dejà?
Quis bignayrous!... nostre fòt s'amatigo...

— « Vous êtes des nigauds ! crie un homme, cheveux roux,
« Qui travaillait à rapiécer sa tonnelle :
« Il faut grapiller, si vous voulez faire collecte,
« Là où les amoureux ont vendangé ! »

Nous avions onze ans, nous n'étions hommes qu'en noyau,
Eh ! bien, cependant, nous le comprîmes presque ;
Lestes, riants, nous profitâmes de cela :
Nous connaissions toutes les vignes par cœur ;
Dans *Corberieu* nous entrons comme un éclair....
Oh ! le cheveux roux était un devineur :
A la première, nous étions rondelets, barbouillés ;
A la seconde, nous étions pleins de moût ;
A la troisième, nous allions faire *bataille !*
Quand Bonnefoy aussitôt s'écrie, affairé :
« Le Cadet de Moyse, en cachette,
« Dans le bas-fond amasse et fait butin ! »

Cela lança l'étincelle aux paupières ;
Nous fondons tous sur lui comme un orage ;
Et nous le trouvons caché dans les feuilles,
Avec un panier rempli de belles grappes,
Fraîches, jolies ! Elles auraient, à vue,
Désenchaîné la langue la plus muette....
Autour de lui, aussitôt, vingt cris n'en font qu'un :
— « Ces raisins-là ne seront à personne !
« Guerre aux paniers, guerre à ceux qui amassent ! ! »
Le grand trompeur a beau nous crier grâce !
Tout le butin de son panier arrondi
Dans un clignement d'œil passe dans nos mains,
Et de tous côtés s'éparpille dans l'air ;
Les *jurançons* et les *maurillons*,
En s'écrasant après, contre nous,

« — Sòs dès palots, crido un hômo as pièls rous,
Qu'à petassa sa tounèlo trabaillo :
« Cal gaspilla, se boulès fa troubaillo,
« Oùn an bregnat lous jouynes amourous ! »

Abian ounze ans, n'èren d'hômos qu'en clèsque,
Ebé, tapla lou couprenguèren prèsque;
Lèstes, rizens, proufitèren d'aco :
Touts, counossian las bignos de preco;
Dins *Couboriou* dintran coumo un esclayre...
Oh! lou pièl rous èro un fi debinayre :
A la prumèro èren rulles, fraougnous;
A la segoundo èren tout moustinous;
A la troizièmo anaben, fa *bataillo !*
Quan Bounofé talèou crido, afarat :
« Lou Cadetou del Moïzo, al sarrat,
« Dins lou bas foun amasso et fay rascouaillo ! »

Acos lansèt la boulûgo as perpils;
Debalan touts sur el coumo l'aouratge;
Et lou trouban, rescoundut pel feillatge,
Damb'un panè claoufit de gros gaspils,
Fresquets! poulits! aouyon à bisto nûdo,
Descadenat la lèngo la may mûdo...
Talèou bint crits al tour d'el n'en fan qu'un :
« Aquès razins nou saran per digun!
« Guèrro as panès! guèrro an aquel qu'amasso! »
Lou gran troumpayre a bèl nous crida graço!
Tout lou butin de soun panè-cabas
Dins un clin-d'èl passo dins nostros mas,
Et de tout bors dins l'ayro s'escampillo;
Lous duransous et lous plans de merillo,
En s'èspoutin, apèy, countro nous aou,

Viennent mouiller nos cheveux, nos vêtements ;
De grains fondants c'est une pluie ;
Ils font des raisins comme ils font de la neige ! !

De guerre lasse enfin, comme chef,
C'est à moi que vint le panier.
Je fais quatre pas pour le rendre tel quel ;
Mais, quand nous sommes près du pêcheur,
Moi qui croyais le voir tout en colère...
Je reste frappé : lui le plus démon,
Lui si plaisant, que personne ne domptait,
Comme si un poids venait de l'écraser,
Il était là, droit, tête baissée, sans mot dire,
Et sa paupière noire était en larmes....
J'en fus touché ; souvent nous ne faisions qu'un lit ;
Nous avions sucé tous deux le même lait....
Je m'approche : « Pourquoi pleurer, trompeur ?
« C'est toi qui, au gravier, l'autre mois,
« As reçu de chaque grapilleur
« Le serment : « *Manger tout, ne porter rien !* »
« Qui trompe ainsi, tu le vois, n'y gagne rien ;
« Tu n'as pas, peut-être, mangé un grain d'aujourd'hui ?
« Et pour qui donc ce butin que tu faisais ? »

— « Pour mon parrain, le pauvre vieux *Lespagne*, ([1])
« Depuis trois ans il s'alite au mois d'août ;
« Et les raisins pour lui sont des sauveurs ;
« Hier il me dit, lorsque je fus le voir :
— « Je suis bien malade, filleul, tu peux le croire ;
« Les raisins sont à *feu d'argent*, cette année,
« Ils me guériraient, et il faut que je m'en passe ;

([1]) Le vieux LESPAGNE avait servi dans une compagnie dont M. Dory était le capitaine. C'est en faisant des allumettes qu'il nourrissait sa famille.

Bènon mouilla nostres pièls, nostre argaou ;
De grus foundens acos és uno plèjo ;
Fan des razins coumo fan de la nèjo !

De guèrro lasso, anfin, coumo prumè,
Acos à jou que benguèt lou panè.
Faou quatre pas pel lou randre tèl qu'èro ;
Mais quan sèn touts proche del pecadou,
Jou que crezioy tan lou beyre en coulèro...
Rèsti matat : el lou may diablatou,
El tan plazen, que digun nou doundabo,
Coumo s'un pes begnè de l'escraza,
Ero aqui dret, cat baychat, sans poulsu,
Et soun perpil negre grumillejàbo...
N'aguèri fret ; souben fazian qu'un llièy ;
Abian poupat tout dus la mêmo lèy...
M'approchi d'el : « — perque ploura, troumpayre ?
« Acos és tu, sul Grabè, l'aoutre més,
« Que recebiòs de càdo gaspillayre
« Lou sèromen : « *Minja tout, garda rès !!* »
« Qui troumpo atal, zou bezes, res nou gagno ;
« N'as pas belèou minjat un gru d'anèy....
« Et per qui doun lou butin qu'abiòs fèy ?

« — Per moun payri ; lou paoure bièl *Lespagno ;* (¹)
« Dunpèy tres ans s'allièyto al més d'agous,
« Et lous razins per el soun saoubadous ;
« Yèr me diguèt, quan anguèri lou beyre :
« — Sèy pla malaou, fillol, pôdes zou creyre ;
« Lous razins soun à fèt d'argen, oungan ;
« Me gariyon, et n'en passi nessèro...

« Ah ! si j'en avais seulement jusqu'à la Toussaint,
« Peut-être feraient-ils un miracle encore ?? »

« Donc, en cachette, j'en amassais pour lui,
« Afin de le surprendre au coucher du soleil....
« Jacques, c'est mal ce qu'ils font pour te plaire,
« Et vous en aurez deuil, peut-être même, dans peu ! !... »

Et il se tut ; son langage touchant
Avait lancé à ma jeune âme
Autant de gros dards que de mots :
Brave Lespagnol ce vieux si affectueux
Que nous n'approchons sans ôter la casquette ;
Soldat, disait-on, avant quatre-vingt-neuf,
Maintenant, au soleil, l'hiver avec nous,
Il aime toujours à nous parler armée...
Et pour la Saint-Jean, si nous nous battons,
Aux plus malins il tire les cheveux ;
L'an passé, à demi il me châtia,
Il ne me donna rien qu'une légère tape,
Et il m'embrassa après, en cachette...
A ce souvenir, je n'y tiens plus,
Mon cœur touché vient de s'endolorir ;
Je m'écrie aussitôt : — « Qui m'aime, me suivra ;
« Nous avons fait faute, et il la faut guérir
« A l'instant même, avant que la nuit ne tombe. »

Et lestement, comme un essaim de chevreuils,
Sans briser ni pampres, ni ceps,
Nous fondons sur une vigne épaisse
Où on n'avait fait vendanger que de la jeunesse ;
Ceux-là, au moins, sans peur du vigneron,
Avaient laissé de bons raisins... et assez !

« Ah! se poudioy n'abé dinqu'à Toutsan,
« Belòou fayon un miracles enquèro? »

« Doun al sarrat, n'amassabi per el,
« Pel lou surprene al toumba del sourel...
« Jâques, és mal ço qu'an fèy pel te playre,
« Et n'aouras dol, belòou mêmo dins gayre!! »

Et se tayzèt; soun parla piètadous
Abiò lansat à moun amo jouyneto
Aoutan de mots aoutan de gros fissous :
Brâbe Lespagno! aquel bièl amistous
Que n'aprouchan sans tira la casqueto;
Souldat, dizion, aban quatre-bint-naou,
Aro, al sourel, l'hibèr, dambé nous-aou,
Aymo toutjour à parla de l'armado...
Et per Sen-Jan se nous battèn un paou,
As trop malins baillo soun empielado;
Oungan, à jou, me castiguèt à mièy,
Nou me baillèt res qu'uno escoupetado,
Et m'embrassèt de rescoundous apèy...
N'y teni plus an aquelo pensado,
Moun cò toucat bèn de s'endoulouri;
Cridi talèou : « Qui m'aymo que me siègue!
« Abèn fèy faouto, et nous la cal gari
« Côt set, aban que la nèy se desplègue. »

Et lèstomen, coumo un fun de crabots,
Sans brigailla ni flâjos ni bidots,
Nous abattèn dins uno bigno espesso
Oùn n'abion fèy bregna que de jouynesso;
Aques, aoumen, sans poou del bignayrou,
Abion quittat de bous razins... et prou!

Aussi le soir, quand l'angelus sonnait,
Dans une chambre propre, mais un peu nue,
Une fileuse aux cheveux blancs qui veillait
Près d'un vieillard sur sa couette étendu,
Voyait entrer deux enfants, sans bruit,
L'œil enflammé, la figure riante,
Et lui poser sur sa table luisante
Un grand panier plein, plein de raisins :

— Chut ! pour le malade, nous fit sa compagne ;

— Qui vient d'entrer, femme, si doucement ?
Dit d'une douce voix le vieux Lespagne.
Mais son filleul lui répond vivement :
« — Parrain, regarde, oh ! tu seras satisfait ;
« Jacques, qui vient aujourd'hui de la campagne,
« Te fait cadeau de raisins... et des bons ! ! »
Le vieux soldat se met sur son céans ;
Ensuite il m'observe à la maigre lumière
D'un chandelier orné de sa résine...
S'il eût fait jour il m'aurait vu en pleurs
Tant le bon cœur de mon compagnon me fut doux :
« — Votre filleul vous trompe, et il me peine ;
« C'est lui, vaillant, qui les amasse pour vous,
« Et vous en promet pour toute la quinzaine ;
« Quant à nous, nous l'aidons avec plaisir
« Pour lui prouver que nous vous aimons aussi ! »

Le vieux sourit sans s'apercevoir que je pleurais :
« — C'est beau de s'aimer ainsi, enfants ;
« Venez, tous les deux ! et touchez-moi la main ;
« Précisément aux raisins je rêvais...
« Et vous m'en portez ; au cœur vous me touchez ;
« Merci, amis ; au soleil encore

Tabé lou sero — et l'*Angelus* sounabo —
Dins un crambot nette, mais un bri nut,
Uno filayro as pièls blans que beillabo
Prèt de soun bièl sur sa couyno estendut,
Bezió d'intra dus maynatges, sans brut,
L'èl alucat, la figuro rizento,
Et li paouza, sul la taoulo luzento,
Un gran panè de razins coufoulut :

— Chut ! pel malaou, nous fasquèt sa coumpagno ;

— Qui bèn d'intra, fenno, tan douçomen?
Dit, d'uno bouès feblo, lou bièl Lespagno ;
Mais soun fillol li respoun bistomen :
« — Payri, regayto ! oh ! bas èstre counten !
« Jàques, anèy, que bèn de la campagno,
« Te fay prezen de razins, et des bous!... »
Lou bièl souldat se lèbo de setous ;
Apèy me fixo à la luts magrestino
D'un candelè floucat de sa rouzino...
S'abió fèy jour, m'aouyo bis l'èl en plous,
Tan lou boun cò de Cadèt m'estèt dous :
« — Bostre fillol bous troumpo, et me fay peno ;
« Es el, balen, que n'amasso per bous,
« Et bou'n proumèt per touto la quinzeno ;
« Quant à nous-aous, l'adujan dan plazé
« Per li prouba que bous ayman tabé!! »

Lou bièl riguèt sans beyre que plouràbi :
« — Ès bèl atal, maynatges, de s'ayma ;
« Benès, tout dus! et touca-me la mal
« Precizomen as razins saounejàbi...
« Et m'en pourtas!... al cò m'abès toucat ;
« Mercio, amits! al soureillet enquèro

« Nous pourrons reparler de la guerre
« Car vous me portez des grains de santé ! »
Le pauvre vieux si voisin de la mort,
Pour se sortir de son lit de douleur,
Connaissait bien son remède sauveur :
Six jours après, fier, il se rétablissait ;
Et nous n'étions pas au dixième panier
Qu'on le voyait se promener sur notre place..,
Un soir, enfin, sous une lune grisâtre,
A la fraîcheur du premier vent de bise,
En descendant le chemin de la Croix,
Je disais, ému, à *Cadet de Moyse* :
Tu vaux seul, toi, autant que nous tous ;
Soyons amis, toujours ; et nous le fûmes
De plus en plus, sans cesse nous nous aimâmes
Jusqu'à sa mort, sans nous brouiller jamais ..
Le mal unit, mais le bien cent fois plus ! !

VI

1815 — L'élève en frisure — La Préfecture — Les deux camps ennemis voisins — Theubet mon patron — Guerre d'Égypte — La croix d'honneur — L'apprenti médecin — Dîner chez ma mère — L'assiette cousue — La vigne de mon oncle — L'enclos de Tuquet — Laurent et le dogue blanc — L'esprit de Cadet de Moïse — Le fil d'archal effacé

Mon Dieu ! qu'il est doux, au soir de sa vie,
De fouiller dans ses vieux souvenirs ;
L'homme qui alors ne déprofite aucun jour,
Au sein du monde, ou seul comme un ermite,
De ce plaisir jamais ne se sèvre...
Surtout lorsqu'il peut, tranquille et rêveur,
Se promener, chaque saison, sans bruit,
Au beau milieu du berceau où il est né..,

« Pouyrèy tourna bous parla de la guèrro,
« Car me pourtas de grunos de santat !! »

Lou paoure bièl que la mort bezinàbo,
Per se tira de soun llièy de doulou,
Counessiò pla soun baoume saoubadou :
Siès jours apèy, fièr, se rebiscoulàbo ;
Et n'èren pas al detzièmo panè
Que lou bezian passeja sul placè !!

Un sero, anfin, debat la luno grizo,
A la frescou del prumè ben de bizo,
En debalan lou cami de la Crouts,
Dizioy, toucat, à Cadèt de Moïzo :
Tu bales, soul, aoutan que nous-aous touts !
Siosquen amits, toutjour ; et zou fusquèren ;
De may en may, à-tengut nous aymèren
Dinqu'à sa mort, sans nous brouilla jamay...
Lou mal junis ; mais lou bè cent cots may !!

VI

1815 — L'aprendis felzayre — La Prefeturo — Lous dus cans ennemits bezis —
Thibèt moun patrou — Guèrro d'Egypto — La crouts d'aounou —
L'aprendis medeci — Dinna che ma may — L'assièto couzudo —
Nostro bigno sul roc de Pecaou — L'enclos de Tuquet —
Laouren et lou gros cagnot blanc — L'esprit de Cadèt
de Moïzo — Lou fièl d'archal dechifragnat

Moun Diou, qu'ès dous, al sero de sa bito,
De bouloga dins sous bièls soubenis !
L'hòme qu'alors nat jour nou desproufito,
Al mièy del mounde, où soul, coumo un armito,
D'aquel plazé jamay nou s'espanis ;
Surtout quan pot, tranquille et saounejayre,
Se passeja, cado sazou, sans brut,
Al bèl mitan del brès oun ès nascut...

Ruisseaux, prés, jardins, rochers, oiseaux dans l'air,
Tout vit pour lui et se fait caqueteur...

Ainsi, il en est pour moi, rien n'est muet ;
Je n'en finirais pas si j'écrivais *de suive !*
Deux mois après, la Garonne en colère
A coups de débordements nous tenait en prison,
Et nous la narguions des lucarnes des greniers ;
Au mois de mai que de douces choses !
Les *pénitents*, les *angèles*, les *frairies*,
M'en fourniraient, si je voulais, à foison...
Mais j'ai promis d'écrire à bâtons rompus ;
Je saute donc quatre ans, lestement, à pieds joints ;
Et me voici, enfin, à ce mois de juin,
Où les malheurs de l'aigle qui chancelle
Venaient plomber toute âme légère...

Jeune apprenti pour un métier, à seize ans,
J'avais changé de monde et de quartier.
Précisément notre maison de frisure
Faisait emplâtre contre la Préfecture,
Et les premiers les nouvelles nous savions ;
Car en ce temps de discorde et de fièvre,
Les murs épais de ce palais célèbre
Pour mon bourgeois étaient de verre blanc.
Quels grincements nous voyions de la boutique !
Colère et joie !... et les deux camps voisins ! !

Oh ! je ne veux pas peindre la politique,
Nous n'y trouverions que d'amers souvenirs...
Mais une chose éclaira ma jeunesse :
A peine l'arbre, à la cime touffue,
Du sol français se vit arraché,
Lui qui avait tant, tant et tant pris racine,

Rious, prats, cazals, rôcos, aouzèls dins l'ayre,
Tout biou per el et se fay caquetayre...

Atal per jou n'arribo, res n'ès mut;
F'iniyoy pas s'escribioy de sieguido!
Dus més apèy, la Garôno amalido
A cots d'aygats nous tegno prizounès,
Et li rizian pel loubet des granès.
Al més de may que de doussos caouzòtos!
Lous penitans, las angèlos, las bôtos,
M'en fourniyon, se bouilloy, à rebès...
Mais èy proumés d'escrioure à la bimbôlo;
Saouti quatre ans, lòstomen, al pè jun;
Et me baciou en aquel *més de jun,*
Oùn lous malhurs de l'Aiglo que trambôlo
Begnon ploumba tout amo faribôlo...

Jouyne aprendis, à setze ans, pel mestiè,
Abioy cambiat de mounde et de quartiè.
Precizomen nostre oustal de frizuro
Faziò platou coumtro la Prefeturo,
Et lous prumès las noubèlos sabian;
Car d'aquel ten de discordo et de fièbre,
Lous murs espes d'aquel palay celèbre
Per moun bourges èron de beyre blan.
Quis grinçomens bezian de la boutiquo!
Coulèro et *jôyo...* et lous dus cans bezis!!

Oh! bôli pas pintra la politico,
N'y troubayan que d'amèrs soubenis...
Mais uno caouzo esclayrèt ma jouynesso;
A peno l'aoure, à la cabeillo espesso,
Del sol frances se besquèt derregat,
El qu'abiò tan, tan et tan racinat,

Qu'aux fiers récits du grand peuple conteur
Chaque branche morte devenait bruyante...
Il devint plus fort étendu que debout ! !
Et dans Agen il en était comme partout :
Notre patron comptait dix campagnes, (¹)
Trente combats ; brave, hardi, mais heureux,
Il n'avait reçu que trois légères blessures
Quand il se battait contre les *Mamelucks.*
Bientôt il fit vogue en parlant vieille armée ;
Et le samedi, à sa longue veillée,
Le magasin se remplissait de chalands ;
De rendre beau notre main se dépêchait,
Et la toilette finissait à peine,
Que le soldat, en secret, commençait...

— Nous étions tous muets — gazettes, écrivains,
Rien ne valait *Theubet*, les yeux brûlants,
Racontant là, sans livres et sans carte,
Ce beau pays d'Egypte, sans hiver,
Dompté d'abord grandement par *Bonaparte*,
Se battant de nouveau ensuite en plein soleil,
Et remis à morceaux encore par *Kléber !*
Kléber, qui, un jour de bataille enlevée
Un contre vingt, avait, dans un carré,
Embrassé *l'homme au chapeau étoilé*,

(¹) M. THEUBET, entré au service en août 1793, y resta jusqu'en brumaire, an XII, de la République. Il fit avec honneur et distinction, dans le 22ᵉ régiment d'infanterie légère, dans les Guides des généraux en chef, Bonaparte et Kléber, et dans la Garde des consuls, les campagnes de 1793 (an II et III) ; — en Espagne (an IV, V et VI) ; — en Italie (an VII, VIII et IX) ; — en Egypte, il fut blessé au siége de Saint-Jean-d'Acre, au bras droit, par un éclat de bombe. En 1852, il fut décoré par l'Empereur Napoléon III, et il mourut deux ans après, emportant l'estime générale.
L'affection qu'il a eue toujours pour moi prenait sa source dans la vive

Qu'as fièrs recits del gran puple countayre
Cado bren mort tournàbo brounzinayre...
Benguèt may fort estendut que debout ! !
Et dins Agen n'èro coumo pertout :
Nostre bourges countabo dèts campagnos, (¹)
Trento coumbats; bràbe, hardit, mais hurous,
N'abiò recut que tres laougèros cràgnos;
Quan se battiò countro lous Mamelous.
Lèou fasquèt bôgo en parlan biòillo armado;
Et lou dissate, à sa loungo beillado,
Lou magazin de gens se claoufissiò;
De fa poulit nostro ma s'afanàbo,
Et la toualèto à peno finissiò
Que lou souldat, en secrèt, coumençabo...

— Èren touts muts — gazettos, escribens,
Rés nou baillò *Thubèt*, lous èls flambens,
Pintran aqui, sans libres et sans carto,
Aquel païs d'Egypto, sans hibèr,
Doundat en gran d'abor per *Bounaparto*,
Tournan se battre apèy à descoubèr,
Et brigaillat de noubèl per *Klébèr ! !*
Klébèr, qu'un jour de bataillo enlebado
Un countro bint, abiò, dins un carrat,
Embrassat l'*hôme al capèl estelat,*

amitié qu'il portait dans le régiment des Guides à cheval de Bonaparte, à son compagnon d'armes, *Jacques Arrès,* frère de ma mère. Il aimait à me parler, dans les cinq années que j'ai passées près de lui, du bon cœur, de l'intelligence et de la bravoure de mon oncle, qui serait parvenu à des grades supérieurs, s'il n'avait pas trouvé, en Egypte, une mort glorieuse dans une charge contre les Mamelucks, précisément *le lendemain de sa promotion au grade de maréchal-de-logis en chef,* sur le champ de bataille ! !

Note de l'Auteur.)

En lui criant devant toute l'armée :
« *Vous êtes aussi grand que le monde entier ! !* »
Nous n'y tenions plus, et nos yeux lançaient des éclairs...
Mais de la nuit les douze coups tintaient ;
Chacun alors rentrait dans son berceau
Pour y rêver des hommes de quinze pieds ! !

Oh ! mon esprit n'oublie rien de cette époque ;
Un souvenir, sur tous, plaît à mon cœur :
Theubet faisait vogue de plus en plus ;
Un jour, au club, l'ami Souèges lui crie : (¹)
« Toi, qui as trimé entre sabre et canon
« Aux quatre coins de l'Europe en colère,
« Jusques devant la triple pyramide,
« Tu aurais dû porter la croix d'honneur ! »
Lui répondit : « Peut-être n'en ai-je pas fait assez ! »
— « Tu en avais assez fait, mon patron, tu te trompais :
Quarante ans après, de cette croix des braves
Les quatre bras rayonnaient sur ton sein ;
Et le neveu du grand homme que tu aimais
T'avait payé l'honneur qu'on te devait...
Maintenant ton corps sous terre est en poudre,
Mais sur ta tombe une étoile scintille ! ! »

Ces moments-là, dans un quartier fleuri
Qui me lança dans un monde gracieux,
Furent pour moi, longtemps enfant,
Les plus sérieux de mon apprentissage.
En badinant je tressais vers et cheveux ;
Je l'ai déjà dit : ma Muse alors n'était
Qu'une légère, qu'une tête folle,
Et mes refrains riaient comme mes yeux...

(¹) M. SOUÈGES, ami intime et voisin de M. Theubet, était le père de
MM. *Souèges*, vicaire-général, et Gustave *Souèges*, avocat.

En li cridan daban touto l'armado :
« *S'ès aoutan gran que lou mounde empenal ! !* »

N'y tegnan plus, et nostres èls liousàbon...
Mais de la nèy lous doutze truts tindabon ;
Cadun alors s'entournabó à soun bròs
Per y roba d'hômes de quinze piòs ! !

Oh ! d'aquel ten moun esprit rós n'oublido ;
Un soubeni surtout al cò me play ;
Thubèt faziò bôgo de may en may :
Un jour al clut l'amit Souèjos li crido : (¹)
« Tu, qu'as trîmat entre sabre et canou,
« As quatre couèns de l'Uropo amalido,
« Jusquo daban la *triplo Pyramido*,
« Aouyos dibut pourta la crouts d'aounou ! ! »
Et respoundèt : « Belèou n'òy pas fèy prou...! »
— « N'abiòs fèy prou, moun bourges, te troumpàbes :
Cranto ans apèy, d'aquelo crouts des bràbes
Lous quatre brens sur toun sé luzission ;
Et lou nebout del grand-hôme qu'aymàbes
T'abiò pagat l'aounou que te dibion...
Arò toun corp debat tèrro pousquejo,
Mais sur toun clot uno estèlo lugrejo ! ! »

Aqués moumens, dins un quartiè floucat
Que me lancet dins un mounde beziat,
Fusquèron doun per jou, lounten maynatge,
Lous may serious de moun aprendissatge.
En badinan tressabi bèrs et piòls ;
Dejà z'èy dit : alors ma Muzo n'èro
Qu'uno maynado, uno catifoulèro,
Et mous refrins rizion coumo mous èls...

N'espérant rien, je n'en faisais pas un mystère.

Or, un lundi, mon jour de récréation,
Dans le festin d'un grand baptême où j'étais,
Un apprenti médecin de Toulouse,
Tant et tant joua finement de la flûte,
Qu'on aurait pu croire, à de notes pareilles,
Qu'un rossignol, ennuyé du feuillage,
Pour mieux fredonner s'était caché
Dans un morceau de bois jaune et creux...

Des frappements de main le fêtèrent,
Mon tour vint, et l'on m'excita...
Je ne pouvais être, en chantant après lui,
Un rossignol, mais *si fait* un pinson.
Je chante donc et sans ennuyer personne ;
Bien plus, mes vers à la jeune marraine
Que j'avais peignés, frisés comme vous le pensez,
Obtinrent tous des battements de mains.
Ils riaient en masse, et le flûteur même
Qui paraissait l'oracle de la fête,
Me baptisa : le *poète d'Agen.*
Je devais le croire, il était fils d'un régent ;
En fait d'esprit il ne parlait qu'en maître ;
Il avait toujours des mots frais et fleuris...
Il me fit joie et nous devînmes amis,
Oh ! mais amis autant qu'on puisse l'être,
A partager mon cœur avec mon frère de lait.
Il était peut-être un peu trop âgé pour moi,
Et trop Monsieur ; mais il m'aimait franchement ;
Et, sans façon chez sa tante Monteil,
Chaque lundi à dîner il m'invitait
Pour causer vers et musique avec lui.

N'esporan rés, n'en fazioy nat mystèri.

Or, un dilus, moun jour d'amuzomen,
Dins lou frustin d'un gran batêmo oùn èri,
Un aprendis medeci Toulouzen,
Tan flutejèt finomen, finomen,
Que poudian creyro, à de nòtos pareillos,
Qu'un roussignol, ennoujat de las fèillos,
Per fredouna millou s'èro sarrat
Dins un brigal de boy jaoune et curat...

De trucomens de mas lou festejèron,
Moun tour benguèt et me tantinejèron...
Poudioy pas èstre aprèt el, en cantan,
Un roussignol, mais sifèt un pinsan.
Cantèri doun, et sans ennouja brino;
Es may, mous bèrs à la jouyno mayrino
Qu'abioy pegnat, frizat, coumo pensas,
Aguèron touts de trucomens de mas.
Rizion en masso; et lou flutayre mèmo,
Que paressiò l'oracle del batèmo,
Me surnoumèt : *lou Poèto d'Agen ! !*
Dibioy lou creyre : èro fil d'un regen;
En fèt d'esprit, nou parlabo qu'en mèstre;
Abiò toutjour de mots fres et flourits...
Me fasquèt jòyo et benguèron amits,
Oh! mais amits, aoutan qu'on pòsque l'èstre,
A partatja moun cò dan Cadetou.
Èro belèou un paouquet bièl per jou,
Et trop moussu, mais francomen m'aymàbo;
Et, sans faysous, che sa *tanto Mountel*,
Cado dilus à dinna m'enbitabo
Per parla bèrs et muzico damb'el.

Un jour, lancé, je l'invitai à mon tour ;
Et vite chez nous je portai mes étrennes.

Mon père souvent taquinait ma mère,
Et lui disait : « Pas de convive, jamais,
« *Les Jasmins* n'ont ni gril ni broche ! »
Et moi je me plaignais le plus de cela...
Mettre la table ! entre amis ! en famille !
Ce plaisir me faisait les yeux doux...
Que m'amena-t-il ? plus de ronces que de fleurs !

Le jour venu — c'est Saint-Jacques, ma fête ! —
Je vois Prosper pomponné, jambe leste.
— « Quel luxe ami ? » — « Je me suis paré, c'est vrai,
« Pour plaire mieux à Monsieur votre père. »
— « *Monsieur mon père !* » Je recule surpris ;
Il n'était ni fat, ni malin ; son défaut
Était seulement de prendre un trop grand vol...
Je vis donc que, trompé par ma mise,
Il me croyait un peu riche de chez nous.
Il n'est pas sorcier, nous en rirons, pensais-je ;
Et le *Gravier* nous traversâmes en joie ;
Eh bien ! néanmoins, j'en devenais presque honteux,
Et bonne mère le vit quand j'entrai ;
Mais son œil vif me rassura aussitôt.
Pauvrette mère ! quelle forte assurance !
Sa chambre propre annonçait l'aisance,
Rien n'y parait usé, tout y semble neuf ;
Quel frais couvert ! quelles serviettes blanches !
Il est vrai pourtant que cinq à six fourchettes
Avaient laissé des dents dans le buffet ;
Et notre table boiteuse de deux pieds
Prenait son aplomb sur quatre ou cinq briques...

Un jour, lansat, à moun tour l'enbitèri,
Et cho nous-aous mas estrenos pourtèri.

Moun pay souben capignàbo ma may,
Et li diziò : « Pas d'enbitats jamay!
« *Lous Jansemins* n'an ni brocho, ni grillo. »
Et jou d'acos gespinàbi lou may...
Bouta la taoulo, entre amits, en famillo!
Aquel plazé me faziò lous èls dous...
Que me pourtèt? may de brots que de flous!

Lou jour bengut — és sen Jàques, ma fèsto! —
Bezi Prospèr poumpounat, cambo lèsto ;
«—Quin luxe, amit?»—«Me sèy cambiat, és bray,
« Per millou playre à moussu bostre pay. »
— « *Moussu moun pay!* » Reculi de surprezo,
N'èro ni fat, ni malin; soun defaou
És soulomen de prene un bol trop haou...
Besquèri doun que, troumpat per ma mezo,
Me creziò riche un bri de che nous-aou.
N'és pas sourciè, riren d'acos, pensèri;
Et lou Grabè trabersèren jouyous;
Èbé! tapla n'en begnoy bergounjous,
Et bouno may zou besquèt quan intrèri;
Mais soun èl biou me rassurèt talèou.
Paourôto may! qu'abiò d'assigurenço!
Sa crambo neto announçàbo l'ayzenço;
Rés n'y fay crun, tout y semblàbo nèou.
Quin fres coubèr! quinos blancos serbietos!
Es bray pourtan que cinq ou siès fourchetos
Abion daychat de brens pes bachelès;
Et nostro taoulo, infirmo de dus pès,
Pregnò l'aploun sur quatre ou cinq biouletos...

Mais en dinant, cela disparaissait
Devant le reste enfin qui brillait.
Père, mère, sœurs, tantes, cousins, y étaient tous.
J'étais content ; à mes yeux fascinés,
On avait servi la *maitresse tourtière*,
Et elle jaunissait au bout de nos doigts...
Prosper aussitôt pour la sienne qui s'effouille,
Au lieu des doigts se sert de sa fourchette...
Que fit-il là? Sous son gros morceau,
Il se trouve, hélas ! une assiette cousue,
L'étain aigu, piquant sans obstacle,
S'est enfilé entre le fil d'archal...
Et le coquet dont le bras s'agite,
Renversant tout entre poivre et sel,
Laisse l'étain uni à la faïence...
De mon côté la table chancela ;
Vite, en cachette, je l'étayai de mon genou ;
Puis, me pliant, je remis aisément
Le pied d'aplomb sur la brique ;

Mais, dans ce moment-là, ma mère baissa la tête,
Son côté faible était à découvert...

J'aurais dû rire de cette aventure ;
Imbécile ! je me sentais le feu au visage,
Et j'étais rouge comme une cerise...
Heureusement le dessert vint bientôt :
Deux petites corbeilles de belles pêches,
Qu'un empereur aurait bues des yeux,
Furent mises entre deux caillées...
— Bon Dieu ! quel fruit, cria Prosper, qu'il est beau !
Jacques, d'où vient-il? il est doux comme miel !
Et moi, sot, croyant dorer, pauvre diable !

Mais, en dinnan, acòs disparessiò
Daban lou ròsto anfin que luzissiò.
Pay, may et sos, tanto et couzi, tout y'èro;
Èri counten : à mous èls enluzits,
Abion serbit la *mestresso tourtièro;*
Et roussejàbo al cat de nostres dits...
Prospèr talòou, pel la siò que feilleto,
Aoulot des dits emplòyo sa fourcheto...
Que fasquèt el? debat soun gros brigal,
Se tròbo, hélas! uno assièto couzudo,
L'estan pungen, pican sans retengudo,
S'ès enguillat entre lou fièl d'archal...
Et lou beziàt, doun lou bras se balango,
Aboucan tout entremièy pebre et sal,
Daycho l'estan junit à la fayanço...
De moun coustat la taoulo trambboulèt;
Bisto, al sarrat, moun ginoul l'escourrèt;
Et me fiblan, tournèri damb'ayzino,
Bouta lou pò d'aploun sul la teoulino;

Mais entre-ten ma may baychèt lou cat,
Soun coustat feble èro descapelat...

Aouyoy dibut rire de l'abanturo;
Palot, sentioy lou fèt à ma figuro,
Et begnoy rouge aoutan qu'un bigarrèou...
Harouzomen lou dessèr benguèt lèou :
Dus desquillous de pèchos empoumpàdos,
Qu'un Amperur aouyò bebut de l'òl,
Fusquèron mes entre-mièy diòs caillados...
— Bou Diou, quin frut! cridèt Prospèr, qu'ès bèl!
Jàques, d'oùn bèn? ès may dous que lou mèl!
Et jou, fadas, pensan daoura, pecayre!

Le fil d'archal qui n'en avait pas besoin,
Je retombe en faute, et crie étourdiment :
  « Il vient de l'enclos de notre grand oncle ! »
— « Oh ! tant mieux ; je pourrai donc sur la branche
  « Manger ce soir une pêche fondante ! ! »
— « Je ne dis pas non, Prosper, » et nous nous levons.

Je croyais le distraire après en chantant ;
Oh ! pardieu-belle, il aimait la campagne ;
Et il m'y poussa aussitôt précipitamment...
Me voilà donc pris moi-même au piége ;
Et mon esprit, au pied de la montagne,
Pour m'en sortir sonnait son tocsin ! !

J'aurais pu, m'étayant de mon âge,
Changer ma faute en joli badinage,
Et lui avouer enfin que chez nous
Nous n'avions d'onclos qu'au roc de Pécau.. (¹)
Je n'osai pas ; je préférai, enfant,
Le faire courir, par la grosse chaleur ;
Chaussé mignon d'ailleurs, il en aura bientôt assez ;
Je me trompais ; *Courpian* et l'*hermitage*
Sont gravis, et il n'en va que mieux ;
En caquetant, il va comme l'éclair...
De *Courborieu* nous longeons la colline ;
Et nous voilà près, pour le dernier coup,
De prendre au pied la côte de *Monbran*.
Oh ! certes ici, il faut qu'il crie grâce ;
Je suis essoufflé, épuisé, rendu...
Mais qu'est-ce donc ? Son pied s'est allégé,
Et il ne marque même pas sur la poussière ?
Je m'arrête muet, et je prends mon parti :

(¹) En d'autres termes, au pays des chimères, vieux dicton d'Agen.

Lou fiòl d'archal que n'abiò pas bezoun,
Torni fa faouto, en cridan à l'enlayre :
« Bèn de l'enclos de nostre *gran toutoun !* »
— « Oh ! tan millou ; pouyròy doun sul la brenco,
« Minja tantòs uno pêcho amellenco ! »
— « Dizi pas nou, Prospèr, » et nous leban.

Crezioy apèy lou distrayre en cantan ;
Oh ! pardi-bèlo ! aymabo la campagno ;
Et m'y poussèt talèou, pressadomen...
Me baqui pres, jou mêmo, à l'esperon,
Et moun esprit, al pè de la mountagno,
Per m'en tira sounabo soun batsen ! !

Aouyoy pouscut, m'escourran de moun atge,
Cambia ma faouto en poulit badinatge,
Et li fa creyre, anfin, que che nous-aou
N'abian d'enclos que *sul roc de Pecaou* .. (¹)
Gaouzèri pas ; preferèri, maynatge,
Lou fa trima dan la grosso calou ;
Caoussat mignoun, d'aillur, n'aoura lèou prou ;
M'èri troumpat ; *Courpian* et l'*Harmitatge*,
Acòs flambat, et n'en bay que millou ;
En caquetan, coumo un liouse escarpino,
De *Couboriou* debalan la coulino,
Et nous baqui prèstes, pel darrè cran,
De prene al pè la costo de *Mounbran.*
Oh ! cèrto, aciou cal que demande graço ;
Sèy arrandut..., espoussat..., estarit...
Mais qu'és acòs ? soun pè s'és alaougit,
Et sul la pousco, en mountan, fay pas traço !
M'arrèsti, mut, et preni moun partit :

Nous sommes en face d'une vigne fructueuse ;
Elle a sa porte, et sa haie épineuse ;
Cherchons un passage vite pour entrer,
Et qu'il en arrive, ensuite, ce qu'il voudra ! !
Quand tout-à-coup, près d'un bouquet de chênes,
Un jeune ami, cheveux bruns, me saute au cou...
C'est cadet de Moyse, en chasseur,
Chaque an, trois mois, il vient ici, prendre l'air,
Comme le favori de Larroche Monbrun :

Il fut terrifié de ma triste figure ;
En quatre mots je lui fais tout comprendre...
Aussitôt, il se recule, et casquette à la main,
— « Jacques, votre oncle aujourd'hui est absent ;
« Mais vous le savez, voici le frais enclos ;
« Ne vous gênez pas, vous êtes maître à *Tuquet.*
Il ouvre la porte, et me glisse à l'oreille :
« Dépêche-toi, car Laurent surveille d'en-haut ! ! »

Aimable ami, quel plan bientôt trouvé !
Quel soliveau pour franchir mon fossé !
Comme il joua la fine comédie,
Et que mes yeux lui criaient, merci ! !

Enfin nous entrons en maîtres dans l'enclos ;
Prosper ne fait ni d'une ni de deux ;
Un pêcher chargé de fruits rayonne,
Il s'élance soudain et satisfait son envie...
Moyse et moi nous causons en riant.

Mais, à cent pas, que vois-je? que voyons-nous ?
Le métayer, presque toujours dehors,
Nous avait vus; et le voici, sans bruit,
Qui vient suivi d'un gros chien velu
Droit sur nous — Cadet me dit : « Demeure!

Sòn bis-à-bis uno bigno afrutado;
A pourtanèl, amay sègo ombroucado;
Cerquon un pas biste per y d'intra,
Et que n'arribe apèy ço que boudra!...
Quan tout d'un cot, prèt d'uno cassenado,
Me saouto al col un jouyne amit, pièl brun...
Es Cadetou de Moïzo, en cassayre,
Càdo an, tres més, aciou, bèn prene l'ayre,
Coumo beziat de *Larrocho-Mounbrun* :

Fusquèt matat de moun triste bizatge;
Dins quatre mots li faou tout debina...
Talèou reculo, et la casqueto en ma:
— « Jàques, bostre ouncle anèy és en bouyatge;
« Mais zou sabès, baci l'enclos fresquet;
« Bous jaynes pas, s'ès mèstre dins *Tuquet*... »
Oubro la porto, et me glitso à l'aoureillo ;
« Afano-tè, car lassus Laouren beillo!! »

Aymable amit, qual engin lèou troubat!
Quin cabirou per saouta moun balat!
Coumo jouguèt la finò coumedio,
Et que mous èls li cridèron mercio!!

Anfin intran en mèstres dins l'enclos;
Prospèr n'en fay ni d'uno, ni de diòs;
Un presseguè cargat de frut daourejo,
S'y lanso biste et bourro soun embejo...
Cadèt et jou caquetan.., et rizèn.

Mais à cent pas, que bezi? que bezèn?
Lou bourdilè, prèsqu'à tengut defòro,
Nous abiò bis; et lou baqui, sans brut,
Que bèn, menan un gros cagnot bourrut
Dret sur nous-aous. Cadèt me dit : « Damòro!

« Changeons de rôle ou tout serait perdu :
« Monsieur Monbrun *argente* peu maintenant,
« Depuis dimanche il a mis sa métairie en vente ;
« Et vous venez, tous deux, la visiter
« Pour votre père qui voudrait l'acheter...
« Que ton ami ne mange plus, et l'assiste ;
« Tire des plans, intrigue-le, fais vite !
« A moi le reste, et le mal sera guéri. »

Il me quitte, et va au-devant de Laurent,
Lui fait son conte, et moi je m'agite ;
De mon côté j'agace mon Prosper :
Un jour, là, on verra deux pigeonniers !
Là-bas, un jet d'eau ; plus loin, des noisetiers ! !
Je me redresse ; je fais trois pas, je gesticule...
A tout cela Prosper ne comprend rien,
Il ne mange plus et m'observe, surpris...
Tout est sauvé ; et déjà je pouvais voir
Que le paysan se hâtait de croire.
Il nous tire deux fois son bonnet en passant,
File tout droit, ne se mêle plus de rien,
Et il dit même à Cadet de Moïse :
« Parle pour moi, peut-être ils me garderont !... »

Bravo Laurent, qui veillait sur ce bien,
Il y voit la nuit et non en plein soleil...
Mais le chien y voyait mieux que lui ;
En aboyant toujours il se retournait...
Là-haut, il s'échappe, et nous revient par bonds ;
Son grand museau lance des flocons d'écume,

« Cambien de rollo, ou tout sayò perdut :
« Moussu Mounbrun, que gayre plus n'argento,
« Dunpèy dimecho a mes sa bordo en bento,
« Et sòs benguts, tout dus, la bizita
« Per bostro pay que boudro la croumpa ;
« Que toun amit minjo plus et t'assisto ;
« 'Tiro de plans, intrigo-lou, fay biste !
« A jou lou ròsto, et lou mal gariren ! »

Me quito et cour al daban de Laouren,
Li dit soun counte, et jou dejà trasteji ;
De moun coustat moun Prospèr agarreji :
Un jour, aqui, beyran dus pijounòs !
Là-bas, un griffo ; en sus, d'abelanòs !!
Me quilli dret, faou quatre pas, brasseji...
A tout acos Prospèr nou coumpren res,
Nou minjo plus, et me fixo surpres...
Tout ès saoubat, et dejà poudioy beyre
Que lou payzan s'afanabo de creyre.
Tiro dus cots sa bouneto en passan,
Filo tout dret, de res plus se malfizo,
Et diguèt mêmo à Cadèt de Moïzo :
« Parlo per jou, belèou me gardaran !... »

Brâbe Laouren, que sul castèl beillabo,
Y bey la nèy et noun pas al sourel !...
Mais lou cagnot y beziò millou qu'el !
Car en peillan toutjour se rebirâbo...
Lassus escapo, et nous torno à saoutets ;
Soun gros muzèl lanso de flocs de bâbo,

En nous montrant deux paires de crocs
A m'enfiévrer le gras des mollets...
« Ici, Médor ! ! » cria l'homme en colère...
Il était temps; le montagnard rugissant
Ne s'en revint chez lui qu'à reculons...

Enfin, il s'enferme, et nous voilà maîtres encore;
Prosper au fruit revenait joyeux;
Mais de partir j'avais la démangeaison;
Je parle devoir; devant la cote droite,
Je fais pétiller la poudre d'escampette...
Là, trois fois, embrassant Cadet de Moïse,
Je lui dis : « Frère, encore une leçon !... »
Et en chemin, que nous brûlons d'un pied leste,
Je voyais Prosper si content de mon oncle,
Que je me disais : « Oh ! certes, de ma fête
Le fil d'archal maintenant est effacé ! !

Depuis, pourtant, je ne parlai jamais plus
Du bel enclos de notre grand oncle;
Lorsque, parfois, j'en éprouvais le besoin,
Le gros chien blanc que je n'oubliais pas,
Avec ses dents m'apparaissait soudain,
Et dans ma bouche étranglait le mot...
Un jour enfin — au bout de trente années —
J'achetai ma vigne si belle, si féconde,
Voilà pourquoi, sans peur du gros dogue velu,
Maintenant, ma Muse et moi, en parlons sans cesse ! !

En m'apuntan un parel de crouchets
A m'enflèbra lou poumpil des moulets...
« Aci, Medor! » cridèt l'hòme en coulèro...
N'èro pla ten! lou mountagnol raoujous
Nou s'entournèt ches el qu'à reculous...

Anfin s'embarro et sèn mèstres enquèro;
Prospèr, al frut, s'entournàbo jouyous;
Mais de parti senti lous frezillous;
Parli debé; daban la còsto dreto,
Faou petrilla la poudro d'escampeto. .
Aqui, tres cots, embrassan Cadetou,
Li dizi : « Fray, enquèro uno litsou!... »
Et pel cami, que flamban cambo lèsto,
Bezioy Prospèr per l'ounclo tan gagnat,
Que me dizioy : « Oh! còrto, de ma fèsto
« Lou fièl d'archal aro és dechifragnat! »

Dunpèy, pourtan, plus jamay nou parlèri
Del bèl enclos de nostro *gran toutoun;*
Quan, per moumens, n'en sentioy lou bezoun,
Lou cagnot blan, que brino n'oublidèri,
Dambé sas dents paressiò tout d'un cot,
Et dins ma bouco escanàbo lou mot...
Un jour anfin — al cat de trento annados —
Croumpèri bigno, et de las may frutados;
Baqui perqué, sans poou del gros cagnot bourrut,
Arò, ma Muzo et jou n'en parlan à-tengut!!

MES NOUVEAUX SOUVENIRS.

SEPTIÈME PAUSE,

A MON VIEIL AMI FONTENILLE,

Membre du Conseil qui m'a couronné au nom de la ville d'Agen.

—

(Février 1863.)

VII

Ma tête à l'envers — La Jeune Espagnole — L'amour de loin — Le pot de bazille —
Suzanne — Le forgeron compagnon — Poison des romans — La sœur
d'hôpital — Mes remords aigus — Les deux mariés de Lavaur —
Les deux mariés du Port-de-Pascau — Peine apaisée

Toi dont le génie naturel toujours vit ,
Toi qui l'an dernier, et d'une main sûre ,
As buriné sur sa croix l'*Homme-Dieu* (¹)
Tellement vrai que pieds , corps et visage ,
Nous font venir les frissons au cœur ,
Tu m'as dit souvent que tu avais retenu
Beaucoup de refrains de ma muse champêtre
Parce qu'elle parle, et rit, et pleure ,
Simplement, dans un langage vrai ,
Comme nous parlons entre fils , père et mère...

Eh ! bien pourtant , presqu'homme , sans usage ,
J'eus trop mon cerveau tout ouvert
Aux quatre vents qui soufflent sur le jeune âge ;
Et les romans eurent bientôt gâté
Mon jeune esprit qui perdit son *aîné*.

_____

(¹) M. *Fontenille*, ancien tabletier, est en outre un sculpteur naturel
d'un grand mérite. Les amateurs admirent dans son cabinet un Christ en

MOUS NOUBÈLS SOUBENIS.

SEPTIÈMO PAOUZO,

A MOUN BIÈL AMIT FOUNTENILLO,

Membre del Counsel que me couronnèt al noum de la bilo d'Agen.

(Feouré 1863.)

VII

Moun cat birat — La Jouyno Espagnolo — L'amou de lèn — Lou pot de bazèll —
Suzanno — Lou faoure coumpagnou — Pouyzou des romans — La
mounjo de l'espital — Mous pungens remors — Lous dus nòblés
de Lavaur — Lous dus nòblés del Port-de-Pascaou —
Peno amatigado

Tu, doun l'engin naturèl toutjour biou,
Tu qu'àr'un an, et d'uno ma siguro,
As burinat sur sa crouts l'*Hôme-Diou* (¹)
Talomen bray que pès, corp et figuro
Nous fan beni lous frezillous al cò,
M'as dit souben que sabiòs de precò
Forço refrins de ma muzo pastouro,
Prâmo que parlo et que rits et que plouro
Simpletomen, dins un lengatge bray,
Coumo parlan entre fil, pay et may...

Ebé, pourtan, prèsqu'hòme, sans uzatge,
Aguèri trop moun cerbèl alandat
As quatre bens que bouffon sul jouyne atge;
Et lous romans aguèron lèou gastat
Moun jouyne esprit que perdèt soun *aynat*.

ivoire, qu'il a sculpté lui-même dans ses moments de loisir, et qui fait
réellement honneur à son talent.

Écervelé, je parcourais, sans cesse, *rocs et combes*,
Pour voir enfin pâtres et pastourelles
Gracieusement mis comme je les rêvais,
Et modulant de savantes chansons
Au si bémol des tendres agnelets...
Pauvre aveuglé, dans ces travailleurs
Bientôt je ne voyais que des défricheurs,
De grands nigauds fatiguant la bêche,
Des troupeaux muets et mal peignés,
Prés tondus, fillettes *sautilleuses*,
Et fifres criards en place des musettes...
Sous tout cela il y avait le vrai, le beau,
Mais le mensonge obscurcissait mon œil ! !

Voici d'ailleurs la preuve, la meilleure
Que mon cerveau était trop léger
Quand le ver rongeur se faisait papillon :
Une Espagnole sémillante, mignonne,
Servait par amitié deux dames de Bayonne ;
Nous étions voisins, et ensemble nous apprenions
Moi, l'*Espagnol*, elle notre *Gascon* ;
La double école était à sa fenêtre.
Jeune régent, et régente jeunotte,
Sagettement s'aimèrent bientôt tous deux ;
Et quand je passais une petite heure près d'elle,
Le doux plaisir riait dans ses yeux bleus...

Eh ! bien, pourtant, libre chaque lundi,
Je m'ennuyais de ce bonheur trop simple ;
En y pensant d'avance je bâillais...
Pour y trouver le miel qu'il me fallait,
Dans un jardin où nul ne me voyait,
Je trouais la haie, et j'allais vite, en blouse,

Fol, à-tengut pèts et coumbos trimàbi,
Per beyre anfin pastouros et pastous,
Afiscaillats coumo lous saoumejàbi,
Et flûtejan de sabentos cansous
Al *si bèmol* des tendres agnelous...
Paoure abuglat, dins aquós trabaillayres
Jou nou bezioy que de desbouzigayres,
De grans girèls fatigan lous becats,
De troupèls muts et mal escarmenats,
Prats fenejats, gimbèrlos maynadetos,
Et pifres lèts en plaço de muzetos...
Debat acòs y'abiò lou bray, lou bèl,
Mais la mentido encrumissiò moun èl!!

Baci d'aillur la prubo la millouno,
Que moun cerbèl èro trop faribol,
Quan lou cussou se faziò parpaillol :
Uno Espagnôlo aberido, mignouno,
Serbiò de cò diòs damos de Bayouno ;
Èron bezis, apregnan tout de bou,
Jou, l'Espagnol ; elo, nostre Gascou ;
La doublo escòlo èro à sa finestreto.
Jouyne regen, et regento jouyneto,
Sagetomen s'aymèron lèou tout dus ;
Et quan begnoy, proche d'elo, uno houreto,
Lou dous plazé riziò dins sous èls blus...

Ebé pourtan, libre càdo dilus,
D'aquel bounhur trop simple m'ennoujàbi ;
En y pensan d'abanço badaillàbi...
Per y trouba lou mèl que me caillò,
Dins un cazal oùn digun me beziò,
Traoucàbi sègo, anàbi biste, en blouzo,

Au fond obscur d'une grange poudreuse ;
Là, grimpant sur une échelle, à tâtons,
Jouant ma vie à tous les échelons,
Dans un grenier, perché sur une table,
A la lucarne qui faisait vis-à-vis,
Gesticulant, je restais sans parole
Jusqu'au moment ou Anna m'avait vu...
Certes, alors, je lui souriais, je la buvais des yeux ;
La main sur le cœur, je levais les yeux, je priais...
Après, mon âme, en forme de leçon,
Du bout des doigts lui mandait un baiser...
Et l'Espagnole, à sa place marquée,
Semblait se dire étonnée, stupéfaite :
« Pourquoi donner ses leçons de si loin,
« Quand rien n'empêche de les recevoir de près ? »

J'aurais dû comprendre ; oh ! pardieu-belle !
Le papillon rongeait mon cerveau...
De tout cela, enfin, qu'arriva-t-il ?
Ce malheur dont mon âme saigna :

A trente pas du palais des soldats,
Alors caserne, aujourd'hui grand-séminaire,
Sur le blanc seuil qui sert d'accoudoir
Quand deux jolis bras ouvrent la fenêtre,
Je voyais toujours, en passant, je m'en souviens,
Frais et joli un grand pot de basilic...
Au mois d'août le basilic me plaît
Autant, peut-être, que la rose au mois de mai ;
Aussi je le buvais des yeux quand je passais...

Un jour, devant le vitrage fermé,
Pour le sentir je me penchais sans crainte,
Quand, soudain, finement, par côté,

Al foun crumous d'uno granjo pouscouzo;
Aqui, grimpan uno escalo à tastous,
Jougan ma bito à touts lous barrancous,
Dins un granè pinquat sur uno taoulo,
Al finèstrou que faziò bis-à-bis,
En brassejan restàbi sans paraoulo
Dinqu'al moumen oùn *Anna* m'abiò bis...
Cèrto, alabets, li rizioy, la layràbi;
La ma sul cò, lous èls al cièl, pregàbi...
Apèy moun amo, en formo de litsou,
Sul cat des dits ll'enbouyabo un poutou...
Et l'Espagnòlo, à sa plaço marquàdo,
Semblabo dire, estounado et matado :
« Perqué bailla sas litsous de tan lèn,
« Quan res n'empatcho à las recèbre oùn sèn ? »

Aouyoy dibut coumprene; oh! pardi-bèlo!
Lou parpaillol curàbo ma cerbèlo...
De tout acòs, anfin, que n'arribèt?
Aqueste mal doun moun amo sannèt :

A trento pas del palay militari,
Alor cazèrno, anèy gran seminàri,
Sul blan souillet que sèr d'apuyadou,
Quan dus brassous oubron lou finèstrou,
Bezioy toutjour, en passan, m'en rappèli,
Fres et poulit un gran pòt de bazèli...
Al més d'agous lou bazèli me play
Aoutan belèou que la ròzo dins may;
Tabé des èls lou bobioy quan passàbi...

Un jour, daban lou bitratge barrat,
Per lou senti sans crento me fiblàbi,
Quan tout d'un cot, finomen, pel coustat,

J'ai entendu cliqueter la targette ;
Le chassis s'ouvre, et je vois, dans le coin,
Un brin de fille, à la joue fraîche,
Qui me présente un joli petit bouquet,
Et dit qu'elle attend un service de moi.

La porte s'ouvre, j'entre dans sa chambrette ;
Mais, malgré moi, je suis timide et muet ;
De cinq, six ans, d'ailleurs, elle est mon aînée,
Et par son air honnête et retenu
Elle enchaînerait la moindre agacerie...
Et bien, pourtant, dans le fond de son cœur,
Il y a quelque chose cachée... qu'est-ce ?

Enfin, elle me parle, et je prête l'oreille :
La pauvre fille aimait ; et François
Son promis, forgeron et grand compagnon,
Toujours fidèle, lui écrivait de Marseille
Qu'il s'en revenait, et qu'avant trois mois,
Malgré son père qui veille toujours sur lui,
L'autel fleuri s'allumerait pour eux...
Suzanne donc ne savait plus où vivre ;
Il faut qu'elle réponde, et ne sait guère écrire ;
Elle tient de son père que je suis un savant,
Et elle me choisit pour son écrivain.

Jésus, pauvret ! comme ces paroles
Eurent bientôt enflammé mon cerveau,
Et fait monter dans mon esprit boiteux
Tout un roman et ses castagnettes !..

Le soir donc, sur papier fin, nouveau
Et dentelé, trois pages pomponnées
De mots fleuris, de phrases redondantes
Dont les fiancés les plus froids auraient pour,

Éy entendut cliqueta la tarjeto;
Lou châssis s'oubro, et bezi pel cantou,
Un bren de fillo, à la gaouto fresqueto,
Que me prezento un poulit bouquetou,
Et dit qu'atten un serbice de jou.

La porto s'oubro, intri dins sa crambeto;
Mais, malgrè jou, sèy bergounjous et mut;
De cinq, siès ans, d'aillur, és moun aynâdo,
Et dan soun ayre honèste et retengut
Enclabayò la mendro capignado...
Ébé, pourtan, dins l'esclin de soun cò
Y'a quaoucoumet de sarrat... Qu'és acò?

Anfin, me parlo, et prèsti moun aoureillo :
La paouro fillo aymabo; et Francezou
Soun proumetut, faoure et gran coumpagnou,
Toutjour fidèl, ll'escribiò de Marseillo
Que s'entournabo, et qu'aban lous tres més,
Malgrè soun pay, que sur el toutjour beillo,
L'aouta flourit s'alucayò per és...
Suzanno doun nou sabiò plus oûn bioure;
Cal que respounde, et nou sat gayre escrioure;
Ten de soun pay que sèy un gran saben,
Et me caouzis anfin per escriben.

Jèsus-paourot! coumo sas paraouletos
Aguèron lèou alucat moun cerbèl!
Et fèy mounta dins moun esprit garrèl
Tout un roman et sas cancarinetos!...

Lou sero doun, sur papè fi, noubèl,
Dantelejat, tres pajos poumpounados
De mots flourits, de frazos espoumpâdos
Doun lous fiançats lous may frets tramblayon,

Partaient, parfumées, pour Marseille...
Elle trouva cela bien beau, la pauvre fille ;
Et de plaisir elle en versa deux larmes :
Hélas ! pourtant, cela tourna à mal.
Il répondit, mais d'une âme chagrine ;
Il avait perdu de son air amical ;
Il était effrayé ; il ne la comprenait plus ;
Il avait trouvé sa lettre muscadine ;
Il mourait de peur, qu'elle ne fût ainsi,
Et il la suppliait, au nom de son travail,
De sa famille et de son mariage ;
De simplifier sa mise et son langage ! !

Si j'avais eu un brin de raison ,
J'aurais compris le brave François ;
Mais, tête à l'envers, dans lui je ne vis
Qu'un pointilleux , un imbécile ; je le criai tout haut ;
A mon savoir Suzanne se fia ;
Du sentiment je refis gonfler la voile ;
Et quatre fois mettant mes fers au feu,
Tout en croyant la servir mieux qu'elle,
Avec des mots étranges , recherchés ,
Je la fis répondre tellement de travers,
Que François pensant qu'elle n'aimait plus ,
Qu'elle était folle et qu'elle se moquait de lui,
N'écrivit plus ; bien pis, rentré chez lui,
Il resta muet ; pas un signe de vie...
Il y avait demi mois qu'il s'était marié,
Que toujours, elle, attendait sa visite.
Quand elle le sut, elle poussa un cri aigu ;
Ensuite elle en riait, ne voulait pas y croire...
Mais quand elle y crut, elle en pleura tant
Que cela faisait deuil et pitié de la voir...

En embaouman, per Marseillo partiou...
Troubèt acòs pla bèl, la paouro fillo;
Et de plazé toumbèt doublo grumillo!
Èbé, pourtan acòs birèt à mal;
El respoundèt, mais d'uno amo chagrino :
Abiò perdut de soun ayre amical;
Èro'espaourit; nou la coumpregno brino;
Abiò troubat sa lettro muscadino;
Mouriò de poou qu'elo fusquèsso atal,
Et la pregàbo, al noum de soun trabal,
De sa famillo et de soun maridatge,
D'amatiga sa mezo et soun lengatge.

S'abioy agut un brigal de razou,
Aouyoy coumpres lou bràbe Francezou;
Mais, cat birat, dins el n'apercebèri
Qu'un senticous, un palot, zou cridèri;
A moun sabè Suzanno se fizèt;
Del sentimen goumflèri may la belo;
Et quatre cots boutan mous fòrs al fèt,
Tout en pensan la serbi millou qu'elo,
Dambé de mots ressercats, escarrès,
La fèri tan respoundre de trabès,
Que Francezou, pensan que plus n'aymabo,
Ou qu'èro folo et que d'el se moucàbo,
N'escribèt plus; és may, ches el tournat,
Damourèt mut; pas un sinne de bito...
Y'abiò mièy mós que s'èro maridat,
Qu'elo toutjour attendiò sa bizito...
Quan zou saguèt, poussèt un crit pungen;
Apòy riguèt et n'y bouillo pas creyre...
Mais quan crezèt, n'en plourèt talomen,
Que faziò dol et piètat de la beyre...

23

Un jour, elle vit mon air endolori ;
Et elle murmura comme un soupir de vielle :
« Jacques, peut-être, pour lui privé d'école,
« Vous m'avez prêté un peu trop d'esprit ? »
Cela, si sage et si simplement prononcé,
Frappa au vif mon âme folle,
Et il en advint comme au *colin maillard :*
Quelqu'un de fort vous donne une secousse,
Le bandeau glisse , et vous vous *désaveuglez...*
Au trait de lumière qui m'éclaira, hélas !
La vérité ne fut plus obscurcie....
Je vis à nu tout le mal que j'avais fait ;
Et depuis je connus le remords,
Car il me mina long-temps , à la sourdine...
Pauvre Suzanne ! un jour , dans sa langueur ,
Avec son père elle fut dans le *Cantal,*
Et là elle se fit, dit-on, sœur d'hôpital ! !

Sans doute, depuis, ma cervelle rongée
Sur le bon chemin s'assit dans ma tête ,
Et s'y forma saine et plombée ;
Sans doute ensuite le faux empoisonné
Loin de moi s'enfuit à la dérive ,
Et mon esprit retrouva *son aimé....*
Mais nous souffrons et nous versons en secret
Des larmes de sang quand le bien nous arrive
En s'étayant du mal que nous avons causé ! !

Je n'ai pas voulu, la rougeur sur la joue ,
Et honteux, cacher maladroitement
Ce malheur qui naquit de ma faute ;
Ni mes remords, ni ma grande affliction...
Je n'affaiblis rien , j'ai tout dit franchement.

Un jour besquèt moun ayre endoulourit,
Et murmurèt coumo un soupir de biôlo :
« Jâques, belèou que per el, sans escôlo,
« M'abias prestat un paouquet trop d'esprit ! »
Acos, tan sage et tan simplomen dit,
Truquèt al biou moun amo faribôlo...
Et n'arribèt coumo al cluco-millas :
Quaouqu'un de for bous baillo uno butido,
Lou bandèou glitso, et bous dezabuglas...
Al cot de luts que m'esclayrèt, helas !
La beritat fusquèt dezencrunido !
Bèsquèri nut lou gran mal qu'abioy fèy,
Et lou remor counesquèri dumpèy,
Car me fissèt lounten à la sourdino...
Paouro Suzanno, un jour, dins sa languino,
Dambé soun pay anguèt dins lou Cantal,
Et s'y fasquèt, dizon, *sur d'espital ! !*

Sans douto, apòy, ma cerbèlo curado
Sul boun cami s'assetèt dins moun cat,
Et s'y fasquèt sanitouzo et ploumbado ;
Sans douto apòy lou *faou* espouyzoumat
Lèu, darrè jou, s'en anguèt à la dribo,
Et moun esprit retroubèt *soun aynat*...
Mais abòn dol et plouran al sarrat
Larmos de san quan lou bé nous arribo,
En s'escourran sul mal qu'abòn caouzat ! !

N'òy pas boulgut, lou rouge sul la gaouto,
Et bergounjous, sarra palotomen
Aquel malhur que nasquèt de ma faouto,
Ni moun remor, ni moun gran pessomen ..
Demingui rôs, òy tout dit francomen.

Maintenant, je peux, sans crainte de déplaire,
Dire deux mots de ces trente années
Où j'ai peint le vrai dans les amours,
Et mon bonheur dans les prairies,
En faisant unir beaucoup de cœurs aimants.
Que j'en ai rencontré dans mes courses !
S'il le fallait que de preuves nous aurions ;
Les proclamer toutes dans mes ouvrages
Me serait doux..., mais deux vont me suffire :

Par ce noir hiver qui fit mourir tant d'arbres,
La Charité grandement se tourmenta ;
Et quant à moi, musette en main, pour les pauvres,
Elle me promena dans six départements. (¹)

Dans une ville, assemblée à sa voix,
J'avais chanté ; la foule était émue ;
Tout était lumière ; et fleurs, et miel ;
Je faisais la quête, et dans mon blanc chapeau
Au premier rang déjà pleuvaient les écus...
Quand tout à coup, là, sous mon œil,
Un monsieur et sa dame se lèvent, (²)
Et m'offrent à la fois, d'un air amical,
Lui, sa pistole, elle, un joli bouquet...
Et voilà qu'elle me dit : « un dimanche,
« Dans Montauban, poète au chant si doux,
« Pour la première fois vous disiez vos *jumeaux* ;
« Nous y étions tous deux, voisins, sans nous connaître...
« Nous nous regardons... nous étions en pleurs ;
« Et nos deux cœurs aussitôt se comprirent ;

(²) M. et Mᵐᵉ B....., gendre et fille de Mᵐᵉ Pallhès, de Beaumont de Lomagne, dont le nom figure en tête de mon *Aveugle*.

Aro pouyrèy, sans trop de robifados,
Dire dus mots d'aquelos trento annados
Oùn èy pintrat lou bray dins las amous,
Et lou bounhur qu'èy agut dins las pràdos
En fan juni forço còs amistous.
Que n'èy troubat dins mous pelerinatgos !
Se zou caillò, que de prubos n'aouyan !
Las encanta toutos dins mous oubratges
Me sayo dous..., mais diòs me suffiran :

Pel negre hibèr que nous gelèt tan d'aoures,
La Caritat aguèt pla de tourmens,
Et quant à jou, muzeto en ma, pes paoures,
Me permenèt dins siès departomens. (¹)

Dins uno bilo, à sa bouès apilado,
Abioy cantat; la foulo èro toucado,
Tout èro luts, et flous, et fèt, et mèl;
Fazioy la quisto, et dins moun blan capèl,
Al prumè ren dejà lous escuts plèbon,
Quan tout d'un cot, aqui, debat moun èl,
Un moussuret et sa damo se lèbon, (²)
M'offron al cot, et d'un ayre amiguet,
El, sa pistolo, elo, un poulit bouquet...
Et la baqui que me dit : « Un dimeche,
« Dins Mountaouba, poèto as mots tan dous,
« Pel prumè cot dizias bostres *Bessous;*
« Y'èren tout dus, bezis, sans nous counecho...
« Nous regaytan et nous bezòn en plous;
« Et nostres còs talèou se counprenguèron,

(¹) Voir ma tournée de 50 jours pour les pauvres depuis la page 58 jusqu'à la page 75.

« Et nos deux mains s'unirent ensuite...

    « Bénissez-nous,
    « Grâces à vous
    « Nous sommes deux heureux !!.. »

On battait des mains, plus ne savais où j'étais...
Je levai le bras... et je les bénis ! !

L'hiver d'après — celui-là était pluvieux —
Sur le midi d'un vendredi sombre,
De Damazan, satisfait, je revenais :
J'avais chanté pour son église deux fois !
On m'avait traité en prince, et je me hâtais
De redevenir peuple en chaussant mes sabots ;

Je cheminais, en faisant grincer le gravier,
Vers la vapeur qui venait de Bordeaux ;
Prêtres et Messieurs me faisaient la conduite ; (¹)
Et en causant sur ce chemin neuf,
Ils m'excitaient à leur peindre le tableau
De quelque chose étrange de ma vie...
Mon bon ange les servit, et chaudement :
A peine entrons-nous au *Port-de-Pascau,*
Nous voilà assaillis ; une jeune femme,
Fraîche, jolie, *une autre Françonnette,* (²)
Portant à son cou un enfant éveillé,
M'offre un bouquet, me salue, et me dit :

(¹) MM. l'abbé *Labarrière* et le poëte *Hugon* faisaient partie de ce groupe.

« Et nostros mas apèy se junisquèron..
    « Benissè-nous !
      « Grâços à bous,
      « Sèn dus hurous !! »

Las mas battion, nou sabioy plus oün èri...
Lèbi lou bras... et lous benezisquèri !!

L'hibèr d'apèy — aquel èro plejous —
L'aprèt-metjour d'un dibendres crumous,
De Damazan, pla counten m'entournâbi,
Abioy cantat per sa glèyzo dus cots !
M'abion tratat en prince, et m'afanâbi
De tourna puple en caoussan mous esclots;

Fazioy grinça lou grabis; caminâbi
Cats al baychèl que begnò de Bourdèou;
Prèstes, moussus, me fazion la counduito; (¹)
Et caquetan sur aquel cami nèou,
M'estrefazion per pintra lou tablèou
De quaoucoumet d'estrange de ma bito...
Moun angelet lous serbisquèt et caou :
A peno intran dins *lou Port de Pascaou*,
Sèn entourats; uno fenno jouyneto,
Fresco, poulido, *uno aoutro Françounetto*, (²)
Pourtan sul col un maynatge aberit,
M'offro un bouquet, me saludo et me dit :

(²) La jouno épouse de M. *Marabal*, marchand de bois, à Port-de-Pascau.

— « Brave poëte au langage qui sonne,
« Mon promis était riche, et moi pas du tout ;
« Je n'avais, pauvrette, hélas ! que mon cœur et mes bras ;
« Dans sa maison était la discorde,
« Et les affaires n'allaient guère bien pour moi...
« Mais *Marabal*, qui vous sait par cœur ;
« Tant répéta au fort de la tempête
« Ces doux mots de *Marthe l'innocente* :
« *Je ne l'aime que mieux ! et plus de pauvreté,*
   « *Quand on aime et qu'on est aimé ! !* »
« Que ses parents peu à peu s'apaisèrent ;
« A notre autel s'allumèrent les cierges ;
« Cet enfant grandit notre amour ;
« Et dans le bourg où mes yeux ont pleuré,
   « Bénissez-nous,
   « Grâces à vous
   « Nous sommes trois heureux ! !. »

On battait des mains, plus ne savais où j'étais...
Je levai le bras... et je les bénis ! !

Maintenant que dire encore ? Chantant sans cesse,
Tantôt de la maison, tantôt de la cabane,
Ainsi, en divers lieux, autant il m'en est arrivé...
Aussi quand au passé je songe, chaque semaine,
Dans le pli de mon cœur, de la pauvre Suzanne
Le souvenir aigu n'amertume plus tant ! !

— « Brâbe poèto al parla que tindino,
« Moun proumetut èro riche et jou brino ;
« N'abioy, helas ! que mous bras et moun cò ;
« Dins soun oustal y'abiò de trin, pecayre !
« Et lous afas per jou n'anàbon gayre...
« Mais *Marabal*, que bous sat de preco,
« Tan repetèt, al mièy de la tourmento,
« Aquestes mots de *Maltro l'innoucento :*
« *L'aymi que may ! et plus de paouretat,*
   « *Quant on aymo et qu'on és aymat ! !*
« Que sous parens paou à paou s'amayzèron ;
« A nostre aouta lous cièrges s'aluquèron ;
« Aquel pitchou grandis nostros amous,
« Et dins lou mayne oùn mous èls larmejèron,
   « Benissè-nous !
   « Grâços à bous
   « Sèn tres hurous ! ! »

Las mas battion, nou sabioy plus oùn èri..
Lèbi lou bras .. et lous benezisquèri ! !

Arò que dire may ? A-tengut muzican,
Tantos del gran oustal, tantos de la cabuno,
Amit, dins pla d'endrets, m'en és bengut aoutuu...
Tabé, quan sul passat torni, càdo semmano,
Dins l'esclin de moun cò, de la paouro Suzanno
Lou soubeni punjen n'amarejo plus tan ! !

MES NOUVEAUX SOUVENIRS.

HUITIÈME PAUSE,

A MON VIEL AMI ADRIEN POZZY,

Membre du Conseil qui m'a couronné au nom de la ville d'Agen.

(Février 1863.)

VIII

A quelle époque mes premiers vers — A qui donnerons-nous le mil — Langue
du charivari — Langue du sentiment — La barque et M. de Saint-Amans —
Le vieux malade et M. W. Duvigneau — Mon esprit et mon cœur ou-
verts — Le charretier qu'on appelait *le Roi* — Première couronne
— Côte raboteuse — Côte aplanie — Le poète régent —
Ma première soirée pour les Pauvres — Ma pièce sur la
charité — La laveuse de Tonneins — La Muse qui
se noyait — Bon chemin trouvé — Triomphe
de la langue gascoune

Poète ami, tu le sais, je suis heureux ;
En vous payant ma dette à petits morceaux,
Mon cœur se dilate, et mon esprit s'amuse...
Et me voilà arrivé à ta muse,
Ta muse, enfin, dont le burin incisif
Étoila mon *laurier d'or d'Agen !!*
En te plaçant à la première ligne,
Je te devais bien quelque chose de joli...
Mais je ne cherche pas ; je sais, poète ami,
Le bien que tu fais à notre vieille langue,
Toi, mieux que tous, tu as su aligner
Ses étincelles de mots, les rendre clairs,
Et nous prouver, afin qu'aucun plus ne s'abaisse,
D'où ils sont nés et ceux qu'ils ont fait naître ;
Et tellement pour cela tu es apte
Que tu enseignerais notre langue en chantant !!

MOUS NOUBÈLS SOUBENIS.

HOUÈYTIÈMO PAOUZO,

A MOUN BIÈL AMIT ADRIÈN POZZY,

Membre del Counsel que me courounèt al noum de la bilo d'Agen.

(Febourè 1863.)

VIII

Couro mous prumès bèrs — A qui baillaren lou mil — Lengo del chalibari — Lengo del sentimen — La barco et Moussu Sent-Amans — Lou bièl malaou et Moussu W. Duvigneau — Moun esprit et moun cò desclucats — Lou carretè qu'appelabon lou Rèy — Prumèro courouno — Costo brouncudo — Costo alizado — Lou poèto regen — Ma prumèro serado pes Paoures — Ma pèsso sul la caritat — La labayro de Touuens — La Muzo que se negabo — Boun caml troubat — Trioumfe de nòstro bieillo lengo

Poèto amit, zou sàbes, sèy hurous;
En bous pagan moun deoute à brigaillous,
Moun cò s'espoumpo et moun esprit s'amuzo
Et me baciou arribat à ta muzo,
Ta muzo, anfin, doun lou burin pungen
Estelejèt moun *laourè d'or d'Agen!!*
En te boutan à la prumèro rengo,
Te dibioy bé quaoucoumet de poulit...
Mais cèrqui pas; sàbi, poèto amit,
Lou bé que fas à nostro bièillo lengo;
Tu, may que touts, as sagut arrenga
Soun bouluguè de mots, lous esclayra,
Et nous prouba, perqué nat plus s'abayche,
D'oùn soun nascuts, amay lous qu'an fèy nayche;
Et talomen per acos s'ès allan,
Qu'ensegnaras nostro lengo en cantan!!

Donc, parlons d'elle; maintenant qu'elle est revenue
Presque à son rang, écrite et parlée;
Pour son triomphe j'ai travaillé péniblement, tu le sais,
Et tu m'as *bouqueté;* aussi sans crainte aucune,
Je t'offre, joyeux, ces souvenirs...

Un grand savant des *quarante* de Paris, (¹)
Un soir au milieu d'une belle assemblée,
Me demanda : — « Poète de la prairie,
« Dans ton jeune âge, en chantant dans ton berceau,
« Quand tressas-tu les premiers couplets? »
Moi, pris ainsi, un petit moment je réfléchis,
Et je lui répondis simplement :
— « J'ai beau fouiller, Monsieur, mon temps passé,
« Je ne trouve aucun jour où j'aie commencé... »
Cela plut à ces grands poètes,
Jusques à en faire caqueter les gazettes.

J'avais dit vrai, car je n'étais qu'un marmot,
Quand nous chantions avec garçons et fillettes
« A qui donnerons-nous le mil. »
Je faisais retentir, quand ils étaient hors d'haleine :
     « Là bas, là bas, au pré fermé,
     « Il y a l'arbre si fleuri, grené... »
Et tous à la fois nous dansions la *courante;*
Et moi menant cet essaim de lézards,
Sur ce vieux couplet j'en faisais trente;
Je ne savais pas encore si c'était des vers,
Cela venait sans efforts et de nature;
Ce que je savais, c'est que tous les hivers,
Faute de fifre, nous allions en mesure...

(¹) M. *de Felets*, de l'Académie française, en 1842, adressa cette ques-
tion à Jasmin, dans la soirée mémorable chez Augustin Thierry. — Du
reste, ces traits de l'enfance de notre Poète ont été narrés dans l'*Artiste*

Doun, parlen d'elo, aro, anfin, qu'és tournado
Prèsque à soun ren, escribudo et cantado...
Per soun trioumfe òy pla trimat, z'as bis,
Et m'as floucat; tabé, sans crento nàdo,
T'offri, rizen, aquestes *Soubenis*...

Un gran saben des Cranto de Paris, (¹)
Un sero, al mièy d'uno bèlo assemblado,
Me demandèt : « — Poèto de la pràdo,
« Dins toun jouyne atge, en cantan dins toun brès,
« Coûro as tressat tous bersets lous prumès? »
Jou, pres atal, un moumenet sousquèri,
Et simplomen apèy li respoundèri :
— « Ey bèl fouilla, Móussu; moun ten passat,
« Tròbi nat jour oùn atgi coumençat... »
Acos plazèt en aqués grans poètos,
Dinqu'à n'en fa caqueta las gazètos.

Abioy dit bray, car n'èri qu'un senil,
Quan abian fèy, dambé drolles, maynados,
   « *A qui baillaren lou mil.* »
Fazioy tinda, quan èron espoussados :
      « Labas, labas, al prat barrat,
      « Y'a l'aouro tan flourit, granat... »
Et touts al cot dansaben *la Courrento*,
Et jou menan aquel fun de luzèrs,
Sur aquel bièl couplet n'en fazioy trento;
Nou sabioy pas s'acos èro de bèrs,
Acos begno sans peno et de naturo;
Ço que sabioy, és que touts lous hibèrs,
Faouto de pifre anàben en mezuro...

(Mai 1842); dans la *Revue des Deux-Mondes* (Janvier 1854), et dans l'*Ami de la Maison* (1857). Ce dernier Recueil a même publié le 1ᵉʳ couplet épigrammatique qui à l'âge de 9 ans rendit Jasmin l'effroi des taquins.

Cela racina ; et chaque année, en grandissant,
A chaque verset je mêlai mon refrain.
Mais à dix ans, mes refrains j'aiguisais ;
Dans mon quartier, l'on se battait constamment ;
Lorsque un plus fort que moi m'avait battu,
A coups de vers vite je l'égratignais ;
Il perdait la tête aux traits de ma chanson,
Et les méchants tremblaient devant moi...

Un souvenir de la *Saint-Jean*, perce :
Cette année fut riche de trains ;
Nous étions nombreux, et il nous vint l'envie
D'aller défaire le feu des *Jacobins*.
Pour espionner nous nous trouvons six malins ;
Nous tirons au sort, je prends la courte paille ;
Fin comme un éclair, hardi comme un furet,
Me voilà donc, en râclant la muraille,
Dans la ruette *Londrade* si étroite,
Pour siffler l'heure de la bataille...

Je fus pris ; trois chenapans crasseux
Tombent sur moi, me tirent les cheveux,
Et pour punir le coupable espion
L'un d'eux avait déjà son poing levé...
L'autre aussitôt lui crie : « Thomas,
« Ah ! malheureux, c'est le rimeur !
« Ne le touche pas... ou gare la chanson ! !
Les coups de poing moururent dans l'air ;
Épouvantés comme la peste ils me chassèrent ;
Et moi, rentré au camp, j'étais surpris
De me trouver si fort, un contre trois ! !

De même ainsi, homme, je chansonnais,
Entremêlant la corne avec le grelot,

Acos gaychòt, et cad'an, en grandin,
A tout bèrset maylâbi moun refrin.
Mais à dèts ans, mous refrins aguzàbi;
Dins moun quartiè se battion à-tengut;
Quant un may fort que jou m'abiò battut,
A cots de bèrs biste lou graoupignàbi;
Perdiò lou cat as truts de ma cansou,
Et lous mechans tramblabon daban jou...

Un soubeni de la *Sen-Jan* puntejo :
Aquelo annado estèt richo de trins;
Éren noumbrous, et nous benguèt l'embejo
D'ana desfa lou fèt des *Jacoupins*.
Per espiouna nous trouban siès malins;
Tiran al sort; preni la courto-paillo;
Fi coumo un lambre, hardit coumo un furet,
Me baqui doun, en rascan la muraillo,
Pel carrerot *Loundrado* tan estret,
Per estifla l'houro de la bataillo...

Fusquèri prós; tres arpaillans fraougnous
Toumbon sur jou, m'estiron lous guignous,
Et per puni lou coupable espiounayre,
L'un d'és abiò dejà soun pun en l'ayre...
L'aoutre talèou li crido : « — Toumassou,
« Ah! malhurous, acos és lou rimayre!
« Lou tòquos brino..., ou garo la cansou!! »
Lous cots de puns dins l'ayre mourisquèron;
Coumo la pòsto, espaourits, m'acampèron,
Et jou, tournat al can, èri surpres
De me trouba tan fort, un countro tres!!

Enquèro atal, hòme, cansounejàbi,
Abarrejan la corno à l'esquirol,

Peignant la joie en tête brûlée, en fou,
Je disais : — « Ma langue est la seule que je sache,
« Elle ne sait que rire, et n'a pas d'avenir...
« Chantons le bruit et le charivari ! ! »

Un jour pourtant, je me trouvais à des funérailles ;
Une jeune fille, sur le tombeau de sa mère,
Se plaignit dans un langage si vrai
Et si dolent, que les larmes m'en vinrent aux yeux ;
Je vis donc que notre vieux gascon
Avait des mots tristes pour la douleur ;
Me faut mourir naquit, et je la lançai...

Six mois après, je connaissais deux Messieurs,
Deux nobles cœurs que tout Agen regrette,
L'un, grand savant, et l'autre, heureux poète ; ([1])
En m'écoutant, ils me poussèrent tous deux
Un peu plus loin, chacun à sa manière ;
Voici comment : le premier m'invita
A *Saint-Amans*, un lundi, qu'il étrennait
Dans son lac sa barque si légère ;
En naviguant, nous en faisons trois fois le tour ;
Puis, sur le tertre, une fraîche jeune fille
M'offre en riant un bouquet de la prairie,
Et dit : « Salut au nouveau troubadour ! ! »
— Moi, troubadour?.. je regardai le savant ;
— Eh ! qu'est-ce les troubadours? lui dis-je ;

« De notre vieille langue ce sont les pères glorieux ;
        « Ils ont le monde pour cimetière,
« Car ils ont partout en or buriné leurs chansons...
        « Cette muse aux mots si doux,

([1]) M. DE SAINT-AMANS, notre savant naturaliste, et M. *Washington* DUVIGNEAU, le poète biblique, découvrirent les premiers, en effet, le talent

Pintran la jòyo en cat burlat, en fol;
Dizioy : « Ma lengo ós la soulo que sàbi,
« Nou sat que rire et n'a cat d'abeni...
« Canten lou trin et lou *chalibari! !* »

Un jour pourtan dins un dol me troubèri;
Uno maynado, al toumbèl de sa may,
Sè plagnisquèt dins un parla tan bray,
Et tan doulen que n'en grumillejèri...
Bòsquèri doun que nostre bièl gascou
Abiò de mots tristes pel la doulou;
Me cal mouri nasquèt, et la lancèri...

Siòs més apèy, counessioy dus Moussus,
Dus nobles cos que tout Agen regrèto,
L'un gran saben, et l'aoutre hurous poèto; (¹)
En m'escoutan me poussòron tout dus
Un bri may lèn, càdun à sa manièro,
Baci coumen ; lou prumè m'enbitèt
A Sent-Aman, un dilus qu'estrenèt
Dins soun pesquè sa barco tan laongèro;
En goudillan fazèn tres cots lou tour;
Apèy, sul tap, uno fresco maynado
M'ofro, rizento, un bouquet de la pràdo,
Et dit : « Salut al noubèl troubadour! ! »
Jou, troubadour?... lou saben regaytèri,
« Et qu'és acos, de troubadours? diguèri? »

« — De nostro bièillo lengo acos lous pays glourious;
      « An lou mounde per cementèri,
« Car an pertout, en or, burinat de cansous...
      « Aquelo muzo as mots tan dous,

natif de Jasmin, et ne cessèrent de lui donner jusqu'à leur mort des témoignages de leur affectueuse admiration.

24

« Depuis deux cents ans on la croyait éteinte,
« Chante! nous voyons bien qu'elle n'était qu'endormie!»

Ainsi Monsieur *Saint-Amans* me parla ;
Le lendemain, peu à peu, dans mes prairies,
Un autre monde à mes yeux s'ouvrit ;
Je voyais *lauriers* et *muses* couronnées...
Et quelque chose dans ma tête s'alluma!!.

Dix jours après, par un beau temps encore,
Avec le Poète, en revenant de *Sambel*,
Muse sérieuse, et muse rieuse,
Nous voyons paraître, en face d'une tuilerie,
Quatre jeunes-gens, qui, la larme à l'œil,
A l'hôpital emportaient un vieillard.
Un souvenir me vint, et je pleurai.

Mon noble ami me questionna ;
Et moi ému, simplement je lui racontai
Le même deuil que j'avais vu chez nous...
Une étincelle, entre deux petites larmes,
Vint jaunir le vert de ses lunettes ;
Il fait quatre pas, s'arrête, ouvre ses lèvres
Comme un prophète, et *martelle* ces mots :
    « L'esprit gonflé se perd dans l'air ;
    « Bientôt au simple il reviendra ;
    « Plus d'un poète alors, en cherchant, rêveur
    « A froid, inventera un pareil tableau pour plaire ;
    « Mais dans le cœur un seul sans peine pourra entrer,
              « C'est le poète
    « Qui a souffert chez lui, et qui peut le peindre
    « Dans la langue des travailleurs!! »

Ainsi Monsieur *Washington* me parla,
Droit comme un peuplier, et fort de ses pensées ;

« Dezumpèy dus cens ans la crezion escantido,
« Canto! canto! bezèn que n'èro qu'endroumido! ! »

   Atal *moussu Sent-Aman* me parlèt;
   Lou londouma, paou à paou, dins mas pràdos,
   Un aoutro mounde à mous èls s'oubrisquèt;
   Bezioy laourès et muzos courounados...
   Et quaoucoumet dins moun cat s'aluquèt! !

   Dèts jours apèy, per un bèl ten enquèro,
   Dan lou poèto, en benin de *Sambèl*,
   Muzo seriouzo et muzo ritchounèro,
   Bezèn pareche, en faço la teoulèro,
   Quatre gouyats que, la grumillo à l'èl,
   A l'ospital empourtabon un biòl.
   Un soubeni me benguèt et plourèri.

   Moun noble amit me questiounèt un paou;
   Et jou toucat, simplomen li coumtèri
   Lou mèmo dol qu'abioy bis che nous-aou...
   Uno boulûgo, entre diòs grumilletos,
   Benguèt jaouni lou ber de sas lunetos;
   Fay quatre pas, s'arrèsto, oubro sous pots
   Coumo un profèto, et martèlo aqués mots :

      « L'esprit gounflat se pèr dins l'ayre;
      « Bièn lèou al simple tournara;
   « May d'un poèto alor, en cercan, saounejayre
   « A fret, inbentara parèl tablèou per playre;
  « Mais dins lou cò, sans peno, un soul pouyra d'intra,
      « Acos és lou cansounejayre
  « Qu'aoura soufèr ches èl, et que pot zou pintra
      « Dins la lengo del trabaillayre! ! »

   Atal *moussu Wazintoun* me parlèt,
   Dret coumo un bioule et for de sas pensados;

Le lendemain, peu à peu, dans mes prairies,
Un autre monde à mes yeux s'ouvrit ;
Je voyais pleurer, des villes entières...
Et quelque chose dans *mon cœur* s'alluma...

Dès ce moment, lorsque je me promenais seul,
A quelqu'un plus, malgré moi je rêvais :
Notre voisin, *Jean Himounet le vieux*,
Jouant sa vie au temps de la discorde,
Sauva un honnête homme de la corde,..
En grand il fut couronné ; et depuis
Le charretier s'appelait *le Roi !!* (¹)

Eh ! moi aussi, j'en voulais des couronnes,
Dussent-elles être et sans gloire et petites ! ! !

Cela arriva : mon *Trois de Mai*, d'abord,
En gagna une, de plus une médaille d'or ;
Pour m'écouter la foule était venue,
Et de ses mains elle fleurit mon laurier...
Mais quand tout semble uni et facile,
Pour moi se dresse une côte raboteuse...
Notre *journal d'Agen*, le lendemain,
Grand alors deux fois comme la main,
Me faisait fête, et publiait ma pièce ;

Dans son pays, un journal, pour celui
Qui rêve la gloire,.., c'est la gloire pour lui ! ! !

Chez un horloger où la gazette allait,
Je glisse sans bruit ; il faisait nuit, il bruinait ;
Bon ! il y a le club ; j'effleure le magasin ;
Ils ont le journal ; combien sont-ils ? quatre... cinq...

(¹) Dans l'insurrection qui éclata à Agen le 4 mars 1792, M. LOMET,
ingénieur, fut sauvé de la mort par Jean Himounet, charretier. Ce brave

Lou lendouma, paou à paou, dins mas prados,
Un aoutre mounde à nous òls s'oubrisquèt;
Bezioy ploura de bilos empenados...
Et quaoucoumet dins moun cò s'aluquèt!!!

D'aquel moumen, quan soul me permenabi,
A qu'aounqu'un may, malgrò jou, saounejabi :
Nostre bezi, Jan Himounet lou biòl,
Jougan sa bito al ten de la Discordo,
Saoubèt un hòme honèsto de la cordo...
En gran fusquèt courounnat, et dunpèy
Lou carretè s'apelabo *lou Rèy ! !* (¹)

Eh! jou tabé n'en bouilloy de courounos,
Dibèssen òstro et sans glòrio, et pitchounos!!!

Acos benguèt : moun *Tres de May* d'abor
N'en gagnèt uno, amay medaillo d'or;
Per m'escouta la foulo èro bengudo,
Et de sas mas flourisquèt moun laourè...
Mais quan tout semblo alizat et planè,
Per jou se màsto uno còsto brouncudo.
Nostro *Journal d'Agen,* lou lendouma,
Grandet alor dus cots coumo la ma,
Me faziò fèsto et ma pèsso lansabo;

Dins soun païs, un journal, per aquel
Que ròbo glòrio, és la glòrio per el!!!

Chel pandulayre oùn la gazèto anàbo,
Glitsi sans brut; faziò nèy, plebignàbo :
Boun! y'a lou clut! frizi lou magazin;
An lou journal; coumbièn soun? quatre... cinq!...

citoyen reçut au nom de la Patrie, une couronne civique qui lui fut remise
solennellement, et depuis, en effet, Himounet fut surnommé *Lou Rèy.*

Qui va lire? peut-être Monsieur Macary ?
Je me suis trompé, c'est le clerc de notaire...

Approchons-nous sans bruit, ne respirons pas...
Je veux compter les battements de mains...

Mais qu'est-ce ?.. ils écorchent ma langue
Comme si j'avais écrit de l'allemand ! !
Ils y passent tous l'un après l'autre, et font
Un brouhaha de mon chant de mésange ?
Je n'y tiens plus ; j'entre l'air affairé,
Je parle de ma montre, et j'y veux un double verre ;
Je ne me presse pas pourtant de la faire voir,
Je n'en avais pas !... mais on me crie aussitôt,
En me donnant, le journal flambant neuf...
« Tiens ! tiens ! lis ; ces mots nous chagrinent !.. »
Je baisse les yeux, et je fais le timide ;
Ils me prient encore plus ; alors, sans façons,
Je me lance vite, et mes notes résonnent...
On n'aurait pas fait quatre signes de la croix,
Qu'ils étaient enlevés ! je les allumai tous ;
Ils battaient du cœur plus fort que les pendules,
Et des mains comme s'ils étaient des Hercules...
Et l'horloger en eut tant de plaisir
Qu'il en oublia ma montre... et moi aussi.

Mais en sortant je voyais ma route nue :
Ils sont muets devant notre langue écrite ;
Tous la parlent, ils ne savent pas la lire ;
La côte est droite et je veux la franchir ;
Ce n'est pas pour rien que Dieu nous fait poëte,
Honte à celui qui dort en face du danger ! !
Dans les cafés où la foule se jette

Qui bay legi?... belëou moussu Macàri?
Mo sèy troumpat, ôs lou clèr de noutàri...

Approuchèn-nous al sarrat..., poulsen pas...
Bôli counta lous trucomens de mas...

Et qu'és acos? escarraougnon ma lengo,
Coumo s'abioy escribut d'aleman !!
Y passon touts l'un aprôt l'aoutre et fau
Un loun tchampiou de moun chan de mezengo?...
N'y temi plus; intri, l'ayre afarat;
Parli de môstro, y bôli double-beyre
Sans m'afana pourtan à la fa beyre,
Nou'n abioy pas!... mais me cridon talëou,
En me baillan lou journal flamben nëou...
« Tè! tè! legis! aqués mots nous chagrinon. »
Baychi lou èls et faou lou bergounjous;
Me prègon may; alabets, sans faysous,
Me lanci biste, et mas nôtos tindinon...
N'aouyon pas fèy quatre sinnes de crouts,
Que gn'èron plus! lous aluquèri touts;
Battion del cò may for que las pandulos,
Et de las mas, coumo s'èron d'Hèrculos...
Et l'horlogè n'aguèt tan de plazé
Que n'oublidèt ma môstro... et jou tabé.

Mais en sourtin bezioy ma routo nudo :
Soun muts daban nostro lengo escribudo;
La parlon touts, sàbon pas la legi;
La côsto és dreto, et bôli la franchi;
N'és pas per res que Diou nous fay poèto,
Hounto al qui dron en faço del dangè !!
Dins lous cafès oùn la foulo se jèto,

Je fais semblant de chercher un étranger ;
Je demande même un verre d'anisette...
Il m'en coûta bien vingt sols ; mais rusé poëte,
Je menai tout comme chez l'horloger,
Et ma ronce devint fleur d'oranger !!.

Combien j'étais content ! tressant mes papillotes,
Je voyais le mal facile à arracher,
Et je me disais : « dans villes et villotes,
« Tout le Midi a besoin d'être enseigné ;
« Il parle en musique, et il ne connait pas ses notes...
« Il les apprendra avec moi ; mais comment ?
« J'en trouverai le secret... espérons !! »

Trois ans après, au temps des vents qui gèlent,
Dans l'hôtel de ville de Tonneins,
Au beau milieu de trente musiciens,
Pour la première fois, une muse devait
Chanter pour les pauvres... c'était la mienne...

La Charité, qui alors larmoyait
De ne pouvoir faire assez pour les malheureux,
Afin de s'étendre avec éclat, essayait
De s'étayer sur musique et chansons...

A son appel, tout d'un coup, je compris :
L'heure est venue ; à l'ouvrage ! m'écriai-je ;
Chanter pour le pauvre, et donner mes leçons ;
Deux fois utile, ce sera trop doux !...
Mais il faut trouver la parole qui sonne ;
Du premier pas que je ferai hors d'Agen
Dépend l'honneur du *poëte-régent*.
Donc *à Plaisir*, (¹) au bord de la Garonne,

(¹) *Le plaisir*, c'est la promenade de Tonneins.

Baou la semblan de quèrre un estrangè;
Demandi mêmo un beyre d'anizèto...
M'en coustèt pla bint sos; mais, fi poèto,
Menèri tout coumo che l'horlogè,
Et ma roumèt benguèt flou d'irangè!!

Qu'èri counten! tressan mas papillòtos,
Bezioy lou mal facilo à derroga,
Et me dizioy : « Dins bilos et bilòtos,
« Tout lou Mòtjour a bezoun d'alenga,
« Parlo en muziquo et couney pas sas nòtos...
« Las aprendra dambè jou, mais coumen?
« N'en troubaròy lou secròt... esperon!! »

Tres ans apèy, al ten des bons gelayres,
Dins la mayzou-de-bilo de Tounen,
Al bèl mitan de trento muzicayres,
Pel prumè cot uno muzo dibiò
Canta pel paoure... acos èro la miò...

La Caritat, qu'alabets larmejabo
De nou poudé fa prou pes malhurous,
Per s'esplandi, dambé brut, assajabo
De s'escourra sur muzico et cansous...

A soun apèl tout d'un cot coumprenguèri :
L'houro és bengudo; à l'oubratge! diguèri;
Canta pel paoure! et bailla mas litsous!
Dus cots utile, acos sara trop dous...
Mais cal trouba la paraoulo que sòno;
Del prumè pas que faou fòro d'Agen,
Depen l'aounou del *poèto-regen*.
Doun, *al Plazé*, (¹) sul bor de la Garòno,

Sur le sable fin de cet endroit caché,
Au petit soleil je composais *La Charité*...
Je voulais peindre, sous sa *chaleurée*,
Aux yeux de Dieu la terre réchauffée...

Oh ! mais toujours et partout mon ange
Met le plaisant juste à côté du beau.

Mon sang bouillonnait, l'œil sur l'eau je pensais
Je parlais seul, je tournais, je gesticulais...
Une jeune femme à l'air compatissant
Vient vers moi avec ses deux enfants :
— « Monsieur, chassez votre noire pensée ;
« C'est un crime ; au nom de votre mère,
« Ne vous noyez pas ! » — « Mie, vous vous êtes trompée,
« Et vous me prenez, je vois, pour quelqu'un plus ;
« Je veux en finir, laissez-moi tranquille, je vous en prie ! »
A ces mots, elle croit que j'ai perdu la tête ;
Elle me prend par le bras, elle ne veut pas que je me noie...
Un rire fou m'échappe, et sur le pavé
Je vais finir ce que j'avais commencé...

Bien m'en valut : dans cette soirée,
Ma muse fut couronnée et fleurie ;
La manne *en grand* descendit sur le pauvre ;
Et moi, content, debout sur mon estrade,
Je voyais ma route et maintenant longue, unie...
Je vis bien plus d'un joli tableau,
Mais le plaisant ne finissait pas si tôt ..

En descendant, je parais dans la foule
Qu'autour de moi je voyais s'amonceler

Sul sable fi d'aquel endret sarrat,
A! soureillet fazioy *la Caritat*...
Bouilloy pintra, debat sa calourado,
As èls de Diou la tèrro escaoundurado...

Oh! mais toutjour et pertout moun angèl
Mèt lou plazen juste al coustat del bèl :

Moun san buillò; l'èl sul l'aygo, souscàbi;
Parlabi soul, biràbi, brassejàbi...
Uno fenneto, à l'ayre piètadous,
Bèn cats à jou dambé sous dus pitchous :
— « Moussu, cassas bostro negro pensado;
« Acos un crime; al noum de bostro may,
« Bous nègues pas!» — «Migo, bous sès troumpado,
« Et me prenès, bezi, per quaouqu'un may;
« Boli fini, daycha m'esta, bou'n prègui!! »
An aqués mots, crey qu'èy perdut lou cat;
Me pren pel bras, nou bol pas que me nègui...
Un rire fol m'escapo, et sul pabat
M'en baou fini ço qu'abioy coumençat...

Pla m'en balguèt : dins aquelo serado,
Ma muzo estèt courounado et floucâdo;
La manno en gran debalèt sul paouret;
Et jou, counten, sur moun estrado dret,
Bezioy ma routo aro loungo, alizâdo...
Besquèri bò may d'un poulit tablèou,
Mais lou plazen finissiò pas talèou...

En debalan dins la foulo parechi;
Al tour de jou la bezioy s'arrenga;

Une voix crie : « Eh! mon Dieu, je le connais,
« C'est celui qui voulait se noyer ! ! »
Et la jeune femme, honteuse, se cachait,
Je vais droit à elle et je lui dis, souriant :
— « Pauvrette, c'est vrai, ma muse se noyait,
« Mais je l'ai sauvée aujourd'hui dans Tonneins ! ! »

Maintenant, poète ami, sur mes pèlerinages,
Depuis, je ne trouve rien à dire que tu ne saches;
Tu sais que pour les malheureux, depuis trente ans debout,
J'ai enseigné ma langue aux quatre bords, partout...
Princes, Rois, Empereurs, dans Paris l'ont comprise;
Et les *quarante savants*, sur le fauteuil assis,
Pour faire mieux resplendir sa lumière,
En grand l'ont couronnée *et l'ont faite française.*
Maintenant tout le Midi sur son siège l'a mise;
Prêtres et messieurs, ouvriers et bergers,
En Gascogne, en Provence et des quatre coins,
S'en servent pour chanter et l'écrivent
D'une manière à payer tout ce qu'ils lui doivent...
Je suis content, et pour le cœur il ne me manque rien
    Que les deux grands *amis messieurs*
Qui plombèrent l'esprit de ma muse légère...
En la poussant ainsi sur un chemin meilleur,
Ils n'avaient pas vu, peut-être, pour elle tant d'honneur...
    Mais aussi s'ils vivaient encore,
    Ils en seraient plus heureux que moi ! !

Fin de mes Nouveaux Souvenirs.

Uno bouès crido : « Eh, moun Diou ! lou counechi,
« Acos aquel que bouillò se nega ! ! »
Et la fenneto, hountouzo, se sarrabo.
Baou dret sur élo et li dizi, rizen :
— « Paourôto, ós bray, ma muzo se negàbo,
« Mais l'òy saoubado anòy dedins Tounen ! ! »

Aro, poèto amit, sur mous pelerinatges,
Dunpèy, nou tròbi res à dire que nou satges.
Sàbes que pes paourets, dunpèy trento ans debout,
Ey ensegnat ma lengo as quatre bors, pertout ! !
Princes, Rèys, Amperurs, dins Paris l'an coumprezo ;
Et lous *cranto sabens*, sul faoutul assetuts,
          Per la may resplandi sa luts,
En gran l'an courounado *et l'an fèyto francezo*;
Aro tout lou Mètjour sur soun sièti l'a mezo;
Prèstes et moussurets, oubriès et pastous,
En Gascougno, en Proubenço, et des quatre cantous,
          N'en muziquejon et l'escribon
          A paga tout ço que li dibon...
Sòy counten, et pel cò nou me manquo rés plus
          Que lous dus grans *amits moussus*
Que ploumbèron l'esprit de muzo laougèro...
En la poussan atal sur un cami millou,
N'abion pas bis belèou, per élo tan d'aounou...
          Mais tabé se bibion enquéro,
          N'en sayon may hurous que jou ! !

LA DOUCE PRISON DE MONTIGNAC.

A MONSIEUR SORBIER, NOTRE PREMIER PRÉSIDENT.

(Fête du 15 Août 1859 , pour les Pauvres.)

Il y a quinze ans, Montignac , prêtres et troubadour
Quêtaient pour l'église écus, sous et deniers.
Nous allions à Sarlat...; vous nous arrêtâtes ici ;
 A votre fier voisin vous nous volâtes
 Et vous nous fîtes prisonniers.
Oh ! mais quelle prison ! Ma Muse fêtée
Y chanta jour et nuit ; la quête grossissait
 Pour l'église découverte...
 Et Sarlat toujours m'attendait...
 Et tu fis passer ta fête reculée
 Demi-semaine avant la sienne...
Oh ! de ce souvenir la sève boût encore !

Aussi ma muse aujourd'hui, *paysanne jardinière*,
 Tout en fredonnant ses chansons,
A l'appel de ton prêtre au cœur si bon,
 Revient se faire ta prisonnière,
Plaide à ton tribunal la cause des pauvres,
 Et te chante sur la musette :
 « *Fête de l'Empereur !... Fête de la Vierge !*
 « *Il faut double fruit pour les maisonnettes ! !* » »

(¹) Il y a quinze ans, le poète Jasmin était de passage dans la ville de *Montignac*; il se rendait à Sarlat, où l'attendait, à jour fixe, un public nombreux et impatient; à Montignac, on arrêta forcément le poète pour un banquet d'honneur et pour une soirée de charité improvisée, et *Sarlat fut obligé de retarder de trois jours sa fête littéraire.* C'est sous l'influence de ce bon souvenir que Jasmin vient de répondre au vœu de M. le curé et des

LA DOUSSO PRIZOU DE MOUNTIGNAC.

A MOUSSU SORBIER, NOSTRE PRUMÉ PREZIDEN.

(Fèsto del 15 Agous 1859 , pes Paoures.)

Y'a quinze ans empenats, troubabour et curés,
En quistan pel la glèyzo escuts, sos et dinès,
Anâben à Sarlat... aciou nous arrestères,
    A toun fièr bezi nous panères...
    Et nous fasquères prizounès... (¹)
Oh! mais, quino prizou! Ma Muzo festejado
Y cantèt jour et nèy; la quisto groussissiò
    Pel la *glèyzo descapelado*...
    Et Sarlat toutjour attendiò...
    Et fasquères passa ta fèsto reculado
    Mèjo semmâno aban la siò;
Et d'aquel soubeni la sâbo bul enquèro!

Tabé ma muzo anèy, *payzano jardinèro,*
    Tout en fredounan sas cansous,
A l'appèl de toun prèste al cò tan amistous,
    Torno se fa ta prizounèro,
Playdo à toun tribunal la caouzo des paourets,
    Et te canto sur sa muzeto :
« *Fèsto de l'Amperur!... Fèsto de la Bièryeto!*
    « *Cal double frut pes ousialets!! »*

dames de charité de Montignac, en célébrant dans leur ville la double *fête
de l'Empereur et des pauvres...* En dehors du succès prodigieux de larmes
et de bouquets nombreux qu'il a obtenus dans cette séance, chacun s'est
fait un honneur de le fêter; et les pauvres ont aussi à se réjouir d'une
ample recette qui s'élève à plus de 1,000 fr.

(*Journal de Lot-et-Garonne;* 21 Août 1859.)

Ouvre-moi ton jardin où grandement tu récoltes,
    Dans ton joli berceau entouré de peupliers,
On dit que tu es bon riche; alors, si c'est vrai,
'Tu feras gagner ma cause, et doublement tu le dois
A ma muse, à tes fils qu'Agen a vus aussi
Grandir avec les siens dans *son palais du bien!* (¹)

Un surtout, *le Premier,* bras droit de la justice,
'Tient ferme sa balance, et de ses yeux perçants
      Couvre trois départements
    Où jamais le bon droit ne se déchire...
Ne déchire pas le mien, et fais comme lui, ici,
    Car droit du pauvre est droit de Dieu!...

Mais tout est boule blanche, et ma cause est gagnée,
Vos battements de mains me sonnent une aubade,
Manne et fruit pour le pauvre pleuvent à mes yeux;
C'est plus: je vois des fleurs mêlées au miel;
Et de *roses-pompon* ma muse est *bouquetée:*
Du jardin de la Grâce cet encens chaleureux
    Allume le cœur le plus froid...
Quel joli tribunal! de son coup-d'œil l'éclair
    Ensorcèle le plaideur...
    O Montignac, ville d'honneur!
Retiens-moi prisonnier longtemps en ta demeure!!
    Je ne m'échapperai pas, crois-le,
    Car la liberté du dehors
    Maintenant ne vaudra pas pour moi
    Les chaînes de ta prison!!

(¹) MM. *Sorbier,* premier président de notre Cour impériale; *Requier,* président de chambre, et *Sorbier,* conseiller, sont tous trois de Montignac.

Alando toun cazal oùn grandomen estibes;
Dins toun brès embioulat que play,
Dizon que s'ès boun riche; alabets, s'acos bray,
Faras gagna ma caouzo, et doublomen zou dibes
A ma muzo, à tous fils qu'Agen a bis, tabé,
Grandi, dambé lous scous, dins *soun Palay del bé!* (¹)

Un surtout, *lou Prumè*, bras dret de la Justisso,
Ten fèrme sa balanço, et de sous èls punjens
      Capèlo tres departomens
      Oùn jamay lou boun dret s'esquisso...
N'esquisses pas lou meou, et fay coumo el, aciou,
    Car *dret del paoure és dret de Diou!!*

Mais tout és boulo blanco, et ma caouzo és gagnado;
Tous trucomens de mas me sônon uno aoubado;
Manno et frut pel paouret plèbon debat moun èl;
Ès may : bezi de flous abarrejo lou mèl;
Et de *rôzos-poumpoun* ma muzo és bouquetado:
Del cazal de la Grâço aquel encen caoudet
      Alûquo lou cò lou may fret...
Quin poulit tribunal! de soun cot d'èl l'esclayre
      Ensourcillo lou playdejayre...
      O Mountignac, bilo d'aounou,
Reten-me prizounè, lounten, dins ta damôro!
      Nou m'escaparèy pas, crey-zou;
      Car la libertat de defôro
      Aro nou badra pas per jou
      Las cadenos de ta prizou!!

LES APPRENTIS DE LA CHARITÉ. [1]

A MONSIEUR LE CHANOINE CAPOT, SUPÉRIEUR DU COLLÉGE SAINT-CAPRAIS.

(Avril 1862.)

La terre devient marâtre et les champs sont pauvres ;
Le travail soutient bien, mais dans beaucoup de maisonnettes,
Des ouvriers sont disetteux de tout, en cachette...
Aussi dans une école au grand, au grand savoir,
Il m'est doux de voir, au vent d'un hiver en colère,
D'apprentis Messieurs s'essayer dans le bien,

     Et descendre dans la rue
     Pour s'apprendre à guérir sans bruit
     Le mal dans l'ombre caché...

Sans doute on est fier d'eux quand on les voit paraître,
Comme d'autres, au pas, le jeudi, le dimanche,
Vêtus de l'uniforme, air vif, œil brûlant,
Et tous ne faire qu'un, comme un vieux régiment...
Je trouve aussi dans eux la jeune poésie :
Pépinière d'honneur grandit pour les combats...

     Il faut des soldats pour la patrie,
     Mais il en faut pour la Charité ! !

La Charité aussi recrute son armée ;
Elle la veut forte, vaillante, et sans cesse enflammée
Pour éteindre partout avec des écus la faim,

     Et faire engloutir la misère...

La Charité est sainte et grandit les plus grands ;

[1] ..... En même temps qu'ils s'initient par l'étude aux joies de l'esprit les élèves de l'Ecole Saint-Caprais ouvrent leurs âmes aux douces inspirations de la bienfaisance. Chaque semaine, dans ces réduits obscurs où la misère se cache, ils portent aux pauvres le pain qui soutient et la parole qui console... Le Poëte est donc venu au milieu de ces charmants enfants qui faisaient appel à son génie et à son cœur ; et, mercredi soir, dans une

LOUS APRENDIS DE LA CARITAT. [1]

A MOUSSU LOU CANOUNGE CAPOT, PRUMÉ DEL COULÉTGE DE SEN-CAPRAZI.

(Abriou 1862.)

La tèrro bèn mayrastro, et lous cans soun paourets;
Lou trabal sousten bé, mais dins forço oustalets,
D'oubriès, al sarrat, de tout passon nessèro...
Tabé, dins uno escôlo al gran, al gran sabé,
M'és dous de beyre, al ben d'un hibèr en coulèro,
D'aprendis Moussurets s'assaja dins lou bé,
  Et debalan dins la carrèro,
   Per s'aprene à gari, sans brut,
   Lou mal dins l'oumbro rescoundut.

Sans douto, sòn fièrs d'es quan lous bezòn pareche,
Coumo d'aoutres, al pas, lou ditchaou, lou dimeche,
Bestits de l'uniformo, ayre biou, èl flamben,
Et nou fa qu'un dins touts coumo un bièl regimen...
Trôbi dins es tabé la jouyno poèzio :
Pepignèro d'aounou se grandis pel coumbat...
   Cal de souldats pel la patrio,
   Mais n'en cal pel la Caritat!!
La Caritat tabé recruto soun armado;
La bol forto, balento, et toutjour alucâdo
Per mitrailla pertout dambé d'escuts la fan,
   Et fa reboundre la mizèro...
La Caritat és sènto et grandis lou may gran;

vasto salle de l'école, où se pressaient autour de Monseigneur l'Evêque un clergé nombreux et un auditoire d'élite, il nous a été donné d'assister à une fête aimable et touchante... Jasmin a terminé sa séance par son improvisation... *Lous Aprendis de la Caritat*, qu'il a dû réciter deux fois, sur la demande de l'auditoire, au milieu de l'enthousiasme général...

(*Journal de Lot-et-Garonne*; 8 Avril 1862.)

Les reines, nous le voyons, sont plus belles encore
    Quand elles la servent en gouvernant...
Paris surtout le prouve, et dans les capitales
    Elle efface toutes ses rivales...

    Donc Messieurets, au cœur chaleureux,
    Des anges qu'ils soient bénis
Les régents charitables qui dans ce service
Vous enseignent du cœur l'*affectueux exercice*...
Toute la vie, là, il faut faire la guerre aux maux ;
    Vous ne déserterez jamais, oh! non !
Vous vous direz; ce n'est pas assez d'y passer *capitaines*...
    Il faut tous y mourir *généraux !!*

LE PONT DE SAINT-ANDRÉ-DE-CUBZAC.[(1)]

Aux Dames de Charité de Saint-André.

(Juin 1862.)

Petites villes dont le front éclatant comme neige
    Se rafraîchit sous la feuille,
    Votre grand pont qui est toujours neuf
    Etait la plus belle merveille
    Des merveilles de Bordeaux !
La foule chaque jour y venait sans cesse ;
L'on aurait dit *Cubzac* soudé à *La Bastide*...
    Pendant six ans cela dura.
Un jour, en déchirant vignes, terres labourées,
Un long serpent de fer, utile mais bien laid,

[(1)] ..... Lundi dernier, la Charité avait réuni tous les habitants de la contrée dans la grande salle du collége de Saint-André-de-Cubzac. Cette fête avait un double attrait : le soulagement des pauvres et la présence de

Las Rèynos, zou bezèn, soun pu bèlos enquèro
  Quan la sèrbon en goubernan!
Paris surtout zou proubo, et dins las capitalos
  Encrumis toutos sas ribalos...

  Doun, Moussurets escalourits,
  Des anges siòsquen benezits
Lous regens piètadous que dins aquel serbice
Bous ensegnon del cò *l'amistous exercice*...
Touto la bito aquí cal fa la guèrro as mals;
  Dezartares jamay..... Oh! nàni!
Bous dirés : N'és pas prou d'y passa capitàni...
  Y cal touts mouri... generals!!

LOU POUN DE SENT-ANDRÈ-DE-CUBZAC.[1]

A las Damos de Caritat de Sent-Andrè.

(Jun 1862.)

Bilòtos doun lou froun blanquejan coumo nèou
  Se rafresquis debat la fèillo,
  Bostre gran poun, qu'és toutjour nèou,
  Èro la pu bèlo merbèillo
  De las merbèillos de Bourdèou;
La foulo, càdo jour, y begno de sieguido;
On nouyo dit *Cubzac* scoudat à *La Bastido*...

  Penden siès ans acos durèt.
Un jour, en esquissan bignos, tèrros laourados:
Un loun serpen de fèr, utile mais pla lèt,

Jasmin... Vers la fin de cette bello séance, une cantate en l'honneur du Poète et une brillante couronne ont provoqué de sa part une réponse pleine d'esprit et d'à-propos... (*Courrier de la Gironde* ; 5 Juillet 1862.)

Avec ses ailes enflammées,
Se plante entre vous autres ; le sol en trembla,
Et vous en fûtes dessoudées...
Depuis, le pont n'a plus la foule ; mais à l'œil
Il a pris un air languissant
Qui, certes, d'après moi, ne le ternit guère ;
Au contraire il n'en est que plus beau :
La beauté grandit lorsqu'elle se cache ;
Autrefois avec Bordeaux j'y étais venu souvent ;
Eh bien ! jamais je n'ai vu ce que j'y voyais tout à l'heure :
Ce pont, assis dans les airs,
Entre ses piles n'est plus muet ;
Il change ses *fils d'archal* en cordes de guitarre,
Et les vents en les pinçant
Y font une musique à faire rêver toute l'année ! !

Allez ! que le *serpent Lucifer*, avec aisance,
Puisqu'il le faut, puisqu'il le doit,
S'emporte *empaquetés* des mondes sur son échine ;
Villottes, au front pur, et l'hiver et l'été,
En fait de poésie écrasez-le d'ici ;
Lui ne sera jamais qu'un démon siffleur,
Tandis que votre pont superbe et sonore
Mêle sans cesse sa note au grand concert de Dieu ! !

L'HOPITAL DE BARÈGES.(¹)

A MONSEIGNEUR L'ÉVÊQUE DE TARBES.

Troubadour-pèlerin, les palais, les châteaux
Que le génie a bâtis, ne me séduisent guère ;

(¹) ..... Dès que les portes ont été ouvertes, le public s'est présenté en foule et l'enceinte s'est trouvée insuffisante pour ce nombreux auditoire... Vers la fin de la séance, deux jeunes demoiselles sont venues, au nom des touristes, offrir à Jasmin un magnifique herbier, et lui ont adressé quelques

Dambé sas alos alûcados,
Se planto entre bous-aous, lou sol n'en tramboulèt,
Et n'en fusquères descoudâdos...
Dunpèy lou poun n'a plus la foulo; mais à l'èl
A pres un ayre de languino
Que cèrto, d'aprèt jou, nou lou dezoundro brino;
Al countrari, n'és que pu bèl:
La beoutat grandis quan se sarro;
Aoutres cots, dan Bourdèou, souben y'èri bengut,
Èbé, jamay n'èy bis ço qu'y bezioy tout aro :
Aquel poun, dins l'ayre assetut,
Entre sas pilos n'és plus mut;
Cambiò sous *fièls d'archal* en cordos de guitarro,
Et lous bens, en las pechugan,
Y sònon de muzico à fa reba tout l'an! !

Anas, que lou *Serpen Lucifèr*, d'amb'ayzino,
Perque zou cal, perque zou diou,
S'emporte à *peillerot* de moundes sul l'esquino;
Bilôtos al froun cande, et l'hibèr et l'estiou,
En fòt de poèzio, escraza-lou d'aciou :
El nou sara jamay qu'un demoun estiflayre;
Tandis que bostre poun, supèrbe et flûtejayre,
Maylo à-tengut sa nòto al gran councèr de Diou!...

L'ESPITAL DE BARÉJOS. [*]

A MOUNSEIGNOU L'ABESQUE DE TARBOS.

Troubadour-pelerin, lous palays, lous castèls
Que l'engin a bastit, nou m'enluzisson gayre,

paroles qui traduisaient les sentiments d'admiration dont le public était pénétré. Le Poète, profondément ému, a répondu par cette improvisation qu'une explosion de bravos a saluée des quatre parties de la salle...

(*L'Ère Impériale de Tarbes*; 26 Août 1862.)

Mais un simple hôpital pour le travailleur
Me touche, et son portail humecte mes yeux...
     Aussi quand l'hôpital m'appelle
Pour que ma muse enfin l'aide un peu,
     Malgré l'âge qui la courbe
Je sens des ailes aux pieds, et je brûle le chemin...

Ainsi je suis venu, Hôpital de Barèges,
Et sous les brouillards qui se changent en pluie,
Au bruit de ton *Bastan* qui écume et bondit
En dévalant et en rugissant à travers ses cailloux,
Me voici au milieu de plus de cent familles
     D'un monde gracieux comme à Bordeaux ;
     Et quand je vois tant de béquilles
     Que les bras jetteront bientôt,
Je salue, le cœur plein, tes eaux bénies
Que Dieu fait bouillonner aussi pour les souffrants
Qui viennent, plaies ouvertes, et bourses épuisées,
Se guérir aux fontaines de tes rochers blanchâtres...

Tes eaux par les savants sont partout proclamées ;
     C'est à bon droit, elles sont *les aînées !*
Guéris donc riche et pauvre ; tu as compris ton devoir ;
Tu portes un nom qui illustre et commande le bien. (¹)

Ensuite, Monseigneur de la vieille Bigorre,
Depuis ton baptême, en bon parrain te soutient.

     Ensuite le bon prêtre qui travaille à ta tête,
Te donne tout pour agrandir ta charité...
     Et ce qui plaît, ce qui caresse
     Autant notre âme que l'esprit,

(¹) L'hôpital de Barèges porte à son frontispice cette inscription : *Hospice Sainte-Eugénie ;* il s'est agrandi sous la protection de Mgr de Tarbes, et

Mais un simple espital pel paoure trabaillayre,
Me tòco, et soun pourtal m'engrumillo lous èls...
                Tabé quan l'espital m'appèlo
Perque ma muzo anfin l'aduje un pitchou bri,
                Malgrè l'atge que l'agrumèlo,
Senti d'alos as pès, et flambi lou cami...

Atal te sèy bengut, *Espital de Barèjos*,
Et debat tous brouillars que se cambion en plèjos,
Al brut de toun *Bastan* que bàbo et fay de saous
En debalan raoujous à trabès sous caillaous,
Me baciou al mitan de may de cent famillos
                D'un mounde fi coumo à Bourdèou,
                Et quan bezi tan de bequillos
                Que lous bras jetaran bièn lèou,
Saludi, lou cò plé, tas aygos benezidos
Que Diou fay boujoula tabé pes soufrentous
Que bènon, plago oubèrto, et boursos estaridos,
Se gari dins las founs de tous rocs blanquignous...

Tas aygos pes sabens soun pertout encantados;
                És à boun dret, soun *las aymados!*
Garis doun riche et paoure, as coumpres toun debé :
Portes un noum qu'englòrio et coumando lou bé. (¹)

Apèy, as Mounsegnou de la bièillo Bigorro
Que dumpèy toun batèmo, en boun payri t'escorro.

Apèy lou prèste sèn que trabaillo à toun cat,
Te baillo tout per may grandi ta caritat...
                Et ço que play, ço que caresso,
                Aoutan nostro amo que l'esprit,

La santé chez les malades revient, mais sans faiblesses,
    Car les sœurs de *la Sagesse*
      Rendent sages ceux qu'elles guérissent.

Dresse-toi sur ton roc, Hôpital de Barèges ;
Ton front brillera plus encore que les neiges ;
Je suis fier aujourd'hui d'avoir, sous la croix,
Fait quelque chose pour toi, toi qui fais tant pour tous ! !

LE CHATEAU DE BIRON. [1]

A MONSIEUR PAUL DUPONT, DÉPUTÉ DU PÉRIGORD.

(24 Septembre 1862.)

Dans le monde si vieux, il y a des choses, enfin,
    Grandement riantes ou tristes,
Qui font parler le peuple, aux chantiers, au coin du feu,
Au point qu'on les connaît sans les avoir vues...
En tête de toutes, une étend sa renommée :
    C'est le *Château de Biron !!*

Merveille du passé, je ne connaissais encore
    Ni son intérieur, ni ses murailles ;
Mais je savais que le génie des maîtres d'alors
En avait fait et refait une place de guerre,
    Forte à tenir tête à l'armée, depuis
Que les seigneurs voulaient lutter contre le roi...

[1] ..... Cette grande et belle séance *si fructueuse pour l'œuvre*, a eu lieu hier, 24 septembre, à une heure de l'après-midi... Avant l'heure, ce local a été envahi par plus de *mille personnes*, la plupart appartenant à la haute société ; les dames y dominaient ; tout était comble, comble ; et les premières trop restreintes furent obligées de refluer sur les secondes. ....

La santat ches malaous torno, mais sans feblesso,
        Car tas *Mounjos de la Sajesso*
        Randon sages lous qu'an garit...

Màsto-té sur ta ròco, Espital de Barèjos;
Toun froun luzira may enquèro que tas nèjos...
Per jou, sòy fièr anèy d'abé, debat la crouts,
Fèy quaoucoumet per tu, tu que fas tan per touts!!

LOU CASTÈL DE BIROUN. [*]

A MOUSSU POL DUPOUN, DEPUTAT DEL PERIGORD.

(24 Septembre 1862.)

Dins lou mounde tan bièl y'a de caouzos, anfin,
        Grandomen rizèntos ou tristos,
Que fan parla lou puple, as chantiès, al coufin,
Al pun qu'on las couney et sans las abé bistos...
Al cat de toutos, uno esplandis soun renoum :
        Acos lou castèl de Biroun!!

Merbèillo del passat, n'abioy pas bis enquèro
        Ni soun dedins, ni sas parets;
Mais sabioy que l'engin des mèstres d'alabets
N'abiò fèy et refèy uno plaço de guèrro,
Forto per teni cat à l'armado, dunpèy
Que lous segnous bouillon lutta countro lou rèy...

Nous renonçons à peindre l'effet qu'a produit le poète par cette inspiration
de circonstance : *Lou castèl de Biroun.* Sa pose, sa voix, son geste étaient
en harmonie avec le sujet héroïque et triste qui l'avait inspiré en ce moment, le poète était solennel, et l'émotion était dans tous les cœurs...
        (*L'Écho de Vésone*; 2 Octobre 1862.)

J'en aurais peint les tours, les murailles épaisses,
     Qui faisaient au loin tant de bruit,
Quand elles voyaient chaque jour tant de batailles
Aux quatre bords du roc, où maintenant il trône... muet !
Et ses cours, et son église, et ses chambres sombres
       Si rayonnantes du premier temps,
      Et ses mille histoires glorieuses,
       Et ses épées rouillées
Qui ont sauvé le pays, de père en fils... souvent ! !

Mais ce que je n'aurais pu peindre comme aujourd'hui,
C'est le mal au cœur qui vous saisit, en entrant
Dans cette demeure obscure et claire,
     Où tant de souvenirs lancent des éclairs...

Un surtout, *le dernier*, comme un soleil rayonne,
     Ensuite il s'obscurcit... il endolorit ! !
Grand courage ! grand nom ! grands triomphes ! grande âme !
Et tout cela périr dans le faux pas affreux,
     Trompe-chemin des jours fiévreux ! !
Oh ! gloriole d'enfer, ton venin brûle, détruit
     Et perd les hommes les meilleurs...
Malheur au noble cœur que ta griffe entame !
Le mal vient, il faut qu'il fléchisse... et il fléchit... terni...
Oh ! nous ne l'excusons pas !. nous le plaignons, œil mouillé !

D'ailleurs, depuis, partout et sur le ton plaintif,
La grande voix de Dieu, le peuple, l'a chanté ;
J'entends même aujourd'hui bruire son passé :
     « *Dans tout son corps pas une veine*
     « *Qui pour son roi n'ait saigné...* »
C'est beau ! c'est saint ! ! — où suis-je ? quel prestige !...
Est-ce que le crime aurait aussi sa poésie ?
Non ! sa faute est noire, ne la découvrons pas,

N'aouyoy pintrat las tons, las espessos muraillos
    Que fazion al lèn tan de brut,
Quan bezion, càdo jour, tan et tan de bataillos
As quatre bors del roc oùn aro trouno... mut...
Et sas cours, et sa glèyzo, et sas crambos crumouzos
    Tan luzentos del prumè ten ;
Et sas milo histouèros glouriouzos,
    Et sas espazos roubillouzos
Quan saoubat lou païs, de pays en fils... souben ! !

Mais ço que n'aouyoy pas pouscut pintra coumo aro :
Es la peno de cò qu'en intran bons sazis
Dins aquelo damôro, et negrillouzo et claro,
    Oùn liouson tan de soubenis...

Un surtout, lou darrè, coumo un sourel luzis...
    Apèy fay crun, endoulouris ! !
Gran couratge! gran noum! grans trioumfes! grando àmo!
Et tout acos peri dins lou faou-pas affrous,
    Trompo-cami des jours fiòbrous ! !
Oh! glouriôlo d'infèr, toun beren burlo, crâmo,
    Et pèr lous hômes lous millous...
Malhur al noble cò que ta griffo entameno !
Lou mal bèn, cal que soûste... et soustèt... dezoundrat...
Oh! nou l'escuzan pas... lou plagnèn, èl mouillat ! !

D'aillur, dunpèy, pertout, et sul toun de la peno,
La grando bouès de Diou, lou puple, l'a cantat ;
Entendi mêmo anèy brounzina soun passat :
    « *Dins tout soun cor gn'a cat de beno*
    « *Que per soun rèy n'atge sannat...* »
Acos bèll acos sèn ! !... — oùn souy? quino magio !
Es-què lou crime aouyo tabé sa poèzio?
Nâni; sa faouto és negro, et la cal capela,

Mais peut-être avait-elle droit au pardon... *quand même!*
Les services rendus, en vieillissant reverdissent ;
Les siècles en passant sur le crime l'allégent...
Un grand roi, sans cesse, devrait se souvenir
Qu'en pardonnant, il écrase!.. en punissant, il fait grandir!

FLEUR RESSEMÉE FLEURIT DAVANTAGE.

A MA GRACIEUSE BELLE-FILLE NATHALIE JASMIN.

« A peine à l'aube de sa vie,
« Notre joli Jacques nous quitte ;
« Et avec lui, dans sa tombe, sans bruit,
« Notre bonheur s'est enseveli ! ! » (¹)

Ainsi nous disions tous, en famille,
Quand le bon Dieu nous le prit ;
Chacun cachait ses larmes...
Mais le Ciel, touché, voulut
Qu'il nous vint un autre petit ange
Pour que notre deuil eût une fin...

Fleur ressemée au mois de mai,
Racine mieux et fleurit davantage !
Ainsi il doit en être d'un enfant :
MARIE-LOUISE se développe
A vue d'œil ; jamais on n'a vu
Autant de grâce dans le jeune âge,
Autant d'esprit dans une petite tête ;
Jeune âme, intelligence, bonté,
Tout rayonne sur son visage...
Aussi nous ne pleurons presque plus,
Car elle nous paie en bonheur pour deux ! !

(¹) Épitaphe gravée sur la tombe de petit Jacques (cimetière Montmartre).

Mais beldou qu'abiò dret al perdou... *saquela!*
Lous serbices randuts, en bieillin reberdisson;
Lous siècles en passan sul crime l'aleougisson...
Un gran rèy, à-tengut, diouyò se soubeni
Qu'en perdounan, escrazo!... en punin, fay grandi!

FLOU REMENDADO FLOURIS MAY.

A MA GRACIOUZO NÒRO NATHALI JASMIN.

« A peno à l'aoubo de sa bito,
« Nostre poulit Jàques nous quito;
« Et damb'el, dins soun clot, sans brut,
« Nostre bounhur s'és reboundut!! » (¹)

Atal dizian, touts, en famillo,
Quan lou boun Diou nou lou prenguèt;
Cadun sarrabo sa grumillo..
Mais lou Cièl piètadous boulguèt
Qu'un aoutre angelet nous benguèsse
Per que nostre dol finisquèsse...

Flou remendado, al més de may,
Millou racino et flouris may!...
Atal diou n'èstre d'un maynatge :
MARI-LOUIZO s'espelis
As èls bezens, jamay n'an bis
Tan de graço dins lou jouyne atge,
Tan d'esprit dins un pitchou cat;
Ameto, abizomen, bountat,
Tout daourejo sur soun bizatge...
Tabé nou plouran prèsque plus,
Car nous pago en bounhur per dus!!

SENT-EMILIOUN. [1]

A Moussu Ducarpo, preziden des oubriés associats.

(May 1861.)

Bilòto al froun daourat, al gran clouchè luzen,
Que picòto lou cièl de soun fissou pungen,
Lou troubadour d'anèy te baillo soun aoubado;
   Pertout, sus quatre bors, òy bis
Encanta toun gran bi coumo *Prince des bis!*
   Saludi doun sa renoumado,
   Car, dins lou mounde, fay rampèou
As may fièrs del Medoc per englouria Bourdèou!!
Mais nou m'estouni plus, ta còsto encharmentàdo
   Es la mestresso del sourel;
   A sa millouno calouràdo,
Et, per tan mechan ten que fasque dins l'annado,
   Jamay, jamay, n'és beouzo d'el!

Ebè, pourtan, bilòto, aymi pla may enquèro
Ço que fas per barra ta porto à la mizèro!
A tas bounos litsous que fas muziqueja,
Dan toun *Gran-Preziden del Senat* [2] doun s'ès fièro,
Ensegnes lous mostiès entr'és à s'aduja;
Bezoun de caritat fay plus tan larmeja;

[1] ..... L'assemblée présidée par M. le sous-préfet de Libourne, était nombreuse et brillante : derrière un parterre bien garni de dames et de personnes notables venues de tous les environs, une partie du peuple Saint-Emilionnais se pressait à flots dans l'enceinte trop étroite de la vaste salle, et plus de cinq cents personnes qui n'avaient pu y pénétrer écoutaient de dehors, sur la place des Crèneaux, et attendaient pour voir le Poète et le montrer... Vers la fin de la séance, mille bravos ont accueilli l'hommage de Jasmin, et une jeune enfant, parée de fleurs, est venue lui offrir une belle couronne...   (*La Guienne;* Mai 1861.)

[2] S. Exc. M. *Troplong* est président-honoraire de cette société.

L'oubrié fay grana tas fèstos ramoládos,
Et lou bé s'esplandis aoutan que lou refrin;
As roussignols defòro, et roussignols dedin;
Aban de nayche, atal las penos soun cassádos ..
          Oh! te festeji per acò!
Bourdalezo al gran noum, s'ès famuzo et s'ès bràbo;
Ès bèl d'abé l'esprit en licou dins sa càbo,
Mais ès may bèl d'abé la bountat dins soun cò!!

CASTÈLNAUDARI. [¹]

A Moussu-Laperrino, Prézidén des Oubriés assouciats.

—

          Nòblo bilo al cò piètadous,
Y'a doutze ans, jour per jour, que ma muzo quistábo
          D'amb'un prèste doulen, en plous,
          Per sa glèyzo que tramboulábo...
Baillères, la prumèro, argen et cabirous;
Atal fusquèt pertout del Lot dinquos al Gàbo...
La glèyzo coumo un roc s'assetèt per jamay;
          Et dunpèy, lou cò plé de sàbo,
Lous dus pelerins fan à qui t'aymo lou may!!

Oh! mais anèy tabé m'as troubat cambo lèsto,
          Quan m'as simbelat per ta fèsto;
Et me baci maylan mous refrins campagnols
          A la bouès de tous roussignols...

(¹) .... La salle était comble, M. Laperrino a remercié publiquement le héros du concert!! Jasmin a répondu par ce bouquet qu'on ne lira pas sans émotion... Ensuite dans une des salles de la mairie, une nouvelle surprise attendait le Poète: M. Laperrino, entouré de trois cents ouvriers, harangua Jasmin dans un discours remarquable. Une épingle d'or lui fut offerte, et le poète remercia la Société de Saint-Roch dans un impromptu applaudi avec enthousiasme... (*Courrier de l'Aude;* 10 Mai 1862.)

Cansouneji ma jòyo et bòli que la bosques;
Saludi flòromen, al soun do tous mistrals,
    Al fros parfun de tous cazals,
Toun brès oùn soun nascuts *grans pintres*, *grans abesques*,
    Grans poètos, *grans generals*...
Et qui sat, s'al mitan d'aques jouynes cantayres
    Que s'y fan à nous enluzi,
Nou s'espelira pas do grans muziquejayres?
Toun passat, toun prezen, saouclon toun aboni;
Et toun sourel caoudet à fa brounzi lous ayres,
    N'ès pas prèste do s'escanti!!

En attenden m'és dous, bilò amistouzo et flòro,
Do beyre, à tas litsous, ta grando pepignèro,
Tous oubriès entr'és se liga, s'aduja;
    Atal mestrejon la mizèro,
    Et la forçon à recula...
La Caritat, és bray, pel paoure aflo sa belo;
Mais pel l'hòme, és pu bèl de poude fa sans clo...
    Nòblo bilò al cò piètadous,
Aounou doun à tous fils, siòsquen grans ou pitchous!!

RESPOUNSO AS TRES CENTS OUBRIÈS!

Per canta, lou Cièl m'a fèy bioure;
    Tabé, dins lou councèr d'anèy,
Gagni may de plazé que jou nou bou'n fardy;
Et me pagas pourtan, me pagas sans me dioure;
    Mais bous coumprenì, fray de jou,
Boulès m'esteleja d'un *lugret d'or en flou*;
Lou recèbi de cò, nou lou quittarèy brino,
    Lou plantarèy sur ma poutrino...
Esplingo d'or del puple és uno *crouts d'aounou!*

MOUNSEGUR. [1]

A Moussu Lacaussado Ducarpo, President de l'Orféoun.

(May 1862.)

Mounsegur, bilòto floucàdo
De ròzos, de frut, de laourè,
N'èri jamay bengut muzica dins ta pràdo;
Mais s'ères bièrges de moun pè,
Nou l'ères pas de ma pensàdo;
Al gran bé que de tu dizion,
Sans te couneche jou t'aymàbi;
De lèn tas fèstos me plazion,
Et sul serpen de fèr en passan te guignàbi...

Anfin t'èy bisto anòy fresco pel més de may,
Et tout ço que m'an dit és bray :
D'abor, tous oubriès, en cantan, fan à lùtos,
Muziquejon entr'és coumo lous mountagnols;
Et dambé de refrins doulens ou faribols
Cambion *lous flajoulets en flûtos*,
Et lous *pinsans en roussignols;*
Tabé medaillos d'or, al jour de las bataillos,
Bendran jaouni lou froun de tas blancos medaillos.

Apòy pes grans arays toun sol és esquissat;
Gràços à tas litsous, bourdilès et laourayres

---

(1) ..... Sur une simple annonce envoyée dans les communes, la sympathie s'est manifestée si unanime, que la halle seule, improvisée en salle, a
pu être suffisante pour recevoir une des plus brillantes assemblées que
puisse fournir une petite localité... Au milieu de l'enthousiasme, Jasmin
a offert à Monségur un poétique bouquet; nos pauvres ont aussi leur part :
la recette a été des plus abondantes. En descendant de son trépied, le
barde agenais a été acclamé par la foule qui aurait voulu l'écouter encore...

(*La Gironde*; 4 Mai 1862.)

Randou tous cans may frutejayros ;
Et quan l'hibèr ós affougat,
Esplandissès portout *trabal et caritat ! !*...

Es may, quan la patrio appèlo ta jouynesso,
Et que lou gran counsel dins tous fils bòn caouzi, (¹)
Págues toun deoute sans feblesso,
Et per may lous escalouri,
Bailles lèsto aquel jour, et toun âmo ós coumprezo,
Car sòs boûno may, sòs Francezo,
Et pintres à tous fils la glôrio et soun câmi! !

Mounsegur, bilôto floucâdo
De rôzos et laourè tout l'an,
Lou troubadour anéy te baillo soun aoubado,
Et soun refrin noubèl te sôno, en brounzinan :
« On ós pèrlo de la countrado,
«Quant on ós pitchouneto et qu'on fay tout en gran!!»

LOU PARPAILLOL N'A PLUS D'ALOS !

CANSOUNETO.

A MA JOUYNO NEBOUDO EZILDA ROUSSANNOS,

Lou jour de soun Maridatge.

(Juillet 1862.)

Ayre : De la danseuse aux Variétés.

Quan nostre prumè pay pequèt,
Al Paradis, de suito,
L'Arcange de l'amou nasquèt
Per flouri nostro bito ;

Dunpòy, l'escarrabillat
Ten lou mounde ensourcillat...
Mais cambio à la sourdino,
Et paou à paou lou faribol
A pres darrè l'esquino
D'alos de parpaillol !.

Ar'un an, lou malin guignòt
Doumayzèlo beziado ;
Froun baychat, elo lou dachòt
Trasteja dins la prado...
L'amou, sans se malfizu,
Prèt d'elo bèn se paouza...
Crac ! diòs lamos egalos,
En se croutsan sul faribol,
Escapiton las alos
Del paoure parpaillol !

Quan pel prat, bezi d'un oustal,
Un fringayre roudejo,
Pel la fillo que fay atal,
Plus l'Amou n'amarejo...
Nòbiò, soun ayre amistous
Te proumèt de jours hurous... (¹)
Dambé quaouco jouïno,
Encadeno lou faribol,
N'a plus darrè l'esquino
D'alos de parpaillol ! !

(¹) L'Auteur improvisa cette chansonnette dans un banquet de noces,
chez le père de la mariée M. *Lansac*, docteur-médecin, à Dunes.

MA DERNIÈRE PENSÉE.

A L'AMI MONSIEUR DUPAC, DE BORDEAUX,

(8 Décembre 1862.)

Ce livre terminé
Ne sera guère fleuri ;
Cependant ma muse l'achève...
Mais sur mon dernier feuillet,
A qui ma dernière *pensée*
Et mon brin de chèvre-feuille ?
A vous, Monsieur, dont l'amour
Pour notre langue agenaise
Fait que, sans aucune leçon,
Seul, vous avez appris
A la faire résonner mieux
Que ma muse et que moi.

A votre aubade première,
Je ne le croyais pas encore ;
Mais tout en me fêtant,
Vous m'avez écrit, cette année,
De si jolies petites choses,
Sur les cheveux de mes papillottes
Et sur les épis de blé
Que j'égrène pour les pauvres,
Que maintenant plus je ne renie
Le petit miracle heureux
Que notre langue a fait sur vous.

MOUN DARRÈ LUGRET.

A L'AMIT MOUSSU DUPAC, DE BOURDÈOU.

(8 Decembre 1862.)

Aqueste libro espelit
Nou sara gayre flourit;
Tapla ma muzo l'acàbo...
Mais sur moun darrè feillet,
A qui moun darrè lugret
Et moun bren de litso-cràbo?
A bous, Moussu, doun l'amou
Per nostro *lengo agenezo*
Fay que, sans cat de litsou,
Soulet, bou la s'ès aprezo
A la fa souna millou
Que ma muzo amay que jou.

A bostro aoubado prumèro,
Nou zou creziòy pas enquèro;
Mais tout en me festejan,
M'abès escribut, oungan,
De tan poulidos caouzôtos,
Sus pièls de mas papillôtos
Et sus cabels de bladet
Que desgruni pel paouret,
Qu'aro nou renègui brino
Lou pitchou miracle hurous
Que ma lengo a fèy sur bous.

Sous votre plume délicate
Chaque mot sonne, tinte ;
Aussi quelqu'un vous nomma
Dans Bordeaux, *Jasmin cadet...*
Eh bien! plus je vous observe,
Plus vous m'étonnez ; et je vous dis,
Maintenant que j'ai réfléchi
Sur ce que vous m'avez peint :

« Vous avez triple étincelle,
« L'esprit, le cœur, la bonté ;
« Si vous vouliez, comme moi, fatiguer la musette,
« Un jour, *Jasmin cadet* pourrait devenir l'*aîné ! !* »

Debat bostro plumo fino
Cado mot sôno, tindino;
Tabé quaouqu'un bous noumèt
Dins Bourdèou, *Jasmin cadèt...*
Ebé, may de bous m'abizi,
May m'estounas; et bous dizi,
Aro qu'èy lounten souscat
Sur ço que m'abès pintrat :

« Abès triplo boulugueto,
  « L'esprit, lou cò, la bountat;
« Se bouillas, coumo jou, fatiga la muzeto,
« Un jour, *Jasmin cadèt* pouyo beni *l'aynat ! !* »

ERRATUM.

Page 307, ligne 20 ; *au lieu de :* Oustalet ; *lises :* Castelet.

TABLE DES MATIÈRES.